風雨無悔

风雨无悔

对话王光美

黄峥/执笔

人民文学出版社

图书在版编目 (CIP) 数据

风雨无悔：对话王光美／黄峥执笔．—北京：人民文学出版社，2014（2023.2重印）
ISBN 978-7-02-010614-1

Ⅰ．①风… Ⅱ．①黄… Ⅲ．①回忆录—中国—当代 Ⅳ．① I251

中国版本图书馆 CIP 数据核字（2014）第 229386 号

书名题字　刘　源
责任编辑　刘　伟
装帧设计　刘　静
责任印制　张　娜

出版发行　人民文学出版社
社　　址　北京市朝内大街 166 号
邮政编码　100705

印　　刷　天津千鹤文化传播有限公司
经　　销　全国新华书店等

字　　数　320 千字
开　　本　720 毫米×1020 毫米　1/16
印　　张　32.75　插页 4
印　　数　48001—52000
版　　次　2015 年 6 月北京第 1 版
印　　次　2023 年 2 月第 10 次印刷

书　　号　978-7-02-010614-1
定　　价　58.00 元

如有印装质量问题，请与本社图书销售中心调换。电话：010-65233595

风雨忆往
——对话王光美

王光美

少年王光美

少年时的王光美与父母兄妹在庭院中。
前排左起：王光中、王光美、王光正、王光和，
后排左起：王光英、王光美母亲董洁如、王光美父亲王治昌、王光复

青年王光美

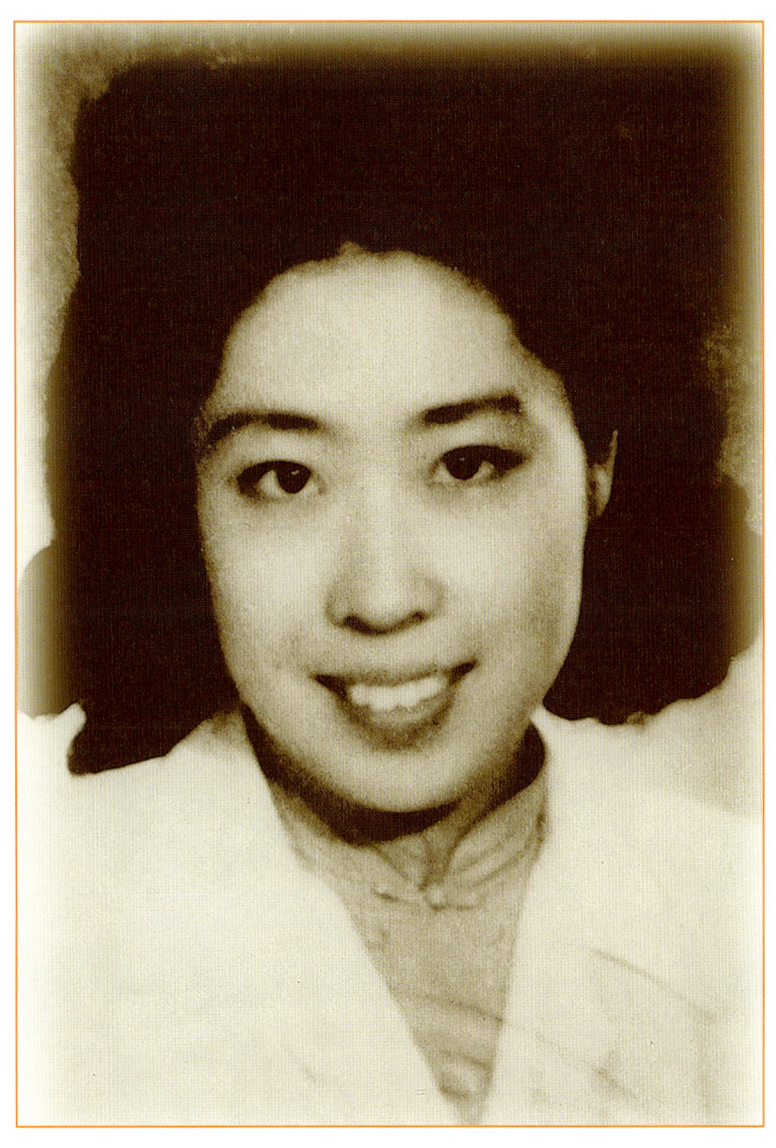

1945年7月,王光美获北平辅仁大学理学院硕士学位时留影

1950年代，刘少奇、王光美参观保育院

1950年代，刘少奇、王光美在中南海散步

1960年夏，刘少奇、王光美与家人

1961年夏，刘少奇、王光美在牡丹江林区镜泊湖小憩

1961年夏，刘少奇、王光美与小女儿刘潇潇游泳

风雨无悔
——对话王光美

1961年夏，王光美在内蒙古农村与农牧民们合影

1961年9月，王光美欢迎尼泊尔王后来华访问

1962年，毛泽东、董必武与刘少奇一家

1965年，王光美出国前留影

1965年，刘少奇、王光美出国前合影

1965年10月，刘少奇、王光美在哈尔滨儿童公园

1966年3月,王光美陪同刘少奇访问巴基斯坦

1960年代，刘少奇为王光美照相

1960年代，王光美带孩子们在北戴河游泳

1960年代，刘少奇、王光美与刘涛、刘平平

1960年代，刘少奇和夫人王光美、周恩来和夫人邓颖超与朱德、陈毅等会见非洲国家外宾

1980年，王光美会见来华访问的美国前总统卡特夫妇

风雨无悔——对话王光美

1982年，王光美与儿子刘源在家中

1996年,王光美在"幸福工程"工作会议上讲话

2002年9月，王光美因腿部骨折在北京医院病房内疗养，以八十一岁高龄，重新站了起来

2004年夏，王光美邀请毛泽东、刘少奇两家子女相聚。右起：刘源、孔冬梅、刘亭、赵淑君、李敏、王光美、李讷、王景清、王效芝

风雨无悔——对话王光美

爱好摄影的王光美

工作中的王光美

风雨无悔
——对话王光美

王光美在儿童中间

2006年10月13日，王光美在北京逝世

风雨无悔
——对话王光美

晚年王光美

2003年11月，王光美与本书执笔者黄峥

目 录

我和少奇共同生活近二十年 [1]

我是怎样参加革命的 [5]

我家同共产党的关系源远流长 [20]

一架飞机把我从北平送往延安 [34]

在延安我和少奇相识 [39]

少奇要我跟他走 [45]

在西柏坡重逢少奇 [50]

难忘的结婚"仪式" [57]

我学习当少奇的秘书 [61]

从西柏坡到香山 [66]

少奇第一次上我家 [73]

陪少奇去天津视察 [78]

在天津的二十八天 [85]

关于"四面八方"政策 [91]

女儿平平出生 [94]

少奇秘密出访苏联 [102]

允斌、爱琴从苏联回国 [107]

开国之初 [118]

捷克大使夫人送的花瓶 [123]

1951年冬去南方休假 ¹²⁶

少奇出席苏共十九大 ¹³⁴

我第一次去苏联 ¹³⁸

少奇没能参加悼念斯大林活动 ¹⁴²

所谓"擅自发出文件"问题 ¹⁴⁶

关于高饶事件 ¹⁵⁰

少奇当选全国人大首任委员长 ¹⁵⁹

中共八大前后 ¹⁶⁴

少奇1956年访问苏联 ¹⁷⁰

调查人民内部矛盾问题 ¹⁷³

接见北京地质勘探学院毕业生 ¹⁸⁶

少奇当选国家主席 ¹⁹⁰

1959年庐山会议 ¹⁹⁷

在海南岛读《政治经济学教科书》 ²⁰⁷

关于"吃小亏占大便宜" ²¹¹

江中遭遇龙卷风 ²¹⁸

少奇出席各国共产党工人党会议 ²²²

1961年湖南农村调查 ²²⁵

借宿王家湾猪场 ²³¹

参观韶山毛泽东主席旧居 ²³⁶

在天华大队十八天 ²⁴²

少奇四十年后重回故乡 ²⁴⁸

再见家乡父老乡亲 ²⁵⁵

祭扫母亲和看望姐姐 ²⁶¹

"三分天灾，七分人祸" ²⁶⁶

东北林区调查 ²⁷³

七千人大会 ²⁷⁹

陈云出任中央财经小组组长 ²⁸⁷

关于"包产到户" ²⁹¹

1962年北戴河会议 ²⁹⁶

出访东南亚之前江青约我谈话 ³⁰⁰

宋庆龄和我们一家的友谊 ³⁰⁶

访问印度尼西亚 ³¹⁴

访问缅甸 ³²³

访问柬埔寨 ³²⁸

少奇和胡志明的友谊 ³³⁴

从西楼搬家到福禄居 ³⁴⁴

杨尚昆和所谓"窃听器事件" ³⁴⁹

"四清"运动开始了 ³⁵⁴

少奇要我下基层 ³⁵⁸

我到桃园大队参加"四清" ³⁶⁵

关于"桃园经验" ³⁷⁰

制定《二十三条》前后 ³⁷⁶

"看来我的有生之年不多了" ³⁸²

1965年12月上海会议 ³⁸⁷

访问巴基斯坦 ³⁹⁰

《二月提纲》和《五一六通知》 ³⁹⁹

"文化大革命"哄然而起 ⁴⁰⁶

3

围绕工作组的争论 411

少奇从第二位降到第八位 414

不堪回首的岁月 420

"好在历史是人民写的" 448

得到人民信任是最大幸福 462

附录

王光美年表 470

后记

光映日月 美留人间 479

——印象王光美

我和少奇共同生活近二十年

黄　峥：光美同志，1983年11月我第一次随同您回到湖南刘少奇主席的故乡，参加少奇同志诞辰八十五周年的有关活动。从那时起，我多次听您讲述过去的经历，特别是回忆和少奇同志一起工作、生活的难忘情景。这些我都记录了下来。1998年是刘少奇同志诞辰一百周年，全国各地隆重纪念，中共中央在人民大会堂召开纪念大会，江泽民总书记作重要讲话。中央组织部、中央宣传部、中央文献研究室、解放军总政治部等单位联合举办"刘少奇生平和思想研讨会"。《刘少奇传》等一批书籍正式出版。北京和各地举行多种形式的纪念活动，如举办座谈会、纪念会、展览、文艺演出和发行纪念邮票、纪念币等。还播出一批影视作品，其中最重要的一部是由中央文献研究室、中央电视台联合摄制的十二集大型文献纪录片《刘少奇》。我是这个电视片的总撰稿。趁这个机会，我想对您再作些采访，既是摄制电视片的需要，同时也是为历史和后人留下一些珍贵的资料。

王光美：对少奇同志诞辰一百周年纪念活动，我听党中央的，完全服从中央的安排，没有另外的要求。1998年10月一次开会时碰到江泽民总书记，他和我讲了他要在党中央召开的纪念大会上讲话的事。曾庆红同志也和我讲了。少奇同志的诞辰日是11月24日。后来在一次报告会上，中央办公厅王刚、陈福今、胡光宝同志三位主任专门找我征求意见，说正在考虑少奇同志的纪念大会提前到 11 月 20 日召开，因为 11 月 24 日前后江泽民同志有重要出访活动。我说我完全听中央的安排，没有意见。

对各种纪念活动，我作为家属，有责任有义务做好配合工作。你们摄制电视文献纪录片，我很高兴利用这个机会，多谈一点儿有关少奇同志的事情。但请你们注意不要多上我的镜头。我在电视片里尽量少出现，能用其他同志的尽量用其他同志，特别是和少奇同志一起工作过的老同志。实在没有别人代替、必须由我说的，才用我的。

我和少奇同志共同生活近二十年。他的一言一行、音容笑貌，至今回想起来仍历历在目。我的房间里挂着他在办公室工作的照片。这张照片是我拍摄的。有时候我仿佛感到，他还在我身边，还在不倦地工作。我很高兴利用这一机会讲讲少奇，愿意把我所知道的有关少奇同志的事讲出来，正像你说的，可以为历史和后人留下一些资料，作为研究参考。

1958年3月，刘少奇、王光美在成都

- 1998年11月20日，纪念刘少奇诞辰一百周年大会上，江泽民与王光美亲切握手

- 1998年11月20日，王光美在纪念刘少奇诞辰一百周年大会上

我是怎样参加革命的

黄　峥：非常感谢您的理解和支持，为了让我们的年轻一代有一个全面的了解，是否可以请您先从您参加革命工作的经历说起？

王光美：我参加革命工作在我的兄弟姐妹中并不是最早的。我的两个哥哥王光杰、王光超，在我之前早就同共产党的地下组织有联系，参加党组织分配的工作。王光杰（后来改名王士光）20世纪30年代先在北京大学数学系读书，后转到清华大学电机系，学无线电专业。当时姚依林、郑天翔等同志也是清华大学的学生。光杰和他们认识。1935年12月，北京爆发了声势浩大的"一二·九"运动。这场学生运动是由中国共产党领导的。姚依林、郑天翔同志是组织领导者之一。光杰在他们的影响下参加了"一二·九"运动，加入了党领导的中华民族解放先锋队，后来又成为中国共产党党员。1937年7月7日卢沟桥事变后，北平沦陷，清华大学从北平迁往内地。光杰没有随校内迁，留下来参加抗日组织的活动。为了收听苏联伯力一家电台的抗日广播，把内容记下来进行抗日宣传，光杰在家组装收音机和无线电台。我还帮他收听收抄过。1938年9月，中共北方局需要在天津建立秘密电台。当时化名姚克广的姚依林同志，知道光杰懂无线电，便要他想办法组装一部无线电收发报机，并筹建秘密电台。为了掩护电台开展工作，地下党组织物色了一位名叫王兰芬的女同志，让光杰和她以夫妻名义在天津英租界租了一处房子，作为秘密电台的地点。王兰芬又名王新，是东北军将领、曾任锦州省省长的王端华的女儿，当时是东北流亡学生、共产党员。他俩在共同的艰苦斗争中建立了感情，1938年12月经党组织批准，正式结婚。王新就成了我的嫂子。

黄　峥：1936年春，少奇同志作为党中央代表，到天津指导中共北方局的工作。王光杰同志建立的电台，看来就是北方局用以和党中央联络的。王光杰同志在天津见过少奇同志吗？

王光美：当时白区的地下斗争非常秘密，少奇同志不轻易出面，那时光杰没见过他。

大约1940年，光杰和王新生了个儿子，叫大津。光杰夫妇经常东奔西走忙于工作，我母亲就把大津接到北平家里抚养，一直带在身边，直到全国解放。王新有一段时间也住在我们家，以少奶奶身份为掩护，搞地下工作。有一次她和崔月犁同志一起去晋察冀解放区，半路上被汉奸抓了，打电话到家里来，是我接的电话。我母亲赶紧带了钱去救人。为了证明她是我们家的媳妇，还把大津也带了去，当面叫她妈妈。崔月犁同志当时没暴露身份。我们家就说他俩是私奔，以此来掩护，又使了些钱，把他们救了出来。

光杰后来在革命队伍里继续从事党的军工和电讯事业，做出了很大成绩。1946年，我们党在河北邯郸建立新华广播电台，9月1日正式播音，向全国全世界宣传党的声音。这座广播电台的设备，就是光杰和其他一些同志在当时艰苦的条件下七拼八凑搞起来的。党因此授予他"特等功臣"的称号。这座电台现在成了珍贵文物，保存在国家博物馆里。光杰解放后担任电子工业部副部长。有一部电影叫《永不消逝的电波》，孙道临同志演的，电影里的主人公李侠，原形之一就是光杰。

"文化大革命"中，光杰在秦城监狱关了八年，在狱中写出了十二本无线电方面的专业书。这些书后来陆陆续续都出版了。江泽民同志在电子工业部当部长时，本来光杰年纪比较大，要退下来，江泽民同志考虑他资历深，懂业务，特意保留他副部长职务并兼总工程师。

刘　源：我在河南当副省长时，为了上安阳的一个大项目，专门到北京找光杰舅舅，因为这个项目同电子工业部有关。他领着我去找有关的副部长，还找了邹家华同志。光杰舅舅的资历比他们老很多，但他非常谦虚地向他们解释。我看了很感动。成立中国工程院时，电子工业部推荐他当院士。光杰舅舅坚决推辞，说他年纪大了，当院士已经没有意义了，让别人当。①

王光美：由于光杰参加革命比较早，我们几个兄弟姐妹都受到他的影响。1941年，光杰夫妇离开天津经北平去解放区，回家小住。三哥光超那时从协和医科大学毕业不久，表示也要去解放区。两人讲好，光杰先去联系，联络上以后马上回信，光超再过去。可是等光杰的回信辗转寄到北平时，光超刚刚结婚，一时走不了。这期间，经过中共晋察冀中央局城市工作部负责人刘仁同志的批准，光超在旧刑部街家中挂牌，开了一个"王光超大夫诊所"，同时在西郊什坊院设了一个点，表面上对外营业看病，实际上是为北平地下党做秘密联络工作。"王光超大夫诊所"实际上就光超一个人。有时来人看病，我还给他当临时护士，打打下手。地下党组织经常利用"王光超大夫诊所"作掩护开展活动。党组织来人总是先找我母亲或光超。光超还用诊所的名义采购了不少药品，由党组织安排向缺医少药的抗日根据地输送。光超后来一直没有放弃他的医学专业，成为著名的皮肤科专家，建国后任北京北大医院皮肤科主任。50年代以后我国在防治性病、麻风病、烧伤植皮等方面处于世界领先水平，光超做出过重要贡献。

　　光超的夫人严仁英是严修先生的孙女。严修是天津南开学校创办人。周恩来同志当年赴法勤工俭学，还是严修先生推荐和资助的，给了五百元

---

① 在和王光美同志谈话过程中，有时刘源同志也在场，并不时插话补充一些情况。刘源，刘少奇、王光美之子，1951年2月出生于北京，1982年从北京师范学院毕业后主动要求去河南省新乡县七里营公社农村工作，1983年起任新乡县副县长、县长，1985年任郑州市副市长，1988年当选为河南省副省长，1992年调任中国人民武装警察部队水电指挥部政委，后任武警总部副政委、中将，2002年任解放军总后勤部副政委，2005年12月任解放军军事科学院政委、上将，2010年12月起任解放军总后勤部政委。

钱。光超和严仁英的结合，说起来挺有意思。当时考上协和医大的学生，分班名单都登报。我们家拿到报纸一看，发现和光超同班的有一个女生，叫严仁英。弟妹们就调皮起哄，说三哥和这位女生是一对。其实他们那时还没有见面呢！可后来他们就真的结了婚，还一起去美国留学，回国时正赶上北平解放。

刘　源：在全国的皮肤科资深专家中，第一是胡传揆同志，其次就是王光超。严仁英一直在协和医院从事妇产科专业。在全国的妇产科资深专家中，第一是林巧稚同志，其次就是严仁英。

王光美：继光超之后，我的两个妹妹王光和、王光平，也在光杰的影响下，经过晋察冀中央局城工部崔月犁同志的介绍，在抗日战争的后期参加了革命。光和参加北平地下党工作的时间比较早。我去军调部中共代表团当翻译，就是地下党组织让她给我捎的信。光和是学医的，建国后曾任北京口腔医院院长。光平也是学医的，先是上的北大护士学校，后来同崔月犁同志一起去张家口军医学校，学输血专业，接着又进了白求恩大学医学系。建国后光平曾任天津医学科学院血液研究所党委书记。

　　我是1921年阴历八月二十五日在北平出生的。我前面是六个哥哥，所以小时候都叫我小妹。后来在我之后又有了四个妹妹，我就变成大姐了。

　　由于我是我父母的第一个女孩，小时候家里很宠我。我的奶妈叫王妈，是通县农村的，闲下来经常给我讲她的老家。我从她那里知道了当时社会上的一些事。我小学上的是北师大二附小，就是现在的第二实验小学。上小学时我很听话，学习也比较好，常受表扬。我记得第一次受表扬，是说我穿衣服干净整齐。小学毕业后，我报考了师大男附中。男附中招的本来都是男生，可这一年加招了个女生班。当时师大有男附中、女附中，女附中在旧刑部街，男附中在和平门外，一般认为男附中比女附中教学质量高。我自己觉得学习成绩比较好，就特意去考这个男附中的女生班，结果还真考上了。著名物理学家杨振宁、吴健雄也是男附中的。在学校里我很好强，学习很用功，晚上做作业经常要到深夜。当时我还比较喜欢体育，打篮球远投篮很准，是学校女子篮球队队员，经常到校外参加比赛。

我同班的同学中有黄甘英同志。建国后她曾任全国妇联副主席。还有叶群，也和我同班，当时叫叶宜敬，曾到我们家一起做作业。叶群的母亲是后妈，她就老跟我讲后妈如何如何欺负她，她又如何如何故意气后妈。后来叶群转学到汉口去了，我和她就再没见面。一直到我在军调部当翻译时，才听说她已经和林彪结婚了，在哈尔滨。解放后林彪从苏联养病回国，叶群陪他专门来中南海万字廊看望少奇同志，送了一本很精美的苏联画册。我还对林彪说："原以为你是个很威武的军人，没想到你像个文弱书生。"

1937年7月爆发了卢沟桥事变。那时和平门是真正的城门，事变后城门关闭，我就上不了学了。我四哥王光杰读清华大学，也上不了学了。他就在家里装收音机，收听、记录苏联伯力一家电台的对华广播，为地下党组织作抗日宣传用。我在家没事，就帮他做些绕线圈和抄抄写写的事。一段时间后，光杰调去天津，我转到城里离我家不远的志成中学继续上学，就是现在的第三十五中学。我觉得志成中学不如师大附中，就跳了一级，直接上高二。我哥哥光英在高三。我在志成中学上了一年半，赶上全市中学生数理化会考。会考结果一公布，发现数学成绩名列前茅的三个学生都姓王，就是我和另外两个男生。所谓"数学三王"，就是从这儿来的。

高中毕业后考大学，我先是报了清华大学、燕京大学。可我的英语分数不够，就上了辅仁大学。辅仁大学是德国人办的，是天主教会学校，对英语的要求没有清华、燕京高。我上的是数理系，系主任是德国人。我在辅仁大学读了四年本科，学的是光学专业。记得我的毕业论文是《利用光学来测量距离》。本科毕业后我又接着读硕士研究生，学的是宇宙射线。在辅仁大学那几年，学习还是相当辛苦的。我没有住校，每天骑自行车上学，夏天胳膊被太阳晒得脱皮。辅仁大学有不少外籍教师，理科有几门课程用英语上课。我考大学时英语成绩不好，很受刺激，所以在大学里学英语就下了功夫。读研究生时我的导师也是德国人，叫欧斯特，是物理系主任。还有一个经常给我们上课的老师叫严池，五六十岁，是理学院的院长。那时研究生没几个人，有时老师上课就我一个学生。那个严池对工作很敬业。有时我上课迟到了，见教室里一个学生也没有，可严池照样在黑板上写提纲，写得满满的。他相信我会来。我进去后就悄悄坐下来听。当时我受"读书救国论"的影响，准备抗日胜利后去美国留学，学习原子物理，学成回国搞建设。还是这位严池，为我写了去美国留学的推荐信。可后来，我最后一次上完他的课离开辅仁大学，没有向他辞行，等于不告而别。因为我离开辅仁不是去留学，而是准备去军调部中共代表团当翻译，我不知道怎么同他讲。过了一段时间，我还真的接到美国两所大学的回信，通知我办理留学手续。其中有一所是斯坦福大学。但那时我已经到了军调部，去不了了。

我在辅仁大学上研究生不久，就同时当了助教。原子物理专家邓昌黎同志是辅仁大学学生，比我晚几届。他在物理系读本科时，我已经是助教，所以我还辅导过他。

黄　峥：我国改革开放以后，邓小平同志请邓昌黎同志回国，参加我国第一个原子加速器的建设。

王光美：我在辅仁大学当助教有薪水，可我一直没弄清楚是多少，一拿回来就交给家里了。我这个人有个怪脾气，就是不愿意领钱、摸钱。通知我去领薪水，还真不好意思，也不问多少，给了就走。

大约1945年6月，经过嫂嫂王新的介绍，我认识了崔月犁等同志，同北平地下党有了联系。那段时间崔月犁同志经常来我们家，通知我到哪儿哪儿见面。我记得有几次是在太庙的松树林里，就是现在的劳动人民文化宫，一边散步一边谈话，给我介绍一些地下党的书籍。1946年2月的一天，崔月犁同志在太庙约我谈话，说要介绍我到刚成立不久的北平军事调处执行部中共代表团当英语翻译。

黄　峥：这件事的背景情况是这样的：抗日战争胜利后，1946年中国的时局发生重要变化。共产党和国民党经过激烈斗争，于1946年1月达成《关于停止国内军事冲突的协议》，并决定由国民党代表张群、共产党代表周恩来和美国总统特使马歇尔，组成三人军事小组，在北平成立军事调处执行部（简称"军调部"），负责调解、处理国共双方的军事冲突。在北平军调部，共产党方面的代表是叶剑英，国民党方面的代表是郑介民，美国方面的代表是罗伯逊。由于需要同外国人打交道，叶剑英同志找到北平地下党市委副书记武光同志，请他帮助为中共代表团选调英语翻译。

王光美：这样，崔月犁同志就找到我，同我谈了两次。开始我没有答应。我心里想：我不是学的英语专业，军事也不懂，怎么能在这个军调部当翻译呢？而且我当时已经是物理系助教，硕士论文也已经通过，正在考虑去美国留学，不想就此放弃专业。

过了几天，地下党组织让我妹妹王光和带给我一个纸条，上面写道：你如果同意，就带着这个条子到西四解放报社，到报社换成正式介绍信，再到翠明庄报到，否则地下党就再不与你联系了！最后经过考虑，我同意了。我就拿着条子去解放报社，换成了地下党的介绍信。我记得是一个带红框的大信封，写给李克农同志的。

军调部中共代表团的驻地在王府井附近的翠明庄，具体负责人是代表团秘书长李克农同志。叶剑英同志平时住在景山东街的叶公馆。我骑自行车到翠明庄报到。第一天去什么都不懂，找来找去不知道把自行车往哪儿放，最后还是推进楼里去了。接待我的是李克农同志。我把介绍信交给他。李克农同志一看客气地说："你就是王光美同志，欢迎欢迎！"接着他问了我一些我家和学校的情况。当时旁边房间里有人在唱歌，我不知道歌名，但觉得很好听。李克农同志说："这是陕北民歌，叫《走西口》。以后你如果到延安去，还可以听到那里的民歌信天游，也很好听。"最后他问我是怎么来的，我说是骑自行车来的。他说："你先回家休息，明天我们派车去接你，你把地址留下来。"第二天一早，一辆小车开到我家门口，把我接到翠明庄。我被分配在翻译处，处长是柯柏年同志，实际负责的是徐冰同志。徐冰同志后来告诉我，李克农同志同我谈话的时候，他正躲在屏风后面"偷听"。

11

翠明庄是国民党励志社所在地，可中共代表团偏偏就住在那里！军调部国、共、美三方的公开工作都在北京饭店，但分层活动，分餐厅吃饭。我到军调部后，开头两周，先让我笔译"备忘录"，后来为宋时轮、陈士榘等同志当口语翻译。我第一次当口语翻译，是宋时轮同志出席谈判。谈判中宋时轮同志发火了，拍桌子骂，骂得很粗。我不会翻译，不知怎么办才好，只好说宋将军生气了。

1946年3月4日，周恩来同志和马歇尔将军来北平视察，叶剑英同志去机场迎接。国民党方面去机场迎接的是李宗仁先生。为叶剑英同志当翻译的是黄华同志，他是军调部中共代表团的新闻处长。那天我也去了，是叶剑英同志叫我去的。那天是我第一次见周恩来同志，唯一一次见马歇尔。

李宗仁有段时间常到我家来，认识我。在机场，李宗仁见到我和叶剑英等中共要员在一起，有些吃惊。在机场里换车的时候，他拉我上了他的车。他倒没有直接问我怎么站在共产党一边，只是试探地问："你还去美国留学吗？"我也就敷衍了一句："以后再说吧！"

这天以后，我就主要给叶剑英同志当翻译了。当时广东东江纵队把叶剑英同志的女儿叶楚梅送到北平来了。叶剑英同志把她交给我，让我帮着照看。楚梅就跟我住在一个房间里。她当时十四五岁，还是个小姑娘，穿着南方那种半截裤，光着脚丫，很可爱。楚梅后来同邹家华同志结婚了。

刘　源："文化大革命"中，楚梅和我姐姐平平关在同一间牢房里，就两个人。一开始她们互不认识，又都想知道对方是谁，就互相猜。楚梅老拐着弯儿问平平家里的情况，平平不说。平平也变着法儿问楚梅家里的情况，楚梅也不说。楚梅慢慢地猜出了平平的身份，就对平平说："我认识你妈妈。在军调部的时候，你妈妈带我，我跟她住一个屋。"这样她俩就说开了。楚梅还说："那时我爸爸很喜欢你妈妈，想娶她，当我的后妈。但你妈妈是洋学生，看不上我爸爸，嫌他土。"关楚梅和平平的那个监狱叫少年管教所，可实际上也关大人。"文革"中什么都乱了。楚梅的爱人邹家华、哥哥叶选平也关在那里。楚梅想看看他们俩。等男犯放风的时候，她就扒着窗户往外看，可窗户太高，够不着，平平就让她踩在自己身上，结果还真看见了邹家华。楚梅一下子就哭了。楚梅和平平关在一起差不多一年。

王光美：我在军调部的那些日子里，几乎天天有会议，有翻译任务。在工作中，我接触到了叶剑英、李克农、罗瑞卿同志等领导干部。他们那种一心为革命、为人民的崇高精神和勤奋扎实的工作作风，令我非常钦佩，给了我深深的教育。

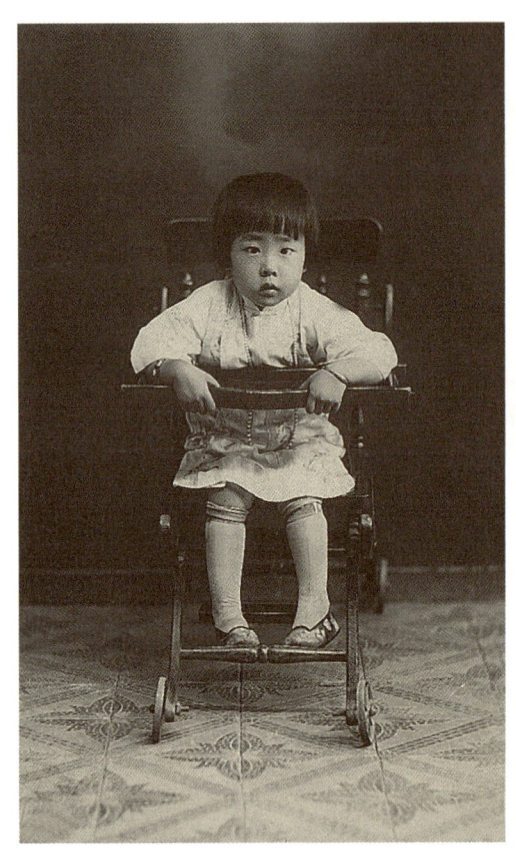

■ 1923年，两岁的王光美

■ 王光美与姊妹们在家中门前合影。左起：王光正、王光美、王光中、王光和

1939年，北京志成中学（现北京第三十五中）篮球队合影。后排左七为王光美

■ 在辅仁大学上学时的王光美

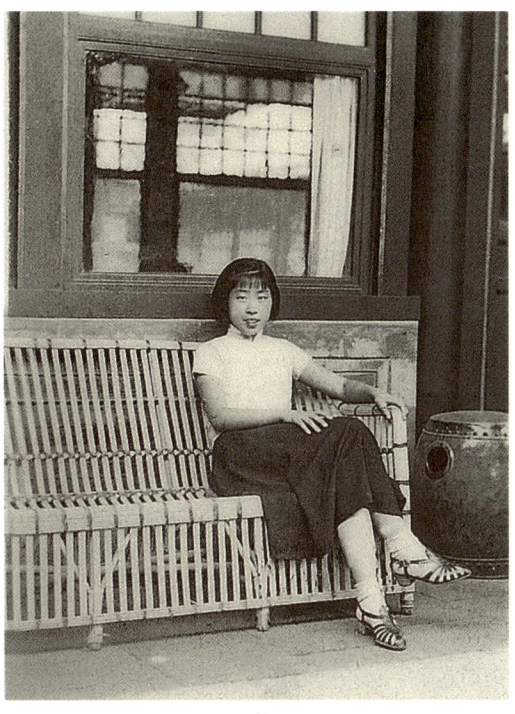

- 获硕士学位时的王光美

- 1940年代的王光美

■ 王光美和四哥王光杰在一起

■ 1978年,王光美与兄妹在故宫角楼下合影。左起:王光平、王光中、王光英夫人应伊利、王光美、王光英、王光和、王光正

1965年8月,刘少奇听取儿子刘源汇报当兵锻炼情况

我家同共产党的关系源远流长

黄　峥：北平地下党组织挑选您为中共代表团当翻译，除了您英语好以外，恐怕主要是因为您和您家同共产党的关系。听说您家早就同共产党有很深的过往，您能给我们介绍一下您家庭的情况吗？

王光美：我们家是一个人口众多的大家庭。我的父亲叫王治昌，号槐青，早年公派出国留学日本早稻田大学，学习经济、法律和商科。当时他是个穷学生，上大学的同时，在一个基督教青年会的英文班教课，打工挣学费，半工半读。那时廖仲恺先生也在早稻田大学上学，和我父亲同学。他俩很要好，结为把兄弟。我记得我们家的堂屋里，好多年都放着一张合影照片：两个大人中间站着一个小孩。两个大人就是我父亲和廖仲恺先生，中间的小孩就是廖仲恺先生的幼子廖承志。我父亲回国后，先在天津北洋女子师范大学教书，接着到河南焦作煤矿工作。后来，他从焦作煤矿进入民国北京政府的农商部，起先是个小官，当过参事、商品陈列所所长，算是七品小京官、技术官僚，逐步升任为农商部工商司司长，并代理过农商总长。他曾以公使的身份作为中国代表团的成员，参加了两次重要的国际会议：一次是1919年举行的讨论第一次世界大战结束后对德和约的巴黎和会，还有一次是1921年举行的讨论裁减海军和太平洋问题的华盛顿九国会议。

1925年8月，廖仲恺先生在广州被国民党右派暗杀。我父亲十分震惊，愤而退出北京政府，从此不再做官。无论是蒋介石军队"北伐"占领北京，还是日本侵略军攻占华北，都有人来拉拢他。我父亲不为所动，保持了民族气节。其实那时家里经济比较困难，靠出租房子生活。从我上辅仁大学以后，我的几个妹妹，都没上过什么正规大学。

我父亲的第一个夫人是家里包办的，生下我大哥光德后不久就去世了。我父亲的第二个夫人，是他在日本留学时房东的女儿，姓赵，就是我二哥光琦、三哥光超的母亲。她家是华侨。赵氏母亲去世后，我父亲和我母亲董洁如结婚。

我父亲从日本回国后，在天津北洋女子师范学校教书。我母亲董洁如在这个学校上学，算是我父亲的学生。董家是天津比较有名的大家，盐商。一开始我父亲来提亲时，我外公外婆还不同意，理由是师生不同辈。但我母亲本人同意。可能他们在天津北洋女子师范学校时就互相有好感。这个时候我父亲已经到北京做官。他雇了一辆马车，把我母亲从天津接到北京，在六国饭店请一些亲友吃了一顿饭，就正式结婚了。他们婚后住在绒线胡同。那时我父亲做的官不大，后来越做越大，才在旧刑部街买了房子。

我母亲董洁如（字澄甫），年轻时很有反封建的斗争精神。当时女子都要裹脚，但我母亲不干，所以她是"解放脚"。她还坚决要求上学读书，一直上到了天津北洋女子师范学校。我母亲是北洋女子师范学校的第一期学生，和刘清扬同班。刘清扬是周恩来同志的入党介绍人之一。后来邓颖超同志也是上的这个学校。

我母亲有三位亲属和李大钊同时被北洋军阀政府逮捕，并于1927年4月、11月被反动派杀害。多年以来我一直没有机会弄清楚我母亲的这"三位亲属"是谁，直到前几年，经过我六哥光英多方查找，才了解到这"三位亲属"的名字：一位叫董季皋，是我母亲的叔叔，中共顺直省委军运负责人；一位叫安幸生，是我母亲的姐姐董恂如的丈夫，中共顺直省委委员；还有一位叫王荷生，同我母亲有亲戚关系，被捕时是顺直省委书记。

1937年光杰在天津开设党的秘密电台，我的一位亲舅舅董权甫给了很大帮助。我的这位舅舅是学纺织的，当时是一家纺织厂的工程师。光杰的电台在白色恐怖环境下一直没有被敌人破坏，同他有这个舅舅作掩护是分不开的。

我们家在北平的地址是西单旧刑部街三十二号。原来二十八号、三十号、三十二号都是我们家的，后来家里经济拮据，就只留了三十二号，二十八号、三十号都出租了。解放战争时期，北平的地下党活动很困难。那时我的妹妹王光和在崔月犁同志领导下工作。有一位地下党的干部叫宋汝棼，当时处境比较危险，光和就主动向崔月犁同志提出让他住到我们家去。宋汝棼同志在我们家住了很长一段时间。我父母亲心里都知道他是共产党员，默默地掩护他。我父亲有时候到宋汝棼同志的房间里坐一坐，同他聊聊形势。为了防止意外，宋汝棼同志多次把一些党的书报杂志、文件交给我母亲保管。我母亲总是十分小心地把它们收好藏起来，有时把文件放在装饼干的大铁盒里，埋在地下，从没有出过差错。宋汝棼同志前几年担任全国人大常委会委员、法律委员会副主任。他曾经回忆在我们家受到掩护的情景，说："日久见人心，危急关头，是真正考验人的时候。而老头、老太太全力以赴。所以到这时，又由革命关系，再进一步发展为肝胆相照、患难与共的关系了。"

确实，从头说起来，我们家同共产党的关系，可以说是源远流长。在这样的家庭里，光超、光杰、我和光和、光平能在解放前就参加革命，同父母亲的开明态度是分不开的。

1949年春北平和平解放。我们进北平不久，我生了女儿平平。可我还要工作呀，就把平平交给我母亲带。当时好像宋汝棼同志的孩子也放在我母亲那里。没多久光中也生孩子了，取名叫姗姗，姗姗来迟的意思，也要让母亲带。那时南方几个省还没有解放，大批干部和部队南下作战。一些南下干部纷纷把孩子往我家送。就这样我母亲在家里办了个托婴所，专门收留共产党特别是解放军女干部生的婴儿，后来正式取名叫"洁如托儿所"。

旧刑部街我们家的房子是三进院落，前面是一个扁院，后面是两个正方院，大约有几十间房子，托儿所占了相当一部分。我母亲很会带孩子，又有些新知识，那时儿童医院还有人来当义务医疗员，所以孩子们在这里都得到很好的照顾。

全国解放后，我父亲是周恩来总理聘请的第一批中央文史馆馆员。1956年我父亲去世了。我母亲先是北京市人大代表，后来年纪大了就改当政协委员。为支持北京市城市规划建设，我母亲主动把西单旧刑部街三十二号的住宅献给国家，交了房契。1959年为庆祝中华人民共和国成立十周年，国家在北京兴建十大建筑，我母亲亲眼看到在那里建起了漂亮的民族文化宫，心里非常高兴。旧刑部街的房子拆了以后，北京市在按院胡同拨了一处房子，继续办"洁如托儿所"。

刘　源：外婆后来年纪大了，就进中南海住在我们家，还是照顾我们几个孩子。我们家是"重女轻男"，爸爸妈妈比较照顾女孩子，女孩住正房，男孩住偏房，女孩睡软床，男孩睡硬板床，所以外婆就对我偏爱点儿。她有时用她自己的私房钱给我买个红领巾、球鞋什么的。星期六放学回家，外婆会给我们每人发一份糖果或一块点心，但从不给我们钱，从不惯孩子。只有到谁过生日了，才给谁五元钱。但我们也都是把钱存起来，每人一个存折，放在外婆那里。

王光美：我母亲生了我们三男五女共八个孩子，就是光杰、光复、光英、光美、光中、光正、光和、光平。加上我父亲前面两位先后去世的夫人所生的三个男孩，即光德、光琦、光超，我们兄弟姐妹一共十一人。我母亲对所有的孩子都一视同仁，不分彼此。前面的三个哥哥，我小时候一直不知道他们和我是同父异母。我母亲从来都是把他们当亲生的一样。我们十一个兄弟姐妹，只有二哥、三哥出国留过洋，而我母亲亲生的后面的八个男孩女孩都没有出国留学，可见我母亲对不是她亲生的孩子给予了更多的关心和爱护。

我的大哥光德小名叫海儿，弟妹们都叫他海哥。海哥小时候身体不好，眼睛有毛病，后来就完全瞎了。那时我们放学回家，弟妹们常常轮流读书给他听。大家都很同情他，觉得有这个义务。不过我念得多一些，光英他们男孩子就坐不住。海哥人很聪明，记忆力特好，头一天念完了，第二天接着念，他马上就能说出昨天念到第几页第几行。那时母亲每月给海哥一些钱，他就用来买书看，往往是让我们陪他到商务印书馆，告诉我们要买哪一类的书。我记得那些书上尽是古文对子，我看不懂。给他念书的时候，我就把不会读的字写在他的手心里，他就告诉我这个字怎么念、什么意思。他多才多艺，喜欢听收音机，跟着里面学唱京戏。不幸，海哥三十多岁时因患肺结核去世。我母亲十分悲痛，我们兄弟姐妹都受到感染。海哥在我们弟妹心中永远占据一个位置。

我们家算是书香门第，讲究读书上进。解放前，我们兄弟姐妹大都天各一方，谁也不知道谁在干什么。好多情况我也是后来才了解到的。

二哥光琦毕业于清华大学，接着留学美国费城宾夕法尼亚大学攻读硕士，学成后回国。光琦年轻时高大漂亮，人又聪明，学什么东西都快，有不少女孩子追他。当时他正和胡敏谈恋爱。我记得他常拉我去看球赛，请我吃刨冰，实际是让我陪他和胡敏见面。胡敏毕业于南开大学经济系，人很漂亮，眼睛大大的，据说是南开的校花。胡家是四川的船王，经营长江航运，是四川有名的大家，后来又到广东发展，生意做得更大。胡敏的亲生父亲是胡光标，养父是胡光杰。兄弟俩就她一个女儿，所以后来胡敏继承了胡家的财产。那时我们家已经没落，家里没什么钱了。送光琦出国留学也不全是我们家出的钱，是我的一个叔叔王道昌资助了一部分。他当时是山东枣庄煤矿的总工程师，经济比较宽裕，经常接济我们家的生活。

光琦和胡敏订婚的时候，胡敏的母亲来我们家，挺讲究的，可我们家拿不出什么好东西招待。后来他俩结婚，从装修房子、买全套家具，到结婚费用，基本上都是胡家的钱。他俩的婚礼是在南池子那儿的欧美同学会办的，场面挺大。我印象深的是胡敏在婚礼上穿着雪白的婚纱，一到家里马上换成红旗袍、红鞋子，一身的红。光琦结婚后，到青岛金城银行当主任。后来他回到北平，在一家大银行任高级职员，一段时间后又到燕京大学当教师，教"货币与银行"。抗日战争爆发后，许多大学都迁往四川、云南、贵州等地，当时叫大后方。光琦和胡敏去了四川。

在四川，胡敏的养父胡光杰和李宗仁熟识。抗战胜利后，李宗仁被任命为北平行辕主任。赴任前他对胡光杰说，要他去北平，可他在北平一个熟人也没有。胡光杰就说："我给你介绍一个人，就是我的女婿王光琦，他家就在北平。"李宗仁很高兴，上任时就带上光琦，两人坐同一架飞机到了北平。可这事在我父亲那里交代不了。我父亲很谨慎，多次盘问光琦："这是怎么回事呀？为什么和李宗仁搞在一起了？"光琦作了解释。当时我也很好奇，我父亲盘问光琦的时候，我和妹妹就躲在屏风后面偷听。后来光琦就在李宗仁那里做事。

这期间还有一件事。李宗仁到北平时，带了一个他领养的儿子，叫李至胜。李至胜当时很小，还没有到上小学的年龄。李宗仁就把儿子和保姆放在我们家。那些日子他说要看儿子，差不多天天来我们家，并且提出要我教李至胜英语。我就有些警惕。再说我堂堂一个研究生，哪能教一个小孩子呢？正好我认识一个姓王的女生，我和她一起在一个美国老太太那里学过英语口语。她在家没什么事，我就介绍这位姓王的女生来教李至胜英语。后来李宗仁的事我就不管了。李至胜在我们家住了有一两年，随后上了手帕胡同二附小，最后去了美国。

由于光琦一直搞经济，李宗仁当选国民党政府副总统后，曾聘请他为经济顾问。北平解放前夕，他拒绝离开大陆，留了下来，后来在中央人民政府对外贸易部从事国际贸易研究。"文化大革命"中，光琦因为这一段不容易说清楚的历史，坐了六年监狱，精神受了刺激，1985年因脑血栓去世。

光琦、胡敏夫妇有四个孩子。胡敏的父亲胡氏兄弟解放后去了海外，他们在国内的家产由胡子昂管理。胡子昂是他们的亲戚，也是管家。在1955年的公私合营中，胡子昂先生把这些财产全部上交国家。胡子昂先生曾任全国人大常委会副委员长。这是后话。

五哥光复是志成中学毕业的。他性格外向，平时很活跃，喜欢打球、滑冰等体育活动。志成中学有一个有名的美人儿叫周志雯，愣要追他。中学毕业后光复报考空军学校，报纸上还登了他俩的事，说是"英雄配美人"。当年年轻人当空军飞行员是一件很荣耀的事。光复所在的空军部队在四川的时候，周志雯三次去找他。但他俩最后因种种原因分手了。光复后来同上海一个资本家的女儿张西锦结婚，两人感情很好，生有一儿一女。

抗日战争中，光复在国民党空军服役当飞行员，曾打下八架半日本飞机，成为当时著名的抗战空军英雄。为什么有一个是半架呢？因为这架是他和一个美国飞行员共同击落的。抗战中中国飞行员击落敌机的最高纪录是九架，光复是八架半。那时光复在国民党军队里受到重用，曾任空军作战部副部长。后来国民党知道了他和我的关系，他一下子就失宠了，处处受到排斥。光复一气之下脱离军队做生意，1985年，他去美国达拉斯看望儿子，从此在美国定居。

刘　源：听说抗战胜利后光复舅舅回过一次家。家里人七嘴八舌围攻他：共产党这么好，你怎么站在国民党一边？你有没有向共产党扔炸弹？他说："我在国民党军队里打日本鬼子，我没有也不会向共产党扔炸弹。"

王光美：我国改革开放后，王士光去美国访问，兄弟俩在美国见了面。1995年，为纪念抗日战争暨世界反法西斯战争胜利五十周年，我国有关部门邀请光复回国，出席在人民大会堂举行的纪念大会。光复作为抗日老战士的代表，坐在纪念大会的主席台上。江泽民主席和他亲切握手。这次他回国参加活动，是解放军空军接待的。2005年9月，我国隆重举行纪念中国人民抗日战争暨世界反法西斯战争胜利六十周年。光复再次受到邀请，回国出席在人民大会堂召开的纪念大会，聆听胡锦涛主席的报告。让光复特别感到兴奋和荣幸的，是他作为抗战老战士十名代表之一，受到党和国家领导人的接见。胡锦涛主席还亲自给他颁发了中国人民抗日战争胜利六十周年纪念章。

我的六哥光英，大家对他知道得比较多了，我也不多介绍了。他曾多年担任全国人大常委会副委员长、全国政协副主席。在兄弟姐妹中，我和光英是来往最多的。光英是1919年巴黎和会那年生的。当时我父亲正好在伦敦，接到家里打来电报，说我母亲生了一个男孩。他触景生情，就取名为光英。两年之后，我父亲在美国参加华盛顿九国会议，又接到一个电报，说这次生了一个女孩。他又触景生情，给我取名为光美。其实我还有一个字，叫心绮。

在兄弟姐妹中，光英和我挨得最近，只差两年，所以从小我俩一块上学、一块放学，老在一起。光英喜欢弹钢琴、唱京戏，喜欢看球赛，还当过拉拉队队长。他的朋友最多，经常带着一大堆人到家里来。旧刑部街二十八号我们家的房子，就租给了光英的一个同学宗德纯。光英大学毕业后到天津办厂，就是和这位宗先生合伙的。

在天津，光英认识了辅仁大学教育系女生应伊利，两人开始谈恋爱。当时应伊利还没有毕业，光英就又回到辅仁大学化学系读了一年研究生。他俩是1942年结婚的。等应伊利毕业后，两人又一起到天津办厂。工厂的名字叫近代化学厂，听起来挺有气派，实际上工厂很小，生产些化工原料。我记得家里为支持光英办工厂，还给了他几根金条。金条哪来的呢？当时社会经济萧条，物价波动很厉害，纸币一天天贬值，而我们家那时已经没有稳定的收入，于是就把多余的房子全卖了，换成金条，用以应付家庭生活和供我们上学。光英那时也积极寻找机会，想到延安参加抗日斗争。1944年，崔月犁同志约他谈话。记得会面地点是在北海公园大门里往东走的湖边上，那里绿树成荫，没什么游人，适合单独谈话。光英见到崔月犁同志非常高兴，一见面就开门见山地说："我想请你介绍我去延安。"崔月犁同志笑着说："你不是已经在天津办了化工厂了吗？"光英说："那是为了谋生找出路，但我认为真正的出路在延安。"崔月犁同志却耐心告诉他："革命是多一个人好，但就你的具体情况，到了延安，恐怕党还是要你做生意，你不要把做生意和革命截然分开，为共产党做生意，不也是为革命做贡献吗？"听了崔月犁同志的劝告，光英留了下来。

我有四个妹妹，除了前面说过的光和、光平，还有光中、光正。光中上的是北京师范大学家政系。我三嫂严仁英看上了她,就把光中介绍给自己的表弟卢庄吉。卢家也是天津的大户人家。天津的几大家互相都有亲戚关系。

全国解放后,光中想参加工作,但卢家规矩多,不让儿媳妇出来。后来光中就离婚了。她喜欢小孩儿,心地善良,照顾孩子特别细心,缝缝补补的事都会。那时我母亲正要创办"洁如托儿所",就让光中来帮忙。我母亲任所长,光中任保教主任,具体负责托儿所的工作。

一开始我母亲也没有想到要办托儿所。起因是我生了女儿平平以后,自己没有时间带,就交给我母亲带。那个时候干部们工作都很忙,听说我母亲这里可以带小孩子,纷纷把自己的小孩儿送过来,这样越送越多,就办起来了。当时收养小孩儿没有年龄限制,有不少是不满周岁的婴儿。许多同志义务到托婴所帮忙。我记得顾雅美同志常来指导儿童医疗,后来她是儿童医院的院长。北京师大第二附小校长王静同志的孩子也在托儿所,他本人就常在业余时间义务为工作人员补习文化知识。渐渐地他和光中好上了,后来他俩正式结婚了。60年代,他俩都调到山西大学工作。

70年代末,光中调回北京,任北京西城区婴幼儿童保教实验院院长,并担任西城区人大代表和北京市政协委员。她还荣获全国妇联、全国儿童少年协会颁发的"全国优秀保教工作者"光荣称号。可惜,她在1989年患脑溢血去世了。

妹妹光正出生时,有人送了我母亲一对玻璃花瓶,所以给她取了个小名叫双瓶。光正读的是高级助产学校。解放前她随光琦夫妇去上海,从此就一直留在上海,从事妇产科专业和医务领导工作。光正的丈夫李德宏在上海地下党时,曾同江泽民同志在一个党支部。他是一位石油化工专家,退休前是上海金山石化总厂的总工程师。光正曾任上海红房子医院(妇产医院)院长,上海第六人民医院院长、党委书记,上海医学院副院长、党委书记和上海市政协委员,现在已经退休。

■ 王光美的父亲王治昌

■ 王光美的母亲董洁如

■ 王治昌与董洁如

■ 王光美和两个哥哥胸前挂着心爱
　的冰鞋

■ 王光美与姊妹们在庭院中。左起：
王光正、王光美、王光和、王光
平、王光中

■ 1930年代，王光美一家全家福

- 青年王光美（中）和姐妹们在一起

- 王光美与王光英在观看刘少奇诞辰一百周年画册

一架飞机把我从北平送往延安

黄 峥：光美同志，听说您是和宋平同志同乘一架飞机从北平去延安的。宋平同志当时并不在北平军调部工作。这是怎么回事呢？

王光美：1946年6月，蒋介石国民党发动内战。8月，美国宣布"调处"失败。在这过程中，北平军事调处执行部一步步降格，人员逐渐撤离，准备解散。中共代表团的负责人，开始是叶剑英同志，逐渐改为罗瑞卿同志，再到李克农同志，最后雷英夫还负责过一段。翻译任务越来越少。我也慢慢地不做翻译了，到交通处帮忙。当时交通处是荣高棠同志负责。他让我协助安排交通工具。我们就充分利用美国飞机转运干部。当时我们党的许多领导干部，乘坐美国飞机从这里调到那里，都是用军调部名义安排的飞机。后来这件事还受到了少奇同志的表扬。

我到军调部后，组织上有一个规定，就是从此不能再和北平地下党联系。因为军调部是公开的，公开工作和秘密工作要绝对分开。有一次我骑车在长安街碰到崔月犁同志，简单说了几句话就赶紧走开了。

军调部工作结束以后，在军调部中共代表团工作的同志，一般是哪里来的回哪里去。有的回晋冀鲁豫解放区，有的回山东解放区，有的要求去东北新区，也有的要求回家。我是北平地下党推荐来的，家也在北平，但我到军调部工作后，政治身份已经暴露，再留在北平做地下工作已经不行了。组织上征求我的意见，我说我想去延安。领导答复同意我去延安，要我等待交通工具。

10月下旬的一天，我们得到消息，有一架从南京过来的美国飞机，要经过北平飞往延安。领导安排我搭乘这架飞机。那天，军调部用车把我送到西郊机场，只见有一架小型的军用飞机停在那里。我登上飞机，见到机舱里已经坐着两个人，一个是中国人，一个是外国人，都不认识。那天天气很好，天空蓝蓝的，还飘着一朵朵白云。我第一次坐飞机，又是去延安，很新鲜也很兴奋，起飞后老站起来往窗外看。平时在城里不觉得，一出城往下一看全是山。那个外国人这时开口说话了，要我坐下来，说你这样不安全。这架小飞机就载着我们三个人，从北平飞到了延安。由于互相之间不熟识，一路上都没怎么说话。后来我才知道，那位中国人就是宋平同志，当时在周恩来同志领导的南京中共谈判代表团工作，途经北平回延安汇报工作。那个外国人，就是美国军队驻延安的观察组组长包瑞德上校。他们都是临时搭乘这架飞机的。

那天是几月几号？由于当时没怎么在意，时间一长，也就忘了。前几年，宋平同志担任中央政治局常委的时候，他的夫人陈舜瑶同志打电话问我：宋平同志与我一起飞往延安的那天是几号？我这才仔细回忆了一下，终于记起来那天是11月1日。晚上我打电话告诉了她。

到延安，李克农同志和夫人赵大姐在机场接我。我到延安人地两生，一见李克农同志特别高兴。从北平出来时我带了一包好茶叶，这时赶紧给了赵大姐。李克农同志在北平军事调停处执行部里是中共方面的秘书长，先回了延安，担任中央军委情报部部长。

我被分配到中央军委外事组工作，住在王家坪的一所平房里，和李蓬英住一间屋。这是我第一次到延安，感觉挺好，很喜欢这里的气氛。当时中央领导同志都没见到，只有杨尚昆同志离得比较近，常见面，他是军委秘书长。对面过一座小桥就是美军观察组驻地，那里晚上常放电影。尚昆同志有时去那儿看电影，就叫上我们一起去。美国记者安娜·路易斯·斯特朗就住在观察组旁边的一间平房里。她在北平的时候，为去解放区，找我安排过交通工具，所以认识。她来看过我，我也去看过她一次。马海德、苏菲夫妇住的房子和我们在一排。还有个美国人李敦白，当时在延安解放报社工作。我到延安那天，李敦白到机场看热闹，还上了飞机，见过我。以后他就老到我们王家坪来串门聊天，还给我写过诗。

由于我刚从北平来到延安，有关同志领我这里那里看看，参观了托儿所什么的。当时延安的干部吃饭分大、中、小灶。杨尚昆同志安排我吃中灶，可能是优待知识分子吧！后来从瓦窑堡回来，我就主动要求改吃大灶了。在北平的时候，军调部一个叫郭戈奇的翻译对我讲，延安有延河，冬天结冰，可以滑冰，所以出来时我还真的带了双冰鞋。实际上延安冬天没有人滑冰，我差点儿出了洋相。

没几天传来消息，说国民党胡宗南军队要进攻延安，要我们疏散到瓦窑堡。所以这次我在延安只待了十来天，就匆匆忙忙随外事组疏散到瓦窑堡。瓦窑堡是完完全全的农村了，但我没觉得特别苦，挺喜欢。在这里，随时接触到当地的老乡。我们很注意群众关系。这是我第一次到农村，还在这儿学会了纺线。

我从大城市来到延安和瓦窑堡，没觉得特别不习惯，比我来之前的想象要好，觉得充实。可能因为北平长期在日本人统治下，人们思想比较压抑，生活也不好。到了这里，平时生活不算好，但时不时改善一下。我在延安的幼儿园里看到，小孩子一个个胖乎乎的，小脸红扑扑的。

1946年11月19日，周恩来同志率领中共谈判代表团大部分成员从南京回到延安。当时形势错综复杂，不久忽然说有可能要恢复谈判。谈判需要懂英语的翻译，周恩来同志下通知，点名让我回延安。这样我就又到了王家坪。可实际上国共谈判并没有恢复，因为蒋介石发动全面内战了。这是我第二次到延安。这一次，待的时间比较长。

在延安，柯柏年同志是我们翻译组的负责人。北平军调部解散时，买了不少外文书带到延安。翻译组就从这些外文书中摘译一些有参考价值的材料，送给中央领导同志参阅，总的题目叫《供您参考》，从题目到内容全部用手抄。我就参加编译这个《供您参考》。后来少奇同志告诉我，那些材料他都看了。

后来我还常为朱德同志当翻译。那时总有外国记者采访他，主要是美国记者，有罗德里克。朱老总很和气，每次谈话前，他总是给我一张纸，让我把他要说的话记个提纲，照着翻译就行了。我给周恩来同志也当过翻译。到了延安第一次见周恩来同志，是在美军观察组看电影时碰见的。他老远就喊了一声："王光美！"见面后他把我介绍给邓颖超同志。

1946年夏，王光美为李克农赴
延安送行

在延安我和少奇相识

黄　峥：我们知道就是在这期间，您和少奇同志相识了。您能给我们回忆一下和少奇同志认识的经过吗？

王光美：这个说起来话就长了。以前我们的孩子也问过我，说爸爸那么严肃的一个人，你们是怎么认识、怎么谈的？我都没有告诉他们。当然，实际经过也很简单。

　　周恩来同志通知我回延安，我就又住到了王家坪。我跟毛主席当时的警卫参谋龙飞虎同志在一个食堂吃饭。他曾在北平军调部担任叶剑英同志的秘书，所以和我认识。有一天龙飞虎来告诉我，说晚上杨家岭有舞会，想去可以去。当时我除了原来在军调部认识的同志，谁也不认识，有什么活动都是别人带我去。晚上我就跟着去了。那天周恩来同志在，少奇同志也在。龙飞虎把我介绍给少奇，说："这是王光美同志，北平军调部的，才从瓦窑堡回来。"少奇问了我一些北平特别是学校的情况。因为他在北方局担任党中央代表的时候在北平工作过，所以对北平的事情很关心。末了他问我："你是不是党员？"我说我不是。当时我觉得很难为情。入党的问题我考虑过，也有点儿想法，所以我就说："这个问题我还有点儿看法，不知道中央领导同志能不能对我们这些才到解放区的青年给予帮助？"他说:"那要看我有没有时间。"

这是我第一次见少奇。我当时并不了解少奇在党内的地位身份。在北平的时候,地下党组织曾给我看过党的一些文件,有《新民主主义论》《论联合政府》《论共产党员的修养》和党的七大文件等等。所以刘少奇这个名字我是知道的,知道他是党中央的负责人之一,但说不清他的准确身份。那次见面完全是中央首长同一个年轻人的谈话,还谈不到有别的意思。

第二天,在军调部当过联络部长的徐冰同志,把我们这些从北平军调部和南京谈判代表团回来的同志组织在一起,搞了一辆大卡车,从王家坪拉到枣园。说是因为我们长期在国民党统治区工作,带我们去见见朱德总司令。到了王家坪朱德同志的家里,朱老总很客气,要请我们吃一顿饭。就在等吃饭的时候,康克清大姐说:"我带你们去看看少奇同志。"那时毛主席已经不住枣园,搬到别处去了,少奇同志就住在原来毛主席住的窑洞里。这样,我和大家一起到了少奇同志的窑洞。我的印象,那个窑洞不太宽敞,好像有里外间。见面时大家都坐着,少奇同志讲了几句鼓励的话。他讲得很简单,完了就送我们出来了。我们感到他工作很忙,因为是康大姐带我们去的,能抽空见面谈谈话,已经是一种礼遇了。这是我第二次见少奇。

1947年2月21日,叶剑英同志和北平军调部中共代表团的最后一批工作人员回到了延安。其中有黄华同志。他是军调部中共代表团的新闻处长,回延安后担任朱德同志的秘书。3月5日,黄华同志通知我,要我到少奇同志那里谈话。他告诉我:"少奇同志打电话给叶剑英同志,说王光美同志想约我谈一次话,你们给安排一下。"原来是我第一次见少奇的时候提出过,希望中央领导同志对我们这些才到解放区的青年给予帮助,他记住这件事了。因为我是从军调部回来的,叶剑英同志当时住在王家坪,少奇同志就给他打了电话。叶剑英同志把这件事交给黄华同志办。枣园我去过一次,是和许多人一起坐卡车去的,但要我自己去就不认识路了。黄华同志给我找了一匹老马,说:"你跟着它走,老马识途,它能把你带到枣园。"

我在北平做学生的时候骑过骡子郊游,没骑过马,所以对能不能一个人骑马去枣园有点儿嘀咕，后来还是咬咬牙去了。这匹老马原来是傅钟同志的坐骑，大概常去枣园，果然认识路。我骑上它蹚过延河，就直奔了枣园。到了枣园，我找到少奇同志的窑洞，见周恩来同志正在同少奇同志谈话，让我等一等。我就出来，进了少奇同志的机要秘书赖奎同志的屋里。一会儿，恩来同志谈完出来，热情地跟我打了个招呼。

　　进了少奇同志的窑洞，我顺便看了看，觉得陈设很简单，桌上放着一盏油灯。谈话还是接着上次的话题。我说："那天你问我是不是党员，我想说说我的情况，请教一下该怎么办？在北平的时候，我同地下党联系的时间已经不短了，布置给我的任务我都积极去做。崔月犁同志在北平两次告诉我可以写申请入党的报告。我还读过你的《论共产党员的修养》，但读了之后我觉得我不够党员条件，我做不到绝对服从，因此没敢提出入党要求。到延安后，我提出了入党申请，觉得自己参加了军调部中共代表团的工作，表现还可以，在瓦窑堡联系群众也不错。但报告递上去之后，一直没有得到回音。我不知道现在还要不要再提入党要求？今天你让我谈，我想请求帮助的就是这个事。"少奇就给我讲了很多道理。他说："入党是没有自由的，必须符合条件，经过党组织批准，但是退党是自由的。你如果有入党的迫切要求，应该向组织提出来。提一次不批准，人家给你指出来有哪些不够，你考虑以后可以再提。"他还说，"你现在受的教育，不要以为光是你父母亲供你上大学的结果，而是人民的培养，所以要把你的知识用来为人民服务。你现在有了某一方面的知识，但你还缺很多知识，比如你就缺乏农村的知识，今后一定要多向群众学习。"他还讲到，你现在到了革命队伍里，但革命队伍里的人也不是一般齐的，每个人有长处有短处，你要多学别人的长处。

　　这样说着说着，就到了吃中饭的时间。这天正好是星期日。我在王家坪吃中灶，星期日两顿饭，我是吃了第一顿饭出来的，第二顿饭要在下午才吃。但枣园的中央领导同志没有星期日，还是三顿饭。少奇见炊事员给他把饭端来了，就留我吃饭。我说："我已经吃过了，你慢慢吃。我在这里等，可以看看你吃的什么。"当时我也是出于好奇心，就坐在沙发上没动。

我看见他的饭菜很简单，好像只两碟菜，一碗米饭，米饭上面放了一颗大蒜。我觉得奇怪，心想怎么把大蒜和米饭配着吃呢？少奇刚吃了几口，好像突然想起了什么，站起来走到办公桌前，拉开下面的抽屉，拿出几个梨子，又拿了把小刀给我，意思是他吃饭让我自己削梨吃。那个梨子很难看，黑不溜秋的，留给我的印象特别深。当时我看了觉得很难受，有点儿动感情。我知道我们在军调部的时候，经常给延安中央同志带北平的好东西，怎么中央领导同志吃的就是这样的梨呢？吃完一个梨我就出来了。少奇送我出门，没再说什么。这次见面也没有谈恋爱的意思。当然有一点儿特殊，就是我作为一个青年同志，能有机会单独同少奇谈话。

　　我回王家坪还是骑的那匹老马。一开始挺顺，但一过延河，它撒开腿就跑，我拉都拉不住。幸亏当时我年轻，没掉下来。原来它是饿了，要回去吃草了。

　　下午通知我们，说中央领导同志要慰问从南京、北平回来的干部，当晚在王家坪礼堂举行宴会。晚上毛主席没来，少奇同志、朱老总出席了。慰问的对象是周恩来、叶剑英同志和南京、北平两个代表团的同志。当天3月5日，正好是周恩来同志的生日。这天不知怎么就安排我坐在中央领导同志所在的第一桌了。少奇同志讲话，说："欢迎同志们胜利归来，在复杂的斗争中出色地完成了党交给的任务。"少奇还站起来正式敬酒。这时我才明白他是代表中央、代表毛主席，知道他曾经是党中央代理主席。宴会上恩来同志很活跃，讲了很多从南京撤退的事。宴会完了还举行舞会，很多人在一起。我和少奇没单独说什么。

　　和少奇同志谈过话以后，我又交了一份入党申请书，是交给徐冰同志的。因为我觉得在北平军调部和来延安，好多事情他了解。没过两天，又得到通知，说国民党胡宗南军要进攻延安，说这回他是真的要来进攻了，延安的机关必须撤退。当时我不愿意走，我说我来延安就是要参加打仗的，现在让我们机关和家属一起撤退，不干！领导当然不同意。因为军委外事组整个单位都撤，我不走不行。

1945年，刘少奇在中共七大上

1946年1月，刘少奇在延安

少奇要我跟他走

黄　峥：当时延安的形势比较紧张。蒋介石1947年2月28日在南京召见胡宗南，部署大举进攻延安。国民党军队投入的兵力达二十五万人，而陕北共产党领导的军队为两万多人，只有敌军的十分之一。中共中央得到了这方面的情报，3月初决定紧急疏散，撤离延安。

王光美：少奇同志后来告诉我，3月5日那天，他就和毛主席商量了撤退的事。不过当时我是一点儿也不知道。大约3月8日至10日之间，周恩来同志和叶剑英同志在王家坪，召集南京办事处外事组和北平军调部回来的同志开会，动员撤出延安，宣布外事人员编成一个队，队长薛子正，副队长黄华，党支部书记王炳南。王炳南同志是和董老董必武同志最后从南京撤回延安的。

我们先到了瓦窑堡，然后过黄河，4月到晋绥地区的山西临县。在瓦窑堡，还接到叶剑英同志的夫人吴博转来他写给我的一首诗，鼓励我，说我表现比较好。这次离开延安，我没有和少奇联系。

5月，根据周恩来同志的指示，在这支外事人员队伍的基础上组成中共中央外事组。由叶剑英同志兼任主任，王炳南同志任副主任，内设三个处，翻译处由徐大年同志任处长、章文晋同志任副处长，研究处由柯柏年同志任处长，新闻处由董越千同志任处长。我记得当时成员有三十人左右，包括薛子正、黄华、王凝、凌青、马牧鸣、张林生、张香山、吴青、陈浩、王朴、陈佩明、曾远辉、刘文仲等同志。

黄　峥：当时的背景是：国民党军飞机 3 月 11 日开始轰炸延安。3 月 12 日，中共中央分工由少奇同志和朱德、任弼时、叶剑英等同志，带领一部分中央机关人员离开延安枣园转移到子长县瓦窑堡，毛泽东、周恩来同志搬到王家坪人民解放军总部办公。3 月 18 日，毛泽东、周恩来同志也从延安撤离。3 月 19 日，国民党军队胡宗南部进占延安。党中央开始了辗转陕北的岁月。

王光美：转移的时候，一路上我们把能丢的东西都丢了。上级决定我们到晋绥分区参加土地改革。当时中央有个指导思想，就是凡是从白区到延安的同志，都要尽量参加根据地的土改运动。我被分配到晋绥分区的山西省兴县参加土改工作队，队长是王炳南同志。这时已经是 4 月份了。我们土改工作队在进村之前，要先到蔡家崖集中学习文件。徐冰、王炳南同志都参加了。没有想到，这时少奇同志也到了蔡家崖，我们就又见了一次面。

原来，中央根据全国内战爆发的形势，决定党中央的五位书记分成两套班子：毛泽东、周恩来、任弼时同志率中央精干机关留在陕北，指挥各战场作战；少奇、朱德同志和一部分中央委员组成以少奇为书记的中央工作委员会，前往华北进行中央委托的工作。少奇、朱老总是 3 月 31 日晚从陕西绥德和山西临县的交界处渡过黄河，从临县三交镇过来的。兴县蔡家崖是中央晋绥分局所在地，贺龙、李井泉等同志在这里。

我是在一天吃午饭的时候见到少奇的。那天可能是徐冰、王炳南同志安排，少奇、朱老总和我们土改工作队的同志一起吃了一顿饭。记得同桌的还有邓颖超同志。少奇在饭桌上问了工作队的一些情况：学了什么文件？什么时候进村？我没怎么说话。

吃完饭出来，走到门口少奇问我："你是在这里参加土改，还是跟我们上晋察冀？到那儿也能参加土改。"我感到意外，说："我正在学习，等分配参加哪个工作队，能跟你们走吗？"少奇说："黄华都跟我们一起走。"我想我刚来这里，还没有真正参加土改，这样不明不白走了算怎么回事？而且我写了入党申请书之后，在下来之前王炳南同志刚刚找我谈了一次话，说你现在的表现很好，这方面没问题，但你的家在北平，要了解一下你家庭的情况。要是我现在突然走了，那多不好！所以我也不知道深浅，就打了个官腔，回答少奇说："以后有工作需要再说吧！"

我这话说出口以后，当时觉得没什么，回到住处琢磨琢磨感到不对：他跟我说这话是什么意思？我怎么没有弄明白就回绝了呢？于是就想最好再问问清楚。当天晚上，贺龙同志组织小型招待演出。少奇同志、朱老总都出席了。我就想再去找少奇说句话，问问他是什么意思。走到门口往里一看，见少奇、朱老总坐在第一排，少奇抱着涛涛，正等开演。我犹豫了半天，在门口转了转，最后还是没进去。我这个人，学生时代一心学习，最崇拜的人是居里夫人，一直到这时从没有谈过恋爱，这方面很迟钝，不知道应该怎么办。后来回想起来，少奇要我跟他走，是对我有好感，想带我上晋察冀，但当时我不敢胡思乱想。

少奇同志他们走了以后，我们很快开始投入土改集训学习。在村子里，我们住在村长家旁边的一个偏窑里，几个女同志在一起，都睡在一个炕上。一次入睡前，吴青告诉张林生：邓大姐找她谈了一次话，说因为王前对少奇的工作干扰很厉害，大家都建议他们分开，年初他们就离婚了，最近邓大姐想把她介绍给少奇，问她愿意不愿意？我一听这个，才知道少奇和王前离婚了。后来又知道，少奇本来希望王前在政治上多进步，但王前不懂事，不好好工作，还常打孩子。有一次王前打涛涛很厉害，少奇看不过打了她一下，王前就大闹。在王家坪的时候，少奇被王前闹得实在没法工作，就找了毛主席，请主席帮助找个安静的地方。毛主席让少奇搬到枣园他原来住的窑洞。这样少奇才从王家坪搬到了枣园。

晋绥的土改我参加了两个地方，一个是姚家会村，一个是小镇魏家滩。我们工作队，是把从上海、南京等城市来的干部和地方干部混合编组，这对我们也是一个学习锻炼。可能因为我是学数理化的,一下村子就分配我搞田亩登记,计算每家每人分几亩几分地。我在晋绥搞土改,前后差不多一年的时间,结束时已经是1948年的春天。这段时间里,我和少奇没有联系。

- 1947年，王光美与战友们在窑洞前。左起：陈佩明、王光美、陈秀瑜、张林生

- 1947年，王光美与战友们在延安

风雨无悔
——对话王光美

在西柏坡重逢少奇

黄　峥：显然少奇同志这段时间里同样不知道您的情况，可能也不方便打听。你们重新见面是在西柏坡了吧？

王光美：当时通讯很落后，又是战争年代，同志亲友之间多年不通音讯是很普遍的。这时连我的父母都不知道我在哪里。大约1948年的三八节前后，我们结束了在土改工作队的工作，到了中共中央工作委员会所在地，河北建屏县西柏坡。这时，中央外事组已经搬到离西柏坡不远的陈家峪。我住的那个村子叫柏里。

　　我回到外事组以后，在一些公众的场合同少奇见过面。有一次我去西柏坡参加中央机关的晚会，毛主席和少奇同志都在，我和他们见面说话了。毛主席还问我："上辅仁大学学的什么？校长是谁？"我说："我学的是原子物理，校长是陈垣。"毛主席说，有"南陈""北陈"两个陈，还说全国解放后我们也要搞原子弹。我说"南陈"我不了解，辅仁大学校长陈垣是研究历史的。主席说的"南陈"，可能是指著名历史学家、中山大学教授陈寅恪。

　　还有一次王炳南同志组织外事组舞会，少奇和朱老总都来了。少奇顺便到外事组办公的屋子走走看看，还与陪同人员到我住的小屋转了转。和我同屋住的还有吴青同志，不过这时她去欧洲参加国际妇女会议，我临时一个人住。交谈中少奇同志问我："星期天都干什么？"我说我不爱打扑克，星期天就是到南庄赶集、散步，或者在家看看书。南庄是中央组织部所在的村子，离我们住的地方不远。他这时说了一句："有空上我那玩儿。"

有了少奇这句话，我决定星期天去一次。因为我只有星期天才能外出赶集什么的。但怎么去呢？我心想，我不能向这里领导请假说要去找某某中央领导同志，即使去了，他那里有岗哨，我这样的一般干部无缘无故也不让进。我就想了个办法，我跟我们的负责人柯柏年同志说，我有事要去东柏坡找一下赖祖烈同志。6月的一天，我先到了赖祖烈那里，对他说，少奇同志约我去一趟，请你把我送到西柏坡去。少奇同志住在西柏坡，和朱老总同一个院子。赖祖烈同志没说什么，当即就把我送进了少奇同志办公和居住的小院。

我一进去，少奇正在写东西。看见我来，他马上站起来，说："你真来了！"这次谈话时间比较长。他说："这么长时间没有你的消息，不知道你的情况怎样？"后来，他表示了愿意跟我好的意思。他还说，他年纪比较大，工作很忙，又有孩子，要我好好考虑。我当时觉得这个人真有特点，一般人在这种情况下都愿意说自己怎么怎么好，以便取得对方好感，他却光说自己的缺点。我说："年纪什么的我倒没往那考虑，只是在政治水平上我们差得太远，我和你在一起的话我不知道该怎么办？应该注意什么？而且我也不了解你过去的个人情况。"少奇回答我说："应该注意什么的问题，你去找一趟安子文同志；如果想了解我过去的历史，你去问李克农同志。"我对这事很慎重，最后我特别问了一句："我不知道你有没有其他婚姻关系？"少奇就说："如果你想知道这方面的情况，你去问一下邓大姐，她就住在旁边的院子里。"

说着说着，我觉得时间不早了，就问："几点了？我该回去了。"

少奇手上没有戴表。他拉开抽屉，拿出一块表看了看说："表不走了，也不知道什么时候停的。"原来他的这个表早就坏了。看到这个情况，我心里又触动了一下。我想：怎么会是这样？中央领导同志工作没日没夜，怎么连个好好的表都没有？怎么这些事没有人帮他收拾？他连表都不知道修一下，那日常生活怎么办？我当时就有些坐不住，首先是尊敬，同时对他这种生活无人照顾的情况深表同情。今天我们都离不开手表了。即使在那个年代，应该说对少奇这样的中央领导同志来说，手表也是不可或缺的，不仅平时生活起居需要掌握时间，开会、行军打仗更是分秒必争。可少奇同志当时就是这样一种情况。我说："你怎么也不叫人帮助修一下？"他为难地说："该叫谁呀？"我也不知道当时出于一种什么考虑，可能是心里自然冒出来的一种义不容辞的感觉，就说："好，你交给我吧！我帮你去修！"

我认识中央机关管后勤的赖祖烈同志。他那里常有人去石家庄办事。我就和他商量，请他把少奇同志的表带去修一修。时间不长，赖祖烈把表修好了。可他没有把表直接给少奇，而是又带给了我。这我就难办了：我不能老往少奇那里跑呀！想来想去，我把表交给了我的领导王炳南同志。他是外事组的负责人，经常出席中央工委的会，常见中央领导同志。我向王炳南同志解释修这个表是怎么怎么回事，说现在请你在开会的时候把这个表捎给少奇同志。王炳南同志转天就把表交给了少奇同志，说："这是光美同志让我带给你的。"少奇当然是一听就明白了。可这么一来，王炳南同志就看出来了。

那天少奇要我去找安子文等三位同志，后来我还真的去了。我先找了安子文同志。他是中央组织部副部长，我去的时候他和他夫人刘竞雄同志正在家煮白米稀饭。我本来是想请教他：我和少奇同志在一起行不行？他却不谈这个，一上来就交代党的保密纪律，说：你和少奇同志在一起，不该知道的不问，不该看的不看，领导同志谈话你不要听等等几条，就好像我和少奇已经在一起了似的。我又先后到邓颖超、李克农同志那儿，跟他们说了这件事。他们都没想到，还问了我几句。去李克农同志那儿，我是和孙少礼同志一起去的。正好在那儿还碰见康岱沙同志，抱着她的小女儿。

我和岱沙在北平军调部时就熟识。她同陈叔亮同志就是在军调部结婚的。那时岱沙刚从延安抗大调来，陈叔亮同志是军调部派在山东济南的第七执行小组的中共代表。后来知道，陈叔亮同志的出身和我差不多，上辈都是北洋政府的官员。

过了几天，我四哥王士光从晋冀鲁豫根据地到西柏坡来，找王诤同志谈解放区的广播电台工作。他约我到王诤同志家见了一面。我见他需要手表，就把我的送给了他。因为我在大学里是物理学研究生，我四哥和王诤同志想调我去晋冀鲁豫根据地，搞电台天线研究。我说现在不行，我可能要结婚，就把我和少奇来往的情况告诉了四哥。他听了给我泼冷水，表情还特严肃，说你别胡思乱想。我说我没有，我是很慎重的。

我觉得我和少奇同志的婚姻确实是很慎重的。我对他很尊敬，同时对他生活没人照顾很同情。我们从好感到恋爱。

刘少奇与王光美在西柏坡

1940年代初，辅仁大学校长陈垣和王光美等在一起

1950 年代的王光美

1956 年 4 月，刘少奇、王光美在北海公园同北京师范大学校长陈垣交谈

难忘的结婚"仪式"

黄　峥：您和少奇同志结婚是在1948年8月21日。您能给我们介绍一下当时的情景吗？

王光美：反正在西柏坡的这一段，一来二往的，我们就确定了关系。但我向少奇提出：我还不是共产党员，等我的入党申请批准以后再结婚。少奇同意。其实在北平的时候，地下党组织就要吸收我入党。那时青年学生靠拢共产党的要成为党员并不难，但当时我对党的认识很少，看了一些有关党的书籍，包括《论共产党员的修养》，觉得我还不符合条件。到了延安，我申请入党，这时反而难了，说要经过北平市委调查我的家庭情况，这就拖下来了。这时到了西柏坡，我在中央机关工作，又要同少奇同志结婚，如果不是共产党员，那算怎么回事呀？所以我向少奇提出这个要求。但这事我没有同我的党支部说，因为一说反而复杂了，好像我要拿入党作为交换条件似的。

过了一段，党支部通知我，我的入党申请批准了。我连忙给少奇写了一封便信，告诉他这件事。信是托王炳南同志开会时带去的，我不好意思老往少奇那儿跑。我的入党介绍人是孙少礼、赖祖烈两位同志，他们都是我在军调部时就认识的，对我的情况比较了解。

决定结婚以后，少奇要我把我的行李搬到他那儿去。我对结婚还有点儿老观念。我问他："我就这样搬到你这里,算是怎么回事?要不要到机关大食堂宣布一下?"少奇思想比我解放,他说不用,结婚就是两个人的事。

外事组的同志们知道我要结婚,热情地为我张罗。8月20日那天,外事组开了个会,欢送我。大家一定要我唱歌,我只好站起来唱了个德国歌,唱到半截忘词儿了,章文晋同志接着唱了下去。同志们还给我买了两件衬衫。

第二天,少奇派他的卫士长李长友同志带着他的信来接我,帮我搬行李。他交代卫士长说："今天我要成家了。光美同志不好意思,你们去把她接来吧!"其实我的行李很简单,主要就是一套白里白面的被子褥子。当时我下乡的时候,一开始用的是红缎子被面。老乡们感到稀罕,老摸我的被子。我觉得这样可能脱离群众,就托人把红缎子被面拿到瓦窑堡的集市上卖了,用卖得的钱买了红枣、猪肉等东西,回来煮了典型的延安特色菜"红枣炖肉",同志们一起会了一次餐。这以后,我的被子和褥子就都是白里白面的了。

一见少奇的卫士长来接我,外事组的同志们忙乎起来。大家觉得是搞外事的,有点儿洋知识,就说结婚应该有蛋糕。同志们从集市上买来鸡蛋、奶粉、糖,调的调,蒸的蒸,做了一个大蛋糕,上面还设计了花,挺好看。几位女同志送我的时候,就把蛋糕带着,搁在了少奇的里屋。

正好这天晚饭后食堂里有舞会,少奇和我都去了。大家知道我们今天结婚,就更加热闹了。那天毛主席、周恩来同志都在。恩来同志特聪明,他见我们没有专门举行结婚仪式,就跟毛主席说："咱们一起上少奇同志家,看看他们住的地方。"这样,我和少奇就陪着毛主席、恩来同志,还有外事组的一些同志回来了。来了之后,主席、恩来、少奇在办公室谈话,外事组的几个女同志就和我到另外一间屋,找刀子、盘子切蛋糕。打开一看,蛋糕已经被挖走了一块,原来是涛涛等不及,先挖一块吃了。我们给主席、恩来、少奇三个人每人切了一份蛋糕。他们一面说说笑笑,一面吃蛋糕,最后都吃光了。毛主席还给他的女儿李讷要了一块带回去。这天是

1948年8月21日。

  我觉得，我和少奇同志结婚，说没仪式也没仪式，因为我们从一开始就没有打算举行什么仪式，少奇跟平常一样整天都在工作；说有仪式也有仪式，那天机关正好有舞会，很热闹，而且毛主席、恩来同志亲自登门祝贺。

■ 1948年8月，刘少奇、王光美
在西柏坡结婚

我学习当少奇的秘书

黄　峥：我听到许多老同志说，您和少奇同志结婚以后，对他的帮助很大。因为这以前很长时间少奇同志的身体一直不好，胃病经常复发，生活没人照顾，对工作很有影响。后来有您照顾，就好多了。

王光美：少奇的胃病，是他当年在北京和莫斯科勤工俭学时生活艰苦，经常饥一顿饱一顿留下的病根。他担任中央工作委员会书记到西柏坡后，胃病经常犯，平时老用一个热水袋捂着肚子，有时疼得满头大汗，无法工作。由于吃不下饭，消化吸收不好，身体十分消瘦。毛主席知道后还专门从陕北给他打来电报，要他"安心休息一个月，病愈再工作"。我和少奇结婚时，他体重只有四十八公斤。

当时，我的工作关系还在外事组，同时兼着为少奇管管报纸、资料什么的，做一些服务性的事。一直到进北平以后，我们搬进了中南海，我的工作关系才正式转到中央办公厅，担任少奇同志的秘书。那时办公厅正式成立了政治秘书室，成员有毛主席的秘书田家英同志、朱老总的秘书潘开文同志，还有我，负责人是师哲同志。

在西柏坡，少奇同志的办公室很简单，就是一张办公桌，一个很旧的沙发椅，还有一个放文件资料的木箱。他整天埋头写东西，桌子和木箱上堆得乱七八糟。有一天趁他出去开会，我就帮他拾掇，把放得凌乱不堪的报纸改放在木箱上，把文件、材料收拾整齐。没想到少奇回来把我批评了一顿，说你这样一动，反而搞乱了，我要的东西不见了。他摆放东西虽然乱，可他自己有数，别人一动，就找不着了。后来我吸取了教训，不擅自动他的桌子。

少奇的那个木箱，已经跟了他很多年了，看起来不起眼，可他视作宝贝。战争年代行军打仗，什么东西都可以丢，唯有这个木箱一直带在身边。里面放的什么呢？主要是他历年来写的文章、手稿，包括《论共产党员的修养》一书的历次提纲和原始手稿，还有一些重要的书籍。我觉得这些东西很珍贵，就把它认真整理了一下，趁夏天太阳好，仔细晾晒了一遍。以后，保管这批手稿资料就是我的事了。前几年编辑出版少奇的选集、专题文集，有些就是从这批手稿中挑选出来的。

我觉得他太忙太累，下决心照顾好他，不要让家里的事和生活琐事影响、干扰他的工作。少奇的作息时间很不规律，没有一天是晚上十二点以前休息的。如果是去中央、毛主席那里开会，常常是半夜两三点才回家，有时甚至通宵。散会回来也不能马上休息，一方面精神兴奋睡不着，另一方面还有文件要批。毛主席、少奇、恩来同志都是一个习惯，往往要到凌晨才上床休息，第二天上午十点甚至十二点才起床。从毛主席开始就是这个工作习惯。形成这个习惯是有原因的。主要是战争年代形势千变万化，工作紧张，急迫事务太多。各战场发给中央的电报往往要后半夜才到，等电报来了再研究决策，会就开得晚了。朱老总年纪大，毛主席要他早退先回去休息。其他领导同志就晚得多了。

少奇原来吃饭没个规律，冷热饥饱瞎凑合，有时饿了就猛吃，吃多了又胃酸。他年轻时得的胃病就这样老好不了，常犯。结婚以后，这些事我就管起来，让他在饮食方面尽量规律，保持均衡。他每天工作到很晚，而这时炊事员都休息了，我就把白天吃剩下的饭菜，放在一起煮热了给他当夜餐，热乎乎的他还挺爱吃。慢慢地他的胃病好多了。少奇经常半夜开会，我一般都等他回来。有时连续工作时间长了，我就陪他散散步。他休息的方式主要就是散步。西柏坡我们住的地方前面有个打谷场，每天晚上我们就在那里散步。可是我们出去总有哨兵跟着。我是学生出身，一开始散步还想挎着他的胳膊。他不让，说："别这样。那些哨兵都还没有结婚呢！他们看不惯这个。"所以，散步时我俩也就是慢慢走路，说说话。

我认识少奇以来，他一直是光头。结婚以后，我劝他把头发留起来，逐渐形成了背头的发式。那时涛涛四岁多，丁丁两岁多。虽然有阿姨带，但我仍尽量关心、爱护他们。我们的家庭关系非常融洽。涛涛需要母爱，一开始就叫我妈妈。我外出回来晚了，她就坐在门口一直等我。

总之，生活上主要是我照顾少奇。有时他也想照顾我。一天，他看见我怀孕身体有反应，吃不下饭，忽然说："今天我给你做个湖南菜。"我说："你还会做菜？"他说："年轻时什么都干过。"那天他给我做了个蒸鸡蛋，里面搁了醋。我说："你这是什么做法？蒸鸡蛋还放醋？"他说："我们湖南就是这么做的，蒸鸡蛋炒鸡蛋都放醋。"在我的记忆中，这是唯一一次他在生活上照顾我。其实他不是不想照顾我，实在是顾不上。他是把精力和心思都用在了工作上。

有一次，不知为了什么需要，我问他的生日是哪一天？我没有想到他竟然说："我不记得了。"我当时觉得挺奇怪：哪有连自己的生日都不知道的？我就有点儿不高兴，说："工作上的事情你跟我保密，难道生日也要保密？"后来我才了解，他是真的不记得。那么多年，不是白色恐怖环境，就是行军打仗，走南闯北，千难万险，他从来也没想过为自己过生日。一直到全国解放后，我才把少奇的生日搞清楚。有一年他老家的亲戚来信，向他祝寿，从中知道少奇的生日是阴历十月十一日。我通过年历对照表，查出来他的生日是公历1898年11月24日。这以后，少奇在填写有关履历的时候，才准确地填上了这个日子。

刚结婚的时候，我对少奇在党内的地位、贡献等等，了解很少。有次我请求他："你有空的时候，跟我讲讲你过去的经历，就像讲老故事一样。"

他不愿意讲,说:"你不要从我的过去了解我,而要从我的今后了解我。"这个回答给了我很深的印象,很深的教育。一直到今天,我经常想起他的这句话。他的意思是,过去的功劳再多再大,都已经过去了,没必要提它了,重要的是今后,要不断地做出新的贡献。

事实上,他也没有时间回忆和谈论过去的事情,因为他实在是太忙了。

- 1948年4月，王光美在山西省兴县参加土改

- 1948年，刘少奇、王光美和刘涛、刘丁在西柏坡

从西柏坡到香山

黄　峥：西柏坡是中国共产党夺取全国胜利的最后一个农村指挥所。毛泽东、周恩来、任弼时同志1948年4月从陕北到西柏坡，同刘少奇、朱德同志会合。从9月开始，辽沈、平津、淮海三大战役一个接一个地打响。为建立新中国政权作准备的工作已经十分紧迫。这段时间中央领导同志工作的繁忙程度，是可想而知的。

王光美：是的。这段时间少奇同志忙得不可开交，不是出席各种各样的会议，就是找各部门和各地来的负责人谈话、交代工作，要不就是埋头写文件。

我记得1948年9月上中旬，召开中央政治局扩大会议期间，在食堂吃饭时碰到邓小平同志。在等开饭时，我们有说有笑地玩儿了会儿扑克——排列组合。他是从中原来西柏坡出席会议的。会议过程中，小平同志到少奇同志办公室，谈了很长时间的话。

这段时间少奇还写了不少文件、文章、批语，主要是关于新中国经济建设方面的，如《论新民主主义的经济与合作社》《论国际主义与民族主义》等。

还有一件事，就是大家为少奇、朱德同志一起过了一次生日。本来少奇是不喜欢过生日的，他也搞不清自己的生日具体是哪一天，只知道是阴历十月份。朱老总的生日是 12 月 1 日，按阴历算的话是十一月份。大家对朱老总的生日是知道的，因为在延安时曾公开为他举行过六十大寿祝寿。这样，西柏坡机关的同志就在阴历十一月的一天办了一个晚会，跳了会儿舞，就算为少奇、朱德同志一起过生日了。朱老总还特地写了一首诗送给少奇。那天我因为身体不适，经卫生部副部长朱濂村同志介绍，到石家庄透视检查，没有参加生日活动。朱老总的诗稿，是进北京后朱总的女儿朱敏同志送给我的。这首诗的全文是：

贺少奇五十寿于西柏坡

少奇老亦奇，天命早已知。
幼年学马列，辩证启新思。
献身于革命，群运见英姿。
人山人海里，从容作导师。
真理寻求得，平生能坚持。
为民作勤务，劳怨均不辞。
党中作领袖，大公而无私。
群众欣爱戴，须臾不可离。
修养称楷模，党员作范仪。
今年虽半百，胜利已可期。
再活五十年，亲奠共产基。

1949 年 2 月初，苏共中央政治局委员米高扬来到西柏坡，是斯大林派他来了解情况和听取中共中央意见的。少奇同他作过会谈。这事当时非常保密，事前我也不知道。

黄　峥： 当时中国革命的形势发展特别快，中国共产党夺取全国政权已经胜利在望。1949 年 1 月 31 日，北平和平解放，三大战役胜利结束。3 月 5 日至 13 日，

风雨无悔
——对话王光美

中共中央在西柏坡召开了具有历史意义的七届二中全会，研究和规定了全国胜利后党在政治、经济、外交方面应当采取的基本政策。3月23日，中国共产党的五位书记毛泽东、朱德、刘少奇、周恩来、任弼时和中共中央机关、中国人民解放军总部一起从西柏坡迁往北平。

王光美： 3月23日那天从西柏坡出发，少奇和我坐的是一辆吉普车，和大队伍一起，沿着灵寿—行唐—曲阳—唐县一线，向北平行进。我们坐了一天多的汽车，后来又改乘火车。记得我们乘坐的这列火车是由几节破旧而古老的车厢组成的。3月25日上午，列车抵达北平西郊清华园站。李克农同志等在少奇车厢门口高兴地迎接我们。下车后，中央领导同志上了各自的汽车，根据北平军管会的安排，开到颐和园作短暂休息。下午，中央领导同志在西苑机场检阅中国人民解放军部队，同各界人士见面。

北平市委和北平军管会已经选定西郊香山，作为中共中央进驻北平的第一个驻地。阅兵式结束后，中央领导同志驱车前往香山。根据事先安排，毛主席住在香山双清别墅。朱总、少奇、恩来、弼时同志住在来青轩。少奇在阅兵式结束后直接乘吉普车到了香山。从山下到来青轩住地本来可以开车上去，可我们不知道，还一个台阶一个台阶地登上去。

到了香山，等于到了北平，我心里非常激动。北平是我出生、上学和曾经工作过的地方。我自1946年11月1日离开北平赴延安，两年多时间过去了。这中间我辗转于陕北延安、瓦窑堡，晋绥临县、兴县，华北柏里、西柏坡，没想到这么快又回到了北平。我站在香山，向城里眺望，一股思念之情油然而生：父亲、母亲，哥哥妹妹们，你们都在干什么呢？家中一切可好？我家里有电话，我清楚地记得它的号码：西局2858。我多么想给家里打一个电话，告诉家里光美回来了……但是，党中央的住地要保密，我遵纪没打。

在香山的那几天，遇有空闲，我就陪少奇上山散步。他特别喜欢香山的大树，边走边抚摸边欣赏。我难得见他有这样轻松愉快的神情。我们还上了一次著名的香山险峰"鬼见愁"。不过，这两年我辗转陕北、华北，见过那么多北方的崇山峻岭，再看看那"鬼见愁"，就觉得这个称呼实在是太夸张了。

黄　峥：中共中央在香山，一面指挥人民解放军进行解放全中国的战斗，一面为建立新中国政权、恢复和发展经济多方运筹，工作是非常紧张的。

王光美：在香山那段时间，中央的工作确实繁忙。中央书记处几乎每天晚上都在毛主席住的双清别墅开会，交流情况，讨论问题。最重要的大事都是在那里决定的。少奇开完会回来大多已过半夜。

我们在香山来青轩的住处，离毛主席住的双清别墅不远，是三间东房。我们把最大的一间用作客厅。几乎每天都有干部来谈话，有时坐得满满的。人们脸上洋溢着喜气，愉快地谈笑，热烈地讨论着迫切需要解决的问题。根据我当时记的日记，少奇的工作日程满满的：

3月26日，少奇出席中央的会议，回来同我谈了"城市工作提纲"，我作了记录。

3月27日，少奇听取北平市领导同志彭真、叶剑英、赵振声（即李葆华）、薛子正等同志汇报关于军管会、联合办事处的存废、物价、税收、房屋土地、财政组织、市委和市政府的分工、供给制与薪金制同时并存等问题。

3月28日，彭真、李葆华、赵毅敏、刘仁、沙可夫同志和负责大学教育的李昌同志、负责中小学教育的刘局长等来，谈了大学教育经费、师资、教材以及校长人选问题，还汇报了文艺、电影、戏剧等文化教育、宣传方面的问题。

3月29日，少奇主持财经、工会座谈会。彭真、李立三、萧明等同志出席。会上就工业、交通、商业、劳资关系、铁路、金融、合作社等一系列问题进行了汇报讨论。

3月30日，少奇召开党、政、工、青、妇干部座谈会，彭真、刘仁和主管组织工作的傅部长等出席。

3月31日，少奇主持会议讨论工会工作，彭真、李立三、萧明等同志出席。当天，少奇还同毛泽东、朱德、周恩来、任弼时同志一起接见并宴请第四野战军师以上干部，欢送他们"打过长江去，解放全中国"。

4月1日，少奇专门对北平市委的工作作了指示，并和彭真等同志讨论人民革命大学的问题。

4月2日，少奇约华北局薄一波等同志来谈北平、天津接管的情况，以及对外贸易问题。

4月3日，少奇在北平市委和北平市人民政府召集的党员干部会议上讲话。他肯定了北平的接收工作，并就今后如何进一步把旧北平变成新北平，谈了他的看法。晚上少奇去毛主席处开会，可能就在这天决定要少奇去天津。

1949年，刘少奇、王光美在香山

1949年，刘少奇、王光美在香山

少奇第一次上我家

黄峥：天津解放后，接管政权很顺利，但经济形势不好。新接收来的国营企业一时难于正常生产，私营企业普遍关门，开工的不足三成，大批工人失业，上百万人生活没有着落。之所以出现这种情况，是资本家怕共产党清算他们，因而消极生产，甚至准备携款外逃。工人、店员误以为共产党来了可以像农村土改那样分厂分店。党的干部则怕犯右的错误，不敢也不会同资本家打交道，对工人的过高要求也不去做工作。同北平相比，天津的问题比较突出。

王光美：北平是和平解放的，没有遭到战争破坏，但北平是一座消费城市，长期处在国民党政府和日伪的统治下，经济早已是烂摊子。天津是1949年1月15日在平津战役快结束的时候，由人民解放军打下来的。它和北平不一样，工商业比较集中，本来应该在经济上搞得好一些，但实际上没有做到。当时主持中共华北局工作的薄一波同志为此非常焦急，两次给中央写报告，希望中央重视，帮助解决。在这种情况下，中央和毛主席派少奇同志去天津调查，解决问题。

少奇的组织观念是很强的。北平和天津都归华北局管，所以少奇在去天津之前，特意到华北局向薄一波同志通气。那天是我陪他去的。当时中

风雨无悔
——对话王光美

央机关在香山，华北局已经在城里，我记得是在后圆恩寺的一所挺漂亮的房子里，院内有小喷泉，据说曾经是蒋介石的官邸。少奇一见薄一波同志就说："一波，我来向你报到。"薄一波同志回答说："你是中央领导同志，该上哪儿就上哪儿，何必特意来告诉我。"少奇严肃地说，按照组织原则，应该这样做。他还交代说："我在天津的活动，均请天津市委报告你，由你转报毛主席。"薄老在他写的书里回忆过这件事。

有一次在香山，少奇对我说过一句："光美，什么时候去你们家看看。"当时我心想：你那么忙，领导人的行动还要保密，不知哪天才能真的上门。正好这次进城去华北局，少奇就提出顺便到我家看望我的父母。我赶紧打电话告诉了家里。

我和少奇在西柏坡结婚以后，我曾经托外事局王朴、新华社范长江两同志给我家带过信。信上我讲得很简单，说我已经结婚了，但没说对方具体是谁，只说是一位布尔什维克，还说过春节我有可能回家。王朴的信是带到了，范长江的没带到。可能因为范长江同志是搞新闻、报纸工作的，特别忙，就把带信这事忘了。后来一直到"文化大革命"中，抄家、查黑材料，才发现我托他带的信还在他的日记本里夹着呢！

北平解放前夕，叶剑英同志被任命为军管会主任兼市长。进城前他主动问我："你有什么话要带吗？我可能会去你家。"我说："不用，我都挺好。但是，如果你要了解什么情况，你可以找我家的人，我妹妹她们都是共产党员。"我就把我家里的电话号码告诉了他。叶剑英同志进北平以后，还真的亲自给我家打了电话，告诉家里我已经和刘少奇同志结婚了，快要回家了。叶剑英同志是广东口音，不容易听懂，我父母只听了个大概，具体怎么回事没搞清楚。他们对共产党领导人了解很少，只听说过毛泽东、朱德，不知道刘少奇是什么人。我父亲连忙跑到西单商场书摊，找到一本介绍中国共产党的日文小册子。上面介绍刘少奇是湖南人，外号"小诸葛"。这大概就是我父母对少奇的全部了解了。

家里接到我的电话，听说少奇要来，还有点儿紧张。他们虽然不了解少奇在党内具体是什么职务、什么地位，但已经看出是党中央的一位领导人，因而十分重视这次接待。他们听说少奇是湖南人，特地去西单的湖南风味饭馆曲园酒楼订了一桌菜，款待客人。我父亲穿上了对贵客表示尊重的长袍礼服。我六哥光英本来是在天津经营近代化学厂，回北平过春节，但春节过后天津战事还没有结束，铁路不通，就把他堵在了北平，这时就正好也在家里。这天光英也穿了一套笔挺的西服。我后来知道，他还琢磨了半天，特地到西单商场买了一条围巾，准备作为礼物送给少奇。

我陪少奇到了家里，我父亲母亲在北房的堂屋里迎接。少奇注意礼貌，没让警卫进去。我作了介绍。少奇一见面说了一句很感人的话："两位老人家不容易啊！你们教育这么多孩子为党工作，这些年难为你们了！"接着大家坐下来寒暄说话。光英就把他准备的围巾送给少奇。少奇收下了，但他脑子里没有送礼这个概念，就说了一句："我们没这些规矩，以后不要搞了。"

少奇知道光英在天津办工厂，就问他天津工商界的情况，要他回去多联系工商界人士，宣传党的政策。光英那时刚三十岁，不愿意当资本家，表示要靠近共产党，或者搞技术。少奇对他说："共产党员、干部，我们党内有许许多多，但是能在工商界起作用的却不多，你如果穿着工商界的衣服，屁股能坐在共产党、工人阶级一边，那就很好嘛！也可以为党工作嘛！"光英后来说："这几句话明确了我一辈子的努力方向，是我一辈子受用不尽的座右铭。"光英写过一篇文章，回忆了这次同少奇谈话的情形。

谈了会儿话就吃饭了。大家陪少奇吃湖南菜，夹菜用的是一种很长的筷子。用长筷子是曲园酒楼的特色。少奇尝了尝腊菜，说果然是地道的湖南腊味。

少奇在同光英谈话时讲到，他过几天要到天津去一趟，天津有什么情况可以向他反映。当时我在场，听了有点儿不高兴。为什么呢？因为我在中央机关经常受保密教育，历来中央领导同志的行踪是保密的重要内容，我从不敢对外人透露少奇的活动。所以在回去的汽车上我对少奇说："你

75

过几天去天津，我都不知道，你怎么就告诉我哥哥呢？我是党员他还不是党员呢！"少奇当时没解释。后来我知道他是有意透露给光英的，好让光英回去向天津的工商界通气，要他们安定下来，恢复生产，有什么问题中央派人解决。

那时北平的人不认识少奇，我和他上大街没人注意，很自由。这天晚上，应彭真同志约请，我还陪少奇到东交民巷北平市委的小礼堂看了一场京戏。

回到香山，少奇根据连日来听取北平市工作汇报的内容，归纳各方面的经验和问题，用毛笔草拟了《关于北平工作的提纲》。4月7日，少奇在北平干部会议上发表长篇讲话，对北平的工作，包括今后如何建设新北平的问题作了指示。4月8日，少奇又和北平的领导同志一起，研究成立北平市政治协商会议、召开各民主党派人士座谈会的问题。

在指导北平工作告一段落之后，少奇按既定的安排，动身去天津。

1949年6月，女儿刘平平出生后，王光美回娘家休假，刘少奇上门看望。右起：刘少奇、王治昌、董洁如、王光美、王光和

陪少奇去天津视察

黄　峥：少奇同志1949年视察天津，发表了著名的天津讲话，这是党的历史上一个重要事件。天津讲话在当时对指导党的工作起了很大很好的作用，对后来新中国建设产生了深远的影响，直到今天还有现实意义。邓小平等许多领导同志都曾对少奇同志的天津讲话给予了很高的评价。天津讲话内容丰富，有不少党史专家、学者，至今还在对它进行深入研究，并且又有新的认识和发现。您当年全程陪同少奇同志视察天津，可以说是这段历史的直接见证人，希望能多谈一点儿情况。

王光美：少奇同志是为了贯彻党的七届二中全会精神，肩负着真正管好城市的使命到天津去的。当时天津已经完成接收，正转入管理和发展生产，但出现了很多困难。当时全国大城市相继解放，天津的问题有代表性。大概正因为这个原因，党中央和毛主席派少奇去天津巡视，解决问题。

少奇对去天津调查很重视，行前看了有关材料，写了调查提纲。他还特意通知从香港回来的熟悉贸易金融工作的龚饮冰、卢绪章两同志同行。龚饮冰同志是湖南长沙人，是建党时期入党的老党员，长期从事党的白区秘密工作。他对天津情况很熟悉，早在30年代就在天津开了一个"万源湘绣庄"，利用它作为党的秘密联络点。卢绪章同志是浙江宁波人，曾以广大华行总经理的身份，经营金融、商务等业务，表面上是生意场上的大老板，实际上是一名秘密共产党员，从事党的地下工作。他们两位都有同资本家打交道的丰富经验。

北平市委第二书记李葆华同志听说少奇同志要去天津解决问题，特地派出市委研究室的张文松同志随行，以便及时把少奇同志的意见传达给他们。张文松同志是彭真同志夫人张洁清同志的弟弟。

4月10日晚上九点左右，少奇同志一行乘火车抵达天津老龙头车站。随行人员中除了龚饮冰、卢绪章、张文松等同志外，还有少奇同志的秘书吴振英同志和负责警卫的李树槐同志，他们两位都是抗日战争以前参加革命的老红军。

当时天津的主要负责人是：市委书记、军管会主任黄克诚，市委副书记、市长黄敬，市委副书记黄火青。人们称他们"三黄"。少奇同志和我们到天津的时候，"三黄"都到车站迎接。少奇和他们都熟悉。少奇同志任华中局书记和新四军政委的时候，黄克诚同志是新四军三师师长兼政委。黄克诚同志到天津前是中共冀察热辽分局书记兼冀察热辽军区政委，并兼任第四野战军第二兵团政委。黄敬同志当时比较年轻，三十多岁，原来名叫俞启威，接管天津前是华北人民政府企业部部长。黄火青同志大革命时期在武汉从事工人运动的时候就和少奇认识。到天津前他是中共冀察热辽分局组织部部长兼热河省省委书记、军区政委。

在天津，我们被安排住在小刘庄的一幢两层小洋房里。这座房子是原来黄敬同志住的，一层是会客室、餐厅，楼上是住房。我们到那里已经比较晚了，少奇和他们仅就如何汇报、视察等简单谈了一下。少奇特别叮嘱他们，不要因为他来了影响市里的正常工作。黄克诚同志说已经安排好了，市委、市政府、军管会照常工作，少奇同志的活动由黄敬同志负责，并全程陪同。

从第二天起，少奇同志就开始了紧张的调查研究工作。

黄　峥：根据我们掌握的资料，少奇同志在天津视察前后共二十八天。据初步统计，在这二十八天中他视察了五家国营企业、两家私营企业，听取各方面汇报四次，召开座谈会五次，出席其他会议五次，视察市容两次。工作日程安排得满满的。

王光美：当年我作为少奇同志的秘书，把他在天津每天的活动记在了一个本子上，当然记得很简单。"文化大革命"中这个记录本被抄家抄走了，我以为再也找不回来了，没想到党的十一届三中全会后在归还我的东西中还有这个记录本。现在我根据这个记录本回忆少奇在天津的活动，就比较准确了。

4月11日，少奇上午视察中纺一厂（后为天津第一棉纺厂）和天津自行车厂。我从高小起就骑自行车上学、下学，所以对自行车的制造特别感兴趣，参观时我看得很认真。下午举行第一次汇报会，少奇同志听取黄克诚、黄敬、黄火青等同志对天津接管工作和接管后情况的全面汇报，内容比较广泛，包括综合情况以及对内对外贸易情况，还有资本家的顾虑和意见。

4月12日，少奇上午视察灰堆子纸厂（后为天津造纸总厂）。纸厂里有一股浓烈的碱味，很呛人，我有点儿不适应。当时的劳动保护、工厂环境都比较差，我深感工人同志的辛苦。下午，少奇同志召集座谈会，市政府工商局的同志汇报工商管理和物资分配等问题，最后介绍了工商界几位大户的情况。

4月13日，少奇上午视察中央电工器材厂（后为渤海无线电厂）；下午听取市政府财政局、民政局和粮食管理部门负责人关于财政金融、社会救济、粮食购销配给工作的汇报。

4月14日，少奇上午视察天津汽车制配厂，下午听取军管会接管部关于贸易工作的汇报。

4月15日，听取天津市对外贸易、海关和银行工作的汇报。工作之余，少奇想看看他1928年在顺直省委、1936年在中共北方局工作和先后几次到天津时住过的老房子。我们坐车在市区转了一圈，在几条胡同走了走。因为陪同去的同志大多不熟悉当时的情况，少奇记忆中的老住处没有找到。幸得有龚饮冰同志同行，他找到了当年天津的一个地下党联络点"万源湘绣庄"。我们去看了一下,少奇说他真还在那里住过。

4月16日,市工业接管部门有关同志来汇报关于公营企业生产恢复情况。后来少奇又听取市政府公用局关于供水、供电、公共交通恢复情况的汇报。

4月17日,少奇听取市总工会筹委会关于工会工作的汇报。

4月18日,少奇参加天津市委会议并讲话,讲了对天津工作的初步意见。

4月19日,少奇邀请天津工商界几位著名资本家座谈。这个会开得很成功,对于安定资本家的情绪、解除顾虑起了很重要的作用。当时天津比较有名的资本家李烛尘(久大盐业公司总经理)、周叔弢(启新洋灰公司总经理)、宋棐卿(东亚企业有限公司总经理)、朱继圣(仁立毛呢公司总经理)、边洁清(恒源纱厂总经理)、孙冰如(寿丰面粉厂总经理)、资耀华(上海银行副总经理兼天津管辖行经理)等参加了会议。黄敬同志和我都参加了。与会者纷纷发言,反映情况,表明心态。少奇鼓励他们办好厂,多办厂。

4月20日,少奇上午听取市政府外侨事务处关于外事工作的汇报,下午召开天津对内对外贸易干部座谈会,并讲话。他说:"贸易工作好比血管,对经济的影响甚为重要,天津是对内对外贸易的集散地,搞不好对整个经济影响很大。"

4月21日,少奇上午同天津工商界一百多位资本家座谈,解答他们提出的问题。下午,少奇到生产抵羊牌毛线的天津东亚企业股份有限公司毛纺织厂,视察工厂车间,并接见了劳资双方的代表。

4月22日,少奇听取军管会接管部有关负责同志汇报摩托接管处、电讯接管处、仓库、联勤、被服、针织、冀北电力公司分公司、化学厂、卷烟厂、面粉厂、火柴公司、耀华玻璃厂、华新纺纱厂、食品饮料厂、铁砂厂有关情况。

4月23日,少奇视察天津仁立毛呢厂。这个厂的老板朱继圣管理工厂很有一套。少奇赞扬该工厂文明清洁、设备先进。那天总经理朱继圣送给我一本他写的关于工厂管理的英文书。

4月24日，少奇在天津市党、政、军、民干部扩大会议上作报告。他指出天津接收工作完结，同志们很辛苦，党中央一般是满意的，并就今后如何管理、改造和发展新天津作了长篇论述。

4月25日，少奇上午在工商业家座谈会上讲话，下午在耀华中学举行的天津市国营企业职员大会上讲话。他讲到要团结起来办好工厂，不要抛弃一个有用的人；党员应公开身份，以得群众监督。这一天，少奇还为中共中央起草了关于接管江南城市对华东局的指示。

4月26日，少奇出席天津市干部会议，并解答干部提出的有关政策问题。问题涉及面很广、很具体。

4月28日，少奇出席首届天津市职工代表大会并作重要报告。

4月29日，少奇上午听取军管会文教工作汇报，强调有多少钱办多少事，要奖励私人办学，指出报纸工作不要为写评论而写评论，应能提出问题、发现问题、探讨问题的解决办法；要好坏意见都听，不要限制畅所欲言。他还说："对文艺演出的审查不要太严，要让戏班子有饭吃，不要限制太死，有的东西越是禁止人家反而越想看，只禁止那些淫秽的、政治上反动的，新作品出来自然会淘汰没有生命力的。"下午，少奇先后听取天津贸易公司和华北总工会工作情况的汇报。

5月1日，少奇接见路经天津随军南下的东北干部并讲话。他讲道，要特别注意与当地干部、群众的联系，我们党即将取得全国的解放，但还有一个很重要的问题没有解决，这就是如何管理城市的问题，其中经济和工会工作至关重要。这天，少奇还听取了市化工、织染等行业工厂的生产情况汇报。

5月2日，少奇召集天津市进出口贸易、染织、皮革、火柴等十余个行业资本家代表座谈并发表重要讲话。参加这次座谈会的资本家包括了各个层次，范围比4月19日的座谈会要广。

5月3日，少奇上午与华北供销总社及其所属各地合作社干部谈话，下午召开天津市教育界代表座谈会。这天，少奇还给天津市东亚企业股份有限公司总经理宋棐卿写了回信。宋棐卿是4月30日给少奇来信的。后来这两封信都登在了《天津日报》上。

5月4日，我们陪少奇视察天津市容。少奇途中在中原公司附近下车散步，看到公司大楼的尖顶在解放天津的激战中被打掉，有些不认识了。我们走到和平路（当时叫罗斯福路）街边，正好走过光英开办的近代化学厂门市部，就进去看了看，看到货架上放了一卷卷漆布。我还遇见原北平我家的邻居、光英的同学和股东宗德纯先生。

5月5日，华北职工代表大会开幕。少奇代表中央做《工会工作问题》的报告。当晚，少奇在黄敬同志和李烛尘先生的陪同下，会见了开滦煤矿公司中英双方的总经理。

5月6日，少奇出席天津市委扩大会，在会上作《关于城市管理和职工问题》的报告。

5月7日，少奇到塘沽视察天津碱厂，并准备从那里去唐山巡视。

■ 1949年，刘少奇在天津碱厂视察

在天津的二十八天

黄   峥：少奇同志在天津，直接同资本家座谈，面对面地做他们的工作，这件事无论在当时还是以后，都产生了广泛深远的影响。

王光美：少奇到天津时，天津资本家的思想是很乱的，普遍存在恐慌心理，感到没有出路。李烛尘先生说，他的久大盐业公司运盐到山东临清销售，那里贸易公司就压低价格，他们赚不到钱，只好把盐又运回来了。资本家反映，报纸上整天只说资本家坏不说好，党政机关、贸易机构、公营企业都不同他们接触；税收虽然照旧，但国民党时代请吃顿饭就减免了，现在就不行了。

  少奇向这些资本家认真解释共产党的政策，说政府要发展国营生产，也要发展私营生产，从原料到市场，由国营、私营共同商量，共同分配，这叫有饭大家吃，有钱大家赚，就是贯彻公私兼顾的政策。

  少奇在党的七届二中全会前，就思考过对资产阶级实行赎买政策，向社会主义转变的问题。在天津他又重申了这一构想。天津启新洋灰公司总经理周叔弢比较敢讲话。他的儿子周一良是北京大学教授、地下党员，还有一个女儿也是共产党员。他对少奇说："我的启新洋灰公司开了几十年，赚了钱，发展到两个厂、三个厂，现在还想再开几个厂。但是厂子开多了，剥削工人也更多了，成了大资产阶级，我的罪恶就更大了。"少奇回答他说：

"资本主义在一定条件下是进步的,有功绩的,你想开第四个厂子,不但不是罪恶,而且还有功劳。"少奇对东亚毛纺公司总经理宋棐卿也这样说:"你现在才办一个厂子,将来你可以办两个、三个……八个厂子,到社会主义的时候,国家下个命令,你就把工厂交给国家,或者由国家收买你的工厂,国家一时没有钱,发公债也行,然后国家把这八个厂子还是交给你办,你还是经理,不过是国家工厂的经理,因为你能干,再加给你八个厂子,还给你加薪水,你干不干呢?"宋棐卿先生说:"那当然干!"

少奇和这些知名民族资本家座谈时,黄敬同志和我都在场。我觉得少奇在对待民族资产阶级政策上,在理论联系实际、实际上升理论两个方面,都做出了贡献。五六十年代,民族资本家李烛尘先生担任了国家轻工业部部长,周叔弢先生当了天津市副市长。周先生工作称职,晚年还把他收藏的文物古书捐给了历史博物馆。对他们的任用和他们的表现不是都证明了当时政策的正确吗?

这里顺便说一下宋棐卿。宋棐卿先生是天津东亚企业公司的总经理,资产比较雄厚,在天津工商界是一个有影响的人物。他的主要产品毛线的牌子叫"抵羊牌",抵制洋货的意思。他本来思想上对共产党顾虑很多,听了少奇的几次谈话之后,有了转变,很快提出了扩大生产的计划,还准备把海外的资金调回来。他写信向少奇做了汇报。少奇为了鼓励他,给他回了一封信,说:"得悉贵公司职工团结,劳资双方共同努力扩大生产增设新厂之计划,甚为欣慰。望本公私兼顾、劳资两利之方针,继续努力,前途光明,国家民族之复兴指日可待也。"少奇的复信在《天津日报》公开发表了,在全市私营企业中引起极大反响,推动了公私合作发展生产的局面。宋棐卿当时确实表现很好。

后来过了一年多,忽然有一天,宋棐卿先生来到北京,写来一封信要见少奇,但没说清楚是为什么事。正好那时少奇特别忙,就让我去见他。我按照他写的地址,由中南海派了车去找他。见了面,他显得很紧张。我解释少奇实在没时间,问他有什么事。他说,自从报上发表了他和少奇的来往信件以后，他接到了很多匿名信，其中有一封恐吓信里面还装了一颗子弹，他感到害怕，有压力。我就劝他，这没有什么了不起，别理他们！他还是想见少奇，说希望见一见，实在不行就算了。临走他要送我两磅抵羊牌毛线，可我没收。为什么呢？我是把他当朋友看的，只是考虑到我们党内有纪律，不能接受礼物。

后来，我们听说宋棐卿再次去香港后没有回来，以后又听说他去了南美的巴西还是阿根廷。他在那里建厂办实业，成了一名华侨，没有做过反对共产党的事。宋棐卿1956年去世，他的儿子继承父业。1983年5月，我哥哥王光英受国务院委派到香港创办光大实业公司。宋棐卿的儿子宋敏华马上飞到香港去找光英，向光英介绍一笔生意：智利一家矿产公司倒闭，急于要把它存在巴西的一千五百辆载重汽车和集装箱牵引车脱手卖出，要价仅一千五百八十万美元，平均每辆才一万美元多一点。这批汽车实际上是新车，大多是奔驰牌，少数是道奇牌，按出厂新车价要四千一百五十万美元。当时我国正处在改革开放初期，大批基本建设上马，急需这样的设备。宋棐卿儿子宋敏华积极配合光英，做成了这笔生意，也算为我国做了一点儿事。这批汽车是光大公司的第一笔业务，为国家赚了几千万元。宋敏华还让光英带给我一套派克笔，上面刻了我的名字，算是表示问候。

黄　峥：我们从少奇同志在天津的活动日程中可以看到，做资本家的工作只是他在天津工作的一个方面。事实上他在天津接触了各方面人士，工作的内容很广泛，总的目的是进一步贯彻党的七届二中全会精神。

王光美：少奇同志在天津除了视察工厂，开得最多的还是各级干部会议，内容都是围绕怎样结合天津情况贯彻七届二中全会精神。天津的解放是经过激烈的战斗，由人民解放军打下来的。虽然社会秩序恢复很快，水电供应基本正常，但生产的恢复比较缓慢，政权工作一时不能适应形势的需要。干部们忙于招待各解放区来往队伍，贷款，找房子等等。大家还是农村那一套作风和工作方式：打锣开会，读文件，念报纸，让大学教授、工厂厂长、银行经理去街道学习。少奇很注意打通干部的思想，因为真正执行政策还要靠干部。少奇说：城市的基本组织是市党委、市政府、市民代表会，城市工作主要是工会工作和经济工作。接待来往人员有招待所，贷款找银行，管卫生有卫生局。这些事街道干部管不了，也不该管。他再三告诫干部们："为了完成管理、改造、发展天津的任务，必须诚心诚意依靠工人阶级，团结其他劳动人民，争取知识分子，争取尽可能多的、能跟我们合作的自由资产阶级站在无产阶级方面。"

少奇还广泛接触工人，做工人的思想工作，耐心地向工人们解释党的政策。他说："过早地消灭资产阶级，是少了一个朋友，多了一个敌人。剥削与被剥削，不是资本家和工人愿意不愿意的问题，而是社会发展规律所决定的，资本主义的剥削在一定条件下有其进步性。城乡关系、内外关系、公私关系、劳资关系都要搞好。"

在天津将近一个月的时间里，少奇夜以继日地工作：开会，调查，同干部谈话，看材料，批文件。他无暇看戏，更无暇游览。好在我们住的地方比较清静，每天晚上我陪他到户外散步半小时，这就是他休息的主要方式了。我甚至没有机会和天津的亲戚们再聚谈。光英也只是在两三次座谈会上见过少奇。后来知道我四哥王士光当时也在天津，但一直没机会见面。我的一个妹妹光平（当时她已经改名叫刘莉），从石家庄白求恩医科大学抽到天津接管医院。有一天她抽时间来看望我们，我顺手给了她两盒口香糖。口香糖是黄敬同志送我的。说来也巧，光平和王前在同一个医院参加接收工作。光平回医院后就把口香糖送了一盒给王前。没想到"文化大革命"中王前还把这事当问题揭发，说什么口香糖又甜又黏，是我故意气她。其实我当时根本不知道光平给了她口香糖。

不过有一件事有点儿特别。有一天，少奇正在工作，我听到外面响起了枪声。到天津以后我们经常能听到一些零星的枪声，可见当时天津的社会还很复杂，治安情况不好，但这没有影响少奇的工作。可是这一天，忽然黄敬同志自己开着汽车来接我们，说是请我们去看市容。我们上了他的车，他却把我们带到市内一所很坚固的大楼上，陪我们喝茶、聊天。黄敬同志一直很沉着，随意地说一些事情。过了一段时间，他才说："现在没事了，我们看市容去吧！"原来，是我们住的地方附近有一所兵工厂发生爆炸，什么原因不清楚。因为天津刚刚解放，还有敌特分子破坏，当地同志不能不考虑中央领导的安全，黄敬同志就有意把我们引到安全的地方。黄敬同志也真有点"内紧外松"的本事。

1949年，刘少奇从天津到塘沽视察

关于"四面八方"政策

黄　峥：光美同志，刚才您讲到当时提出要处理好公私关系、劳资关系、城乡关系、内外关系，这就是著名的"四面八方"政策。现在党史界对这个政策的提出过程有不同看法。有的认为是毛主席提出来的，有的认为是少奇同志先提出来的。

王光美：我也注意到了这个情况。少奇同志在天津的讲话中多次讲到要处理好"四面八方"的关系。我知道1949年4月18日在天津市委会议上就详细讲了这个问题。这个有正式的会议记录稿。在这之前，少奇在4月11日下午听取了天津市主要负责人黄克诚、黄敬、黄火青同志的汇报，当晚就在灯下写了一份《天津工作问题》的提纲。这既是一份讲话提纲，也是调查提纲。这份提纲后来一直由我保管着，现在存在中央档案馆。在这份提纲手稿中，少奇明确写道："为在党的总路线之下实现发展生产的目的，必须正确建立与改善以下各方面的关系：公私关系、劳资关系、城乡关系、内外关系。这四面八方的关系，即全面关系，都必须很好地照顾到，否则就会犯严重错误。"

据党史工作者考证，这是关于"四面八方"政策的最早的文字记载，而这之前在毛主席的手稿和讲话记录稿中都没有查到有关"四面八方"的文字。至于是不是毛主席当面对少奇同志或者其他同志说过，现在没有查到文字根据。也可能毛主席口头讲过，因为少奇在天津讲话中曾几次说："毛主席要我们在城市工作中照顾四面八方的关系"。说实话，我当时根本没有注意是谁先提出"四面八方"这个问题。现在我还是觉得没有必要去争这个发明权。总而言之，这是党中央的一个重要政策，后来写进了起临时宪法作用的《中国人民政治协商会议共同纲领》。它是集体智慧的结晶，少奇同志做出了他应有的贡献。

少奇的天津讲话，1953年的时候受到高岗的攻击，"文化大革命"中又受到批判。我作为少奇同志天津讲话的见证人，我始终认为这些讲话是符合党的七届二中全会精神的，是正确的。邓小平同志当年就针对高岗散布的流言蜚语，对天津讲话作了公道的评价。他说："我认为少奇同志的那些讲话是根据党中央的精神来讲的。那些讲话对我们当时渡江南下解放全中国的时候不犯错误是起了很大很好的作用的。"我完全同意小平同志的这个评价。

劉少奇同志對天津工作的初次意見 （四月十八日）
——在天津市委會上——

天津是完整的接收了，很有成績，現在接收工作告一段落，當前任務是如何改造，管理與發展這一城市，管理改造，是為了發展，因此主要工作是在生產方面，總的路線，二中全會決議已經指出："我們必須全心全意依靠工人階級，團結其他勞動群眾，爭取知識份子，爭取儘可能多的能夠和我們合作的自由資產階級及其代表人物站在我們方面，或者使他們保持中立，以便和帝國主義者、國民黨、官僚資產階級作堅決的鬥爭，一步一步地去戰勝這些敵人，同時即開始建設我們的事業，一步一步地學會管理城市，恢復和發展城市中的生產事業"，這就是城市中的總路線，總方針，這裡說明有群眾，有隊伍，有鬥爭對象，這是很完整的一個路線，自由資產階級不是鬥爭對象，一般地是團結的對象，爭取的對象，對資產階級也有鬥爭，但重點在團結，如果把自由資產階級當作鬥爭對象，那就犯路線的錯誤，天津幹部在思想上還不清楚這一點。

對工人我們是要有領導的，現在工人階級中有部份工人意見，認為首先要反對工頭和小資本家，或把自由資產階級當成主要的鬥爭對象這是錯誤的，遇到這種情況我們必須要教育工人群眾，要引起爭論，不僅是在黨員中，在工人群眾中也應如此，對自由資產階級，如果只有團結沒有鬥爭，這是右傾機會主義，如果只鬥爭沒有團結，這是左傾機會主義，今天重點是團結，重點是隨著時代的不同

■ 1949年4月18日，劉少奇在中共天津市委會議上做報告，這是報告的記錄稿

女儿平平出生

黄　峥：少奇同志在天津视察，前后共二十八天，5月6日向天津市委扩大会议作了最后一次讲话，第二天经塘沽到唐山视察，是这样吗？

王光美：是的。本来少奇是准备天津视察后回北平的，但当他得知唐山开滦煤矿工人已经有四个月没有领到工资，正在酝酿罢工，中英资方乘机撂挑子，煤矿面临破产危险的严重情况后，决定从天津转赴唐山解决问题。5月7日，少奇先到塘沽，参观了天津碱厂，然后从那里去唐山。

　　这时我却不能再陪少奇一起去唐山了，因为我怀孕预产期快要到了。这之前黄敬同志问我："你到底是在天津的医院生，还是回北平生？"我说："我还是回北平吧！"5月7日这天，正好有彭德怀同志的公务车经过天津回北平，黄敬同志就派在天津参加接收工作的康岱沙同志，陪我乘彭老总的公务车回北平。彭总那时也住在香山，下火车后他把我们送到香山住地。

　　当天我们回到北平。晚饭后，岱沙说起她在延安的时候，常陪毛主席打麻将，现在好久没见主席了，很想再去见见。当晚，我便和岱沙一起去双清别墅主席那里。毛主席见了我们很高兴，问我少奇在天津的情况。我说我们参观了几个工厂，开了不少座谈会。我清楚地记得，在提到少奇会见资本家的时候，我说："少奇还几次见了资本家，找了大资本家李烛尘、周叔弢等谈心，做他们的工作。"毛主席笑着说："就是让他去做资本家的工作的。"说话间，工作人员来请主席去跳舞。主席约我们同去，我辞以不便，毛主席笑笑说："噢，要做妈妈了！"

5月8日，我送岱沙进城，然后就回了娘家。我母亲看我快要生产了，忙着帮助我准备婴儿用品。

5月10日，我正在我母亲那里，突然接到毛主席的秘书叶子龙同志的电话，说主席要我转告少奇：有要事，请少奇同志速回北平。我不敢耽误，可是我也不知道这时少奇在哪里，忙用家里的电话给黄敬同志打电话。北平、天津都是刚刚解放，电信不畅，我又不知道天津市政府的电话号码，更不知道黄敬同志的行踪，所以费了好大劲儿才找到黄敬同志，托他把叶子龙同志来电话的事转告少奇。

少奇这时正在唐山。5月10日他在唐山市干部会议上发表了讲话，得到黄敬同志转告的毛主席的通知，11日就回到了北平，顺路把我接回香山。当天晚上，少奇就去双清别墅向毛主席汇报。

黄　峥：毛主席要少奇同志回来，是中央决定派他率代表团秘密访问苏联。

王光美：是的。可当时我不知道，也没问。少奇回到香山的第二天，5月12日，还出席全国青年第一次代表大会并发表讲话。

这时我已经顾不上别的事情，因为预产期将至，很快住进了北京医院。5月13日，女儿在北京医院出生。这天少奇全天有事，14日才来医院看我。我们给女儿起名叫平平，就是从平山、北平两个地名中各取一个字。平山，就是西柏坡所在的那个县。

5月19日，少奇进城到青年剧院，向北平干部会议做关于天津调查情况的报告。开完会，少奇又到医院来看我。张香山同志的夫人孙少礼同志是我的入党介绍人，也参加了这天的会议。散会后她向少奇问我的情况，少奇就要她搭车一起到医院来看我。

我在医院大约住了两个星期，然后出院回娘家休产假。这期间少奇除了出席各种会议、做报告、处理日常事务，着重为出访莫斯科作准备。记得是

风雨无悔
——对话王光美

6月初,叶子龙、吴振英同志来我家,告诉我,少奇同志将出访苏联,他们正在为这次出访准备衣物,已经买了皮箱和一些衣服,特来征求我的意见。直到这时我才知道毛主席要少奇回来的急事是出国。因为是秘密访问,要保密,少奇一直没告诉我。过了几天,少奇到我母亲家看我和女儿。我自告奋勇陪他去王府井大街买鞋。街上没人认识我们。我们在街西侧走了一趟,路过一个叫平平鞋店的铺门口,我俩不约而同地"哟"了一声,会心地笑了。

黄　峥：听说少奇同志要求子女很严格,教育子女很有办法。这里说到平平,我们知道她后来工作很出色,很有成就。请您顺便讲一讲平平成长的故事。

王光美：少奇同志对子女要求很严,从来不娇不宠。平平小时候,差不多老是穿补丁衣服。一上学我们就让她住校,锻炼独立生活。平平这孩子比较懂事,性格有点儿像她爸爸,平时不多说话,生活方面她从来不争。三年困难时期,平平在学校里吃不饱,人饿瘦了一圈,但她回家没有向我们叫苦。学校老师和一些老同志劝我们把孩子接回家来,我也很心疼。少奇同志不同意,说:"让孩子尝尝饿肚子的滋味也好。等将来他们为人民办事的时候,就会更多地关心人民的生活,不要让老百姓吃不饱饭。"

1963年5月,少奇同志和我出访东南亚四国,5月6日回到昆明作短暂停留。一天,我突然想起,5月13日是平平的十四岁生日,已经没有几天了,等我们出国回来肯定过了。我问少奇同志怎么办?少奇说:"我们就给她写封生日贺信吧!"少奇讲了信的内容和写法,然后我执笔写。在写的过程中我们又时不时地商量,最后少奇还改了几个地方。信是5月9日晚上写的,第二天我就把信发走了。少奇同志和我历来注重对孩子高标准严要求,从政治上关心子女成长。当年我们写给平平的信,反映了我们的想法和做法。我们的信是这样写的:

亲爱的平平:

　　祝贺你就要满十四岁了。希望你的十四岁生日过得有意义。满十四岁,在生理上,就已成长为青年;在智力方面也具有一定的思考能力。我们希望你在满十四岁以后，认真地考虑一下：你到底要做一个什么样的青年？在我们的社会主义新中国里，大多数青年都是有一定的社会主义觉悟的，但是仍有先进的、一般的和落后的青年之分。做个落后青年，整天想不费力气、不费脑筋，而又能吃得好些、穿得好些、玩得多些，看来，似乎是最讨便宜，最"享福"的；实际上，这样的人，是最苦恼的。他们没有远大理想，不关心别人，只计较吃、穿、玩，计较个人得失，不仅当前不会心情舒畅，将来，也是没有前途，没有用处，经常要处在苦闷和困难中。在困难的、复杂的阶级斗争环境中，在某些关键的时刻，这样的人就很可能变为反对共产党、反对人民、反对共产主义的坏分子。你应当力争上游，不要安于中游，不要做落后分子和自私分子。我们认为，根据你的健康状况、智力条件和你自幼所受的党的教育，你不应当只安于中游，不应当马马虎虎地度过你的青春时期。我们希望你能决心做个进步的、革命的青年，具有远大的共产主义理想，具有雷锋式的平凡而伟大的共产主义精神，能够真正继续承担起革命前辈的革命事业。现在学习要认真、刻苦，热爱劳动，虚心学习别人的优点，关心集体，关心国内外大事，为了人民和集体，可以有所牺牲，并且注意锻炼身体。将来，党和人民需要你做什么，你就可以做好什么工作。当然，要这样做是会有许多困难，要吃苦，要吃一些亏，要受委屈，甚至要牺牲的；但是，只要你真正决心献身于伟大的共产主义事业，决心把我们的国家建设成为富强的社会主义国家，真正关心全世界人民的解放事业，任何困难都是能够克服的，虽然吃了苦，吃了亏，你反而会心情愉快，心情舒畅的。希望你认真地考虑。只要你真正决心做个进步的、革命的青年，永远听党的话，并严格地要求自己、管束自己，依靠老师、同学和家里的帮助，你一定能够给党和人民做更多的工作，党和人民一定会更喜爱你的。

　　如果，你认为我们的意见是对的，那么，从现在开始，你就要以一个优秀的共青团员的标准要求自己，共青团员应做到的事，你都要

风雨无悔
　　——对话王光美

做到，做错了的事，勇敢地改正。这样，等你满了十五岁以后，共青团的组织一定会欢迎你成为共青团的一个正式团员的。

　　吻你！

爸爸和妈妈
1963，5月9日晚
赴越前夕，于昆明

黄　峥：我听原来在少奇同志办公室工作的刘振德秘书说，1965年少奇同志还让平平一个人出远门，到河北农村去找您。

王光美：有这回事。那年夏天，我正在河北省定兴县农村参加"四清"。有一天，我正和一些社员边劳动边说话，忽然蹦蹦跳跳地跑来一个小女孩儿，走近一看是平平。我完全没有想到，好像从天上掉下来的一样。旁边一些工作队的干部都很惊讶，七嘴八舌地问她："平平你怎么来了？谁送你来的？来这干吗？"平平有点儿得意地说："谁也没送，是我自己来的。"她对我说："爸爸要我一个人自己来，送一封信给你。"我打开信，少奇在信里说：平平放暑假了，我要她自己来找你，锻炼独立自强的能力，你留她在农村多住几天，让她了解一些农村的情况。

　　后来刘振德秘书告诉我，当时少奇同志交代他办这件事的时候，刘秘书等工作人员都不同意，担心平平年纪小，从没有出过远门，万一有个闪失怎么办？少奇说："正因为她没出过远门，我才要她这样做。孩子们不能什么都依靠大人给他们安排得妥妥帖帖的，要让他们自己去闯，才能得到锻炼。老是让他们衣来伸手，饭来张口，这不是爱护他们，而是害了他们。"他还说："对小孩子，一是要管，二是要放。不好好学习要管，品德不好要管，没有礼貌也要管。能够培养他们吃苦耐劳精神的事情，能够使他们经风雨见世面的事情，要大胆地放手让他们去干，锻炼他们的劳动观念，提高自己管理自己的能力。"少奇坚持不让秘书们送平平，而是让她一个人从家里出发，自己买票，乘公共汽车、火车，下车后自己问路，终于来到了我的身边。

根据少奇同志的意见，我留平平在乡下住了几天。我们这一期"四清"点里有一个村子特别穷，在小山沟里。那里的农民常年缺粮，吃不饱，基本上是半年糠菜半年粮。我让人把平平带到这个穷山沟，让她看看那里农民吃、穿、住的情况，感受一下贫苦农民的生活。我相信，平平这次下乡，对她的成长是终生受益的。

后来，平平的独立自主能力一直是比较强的。"文化大革命"中她还是个中学生，就受到株连、迫害。1968年，她与"杨、余、傅事件"同案，被捕入狱，一年后转入北京市少管所继续关押，1970年被放逐到山东一个军马场劳动。但她没有沉沦，在艰苦劳动的同时坚持自学外语，并且达到了相当不错的水平。粉碎"四人帮"后，1977年调北京食品研究所，用自学来的外语当了一段时间的英语翻译。1980年，根据她所在单位的工作需要，平平赴美国哥伦比亚大学攻读食品学博士研究生。她不想让别人知道她是刘少奇的女儿，所以改了个名字叫王晴。在美国学习的五年间，她学完了大学、研究生课程，拿到了一个学士、两个硕士学位，并取得博士资格。1986年回国后，她在北京食品研究所工作，任副所长。两年后，她再赴美国，以优异成绩通过博士论文答辩，获得中国第一个食品营养教育学博士学位。美国《纽约时报》记者对她进行了专访。她的博士生导师这时才知道她的父亲是中国原国家主席刘少奇，为此极为感动。1989年，平平被任命为北京食品研究所所长，1990年调国家商业部（1994年国家机关机构改革后改为国内贸易部）任科技司副司长、司长。

平平是个工作狂，工作起来常常废寝忘食，什么也不顾，可实际上她身体并不好。令我意想不到的是，1998年她在工作岗位上突发脑出血，重病住院，丧失了工作能力。值得欣慰的是，为表彰平平在食品研究方面所做出的贡献，国际星座局将一颗新发现的小行星以"王晴"的名字命名。国际星座局于2000年1月4日寄来有关的证书和星座手册。手册的星座图上注明，蛇夫星座一颗编号为RA17H37M17S–D5"39"的行星，从1999年11月25日开始，命名为"王晴博士星"。

■ 1951年，王光美怀抱两岁半的
　刘平平

■ 王光美与女儿刘平平

1953年，刘少奇与女儿刘平平

风雨无悔
——对话王光美

少奇秘密出访苏联

黄　峥：我们还回到少奇同志1949年秘密出访苏联的话题上来。1949年4月20日，人民解放军百万雄师横渡长江，23日占领国民党政府首都南京。接着在5月份又连续占领杭州、武汉、南昌、上海，直逼华南。在北方，留存在山西、陕西、甘肃、青海、宁夏的国民党军队也相继被人民解放军歼灭。全中国的大部分国土获得解放。所以，开国的筹备工作必须大大加快。党中央决定少奇同志秘密访问苏联，要他代表中共中央同斯大林和苏共中央就成立新中国国家政权和涉及两党两国的重大问题交换意见，可以说肩负着重要的历史使命。

王光美：少奇同志1949年4月10日去天津、唐山视察，5月10日从唐山回到北平。回香山后他又出席了好几个会议，同时抽空为出访作准备。6月19日，少奇将我从城里接回香山。第二天，少奇准备动身赴莫斯科。这天下午我送他先到中南海。他告诉我，当天晚上去大连，再从大连乘苏联飞机到莫斯科。

少奇同志是代表团团长，代表团成员还有中央政治局委员高岗和中央委员王稼祥。这时中华人民共和国还没有成立，我们同苏联没有外交关系，战争还没有结束，为了安全，少奇他们去莫斯科是绕道去的。苏联派了一架飞机到大连来接他们。少奇和王稼祥同志从北平清华园车站登上专列火车，经沈阳时带上高岗，再到大连，然后从大连换乘飞机，绕道北朝鲜上空到苏联远东伯力，又相继经停赤塔、新西伯利亚、斯维尔德洛夫斯克，6月26日才到莫斯科。

中共代表团受到斯大林和苏共中央政治局的热情接待。双方初步会谈后，为了使斯大林全面了解中共中央的意见，少奇同志于7月4日向斯大林提交了一份书面报告，详细介绍了中国目前形势、新的政治协商会议和中央政府的筹备情况，以及中共关于外交政策和中苏两党两国关系的基本观点。报告中说："我们认为中国的政治协商会议，是中国革命民族统一战线的为群众所熟悉的新的便当的组织形式，准备使其成为经常的组织，并在必要的地方成立地方的政协会议。政协会议，准备通过各党派团体共同遵守的纲领，选举中央政府，发表宣言及制订新的国旗、国徽、国歌等。新的中央政府的组织成分，尚未决定。在新的政府中除开军事委员会之外，在内阁之下，将成立财政经济委员会、文化教育委员会及政法委员会（管理公安、内务、司法等），并设立各部。在各部中，准备设立铁道、农业、林业、商业、金属、纺织、燃料、交通、邮电、工业等部。中央政府准备以毛泽东同志为主席、周恩来同志为内阁总理，刘少奇与任弼时则不参加政府。"中央起先曾考虑，少奇同志主管党中央的日常工作，不在政府中任职。后来在正式成立中央政府时，由于工作需要，少奇同志还是担任了中央人民政府副主席。任弼时同志身体不好，那时病情已经比较严重了。

斯大林收到少奇同志的报告后，于7月11日晚在克里姆林宫召集政治局会议，同中共代表团会谈。苏共中央政治局委员斯大林、伏罗希洛夫、莫洛托夫、马林科夫、贝利亚、米高扬、卡冈诺维奇、布尔加宁和一些军队负责人参加。少奇同志介绍了中国革命的基本情况：中国革命战争已经取得初步胜利，新的政治协商会议即将召开，新民主主义国家的中央政府即将成立。少奇同志还阐述了新中国的经济建设方针，并特别介绍了我们党对民族资产阶级的态度以及外交政策。少奇表示：我们长期处在乡村的游击战争环境中，对外面的事情了解不多，现在要治理这样大的国家，进行经济建设和外交活动，还需要学习很多东西。少奇同志还要求苏共中央介绍政府各级机构的组成、职能和相互关系。斯大林一一解答了少奇同志报告中的问题，肯定了中国人民民主专政的政体以及各项外交原则，谈了他对国际形势的看法。斯大林当场承诺：新的中国政府一成立，苏联立即就承认；两国关系建立后，毛泽东同志就可以访问苏联。

经过几次会谈，双方对中苏建交、毛泽东同志访苏时间、苏联向新中国政府提供贷款、派遣苏联专家帮助中国经济建设，以及开展中苏贸易等重大问题达成了协议。这中间，少奇同志几次同斯大林单独会晤。苏共中央书记马林科夫和少奇同志专门就党务问题谈了一次。在苏联期间，少奇同志还进行了一系列的参观访问。

这里我想说一下斯大林敬酒的事。大约是7月底，斯大林在他的莫斯科郊区孔策沃别墅宴请中共代表团。那天的宴会，正在苏联养病的江青也出席了。江青在苏联休养已经好几个月，还没有和斯大林见过面。少奇出于好意，向斯大林建议让江青也出席这次宴会，利用这个机会同斯大林等苏联领导人见见面。席间，斯大林举杯祝酒，说："为弟弟超过老大哥，青出于蓝而胜于蓝干杯。"少奇没有干这杯酒。他说："兄长总是兄长，我们永远向兄长学习。"少奇不喝这杯酒，不仅是出于谦虚，他是不愿意在这种时刻被人误解为中国党有意向苏联"老大哥"的共产主义运动领导地位挑战。因为这时社会主义阵营已经出现矛盾，而新中国尚未正式成立，迫切需要得到苏联的支持。少奇已经获悉苏共党内传达说，社会主义阵营出现一个南斯拉夫搞民族主义已经很难办，中共胜利可能比南斯拉夫更难办。斯大林也曾针对中国党说过"胜利者是不被审判的"这样的话。在这种情况下，这杯酒更是不能喝。少奇回国向毛主席汇报时，说起没有接受这杯酒的事。毛主席说："不接是对的。"主席还高度赞扬少奇此行成功。

少奇同志这次是秘密访问。当时国际形势复杂，中苏两国政府对此严格保密，没有做任何公开报道。8月14日，少奇乘火车离开莫斯科回国。以苏联原铁道部长柯瓦廖夫为首的第一批苏联专家，也同车来中国。途中，少奇在沈阳等地视察工作，听取各方面的汇报，研究解决了许多迫切问题，并安排一部分苏联专家在东北工作。8月28日，少奇在东北局干部会上做报告，论述了国际国内形势、城市工作、人民代表会、人民民主专政、国营企业和私营企业等一系列问题，但对访苏一事只字未提。

少奇这次访苏我没有同行。少奇回国后，装有出访材料的公事包长期交给我保存，里面有电报稿和苏联各单位介绍情况的记录打印稿，所以我对少奇访苏的情况略知一二。现在，这些材料已经全部交中央档案馆。

还是在7月里，根据中央有关部门的安排，我带着孩子们搬进了中南海万字廊。万字廊在中海的西侧，同毛主席住的菊香书屋紧邻。7月底的一天，毛主席曾到万字廊看我，问了少奇的健康情况，说了些笑话。主席告诉我："少奇快回国了。"

8月29日，少奇回到北平。朱德、周恩来、叶剑英等许多在北平的领导同志到车站迎接。少奇下车后还很新式地拥抱了我。

这时党中央已经迁入中南海办公。少奇就直接回到了中南海万字廊家里。一到家少奇就同毛主席联系，不多一会儿就走去菊香书屋主席那里汇报。从主席处回来，少奇很高兴，对我说："受表扬了。"

少奇带回来一些洋娃娃、衣服之类的小礼品，我把它们分给了周围的一些孩子。少奇带给我一条丝质的裙子和一条深蓝格子的围巾。后来毛岸英、刘松林结婚，我把裙子送给了他们，围巾我一直留着。

- 1949年，刘少奇与在苏联学习的子女刘允斌、刘爱琴及朱德的女儿朱敏合影

- 1949年6月，刘少奇与高岗、王稼祥在莫斯科

允斌、爱琴从苏联回国

王光美：少奇在苏联期间，还把正在苏联学习的大儿子允斌和大女儿爱琴接到身边团聚，同时抽时间接见了其他中国留学生，了解他们在苏联的学习、生活和思想情况。这批学生大多是中共领导人的孩子，有毛主席的长子毛岸英，朱老总的女儿朱敏，蔡和森、向警予的儿子蔡博，张太雷烈士的儿子张芝明，陈昌浩同志的儿子陈祖涛等。少奇发现这些中国孩子长得瘦小，很是感慨，对他们说："当时我们以为延安生活苦，所以把你们送到苏联，没想到遇上苏联卫国战争，生活条件还不如延安。延安在大生产运动后能吃饱，你们吃苦了。现在苏联的生活、学习条件好了，你们要努力学习，将来为祖国服务。这次能回去的跟我回去，其他人等毕业以后回去，祖国更需要你们。"少奇从出访津贴、礼品中拿出一部分分给这些孩子，让他们添置一点儿衣服，还给几个主要负责人的孩子一人买了一块手表。

蔡博是莫斯科钢铁学院学生，面临毕业。这个学校是军事院校，专业内容是保密的。蔡博年龄大一些，比较成熟，曾获得斯大林奖学金。他悄悄找少奇同志，说想这次就回国，但他学的是国防保密专业，还被苏联有关部门安排搞科技情报，所以怕苏联方面不让他回国。少奇当然希望这些学生都回国工作，因为新中国急需经济建设的人才！他于是专门给苏共中央书记马林科夫写了一封信，说蔡博是我们党的早期领导人蔡和森、向警予烈士的孩子，想回国工作，请特殊批准。马林科夫批准了，所以蔡博就随少奇一起回国了。尽管如此，蔡博一路上都很紧张，怕苏联克格勃截他，火车沿途停站，他不敢下车，到了中国东北境内才下车。蔡博后来留在鞍钢工作。有鉴于蔡博的情况，少奇要允斌离开钢铁学院，转学到莫斯科大学化学系学习。

允斌、爱琴是1939年随周恩来同志的飞机去苏联学习的。他们的母亲何葆贞烈士，1934年在南京雨花台牺牲。允斌是1924年在安源出生的。当时，少奇在安源从事工人运动，任安源路矿工人俱乐部总主任、汉冶萍总工会委员长。这年底，党中央有关部门调少奇到当时的革命中心广州，筹备第二次全国劳动大会。孩子怎么办呢？少奇说："搞革命，孩子带在身边不行。再说，革命随时都有可能牺牲，孩子跟着我们也很危险。"他做通了何葆贞同志的工作，决定托他的哥哥刘云庭，将允斌送回宁乡老家抚养。

爱琴是1927年春在武汉出生的。这年7月，汪精卫背叛革命，武汉的局势越来越紧张，革命处在危机之中。党中央决定在武汉的领导同志尽快疏散。少奇同志和何葆贞同志都要转移。经再三考虑，他们决定将爱琴暂时托付给爱琴的奶妈抚养。因为他们对这位奶妈的根底比较了解，觉得她为人厚道，对孩子有感情。他们打算，先通过亲戚朋友经常给奶妈一些补贴，待将来形势好转再来接孩子。可谁知，随着蒋介石、汪精卫先后背叛革命，轰轰烈烈的第一次大革命失败，全国形势逆转，共产党人被迫转入地下。武汉陷于白色恐怖。没过多久，对爱琴的抚养补贴不得不中断。爱琴在武汉这段时间吃了不少苦。抗日战争开始后，国共第二次合作，大后方的形势相对稳定。1938年，党组织几经周折在武汉找到爱琴，用几十块大洋将她赎出，送到延安少奇身边。不久，允斌也从老家湖南宁乡被接到了延安。1939年，正好周恩来同志因右臂骨折要去苏联疗伤，经中央同意，允斌、爱琴便跟他去莫斯科学习。

黄　峥：据我了解，这次和周恩来同志一起去苏联治病的还有陈昌浩同志，同行的有邓颖超、王稼祥同志。随同去苏联学习的除允斌、爱琴外，还有周恩来同志的养女孙维世、陈昌浩同志的儿子陈祖涛、高岗的儿子高毅、陈伯达的儿子陈小达，一共六位。

王光美：少奇同志1949年秘密访苏的时候，允斌在莫斯科钢铁学院学习，刚进去不久。爱琴在莫斯科通信技术学校学习，相当于中专，已经毕业。少奇和允斌、爱琴已经十年没见了。这十年中间变化很大。少奇平时工作很忙，当时的通信条件又落后，所以互相都不太了解。少奇出国前，特意带了几张我和涛涛、丁丁等孩子们在一起的照片，我记得是进城后在香山照的。少奇对我说，他去苏联后要向允斌、爱琴介绍一下我，告诉他们："光美文化水平高，一定会对孩子们有帮助。"

少奇同志在苏联详细询问了允斌、爱琴的学习和生活情况。当时允斌还没有女朋友，爱琴正值中专毕业，已经怀孕。爱琴向父亲介绍说，她的男朋友费尔南多是西班牙烈士的后代，正在读大学，并给少奇看了照片。少奇同志没有见费尔南多。他让女儿考虑：你是留在苏联上大学，还是回国上学？如留在苏联，将面临孩子的抚养、住房、生活费等一系列问题；要是回国，费尔南多愿意去中国吗？他能克服语言障碍、适应中国的环境吗？这个决心，少奇要爱琴自己下。其实，少奇在去苏联前，就在和允斌、爱琴的通信中谈过这个问题。少奇在信里告诫说，不同国籍的人结婚，常常会遇到一些意想不到的困难，一定要慎重。爱琴经过考虑，最终选择了回国，费尔南多不来中国。

少奇很快捎信告诉我，爱琴可能同他一起回国。当时我们还住在香山。我马上腾出一间房子，打扫干净，准备留给爱琴。可没多久，中央通知领导同志搬进城里中南海，我们家在中南海的万字廊。到万字廊后，我又重为爱琴安排了房间。

少奇同志从苏联回国那天，我带着毛毛（刘允若）去接站。我找到爱琴，把毛毛介绍给她。这是他们姐弟俩第一次见面。

爱琴回国后，需要有个单位先安顿下来。少奇亲自过问这件事，最后确定安排她到北京师范大学女附中，担任俄语教师。我去为爱琴办好了有关手续，包括转共青团员的组织关系。爱琴十二岁离开中国去苏联，在那里生活了十年，中文已经忘得差不多了，当时连自己的中国名字都写不好。考虑到这一情况，又专门请了一位老师为她补习中文。那会儿还没有发行人民币，工资按小米计算。中学教师的工资是每月八百斤小米。因为爱琴是半天教课，半天请老师补习中文，所以只发四百斤小米，另外四百斤给为她补课的老师。

1949年底，爱琴就要生产了。我刚好几个月前在北京医院生下平平，于是，忙替爱琴联系住北京医院。我送她住院，陪她进产房。整个生产过程，我一直守在她的身边，安慰她。爱琴生了个儿子，取名索索。

1950年，中国人民大学成立。少奇同志觉得这是一个好机会，可以让爱琴继续学习提高，再次为她联系，使她得以进入第一期人民大学计划系。为了让爱琴安心学习，我将索索交给我母亲办的托儿所照顾。我的女儿平平也在那里。

爱琴上人民大学不久，有一次带回一个叫苏红的同学到家里来玩。见到爱琴的同学，少奇挺高兴，同她们说了会儿话。苏红向少奇谈到她的父亲，碰巧少奇在延安时认识这位同志，还通过信。后来爱琴又带苏红来家里玩儿过几次，我都见了她们。

少奇同志平时工作很忙，很少有空顾及孩子们，但他还是尽量挤出时间，关心他们的成长。

确实，当时爱琴比较年轻，从苏联回来的时间不长，对国内环境一时不能很好适应，有些方面不够成熟，生活当中有些毛病在所难免，这也是可以理解的。后来，经过几年努力，爱琴终于成为一名真正的共产党员。那天少奇一听说爱琴入了党，特别高兴，饭也多吃了，父女俩说了很多话。

黄　峥：爱琴是1949年8月同少奇同志一起从苏联回国的。允斌因为没有毕业这次没回来，他后来的情况怎样？

王光美：允斌从莫斯科钢铁学院转学到莫斯科大学化学系后，认识了同班同学玛拉·费德托娃，并于1950年结婚。1951年他们夫妻来中国度假，住了两个多月。我在万字廊给他们专门准备了一个房间。1952年5月，他们有了一个女儿苏苏（苏联名字叫索尼娅）。1952年10月，少奇同志应邀参加苏共十九大，再次去苏联。在莫斯科，少奇同志去了允斌家，见到了小孙女和允斌的岳父母，还一起合影留念。允斌的岳父是一位参加过卫国战争的老红军战士，当时在莫斯科一个区的检察院工作，岳母是教师，玛拉是他们的独生女。这年11月，少奇有病要去苏联南部休养，毛主席通知我去陪伴他，这样我也去了苏联。在莫斯科，我也去看望了允斌一家。

两年后，允斌和玛拉又有了一个儿子，叫辽辽（苏联名字叫阿辽沙）。允斌在莫斯科大学化学系毕业后，又读核物理学研究生，1955年获得副博士学位。1957年，他下决心回到中国，分配在二机部（即后来的核工业部）原子能研究所工作。允斌曾努力动员妻子玛拉一起回来，但因为玛拉不适应这里的生活，又是独生女，终于没有和允斌一起来中国。

允斌这孩子是很好的一个人，学习、工作都很出色，对家庭也很负责。回国后，他和玛拉夫妻两地分居，依然千方百计关心妻子、孩子的生活，经常给他们寄钱。当时科学家王淦昌同志在苏联工作，有两个孩子在国内，常要从苏联往回寄钱。允斌和王淦昌同志原本就认识，又是同行。有一次他们在一起，商定了一个互利的办法：允斌两个孩子的生活费，由王淦昌同志在莫斯科直接交给玛拉；王淦昌同志两个孩子的生活费，由允斌在北京直接交给他的家人。这样省却了互相寄来寄去的麻烦。

当时我们国家的高级科技人才特别紧缺，像允斌这样在苏联名牌大学获得学位的，就是一名专家了。二机部部长宋任穷同志，很赏识允斌的业务才能。他每次去苏联开会、出差，都尽量带上允斌，也算顺便照顾他们夫妻见面。可随着中苏关系越来越恶化，两国交往减少，允斌也就很难有机会去苏联了。宋任穷同志很同情允斌，便拨了一笔安家费，让允斌为玛拉和孩子在莫斯科买下一处住房。房主用的是允斌（即克里姆）的名字。

事后少奇同志知道了这件事，在一次出国时，把外交部发的外汇补助交给驻苏大使馆，为允斌还了那笔安家费。那处房子我没去过，听说还不错，你不是去过玛拉家吗？

黄　峥：是的。前不久我和中央电视台的几位同志去采访玛拉，就直接到了她的家里。那天玛拉和她的儿子阿辽沙，还有阿辽沙的妻子、儿子都在家。我转达了您对他们的问候，转交了您给玛拉的一个装有五百美元的信封。他们看到您在信封上亲笔写的"亲爱的玛拉·费德托娃"，非常高兴。我对他们说：光美同志本想选购一件礼物托我带给你们，但我们携带的公务行李很多，路途又这么遥远，带东西很不方便，所以我建议光美同志采用这样的办法表达她的心意，让您自己随意买些东西。玛拉表示完全理解，非常感谢。我在那里注意了他们住的房子。那是一幢公寓楼中的一个单元，有四个房间和厨房、卫生间，中间一个走廊。楼房周围的环境很好，很安静，长有不少树木、草地，交通也方便。虽然由于他们家人口增加，现在已经显得有些拥挤，走廊上也放了柜子等家具；但可以想见，当初只有玛拉和两个孩子住的时候，还是很宽敞舒适的。

王光美：少奇同志1960年去苏联出席八十一国共产党工人党代表会议，还特地去看了孙子孙女，一起照了相。随后不久，中苏两党、两国的关系彻底破裂，导致允斌和玛拉逐渐失去联系，终于不得不离婚。

前几年，阿辽沙曾给我来过信，写得很有感情，说他想来中国，看看他父亲工作、生活过的地方。我也想成全他这个心愿，同意帮助他来中国。可是一到正式办手续，还是不行，因为阿辽沙是俄罗斯现役上校军官，工作的单位是宇航局，从事的又是国防尖端科技，出国受限制。

允斌和玛拉的女儿索尼娅，是一位诗人，嫁给了一位美籍俄人，现定居美国。她写过一首长诗《怀念父亲》，写她小时候允斌关爱她的事，感情很真挚。

允斌回国后，工作积极认真，业务能力很强。领导和同志们对他都很赞赏，少奇同志也很满意。

过了一段时间，一些人开始为允斌介绍对象。先是有人介绍在少奇同志办公室工作的护士小宋。少奇知道后说："只要他们双方同意，可以结婚，但结婚以后小宋不能继续在我身边工作，否则影响不好。"小宋不愿失去这里的工作，就没有同意交往下去。后来，在一些同事的关心下，允斌和上海姑娘李妙秀同志结婚。李妙秀同志和允斌在一个研究所工作，也在苏联留学过，业务能力很强。他们生有两个儿子。

1962年，允斌根据我国原子能研制工作的需要，调到包头一个二机部直属的保密工厂，担任研究室主任。可惜，"文化大革命"开始后，允斌受到株连迫害，于1967年11月含冤自尽。党的十一届三中全会后，二机部为允斌彻底平反，补开了追悼会，骨灰安放在八宝山公墓。允斌是我国第一批参加原子弹、氢弹研制工作的人员，具体研究核燃料后处理技术。他在这方面所做的贡献，在《当代中国的核工业》这本著作中有记载。

我刚才说，少奇对子女要求很严，但也不是严到不合情理，心里是很疼爱的。曾经听到一个说法，说少奇不顾儿女的爱情，干涉他们的婚姻。事实不是这样，有许多事情是种种因素造成的。

毛毛（刘允若）是1931年在上海出生的。当时革命形势严峻，上海的白色恐怖很厉害。1932年冬，中共中央安排少奇离开上海去了江西中央苏区。1933年3月，何葆贞同志被敌人抓走，第二年在南京雨花台就义。那时毛毛才两三岁，先是被人收养，后到上海当学徒，经常以卖报纸、捡破烂为生，1946年才被地下党组织在苏北发现，送到延安。知道毛毛从小吃了不少苦，少奇和我都特别疼爱他。进北京后，毛毛在一〇一中学读书，1955年被选送到苏联莫斯科航空学院留学。也不知什么原因，毛毛去了没多久，就和同学们闹矛盾，老来信吵着要转学转系。少奇放下手中繁忙的工作，给毛毛写了几次很长的信，苦口婆心教育他。少奇是多么希望毛毛在苏联学好本领，回来参加祖国建设，成为有用之才啊！可不久，毛毛又在苏联交了个女朋友，叫丽达。经了解，丽达的父亲在苏联克格勃工作。这时中苏两党分裂，两国的关系正进入复杂多变的时期，所以少奇知道后，就要允若回国。1960年夏,允若回国分配在七机部(即后来的航天工业部)工作,但和丽达的关系没有断。特别是丽达,更是紧追不放。

刘　源: 毛毛和我讲过,他认识丽达是允斌的妻子玛拉介绍的,一开始没怎么注意。后来有一次,毛毛在街上遇到一群年轻人打雪仗,他低下头赶紧走,突然一个雪球猛地砸在他脸上,旁边的人哈哈大笑。这时一个女孩跑到他面前,一看原来是丽达。毛毛发现这天丽达在雪景中特别漂亮,就动了心。后来一来二往的,两人坠入情网。毛毛回国后,丽达仍然紧追不舍,用尽各种手段。她专门给苏共领导人赫鲁晓夫写信,寻求声援帮助。谁知这事就真的被赫鲁晓夫利用了。

1960年11月,我父亲率中共代表团赴莫斯科,出席八十一国共产党工人党会议。赫鲁晓夫去机场迎接。他在汽车上拿出丽达写给他的信,说:"现在我们两党争论,你们这一代人不同意我们的观点,但你们下一代的人会同意我们的观点。做父母的,对孩子们的事要通融一点儿。"父亲听了十分恼火:现在两党争论这样激烈,两国关系这样紧张,决不能让孩子们的事掺和进来,尤其是我的孩子!所以父亲认为,这事已经超出了一般的生活问题,不能同意毛毛和丽达结合。毛毛性格内向,平时比较孤僻,回国后情绪十分低落,时不时为这事闹。不多久又发生一件事。萧三的儿子阿郎从苏联回国,允斌的妻子玛拉托他带给毛毛一盒巧克力。涛涛刚好看见,就先抓了一块吃。拿起一看,见底托上有字,用俄文写的,说里面有信。再打开,果真在盒底藏了一封丽达写给毛毛的信。大意是说如何如何想念毛毛,要毛毛去苏联,她来中国也行,还说现在两国关系这么不好,只有分别求中央领导人帮忙才能团聚,她已经给苏共领导写了信,要毛毛也给中共领导人写信。父亲知道后很生气:这不是把特务手段搞到我家里来了吗?他严肃地表示:毛毛要么同丽达一刀两断,要么从中南海家中搬出去。

王光美: 为了帮助毛毛转变,少奇让他下部队当兵锻炼,后来又要他参加农村"四清"工作队,要他好好向工农兵学习。可喜的是,毛毛经过锻炼,终于走出感情阴影，重新振作起来，还入了党，成为一名共产党员。大家都说他像换了个人似的。

刘　源：" 文化大革命"开始后，江青说"刘允若不是个好东西"，毛毛被江青点名，被投入监狱八年。毛毛1974年12月从监狱里出来，是我去接的。刚见面我简直不认识了，只见他神思恍惚，瘦得皮包骨，头发掉了很多。我把他接到我们几个兄弟姐妹住的地方。头三天他不敢见人，见了人害怕。三天后他又突然失语，想说说不出来，生活上照顾不了自己。冬天里有一次他下楼，正好楼梯上两个小孩转着玩，他一见就紧张，一骨碌摔下去，把两条胳膊摔折了。我闻声赶紧把他背回楼上，又送进医院治疗。那段时间我一直陪他，他慢慢地和我讲了不少事。八年牢狱之灾，使毛毛落下多种疾病。1977年春节期间，毛毛终因窒息性肺炎去世，才四十六岁。

1950年代，刘少奇、王光美与长女刘爱琴

■ 1951年夏，刘少奇长子刘允斌在莫斯科大学学习期间回国探亲，与父亲在北京西郊住处附近的花生地里

■ 1954年夏，刘少奇与次子刘允若在玉泉山合影

开国之初

黄　峥：少奇同志秘密访苏，为即将诞生的新中国争取到了重要的国际支持。苏联是第一个承认中华人民共和国的。在当时的情况下，苏联的支持对新生的共和国十分重要。

王光美：党中央和毛主席当时都特别重视同苏联的关系。中华人民共和国成立才几天，就正式组成了中苏友好协会，并由少奇同志出任总会会长。本来是准备由宋庆龄同志担任会长的。因为孙中山先生倡导联俄、联共、扶助农工三大政策，宋庆龄在孙中山先生去世后曾访问过苏联。但后来同苏联接触的过程中，感到中苏关系不简单，党与党、国与国的关系非常复杂，所以中央考虑，以宋庆龄同志的身份、身体状况，她接触的范围，处理起来很困难，决定还是由少奇同志兼任总会会长，宋庆龄任第一副会长。少奇为这个专门去向宋庆龄做了解释，说这样对工作方便，对你也好。江青在中苏友好协会里挂了个理事的名义，这是考虑到她曾在苏联疗养过很长时间。1949年10月5日，在北京举行中苏友好协会成立大会，少奇向大会做了报告。

　　少奇在苏联时，同斯大林商定了毛主席访苏的问题。早在1948年春，毛主席就曾考虑去一趟苏联，同斯大林会谈有关中国革命的问题。后来由于种种原因没能成行，斯大林派米高扬来到西柏坡。新中国成立后，中央决定毛主席正式访问苏联。正好1949年12月21日是斯大林七十大寿，所以毛主席出访的时间定在12月初，以便参加为斯大林祝寿。毛主席亲自安排送给斯大林的寿礼，从山东调了十几吨大黄芽白菜、大萝卜、大葱、大梨子。后来装了一火车。送这些东西，据说是江青出的主意。

毛主席是12月6日离开北京乘专列火车去苏联的。主席走之前中央政治局开了会，决定在毛主席出访期间由少奇同志代理党中央主席、中央人民政府主席。

毛主席的专列12月16日抵达莫斯科。斯大林没到车站迎接。国内对这就有了反映，说我们主席去了，斯大林为什么不接？后来在党内还作了解释。其实斯大林从来不到车站迎接客人。

周恩来总理没有和毛主席一起去苏联。中间毛主席打电报来，说要签订一个两国友好条约，少奇就建议周总理去。因为国与国之间的条约这种东西都是由总理一级的领导人来谈判、签字。这样，1950年1月10日，周总理也去了苏联。主席、总理这次出访的时间比较长，一直到3月4日才回到北京。

签订中苏友好条约是一件大事。主席、总理在苏联不断将两国会谈的情况和条约内容用电报发给少奇，少奇就在国内做工作配合他们谈判。少奇多次组织党内外各界人士对条约草案进行讨论，又把各方面的意见汇总起来，反馈给主席、总理。这个条约最后定名为《中苏友好同盟互助条约》，1950年2月14日正式签订。条约签订的当天，以王稼祥大使和夫人的名义，举行盛大宴会，招待斯大林等苏联领导人。后来我问稼祥的夫人朱仲丽同志："你当大使夫人在苏联那么长时间，见过斯大林几次？"她说一共见过两次，签订条约那天是第一次。

为庆祝《中苏友好同盟互助条约》的签订，2月15日少奇在国内也举行了一个宴会，并在宴会前发表了演讲。中央人民政府及所属各部门的负责人、各外交使节、各民主党派和人民团体的负责人都参加了。第二天，苏联驻华大使馆也举行庆祝宴会。因为是苏联大使尤金和夫人出的请帖，所以我跟少奇一起出席了。那天江青也去了。

少奇秘密访苏那次同斯大林还谈到一个问题，就是中苏两党的分工。斯大林希望中共负责就近联系亚洲国家的共产党，苏共主要负责联系欧洲国家的共产党。根据这个分工，新中国成立不久，就有两个国际性会议决定在北京召开：一个是亚洲澳洲工会会议，一个是亚洲妇女代表会议。这是中国共产党执政后第一次作为东道主举办国际会议。这两个会议的筹备都是在少奇的指导下进行的。

亚洲澳洲工会会议是11月16日开幕，12月初结束的。这个会议是世界工会联合会召集的，出席会议的有三十一个国家的一百多位工会领导人。世界工会联合会主席是法国共产党中央委员路易·赛扬。少奇名义上是世界工联副主席。

赛扬来的时候，毛主席还没有去苏联，就出面在颐年堂宴请了一次。少奇、陈云同志都出席了。当时少奇同志是中华全国总工会名誉主席，陈云同志是主席。因为有赛扬夫人在，我和于若木同志也出席了。

亚洲澳洲工会会议开幕的时候，少奇被推选为会议主席，致开幕词。赛扬这个人很傲气，在会议进行中间，同一些代表发生了矛盾。后来少奇出面调解了。少奇为这件事同斯大林有几次电报往来。

1949年3月23日，刘少奇在西苑机场检阅解放军

1949年10月1日，毛泽东、刘少奇在开国大典上

捷克大使夫人送的花瓶

黄　峥：光美同志，我看到您的房间里有一个很别致的花瓶，听说这是新中国开国之初捷克斯洛伐克大使夫人送的。请您给我们介绍一下它的来历。

王光美：1949年10月1日中华人民共和国成立的第二天，苏联第一个宣布和我国建立外交关系。以后几天内，又有保加利亚、罗马尼亚、捷克斯洛伐克、匈牙利、朝鲜、波兰、蒙古、民主德国、阿尔巴尼亚等国宣布同我国建立外交关系。10月5日，苏联任命罗申为驻华第一任大使。那时毛主席是中央人民政府主席，相当于国家主席。罗申大使向我国递交国书，是毛主席亲自接的。当时递交国书的礼节很烦琐，还要站着念。毛主席工作很忙，他也不喜欢应付这些礼节性的事，觉得占了时间，后来就指定少奇代他接国书。第二个向我国递交国书的是捷克斯洛伐克大使魏斯柯普夫博士，时间是1950年1月15日。从捷克开始，就由少奇接国书。

　　捷克大使递交国书的时候，是和他的夫人一起来的，进行了拜会仪式。我会见了大使夫人。见面后，大使夫人赠给我一个玻璃花瓶。我回赠了一件中国刺绣。这个花瓶是捷克的一种工艺品，可能是钢化玻璃做的，拿在手里很沉，上面镌刻着人像。这个花瓶在西楼甲楼办公室里放了很长时间。

　　中南海颐年堂那里有两棵特大的海棠树，每年都开很多花，很好看。

123

1955年春天，又是海棠花怒放的时候。一天，少奇的几个卫士对我说："颐年堂的海棠花开了。少奇同志一天到晚坐在办公室，活动太少，动员他出来散散步，去看看海棠花吧！"我一看日程，正好这天都排满了，就说今天恐怕不行了。这个卫士一听，就跑去悄悄地剪了几枝海棠花回来。既然剪来了，我就用捷克大使夫人送的那个花瓶，把花插上，摆在少奇的办公桌上。放上以后，我出来一看，少奇在灯下埋头办公，此情此景我觉得很美，忍不住想用相机照下来。

　　我在辅仁大学里上的是物理系，学了光学和宇宙射线，所以我会照相，有一架相机。这时我取来相机，偷拍下了一张少奇夜间工作的照片。少奇工作起来很专注，他当时根本没在意。照片实际上并不理想，因为顶灯远，头部比较暗。那时也没有现在的"傻瓜相机"，我也没有镁光灯，就利用室内的现成灯光。但正好旁边放着一张会客用的圆桌，上面有玻璃板，这就使景物有了一种倒影的感觉。后来这张照片被一些从事摄影的同志看到之后，认为照得好，有艺术，多次拿去在摄影展上展出，还让我参加摄影家协会。近年来出版的多种版本的少奇画册和有关少奇的展览，也都用了这张照片。

　　"文革"结束后我重新安家，也选了这张照片，放大后挂在房间里。我的意思，就是见到这张照片，好像隐隐约约地感到少奇还在工作，还在我身边。

　　所以，当年捷克大使夫人赠的那个花瓶，我一直留着，作为纪念。一是因为它是第一批同我国建交的外国使节夫人送给我的；二是因为它曾长期摆放在我们的房间里；三是因为我为少奇照的那张在办公室工作的照片中，正好有这个花瓶。这个花瓶后来被中央办公厅征集，现在陈列在毛主席纪念堂里面的少奇同志纪念室。

■ 1955 年，王光美拍摄的刘少奇
工作时的情景

1951年冬去南方休假

黄　峥：1951年11月底至1952年1月，少奇同志去南方视察和休假，跑了不少地方。这是全国解放后少奇同志第一次外出。光美同志，请您谈谈那次外出的情况。

王光美：长期以来，由于形势所迫和战争环境，中央领导同志的工作一直十分紧张，加上医疗条件所限，他们的身体状况都不大好。新中国成立前后的一段时间，中央领导同志更是特别忙碌，得不到休息。全国解放后，条件好一些了，各方面的工作逐步走上正轨，中央决定安排领导同志轮流休假。这也是向苏联学的。当时苏联的领导人每年都外出度假，已经形成制度。我们没有这么好的条件，也没有什么固定的休假场所，但许多中央同志长期超负荷工作，确实太累，就决定轮流抽空休息一下。这也是为了更好地工作。当时安排第一个休假的是周恩来总理。周总理在1951年5月下旬至7月初，到大连休养了一个多月。事实上后来中央领导同志休假还是很少，更没有形成制度。可能我国领导人的休假是最少的。

　　安排第二个休假的是少奇同志。少奇主要是胃不好，有时候胃疼得没法工作，就一只手拿热水袋捂着肚子，一只手写字。由于是多年的老胃病，吃东西不容易吸收，人很消瘦。医生已经一再建议他休息治疗。

1951年11月23日，我陪少奇到北京医院做体检，准备查完后就外出休假。体检之前少奇给主席写了封信，报告了临走前各方面工作的安排，同时说："我今日即到北京医院去检查肠胃，这是苏联医生多次要求我的。大概两三天即可检查完毕，拟于本月26日起身到杭州休息。"

少奇想利用休假的机会到一些地方去看一看，读一点儿书。自从1943年他到中央工作以来，每次外出都是匆匆赶路，有的是打仗转移。从延安到西柏坡，又从西柏坡到北京，都是这样。所以，他想趁休假到各地去作些参观，察看一下民情社情。

11月27日，少奇和我离开北京。第一站到天津，在那里参观了正在举行的华北物资交流大会。12月1日，我们到达济南，第二天又到孔子的故乡山东曲阜，在这两个地方参观了一些名胜古迹，包括孔府、孔林。12月3日，我们经过徐州、蚌埠到达南京。当时南京和浦口之间没有桥，是坐轮船渡过江的。

我们在南京停留了三四天。少奇在这里看望了刘伯承、陈毅、粟裕等同志。刘帅正在这里筹建人民解放军的第一所军事学院。陈老总当时除了担任上海市长，还任华东军区司令员，经常在上海、南京两地往返。粟裕同志也是华东军区的负责人。他陪同少奇和我参观了燕子矶。我们还特意去参谒了中山陵和雨花台烈士陵园。

12月8日，我们经无锡、苏州到上海。在上海待了四五天。我们去看望了宋庆龄同志。她那时在上海居住，还没有搬到北京。我们到她的家里，看到她的家布置得很文雅、很温馨。宋庆龄见到我们非常高兴，首先就说感谢少奇同志去了南京中山陵。少奇说，他对孙中山先生十分敬仰，去瞻仰是应该的。我就问她："我们刚刚去，您怎么就知道了呢？"她说，现在负责管理中山陵的是中山先生的卫士，少奇去了以后他马上就向她通报了。宋庆龄听我们说这次出来是休息，就说："那好，我带你们去散散步。"随后，她带我们到上海西郊，好像是虹桥俱乐部，有一大片树林、草地，在那里散步、说话。宋庆龄同志善解人意，会体贴人。她觉得你们既然是出来休息，我就陪你们散散步。

在上海少奇还看望了在那里休息的张云逸、吴亮平等同志，参观了几个工厂、单位。少奇还视察了海军部队，乘海军"南昌"号军舰在吴淞口要塞航行巡视。由于是冬天，又是在海面上航行，显得风特别大特别冷。我们的海军1950年刚刚组建。党和国家领导人中，少奇同志是第一个去海军视察的。出海回来，"南昌"号军舰的舰长要少奇题词。少奇为他们写了"为保卫祖国的海岸而奋斗"。

12月13日，我们到了杭州。这次休假，要说真正的休息，是在杭州。出来的时候，少奇带了一套范文澜著的《中国通史简编》。每天，他除了散散步，差不多用大部分时间读《中国通史简编》。在这中间，也参观了一些地方，到嘉兴南湖看了中共一大开会的会址，到绍兴看了鲁迅故居。

在杭州的时候，毛主席派人送来一封信和几份材料。主席问候了我们的休息情况，同时讲到一件事情。他写道："少奇同志：游览情形好否？谅已到达杭州。据安子文、胡乔木等同志说，像河北党校阴一刚等来信那样表示不同意半工人阶级也是领导阶级的人，尚有许多，许多地方整党中都提出了这个问题，而这种提议是有理由的，现在不能不改正整党决议草案中的那种提法。此事现已陷于被动，只有改正才能恢复主动。现将电文一件、安子文报告一件、河北党校阴一刚等来信一件，送你审阅，征求你的意见，请予示复，并交来人带回为盼。此间各事均好，勿念。祝你们安吉！"主席的信是12月15日写的。我不清楚关于半工人阶级这个问题的来龙去脉。总之，少奇同志接到毛主席的信后，进行了认真的考虑。

黄　峥：关于半工人阶级这个问题的情况是这样的：1948年2月毛主席在修改《中共中央关于土地改革中各社会阶级的划分及其待遇的规定》时，曾使用过半工人阶级也是领导阶级的提法，说："无产阶级和半无产阶级（贫农）为人民民主革命和新民主国家政权的领导阶级，而无产阶级则是主要的领导阶级"。1951年4月经少奇同志修改的《中国共产党第一次全国组织工作会议关于整顿党的基层组织的决议》中也讲到："中国革命在过去是城市工人阶级和乡村半工人阶级领导的,在今后更需要工人阶级的领导。"1951年7月发出的《中共中央关于工人阶级与半工人阶级的领导作用问题的解释》中,将这句话改为"中国革命在过去是城市和乡村的工人阶级与半工人阶级领导的"。10月17日,河北省委党校干部阴一刚等给毛主席写信,对半工人阶级也是领导阶级的提法提出意见。毛主席把来信批给中共中央组织部副部长安子文同志提出处理意见。安子文提出,对半工人阶级也是领导阶级的提法应予修改。毛主席同意改正这一提法,所以给少奇同志写来这封信,征求少奇同志的意见。

王光美: 少奇同志也同意改正这一提法。12月19日,少奇给毛主席回了信,主要表示对半工人阶级这一提法的意见,顺便报告了休假情况。信上说:"毛主席:12月15日来信及安子文同志给你的报告和他起草的电稿与阴一刚等来信,均已看过。关于半工人阶级也是领导阶级的问题,在过去确是没有提过,现在这样提,确实也难解释。同意将整党决议中的那种提法加以改正并发出安子文同志所起草的电报。我现在杭州休养得很好,生活制度已完全改变过来,体重已有一些增加。沿途在济南、徐州、南京、上海均作了一些游览,孔庙也看了一次,一切均好,望勿念。祝你们健康!"

黄　峥: 毛主席收到少奇同志的回信以后,于12月23日签发了安子文同志起草的《关于中国革命领导阶级问题的修正指示》。这份以中共中央名义发出的指示中说:"关于中国革命的领导问题,无论过去或今后,均应只提是工人阶级(通过其先锋队中国共产党)领导的,不应再把半工人阶级包括在内。"关于这个问题至此处理完毕。

王光美: 我们在杭州过了元旦,于1952年1月4日去江西南昌。我们在南昌参观了三二〇工厂,就是现在的南昌飞机制造公司。后来又到湖南长沙。在长沙,市委书记曹英同志陪我们参观了一些地方,看望了一些老同志和亲友。我们去了岳麓山,看了岳麓书院和湖南大学。那时湖南大学的校长是李达同志。他是出席中共一大的老同志。少奇去看望他,有一张他们俩在一起的合影。

在长沙，少奇同志向曹英同志查问当年中共湘区执行委员会的旧址清水塘二十二号。少奇回忆说，1922年夏天党中央派他到湖南工作，就是在清水塘和毛主席第一次见的面，当年毛主席和杨开慧同志都居住在这里，门口有一个水塘和一片菜地。二三十年过去了，长沙的变迁很大。我们问了一些当地的干部群众，大家都不知道清水塘在什么地方。我们找了一圈，竟没有找到。

在长沙住了几天，我们开始沿京广铁路往回走。中间在武汉停留了一下，1月24日回到了北京。

■ 1951年12月，刘少奇、王光美在山东曲阜

■ 1951年12月，刘少奇、王光美在外出休假途中

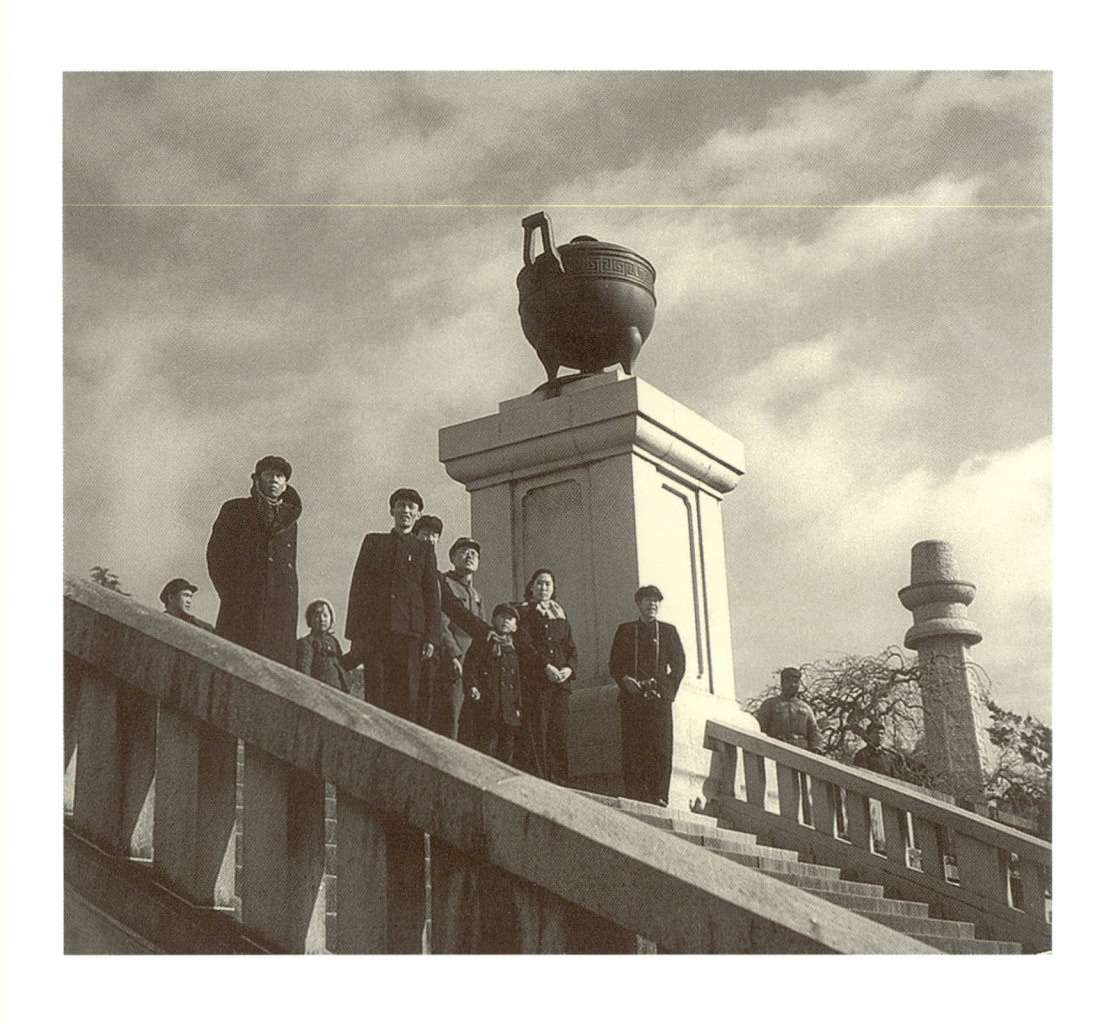

■ 1951年12月，刘少奇、王光美
　在山东孔庙

■ 1951年12月，刘少奇在南京看望修养中的张云逸

■ 1952年12月，王光美与刘涛、刘丁在杭州

风雨无悔
——对话王光美

少奇出席苏共十九大

黄　峥：这段时间,是中苏两党两国关系最好的时期。1952年10月苏共召开第十九次全国代表大会,邀请中国共产党参加。中央决定由少奇同志率代表团应邀前往。请您谈谈少奇同志这次访苏的情况。

王光美：少奇同志这次访苏,是中国共产党作为执政党第一次公开、正式派代表团参加外国党的全国代表大会。苏共的这次代表大会十分隆重。它的上一次代表大会还是卫国战争前开的,到1952年隔了十三年了。这次大会要调整党的领导结构,制定新的路线,还要更改党的名称。这时它的正式名称叫苏联共产党（布尔什维克）,通常简称联共（布）,十九大上要改名为苏联共产党。

　　中共代表团团长是少奇,成员有陈毅、饶漱石、李富春、王稼祥、刘长胜。代表团里陈毅、王稼祥、刘长胜等几位同志当时身体有病,都想趁此机会到苏联治治病,提出把夫人带去以便照顾。我们建国不久,医疗条件不如苏联。要治病,当然最好是夫人随行比较方便。这事少奇同志和毛主席商量了。主席说:"这次夫人就都别去了,告诉光美也别去了。我上次去苏联也没让江青去。"所以少奇同志决定夫人都不去。我也没有打算去。后来情况变了,主席又让我和朱仲丽同志去苏联。

代表团 9 月 30 日乘专机出发，10 月 2 日到莫斯科。10 月 5 日苏共十九大开幕，10 月 8 日少奇在大会上致词并宣读中共中央的祝词。10 月 14 日苏共十九大闭幕。

当时江青正在苏联治病休养。有一次她打电报回来，要帮她买一些礼品送给苏方的医生护士和接待人员。毛主席在电报上批示："请光美同志办。"我就找了叶子龙同志，和他一起商量，买了一些绣花衬衣之类的礼品，给江青捎去了。

黄　峥：光美同志，那时您同江青的关系怎样？您是什么时候认识江青的？

王光美：我第一次见江青是在延安。就是那次我骑着老马到枣园少奇那里去，半路上对面开过来一辆卡车，我看见江青坐在驾驶室里司机旁边的位置上。当时延安没有小汽车，最好的交通工具就是卡车了。江青在延安很有名，主席夫人嘛！所以我一看就知道是她，但她不认识我。后来到了西柏坡，我和她才真正认识，有一些一般的来往。我听少奇讲过，毛主席向他介绍江青的时候说："江青大节好，身体不好。"

进北京以后，江青和我来往多了一些。值得一提的是 10 月 1 日开国大典那天晚上，她约我和她一起上天安门。白天我们都没有票，上不了天安门，晚上她打电话来，要我和她一起去。我跟着她，哨兵也不敢拦，就上去了，还在天安门后面转了转。

建国后不久，江青回了趟山东老家，把她的姐姐接来了。她姐姐的丈夫是一个国民党军官，跑了。她姐姐来北京后住在中南海，有段时间在西楼食堂吃饭。

我对江青当然是很尊重的。她是主席夫人，资历又比我老。我觉得她当时对我挺好的。我生平平时，江青在苏联休养。她托人捎给平平一个苏联玩具洋娃娃，后来又给我送过一些衣料。她从苏联回国后经常给我打电话，约我上她那儿去聊一聊，有时给我看她拍的照片、织的毛线活儿，有时让我陪她看电影。江青爱看电影，外国片、香港片，还有解放前的老片子，她常看。有一次她留我吃饭，特别简单，菜就是一只螃蟹。反正她要我怎么着我就怎么着，不提意见。

有好多事情江青挺精的。进北京以后，有时少奇想吃长山药、苦瓜之类的南方菜。这些东西当时北京没有。我是北方人，什么苦瓜？咱见都没见过。那时团中央的干部往南方出差多，有次我托冯文彬同志从南方买一些苦瓜回来。我想毛主席也是湖南人，大概也爱吃苦瓜，就给主席家也送去了一些。江青很快打电话给我，说："你怎么这么傻呀！咱们中南海有供应站，要什么菜，叫他们去买就是了。"她不说，我还真不知道有什么供应站。

黄　峥：我们继续谈1952年少奇同志出访苏联的事。光美同志，后来您也去了苏联吧？

王光美：少奇走后几天，我托人给他带去一封信。因为少奇胃不好，吃东西不容易吸收，我担心他到了苏联水土不服，吃不惯苏联的饭菜，写信主要是提醒他在外面注意身体。10月12日，他给我写来一封回信，说："我们到此后，有几个人伤风，但我至今很好，体重增加约有两公斤，大概是因为此间的饭食较好。现大会很忙，每日开会八小时，不能做别的事，大概明后天大会即可开完。你写来的信收到。允斌已见到，他们很好。余不尽，祝你们平安！"收到他的回信，我也就放心了。

可是没想到，没过几天，少奇病了。苏共十九大闭幕后，苏方为来宾安排了一些参观。有一天苏方安排中共代表团参观莫斯科大学，看一个新落成的设备先进的教学楼。参观的人登上这个高楼，俯瞰学校全景。那时正是莫斯科的冬天，气候很冷。少奇、王稼祥同志上去后着了凉，回到住处就发烧，感冒了。苏方派了医生来治疗。一检查，发现少奇的血糖等指数不正常。稼祥同志战争年代受过伤，这下子也旧病复发了。代表团把这个情况报告了国内。毛主席10月19日给少奇回了封电报，说："中央同意你及稼祥同志在苏休养一个月至一个半月，王光美、朱仲丽二同志即去莫斯科。"

这一天，少奇的老秘书吴振英同志拿着毛主席的电报，通知我去苏联。我一看，连忙抓紧时间做准备。

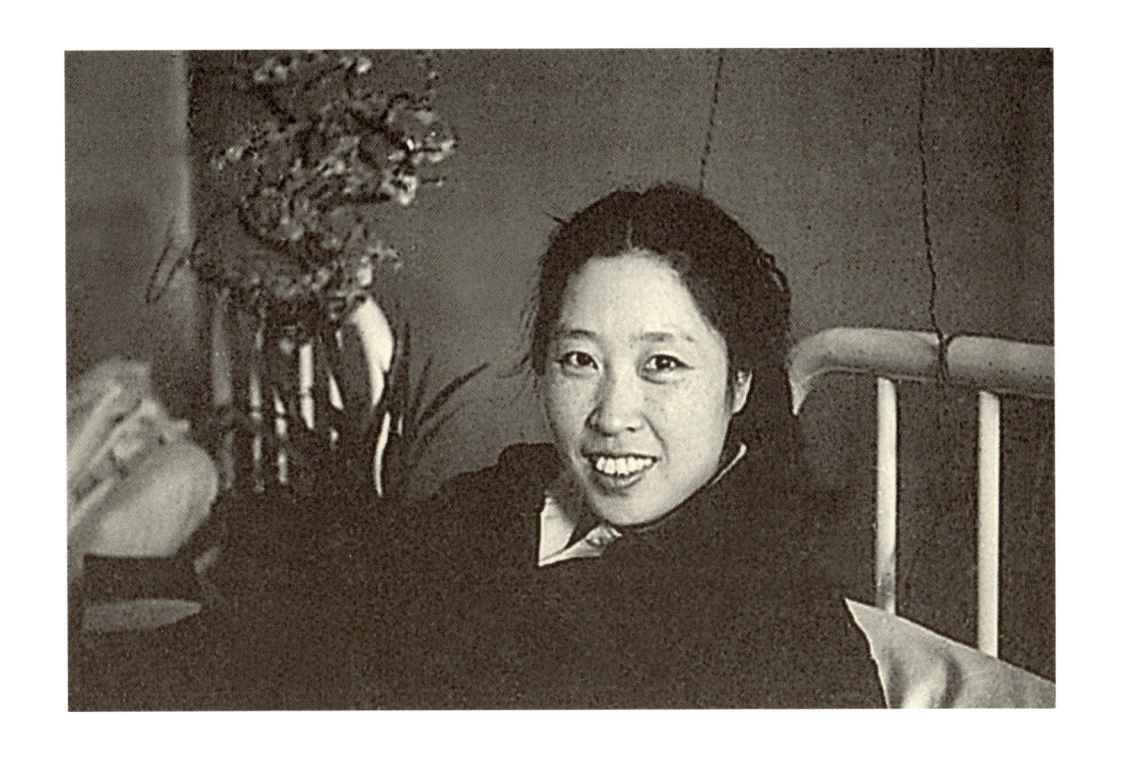

1949年5月，女儿刘平平出生。王光美在北京医院妇产科病房留影

我第一次去苏联

王光美：这次我去苏联，各种手续都是朱仲丽同志办的，一路上也是她帮助我。她去过苏联，熟悉情况，又会说俄语。我们乘的是苏联航空公司的飞机。到莫斯科机场，是苏共联络部一位相当于处长的干部来接我们，好像姓谢尔巴克夫。他把我们送到中共代表团驻地。我进去一看，少奇已经退烧，可以出来散散步。稼祥同志还没有完全退烧。

苏共十九大闭幕后，斯大林曾亲自给少奇打电话，说他开完大会还有中央人事安排等许多重要事情，特别忙，要等几天才有时间同少奇会谈。少奇从国内出来的时候，带着一项重要任务，就是对中国共产党准备实行的几项重大政策，包括社会主义改造、全民选举、制定宪法、召开全国人民代表大会和党代表大会，当面同斯大林交换意见。其中最重要的，是同斯大林讨论中国向社会主义过渡的问题。为使斯大林对会谈的内容先有准备，10月20日少奇给斯大林写了一封信，就"中国怎样从现在逐步过渡到社会主义去的问题"谈了一系列设想。10月24日、28日，斯大林把少奇等接到克里姆林宫，进行了长时间的会谈。

11月7日是苏联十月革命胜利三十五周年纪念日，相当于他们的国庆节。苏联全国举行了盛大的庆祝活动。中共代表团和其他兄弟党的代表团应邀参加了这些庆祝活动。我也应邀参加了其中的一些活动。庆祝大会那天，发给我们每人一个进莫斯科红场的证件，苏方派了两个警卫陪我们上观礼台。检阅游行队伍的时间很长，人也特多。因为天气很冷，陪我们来的苏方警卫就说，我们可以先退。我说："咱们看主席台上的斯大林，斯大林没走，咱们也别走。"天气确实很冷。过了一会儿，我们见斯大林走了，就没等游行结束也回去了。

少奇同斯大林会谈中有一个内容，就是关于越南、日本、印尼等一些亚洲国家共产党的工作。这时越共中央主席胡志明在莫斯科，谈的时候他也参加了。当时好像已经通知印尼共产党负责人艾地来莫斯科，可不知什么原因他迟迟未到。斯大林就要少奇等待，等艾地来了再谈。这样，少奇就决定利用这段时间休养一下，检查一下身体。他有多年的老胃病，参加革命以后东奔西跑一直没有好好治过，也想趁这个机会请苏联大夫帮助治治。这样，根据苏联方面的安排，我陪少奇于11月下旬去苏联南部黑海边的索契休养。

在索契，我们住的是一所别墅，据说是伏罗希洛夫或是加里宁住的。别墅的设备和布置挺朴素的，不像克里姆林宫是金碧辉煌。别墅的门窗上都挂着垂到地的亚麻布帘子，这给我留下很深的印象。

少奇在那里，每天就是看看书，散散步，有时到附近的地方参观参观。一天我陪他去参观附近一个热带植物园，要爬山上去。少奇上山后看到一些生长特别快的植物品种，就念叨说这个我们可以引进种植。他人在国外，心里总是想着国内的事。苏方还安排我们坐船在黑海转了一圈，在船上可以望见斯大林的故乡格鲁吉亚。

苏联大夫给少奇做了体检，结果弄清楚了，他多年的老胃病主要就是胃下垂。大夫建议改吃西餐，以便容易消化、增加营养。于是少奇在索契就开始吃西餐。休养所每天晚上给一杯奶油加樱桃。过了一段，少奇还真的胖了。那次还查出少奇的血糖有点儿高，所以后来我们不让他吃糖了。

跟我们去索契当翻译的，是林伯渠同志的女儿林利。有一张少奇和我在休养所长椅上的照片,就是林利照的。有段时间江青也来黑海边休养,林利有时去为她当翻译。一天江青到我们住的地方看望,说了一些话。

大约12月下旬的一天,忽然给少奇送来一份很机密的信件。打开一看,说是客人已到,速回莫斯科。少奇知道是艾地到了。于是我们立即动身返回莫斯科。这样,少奇在莫斯科又和斯大林、艾地等谈了一次。当时对艾地的情况非常保密,少奇回来什么也没说。

在莫斯科红场阅兵时,我见到的斯大林身体还是挺好的。没想到才过了三个多月,他就因为脑溢血突然逝世了。

在索契的时候,少奇给毛主席发过电报,报告休养情况。后来收到毛主席打来的电报,说:"中央决定明年2月5日召开党的全国代表会议(不是代表大会),请你于12月下旬或1月初回国,以便准备议程。"少奇和斯大林、艾地等谈完后,1953年1月7日,我们离开莫斯科回国。

我们回国是苏方派的专机。那时的飞机比较小,还不能直接飞北京,因为从莫斯科到北京的航线没有开通,要从苏联远东绕。第一站停在伊尔库茨克。飞机停在苏联内务部掌握的一个内部机场,我看到警卫很严。当地接待很热情,在我们住的地方摆了很多各种各样吃的东西。第二天我们出发,都已经上了飞机,可是驾驶员发觉发动机声音不正常,怕出事故,拒绝开。我们只好下来回到招待所。回去一看,原来摆着的那么多吃的东西全没有了,都给收起来了或者工作人员拿走了。我们一走一回中间隔了没多长时间。可见当时苏联东西还是很短缺。当然我们什么也不说。

我们是1月11日回到北京的。回来以后我们知道,少奇回北京,本来毛主席要到机场接,因为飞机在伊尔库茨克耽搁,晚到了一天,打乱了安排,主席就没出来接。那天到机场迎接的领导同志很多,有朱德、周恩来、陈云、邓小平、董必武、彭真、陈毅、薄一波、吴玉章等同志。

我们到家已经是晚上了。少奇马上到主席那里汇报。他们谈了很长时间。少奇四个小时以后才回家。

1952年冬，刘少奇出访苏联期间临时在索契休养，王光美前往陪伴

少奇没能参加悼念斯大林活动

王光美： 我们从苏联回国的当天，毛主席同少奇同志作了一次长谈，谈到了周总理。少奇说："总理有很大功绩，在国内国际都很有威望。"

后来知道，主席这段时间对政府工作有些意见，认为政府工作中存在分散主义现象。根据毛主席的意见，党中央做出了《关于加强中央人民政府系统各部门向中央请示报告制度及加强中央对于政府工作领导的决定》《关于加强对中央人民政府财政经济部门工作领导的决定》，并撤销了政务院党组干事会。

黄　峥： 少奇同志和您从苏联回来不久，1953年3月5日，斯大林逝世，我们国内举行了悼念活动，好像少奇同志都没有参加。

王光美： 那是因为少奇同志正在医院里。3月初，少奇突然得了盲肠炎，要住院动手术。当时正是苏联发生所谓"医生暗害事件"，牵连到好几位高级医生、医学教授，怀疑他们在给领导人治病中有可疑情况，甚至可能有意下毒。少奇在苏联参加苏共十九大期间，斯大林就曾亲自告诉少奇说：有一位在中国工作的苏联医学专家，这个人有问题，和反革命暗害分子案件有牵连，苏方已电令这个人回国。后来知道，斯大林说的这个人叫诺瓦克，是一位医学教授，他是应邀到中国来为毛主席等中央领导看病的。不知怎么搞的他也牵进"医生暗害事件"中去了,被苏方派人押送回国。

苏联发生了这样的事件,一时间弄得很紧张,好像医生也不能完全信任了。少奇住进北京医院后,周恩来同志专门召集了一次会,讨论对少奇的治疗方案,把我也叫去了。在这种情况下,我也不敢说什么,只表示完全听中央安排。最后决定请北京友谊医院的苏联大夫、护士为少奇做手术,割盲肠。

结果他们做的手术还真不如中国大夫,开刀后恢复很慢,伤口老淌水,不收口。3月5日斯大林逝世,我们商量,决定这事先不告诉少奇,以便让他安心休养。所以北京悼念斯大林的各种活动,他也就没有参加,事实上也不能参加。

从医院出来,又安排少奇到刚盖成不久的新六所休息了几天,这才渐渐好了。3月28日,少奇给毛主席写了封信,报告治疗情况。信里说:"我在割治盲肠以后,一切经过都很顺利,只是伤口还有些出水,不能很快收口,但现在亦已收口。今天经医生最后检查,认为业已痊愈,并可从下星期一开始恢复工作。特此向您报告。在病院期间,承您及中央很多同志对我关心和照顾,谨致衷心的感谢!"

过了两天,少奇就正式上班了。

郝苗同志就是这期间调到我们家当厨师的。因为少奇胃下垂,苏联医生建议他常吃西餐,所以就想调一个会做西餐的厨师。安子文同志知道这事后,就说翠明庄有一个叫郝苗的厨师会做西餐,让他来试试看。翠明庄在解放后改成了中组部招待所,安子文同志当时是中央组织部副部长,所以他知道郝苗。这样,就把郝苗调到了中南海西楼小食堂。

那段时间在西楼小食堂吃饭的,有我们家和朱德、彭德怀、杨尚昆同志四家。郝苗到中南海后,先在西楼小食堂西餐部,还不是专门为少奇做饭。米高扬等外宾来中国访问,有时要在中南海用餐,都是郝苗为他们做西餐。后来没有外宾在中南海用餐了,郝苗就专职为少奇同志做饭了。从此开始,他在我们家干了十几年,一直到"文化大革命"中。

说来也巧,1946年我在军调部中共代表团当翻译,代表团的驻地就是在翠明庄。那时郝苗也在翠明庄当厨师,为一些外国人做西餐,可能见过我,但当时我不认识他。郝苗烹饪手艺很高,做的饭菜很好吃,人也特别善良老实,我们家大人小孩都很喜欢他。1958年,组织上又为我们家调来一个保育员赵淑君阿姨。一说起来,赵阿姨和郝苗的老家是一个村,都是海淀区北安河的,赵阿姨在老家时就听说过郝苗。你说这巧劲儿!

"文化大革命"中,江青一伙为了迫害少奇同志,在1967年6月的一个夜晚突然将郝苗秘密逮捕,关进秦城监狱。江青在一次会议上无中生有地诬陷郝苗说:"这个大师傅可不简单,在励志社受过训,给蒋介石做过饭。"后来实在查不出任何证据,才不得不将他释放。

刘　源： 郝苗叔叔出狱后,被送江西中办五七干校劳动,但政治上还没有平反。当时干校校长是李树槐同志。郝苗人缘好,大家听说他来了,一致要求他当炊事员。可郝苗坚决不干,说:"我给少奇做了十几年饭了,现在我给谁也不做饭了。"在干校他宁可下地插秧、施肥,再累也不去做饭。十一届三中全会后,郝苗同志被彻底平反,分配到中办老干部管理局。经大家动员,他在餐厅指导厨艺,带徒弟。在一次电视烹饪比赛中,他得了大奖。1980年特别法庭审判林彪、江青反革命集团,江青在法庭上很嚣张,好多事情她都抵赖。但当郝苗叔叔出庭作证的时候,江青很老实,承认了犯罪事实。因为铁证如山,她抵赖不了。

郝苗叔叔和我们家的关系一直很亲,我们很尊敬他。1983年我母亲带我们去湖南,向我父亲的故居赠送父亲遗物,特意请郝苗同往。郝苗老伴去世后,我母亲和林月琴同志(罗荣桓元帅的夫人)两个老太太做媒,促成他和林月琴同志的一个亲戚结了婚。他结婚时我母亲还登门祝贺。我在河南郑州市当副市长的时候,特意把郝苗叔叔接到郑州,请他带徒弟,发挥他的专长。1993年郝苗生病住院,病重时我母亲去看望他。可惜他的病后来还是没有治好,不幸去世了。郝苗叔叔的两个儿子现在都继承了他的事业。他的大儿子在中办老干部管理局当厨师,小儿子在中南海当厨师。

1953年2月13日，刘少奇在北京各界庆祝《中苏友好互助同盟条约》签订三周年大会上讲话

所谓"擅自发出文件"问题

王光美：这里我想说一下 1953 年毛主席批评"擅自发出文件"的事。毛主席的批示收进了《毛泽东选集》第五卷，影响比较大。我觉得应该把我所知道的情况讲出来。

黄　峥：《毛选》第五卷是 1976 年、1977 年编辑出版的，收入毛主席 1953 年 5 月的这个批示时，经过删节，还取了个服务当时政治需要的标题：《对刘少奇、杨尚昆破坏纪律擅自以中央名义发出文件的批评》。这个标题是当时编书的人加的。这样做，是完全违背实事求是的科学态度的。

王光美：毛主席的批评，我认为肯定是误解了。当时中央的领导同志，少奇同志也好，恩来同志也好，朱德同志也好，尚昆同志也好，绝对没有要背着毛主席擅自发出中央文件的想法和做法。我了解一些情况，也许不完全，但可以讲出来作分析参考。

　　1952 年 11 月，少奇同志在苏联黑海边索契休养时，江青也在那里。有一天她到我们住的地方来看望，很认真地对少奇同志说："主席身体不好，以后中央会议上已经原则决定的事，你们几位领导同志可以办的，就不要事事请示主席，让主席多活几天。"少奇回来以后，把这个情况同周恩来、朱德等几位领导同志讲了。当时大家认为，这可能也是主席本人的意思，因为主席曾几次说过类似意思的话。

这样，有些涉及具体小事的文件就不送主席了。可能毛主席发现报他的文件减少，引起他不高兴。1953年5月19日，主席在写给少奇、尚昆同志的信中，说了几件事，其中有一条说："嗣后，凡用中央名义发出的文件、电报，均须经我看过方能发出，否则无效。请注意。"同日，中央办公厅主任杨尚昆同志就处理中央政治局会议、书记处会议等文件的情况给毛主席写了报告，报告中说："中央政治局会议和书记处会议的决定，每次是由我整理的，送少奇、恩来两同志审查后，用中央办公厅名义发出的，遵照来示精神，今后亦应送你阅后再发。过去未送，是应由我负责的。现将5月14日政治局会议决定的通知送上，请即审阅，以便发出。"毛主席在杨尚昆同志的报告上写了一些批语。批语是写给少奇、恩来、彭德怀、杨尚昆同志的。其中说："请负责检查自去年8月1日（八一以前的有过检查）至今年5月5日用中央和军委名义发出的电报和文件，是否有及有多少未经我看过的（我出巡及患病请假时间内者不算在内），以其结果告我。"

毛主席让检查的这段时间，共九个月多一点儿。这中间少奇至少有一半时间没有批发文件：1952年9月30日至1953年1月11日，少奇去苏联参加苏共十九大和在苏联休养，三个半月不在国内；1953年3月上旬至4月初，少奇因治盲肠炎，手术住院，出院后在新六所休息，将近一个月没有工作。另外，这期间毛主席1952年11月至12月视察黄河，1953年春几次因病休息。

当然，不论检查文件的结果如何，少奇、恩来、尚昆同志他们都会主动承担责任。

从我接触到的情况来看，我认为，毛主席的批评不是针对少奇同志的。《毛泽东选集》第五卷收入这一篇，加上的那个标题，是没有根据的。

江青从苏联回国后，1953年冬住在玉泉山，有一天约我去谈话。她又说了在苏联索契讲的那个意思。她对我说："你要甘当无名英雄。我协助主席，你要协助好少奇同志。今后少奇同志的责任将越来越重，你要照顾好他的身体。"还说,"周扬告诉我说少奇同志和你曾经到街上湖南饭馆吃饭。可不能到外面去吃饭哟,那太危险了!"

江青说我和少奇曾到湖南饭馆吃饭,没有这回事,是她弄错了,但当时我未作解释。后来知道,是周扬同志有一天去西单曲园酒楼吃饭,饭馆的老板讲起,他们店的湖南菜做得很地道,曾用来招待刘少奇同志。其实这位老板指的是我父亲曾为接待少奇到曲园酒楼订菜。周扬同志有次在江青面前讲到了这事,不知怎么竟引起她的注意。回家后,我把江青的谈话告诉少奇,他一句话未说。

那段时间中南海的春藕斋、紫光阁常有周末舞会,毛主席、朱老总和少奇我们去春藕斋,周总理去紫光阁那边。一天在春藕斋舞会上,毛主席跳舞时对我说:"我现在睡眠不好,脑子坏了,今后要少奇同志多做工作。他的担子重了。"我回来告诉少奇,少奇没说话。

这些是我接触到的一些情况。当时的背景是毛主席正在考虑中央领导分一线、二线。实际情况可能非常复杂,许多事情我不知道。

■ 1950年代，刘少奇、王光美在外地参观

■ 1950年代，刘少奇、王光美在外地参观

关于高饶事件

黄　峥：这期间还发生了高岗、饶漱石阴谋篡党夺权的事件。

王光美：关于这件事,邓小平同志、陈云同志都有过回忆,薄一波同志写过文章。我了解不全面。

　　解放后,中央将全国划分为华北、东北、西北、华东、中南、西南六个大区,相应地设了六个中央局,代表中央领导这些地区的党政军全面工作。1952年7、8月间,党中央决定将各大区的主要负责人从外地调北京,以加强中央的集中统一领导。华北局第一书记薄一波同志,1949年10月就担任了中央财政经济委员会副主任、财政部部长,而且华北局就驻在北京,所以不存在"进京"的问题。需要从外地调进京的主要是其他五个大区的领导同志。最先调来的是西南局第一书记邓小平同志,是少奇同志7月13日代表党中央发电报通知他来京的,来京后担任政务院副总理。随后来的是西北局第二书记习仲勋同志和中南局第三书记邓子恢同志,来京后习仲勋同志担任中央宣传部部长、政务院文化教育委员会副主任,邓子恢同志担任中央农村工作部部长、政务院财经委员会副主任。他们二位虽然不是当地的第一书记,但实际上主持中央局的工作。因为西北局第一书记彭德怀同志已经出征朝鲜,担任中国人民志愿军司令员兼政委。中南局第一书记是林彪，第二书记是罗荣桓同志，林、罗都因病长期休养。没有多久，华东局第一书记饶漱石、东北局第一书记高岗，也先后调来中央。饶漱石任中共中央组织部部长，高岗任国家计划委员会主席。

从外地调京的五个人中，高岗的地位最显赫。他在进京之前就已经是中央人民政府副主席，现在又兼任国家计划委员会主席。新组建的国家计委权力很大，被称为"经济内阁"。所以，当时干部中流传着一个说法："五马进京，一马当先。"后来的情况表明，这时高岗的野心急剧膨胀起来。

随着国民经济恢复任务的顺利完成，全国即将转入大规模的经济建设。同时，党中央开始酝酿召开第一届全国人民代表大会和党的第八次全国代表大会。如前所说，毛主席这期间提出了中央领导分一线、二线的设想。

恰恰在这段时间，在关于农业生产合作等几个问题上，毛主席不同意少奇同志的看法，有过一些批评。毛主席对周恩来同志主持的政务院工作也不满意，还撤销了由周总理任书记的政府党组干事会。高岗觉得有机可乘，在背后展开了一系列把矛头指向少奇、恩来同志的阴谋活动。

在1953年夏天召开的全国财经工作会议上，高岗活动得很厉害。他利用毛主席批评"新税制"的机会，大肆攻击薄一波同志。他当时还不敢明目张胆地攻击少奇同志，就故意把少奇同志说过的一些话，当作薄一波同志的观点狠狠批判。会议结束后，高岗南下杭州、广州，一路游说，向不明真相的干部散布少奇、恩来同志的坏话。他说，中国革命的大正统是井冈山，小正统是陕北，现在少奇有一个圈圈，恩来有一个圈圈，咱们搞一个井冈山大圈圈。他散布"枪杆子上出党"，说党是军队创造的，可现在党和国家领导机关的权力却掌握在"白区的党"的人手里，应当彻底改组。

开始一段高岗的真面目还没有暴露，大家也想不到。少奇同志听说高岗对他有些意见，很坦然，还主动找高岗谈话，征求意见，连着去过两次。可高岗当面没说出什么来。

但高岗的活动没有停止。他用拉拢的办法去找邓小平同志，说少奇同志不成熟，要小平同志和他一起拱倒少奇同志。小平同志当场驳斥了这种说法，明确表示反对。高岗又去找陈云同志谈，赤裸裸地说：搞几个副主席，你一个，我一个。小平、陈云同志觉得高岗的这种活动太不正常，而且性质严重，很快去向毛主席作了反映，引起了主席的警觉。

高岗的活动在领导干部中没有多少市场，却偏偏得到了一个饶漱石的响应。饶漱石刚到中央组织部，就迫不及待地挑起事端，发动对常务副部长安子文的斗争。组织部是少奇同志分管的。饶漱石竭力否定组织部的工作，还影射攻击少奇同志。

黄　峥：饶漱石不是少奇同志的老部下吗？不少人都觉得，少奇同志1942年离开华中调中央工作的时候，委以饶漱石代理华中局书记和代理新四军政委的重任，应该说是很器重他的。为什么他也同高岗一唱一和呢？

王光美：饶漱石大概以为少奇同志靠不住了，高岗要上升，就赶紧投靠。

饶漱石在中组部斗争安子文同志，就是有意配合高岗。因为他曾经是少奇的老部下，少奇把他找来谈话，批评了他，好心好意要他冷静从事，不要在组织部内部继续争吵。饶漱石听不进去。他受到高岗的影响是明显的。

这里我想顺便说一下少奇同志和饶漱石的关系。在一些人心目中有一个印象，就是饶漱石是少奇同志提拔起来的，甚至是破格提拔的。还有人认为1942年少奇同志离开华中调中央工作，让饶漱石而不是让陈毅同志代理华中局书记，这个安排有点儿问题。我认为这是对少奇同志的误解。

在华中工作期间，少奇同志对陈毅同志是很信任的。少奇同志刚到华中时，陈毅同志还在江南，职务是新四军第一支队支队长、新四军军分会副书记，但不是副军长或副政委。在党内，陈毅同志是中共东南局委员。1939年11月，新四军第一、二支队合并成立江南指挥部，陈毅同志任指挥。后来陈毅同志率部北渡长江到苏北，江南指挥部改为苏北指挥部，陈毅同志任新四军苏北指挥部指挥兼政委。

少奇同志到华中后，通过一段时间的工作，打开了局面。这时在华中活动的党领导的部队已经不少，主要是八路军、新四军和地方武装三部分，除陈毅、粟裕同志领导的苏北指挥部外,还有张云逸、徐海东、罗炳辉同志领导的新四军江北指挥部,李先念同志领导的豫鄂挺进纵队,彭雪枫同志领导的八路军第四纵队,黄克诚同志领导的八路军第五纵队等。由于部队比较多,少奇同志几次向中央发电报,要求尽快确定负责军事上统一指挥的人选,并具体提议由陈毅同志或八路军三个师长中来一个。当时中央没有同意,要少奇同志先统一指挥。

少奇同志继续竭力向中央推荐陈毅同志。他甚至采取了这样的办法:1940年8月,少奇同志直接给陈毅同志发电报,说,苏北各部队将来由你担任战役上的统一指挥,请立即进行准备工作。同时,他把这份电报抄报毛泽东、朱德同志,目的是希望中央批准这一安排。苏北黄桥决战后,少奇同志到苏北同陈毅同志会合。11月5日,少奇同志再次正式向中央发电报,"提议由中央任命陈毅同志为八路军、新四军华中各部之总指挥"。因为当时皖南事变还没有发生,新四军军长叶挺(字希夷)同志还在,所以少奇同志在电报中又说:"如叶希夷同志到华中,即由叶任总指挥,陈毅副之。"两天后,党中央正式批复,同意以叶挺同志为华中新四军、八路军总指挥,少奇同志为政委,陈毅同志为副总指挥,叶挺同志未到前由陈毅同志代理总指挥。

1941年1月,皖南事变发生,新四军军部全军覆没,中共东南局书记、新四军副军长项英遇害,新四军军长叶挺被国民党扣押。少奇同志积极向中央建议:在苏北重建新四军军部,并由陈毅同志代理军长。中央采纳了少奇同志的建议,毛泽东同志亲笔起草中央军委命令,任命陈毅同志为新四军代理军长,少奇同志为新四军政委。在党内,中央又正式任命,少奇同志为中央军委新四军分会书记。那时少奇同志负责全面工作,陈毅同志主管军事,两人配合很好。

黄 峥:我去苏北盐城看过新四军军部的旧址。军部设在盐城泰山庙的一个大殿里,少奇同志的办公室、宿舍在大殿的东侧,陈毅同志的办公室、宿舍在大殿的西侧。可见当时两人可以说是朝夕相处。饶漱石就是那个时候来到苏北

153

的吧？

王光美：是的。应该说，饶漱石在皖南事变中表现不错，在形势危急、项英擅离职守的情况下，主动站出来指挥部队。事变后，又尽可能将一些失散的干部带到苏北找党。

1941年春，党中央决定东南局合并于中原局，成立新的华中局，任命少奇同志为华中局书记。由于饶漱石原来在东南局就是副书记（东南局书记是项英），所以在新的华中局里，饶漱石任副书记兼宣传部长。在华中，饶漱石作为副书记，在政权建设、群众工作等方面，也做了一些有益的工作。

从1941年10月起，党中央和毛泽东同志多次发电报，要调少奇同志回中央工作。可少奇同志是华中党、政、军领导核心，既是华中局书记，又是新四军政委、军分会书记，工作安排不好很难离开。所以去延安的事一直拖了好几个月，直到1942年3月才动身。其中最慎重的一件事就是领导班子的安排。少奇同志为此反复考虑，找干部征求意见，向中央请示，最后决定：他走后由饶漱石代理华中局书记、新四军政委，由陈毅代理新四军军分会书记并继续代理新四军军长。少奇临走前还专门召集华中局、新四军的负责同志谈话，郑重交代，今后华中局书记由饶漱石代理，但华中局的领导工作仍依靠陈毅。

但少奇同志和饶漱石毕竟有过这么一段工作关系，相对来说比较熟悉一点儿，所以当饶漱石1953年到中央组织部后挑起事端，少奇同志找他谈话，批评他。但看来饶漱石没有听进去。

1953年12月下旬，毛主席准备去杭州休假和主持起草宪法。临走前毛主席主持中央政治局扩大会议，并提议在他外出期间由少奇同志代理主持中央工作。在当时那样的情况下，少奇同志提出由书记处的同志轮流负责。其他同志都同意仍由少奇同志主持，只有高岗坚持说："轮流吧，搞轮流好。"这就把他不可告人的目的暴露出来了。

1954年2月6日，根据毛主席的提议，召开中共七届四中全会，少奇同志主持会议。会上进一步揭露和批判了高岗、饶漱石的反党分裂活动，通过了《中共中央关于增强党的团结的决议》。我记得会议期间，少奇同志和毛主席用热线电话直接联系。

在四中全会召开前夕，根据毛主席来电指示，少奇和周总理、小平同志一起，找高岗谈话，一方面当面批评他，一方面挽救他。连着谈了两次。也找饶漱石谈了。

四中全会后，为了彻底查清高岗、饶漱石的反党阴谋活动，中共中央书记处分别召开了高岗问题座谈会、饶漱石问题座谈会，揭发和查证了他们搞阴谋的大量事实。高岗见阴谋败露，大势已去，在东交民巷八号住处自杀。第一次是他自己触电，没有死。第二次是8月17日，他服了大量安眠药，自杀身亡。高岗死后，毛主席亲自草拟电报，将这件事通报苏联。

黄　峥：1955年3月，党中央召开全国代表会议。邓小平同志代表党中央在会上作了《关于高岗、饶漱石反党联盟的报告》。报告中说："高岗的全部活动是为着反对以毛泽东同志为首的党中央的，可他是一个阴谋家，而阴谋是见不得太阳的，因此他故意装成好像他并没有反对毛泽东同志，而只是反对毛泽东同志的亲密战友刘少奇同志、周恩来同志等人。他懂得过早地反对毛泽东同志，是对他的阴谋不利的。他认定刘少奇同志和周恩来同志是他为了夺取权力必须首先冲破的主要障碍。按照他的打算，如果从党中央和政府排挤了毛泽东同志的这两个亲密战友而由他自己代替他们的地位，那么他就可以为所欲为，也就可以更进一步公开反对毛泽东同志了。大家知道，刘少奇同志和周恩来同志是我们党的最优秀的、久经考验的领导者，他们多年来就是中央书记处书记，并担任着党中央的重要领导工作。毛泽东同志不在中央的时候，中央政治局和毛泽东同志一直是委托刘少奇同志代理中央主席的职务的，这就是为什么高岗在攻击中央书记处和整个中央的工作时特别集中地攻击刘少奇同志的缘故。"

代表大会最后通过了《关于高岗、饶漱石反党联盟的决议》，将高岗、饶漱石开除党籍并撤销了他们党内外的一切职务。

王光美：高岗原来经常在家里举办舞会，影响很不好。这种行为在处理高饶事件中遭到了批评。但也提出一个问题：高级干部之间除了开会、工作，能不能比较随意地相互接触呢？这期间也有同志给少奇提意见，说他接触人不够广泛，和同志交往少，干部有重要事才来找他汇报，小事就不来了。少奇很重视这个意见，为此专门找小平同志商量，说能不能想个什么办法，或者提供一个场所，让高级干部们能休息休息、活动活动，又能比较随意地接触交往，增进相互了解。小平同志也很同意。这样，就在中南海北侧的文津街建了个干部俱乐部。俱乐部建起来后，小平同志去得多一些，毛主席、周总理都去过，但少奇一直没去。

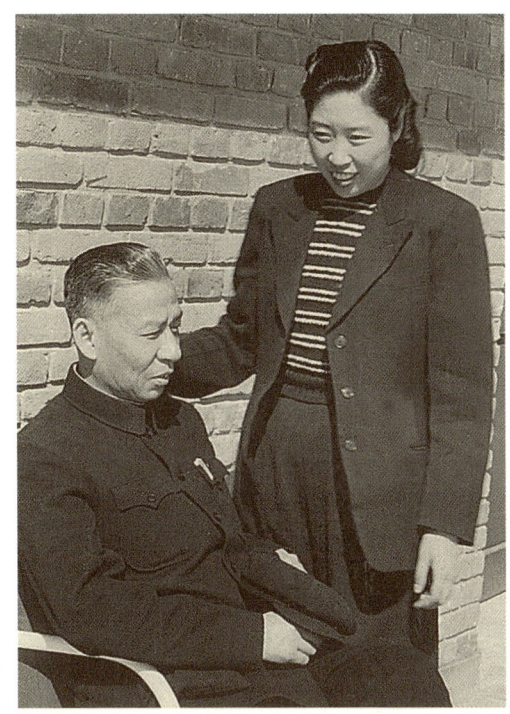

- 1951年4月，刘少奇与王光美
- 1950年代，刘少奇、王光美和家人在中南海

■ 1950 年代，刘少奇与王光美

少奇当选全国人大首任委员长

王光美：高饶事件解决后，很快召开了第一届全国人民代表大会。正式开幕的时间是1954年9月15日。那时还没有人民大会堂，会议是在中南海怀仁堂开的。

有一张少奇和我哥哥光英在一起的照片，就是在这次会议期间，他俩在怀仁堂的走廊里说话，记者照下来的。这是唯一一张少奇和光英两人的合影。虽然这前后他们见过几次面，但都没有合影留念。两人的工作都很忙，每次见面都很仓促，再说那时候人们照相很少，也想不到要留个影什么的。

在第一届全国人民代表大会开幕式上，毛主席致开幕词，少奇同志作《关于中华人民共和国宪法草案的报告》。

整个会议开了将近两个星期，通过了《中华人民共和国宪法》，听取了周恩来总理作的《政府工作报告》。在大会闭幕的前一天，举行了选举。选举的结果是：中华人民共和国主席毛泽东，副主席朱德；全国人民代表大会常务委员会委员长刘少奇，副委员长宋庆龄、林伯渠、李济深、张澜、罗荣桓、沈钧儒、郭沫若、黄炎培、彭真、李维汉、陈叔通、达赖喇嘛·丹增嘉措、赛福鼎·艾则孜。任命周恩来为国务院总理。

黄　峥：听说少奇同志当选为全国人大常委会委员长以后，有的秘书要称呼他委员长，挨了他的批评？

风雨无悔
——对话王光美

王光美：是有这回事。在我们那里，工作人员之间都是互称同志，对少奇也一样。不管是秘书、炊事员、护士、保姆，平时都是称呼他少奇同志，从不叫他的职务、官衔。1954年少奇同志当选全国人大委员长以后，有一天秘书杨俊进少奇办公室报告工作，进门后叫了一声"委员长"。杨秘书以为，党内可以不称职务称同志，"委员长"是国家领导人的正职，应该称职务。杨秘书叫了两声，少奇没有答应，叫到第三声，他不高兴地抬起头来，说："你怎么突然叫这个，不感到别扭吗？"

这一来，杨俊非常尴尬，一时不知怎么办才好。我正好在隔壁，听到动静连忙过来，笑着对杨俊说："你干吗叫他'委员长'呀！'委员长'是对外的，在家里还是叫'少奇同志'嘛！"少奇也说："以后不要这样叫了，叫同志多顺口啊！"这件小事一出，后来身边工作人员再也没有人叫他"委员长"了，还像以前一样叫他"少奇同志"。所以在少奇这里，从来都是互称"同志"，不称职务，这个习惯一直保持到最后。

少奇说过这样一个意思：在我们党内，只有对三个人可以称职务，一个是毛主席，一个是周总理，一个是朱总司令，因为这是多年来形成的习惯，没有必要改，对其他人，应该一律互相称同志。所以在少奇同志这里，不但对他本人不称职务，对其他领导人也不称职务称同志，如小平同志、陈云同志、彭真同志，感到亲切自然。

- 1954年4月，刘少奇、王光美在西郊机场送别外宾后，回中南海途中游览颐和园

- 1954年4月，刘少奇、王光美在颐和园与身边工作人员合影

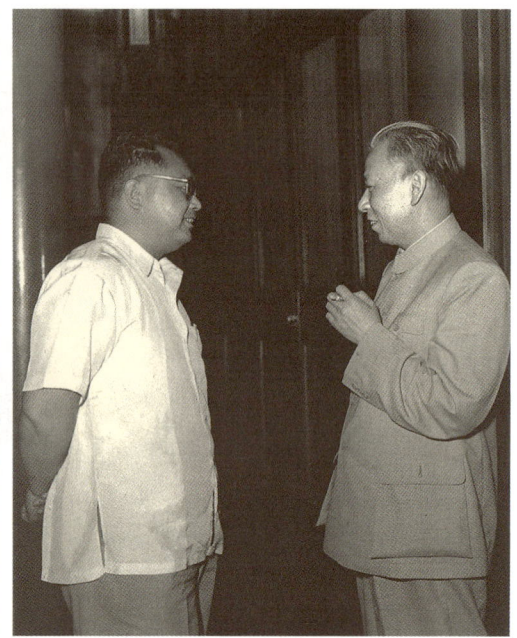

- 1954 年 9 月，刘少奇代表宪法起草委员会在大会上作《关于中华人民共和国宪法草案的报告》

- 1954 年 9 月，刘少奇与王光英在中南海怀仁堂交谈

1954 年夏，刘少奇在北戴河海滨

中共八大前后

黄　峥：光美同志，1956年9月，在北京举行中国共产党第八次全国代表大会，少奇同志在会上作政治报告，并在八届一中全会上当选为中共中央政治局常委、中央副主席。请您谈一谈当时的有关情况。

王光美：党的七大是1945年4月在延安举行的，少奇同志在七大上作了《关于修改党章的报告》。现在常说，在党的历史上少奇同志第一次对毛泽东思想作了全面、系统的概括和论述，就是指这个报告。七大后，党中央忙于领导全国解放战争，以后是开国建国、恢复国民经济、社会主义改造，工作一直十分紧张繁忙，所以到1956年才召开党的八大，中间隔了十一年。

1956年9月全国政协礼堂刚刚落成，那时人民大会堂还没有盖，所以八大是在政协礼堂举行的。

八大的筹备工作在1955年就开始了。中央分工少奇同志负责准备八大的政治报告。为了切实调查清楚党和国家各个方面、各条战线的情况，写好政治报告，少奇决定一个一个地召集各部门负责人汇报座谈。当时薄一波同志是国家建设委员会主任，少奇同志要一波同志为他组织这项工作。汇报座谈会从1955年12月7日开始，前后听取了三十多个部门汇报，一直进行了三个多月。来汇报的都是各部的部长、副部长，汇报过程中少奇同志不时插话，讲一些意见，其中提到了要处理好沿海和内地、发展民族工业和学习外国先进技术等关系。有时会上针对某个问题作些讨论。少奇同志在听取汇报时边听边记录，三个月下来一共记了十几个笔记本。那时我们家住在中南海西楼甲楼，汇报座谈会一般都在我们家一楼的会议室举行，我作为秘书大部分都参加了。少奇同志开会时抽烟比较多。那个年代部长们抽烟的也不少。会议室里整天烟雾弥漫，我就只好被动吸烟了，实际吸入的烟尘可能比他们少不了多少。

本来是少奇同志一个部门一个部门地召集汇报，没有要其他中央领导同志参加。进行了一段时间毛主席从外地回来了。有一天薄一波同志去毛主席那里，偶然说起这件事。主席就说这个办法好，要一波同志也为他组织一下各部门的汇报。这样，毛主席从1956年2月中旬到3月底，先后听取了三十四个部门的汇报。开头几次，少奇同志也参加了，后来因为有些部门少奇同志已经听过，再听就重复了，所以就在两个地方分别召开。

黄　峥：这次召集中央各部门汇报座谈，是毛主席、少奇同志对中国国情所做的一次宏观、全面的调查研究。在这些座谈调查的基础上，经过中央政治局的几次讨论，毛主席1956年4月25日在中央政治局扩大会议上集中概括大家的意见，发表了著名的《论十大关系》的讲话。

王光美：是这样。关于这件事的前后过程，薄老在他的回忆录里讲了。他是当事人，讲得很清楚。

后来又有一个反冒进问题。当时出现经济过热，已经暴露出不少问题。周恩来总理1956年2月首先提出要注意急躁苗头，5月少奇同志主持中央会议讨论了这方面的问题。会上确定了一个方针：经济方面要既反保守又反冒进。少奇当场交代中宣部长陆定一同志，组织写一篇人民日报社论。后来社论稿写出来了，题目叫《要反对保守主义，也要反对急躁情绪》。社论稿先由胡乔木同志作了修改，接着少奇同志也动手作了修改。少奇改完后批给毛主席审阅。毛主席批示说"不看了"。

在反冒进问题上，少奇同志和周总理、陈云同志等主管经济工作的中央领导同志是一致的。这篇社论发表在 1956 年 6 月 20 日的《人民日报》上。

少奇同志主持起草的八大《政治报告》，贯穿着一个精神，就是今后党和人民的主要任务是集中力量发展社会生产力。换句话说，就是要把工作重点转移到经济建设上来。对经济建设方针，贯彻了《论十大关系》和"既反保守又反冒进"的精神。

在起草八大《政治报告》期间，少奇同志全力以赴，工作十分紧张。先是在北京，夏天到来时转移到北戴河。我陪他去北戴河了，在那里将近一个月。少奇差不多每天都关在房间里写，修改起草班子送来的初稿。那段时间要他吃饭特别困难，常常要叫几次，他才能停下手中的笔。

在起草过程中，少奇同志和毛主席经常联系，紧密配合，改好一部分就给主席送去。最后的稿子经主席审阅同意，才正式定稿。

1956 年 9 月 15 日，党的八大在政协礼堂隆重开幕。少奇同志在第一天的开幕式上作《政治报告》。第二天，邓小平同志向大会作《关于修改党的章程的报告》，周恩来同志作《关于发展国民经济的第二个五年计划的建议的报告》。

八大是 9 月 27 日闭幕的。闭幕式上通过了《关于政治报告的决议》。《决议》说："中国共产党第八次全国代表大会在讨论了刘少奇同志代表中国共产党中央委员会所做的政治报告以后，认为中央委员会从第七次全国代表大会以来所采取的政治路线是正确的，决定批准这个报告。"《决议》还指出："我们国内的主要矛盾，已经是人民对于建立先进的工业国的要求同落后的农业国的现实之间的矛盾，已经是人民对于经济文化迅速发展的需要同当前经济文化不能满足人民需要的状况之间的矛盾。这一矛盾的实质，在我国社会主义制度已经建立的情况下，也就是先进的社会主义制度同落后的社会生产力之间的矛盾。"这个《决议》，是毛主席在 9 月 26 日召集政治局常委会讨论通过后提交大会的。

八大闭幕的第二天，举行八届一中全会，选举党中央领导人。毛泽东同志当选为中央主席，刘少奇、周恩来、朱德、陈云同志当选为中央副主席，邓小平同志当选为总书记。

黄　峥：最初党内酝酿中央领导机构和人选的时候，曾设想党中央设主席一人、副主席一人，新党章草案的初稿就是这样写的，并拟由毛泽东同志任中央主席，少奇同志任中央副主席。少奇同志不同意由他一人任副主席的方案，提议多设几位副主席。经过慎重研究，党的七届七中全会接受了少奇同志的建议，将新党章草案的有关条款改为"选举中央委员会主席一人，副主席若干人和总书记一人"。毛主席在七届七中全会上专门对这个修改的过程作了说明。这样，党的八届一中全会选举一位主席，四位副主席，就是原来的五位党中央书记担任了主席、副主席。五位中央书记是1945年党的七大选出的，当时是毛泽东、朱德、刘少奇、周恩来、任弼时。1950年任弼时同志因病逝世后，陈云同志也担任中央书记。

王光美：是这样。开完八大，正好接上国庆节。所以1956年国庆节上天安门城楼的就是新的一届党中央领导人了。

　　这期间有一件事，我说一下供参考。八大闭幕那天，全体会议表决通过《关于政治报告的决议》。这天的大会各兄弟党代表团列席了，其中有苏共代表团团长米高扬。一般这样的会议，在主席台和贵宾席的小桌上都摆放有便笺和铅笔，便于出席者随手作一些记录。这天大会散会后，工作人员清理现场，发现米高扬座位的便笺上写了一些字，是用俄文写的。不知道他是觉得无用而没有带走，还是有意留在座位上，工作人员就把这个纸条交给了少奇同志。少奇同志当时来不及处理，就放在包里带回了家。我在为他整理文件时，见到这个纸条便笺，就去问他。少奇简单讲了一下来源。据后来翻译，米高扬写的是关于生产力、生产关系方面的内容。估计他是听了师哲现场翻译《决议》后写下的。当时我们党对苏共领导人的意见是很重视的。少奇同志特意把这个纸条便笺拿去给毛主席看。他俩是怎么谈的？毛主席有什么意见？这些我都不知道。

　　国庆节那天在天安门城楼上，毛主席对少奇同志说："八大《决议》关于我国主要矛盾的提法不正确。"少奇说："哟，《决议》已通过公布了，怎么办？"当时毛主席只是提了一下，没有说要改变或者采取什么措施，所以中央将八大《决议》等文件照常发出了，事实上也没办法改了，来不及了，而且刚刚通过就改也不合适。

■ 1956年，刘少奇、王光美和女儿刘亭

■ 1956年9月，毛泽东、刘少奇、彭真、董必武在中共八大上

少奇 1956 年访问苏联

黄　峥：党的八大以后，国内各方面的形势很好，但国际上却发生了一些问题。苏共中央第一书记赫鲁晓夫在苏共二十大上作秘密报告，否定斯大林。1956 年 6 月，波兰的波兹南发生群众罢工和骚乱；10 月份，匈牙利的布达佩斯发生更大规模的群众骚乱。1956 年 10 月，少奇同志应邀率代表团访问苏联。请您介绍一下那次出访的情况。

王光美：1956 年那次去苏联是为了波匈事件，是秘密访问。先是波兰发生动乱。苏联共产党那时是赫鲁晓夫任第一书记。苏共中央两次给中共中央发来电报，要求中共派代表团去莫斯科商谈如何处理波兰问题，还提出代表团的规格要高，最好是刘少奇或周恩来率领。中央紧急开会讨论后，决定由少奇率代表团前往。代表团的成员有中央总书记邓小平，书记处书记、中央联络部部长王稼祥，书记处候补书记胡乔木。1956 年 10 月 23 日上午，少奇他们乘专机启程，当晚抵达莫斯科机场。因为这是党际往来，夫人都不随行。

赫鲁晓夫到机场迎接中共代表团。少奇一行到了住地还没安顿下来，赫鲁晓夫就迫不及待地拉着少奇介绍情况，表现很紧张。

这中间又发生了匈牙利事件，形势非常复杂。中共代表团同苏共领导多次会谈，一直到 10 月 31 日晚少奇他们动身回国，到了莫斯科机场，在飞机起飞前还在谈。11月1日代表团回到北京。少奇连夜去毛主席那里汇报。汇报会开了一夜，第二天清晨少奇才回家。

波匈事件以后，少奇对怎样从波匈事件中吸取教训想得很多。思考的结果，少奇同志认为，为了不使类似的事件在中国发生，我们一定要关心人民的生活，重视发展农业和轻工业；要扩大社会主义民主，反对干部中的官僚主义和特权思想；要限制领导人的权力，加强对领导人的监督。少奇提出："还要规定一些制度，使我们这个国家发展下去将来不至于产生一种特殊阶层，站在人民头上，脱离人民。"这些意见，少奇同志在中央政治局常委会上和中央全会上一再提出，讲了多次。

国内出现各种各样的矛盾，在当时的社会主义国家具有一定的普遍性。事实上，在波匈事件的影响下，我们国内存在的一些社会矛盾也暴露出来了。当时出现一部分工人失业，学生升学和就业不能完全解决；物价上涨，一些地区发生工人、学生闹事。从1956年冬到1957年春，全国发生多起工人罢工、学生罢课请愿事件。在农村发生了农民闹退社、闹缺粮的风潮。中央这段时间经常接到各省发来的电报，反映这类问题。当时毛主席、少奇同志等中央领导同志都非常重视这些问题。

■ 1956年10月1日，刘少奇与毛泽东、朱德、周恩来、彭真、彭德怀在天安门城楼上

调查人民内部矛盾问题

黄　峥：针对当时的国际国内形势，1957年1月，中共中央在北京召开省、市、自治区党委书记会议，讨论思想动向问题。毛主席在会上作了重要讲话，分析了一年来国内外形势的变化和党内外思想动向。他提出一个问题："怎样处理社会主义社会的敌我矛盾和人民内部矛盾，这是一门科学，值得好好研究。"

王光美：少奇同志对毛主席提出的这个问题非常重视，感到它在理论和实践上都具有重大意义。为了弄清情况，找出解决人民内部矛盾的方法，少奇决定带一个调查组，对人民内部矛盾问题进行深入调查研究。他要全国总工会、团中央、教育部各抽调一二位同志，组成调查组，随他一起下去。为什么要这几个部门派人呢？因为当时这几个部门工作范围所表现出来的矛盾比较集中。确定参加调查组的成员有：共青团中央的罗毅、张黎群，全国总工会的李修仁，教育部的徐方庭、邢坚，中央办公厅的邓力群、王禄、张文健、马尚志，少奇的机要秘书刘振德和我。

出发前，少奇在火车上同调查组的同志谈话。他说："现在有些地方发生了工人、农民、学生闹事，我们要好好地研究一下，他们为什么闹事？如何才能使他们不闹或少闹？对那些闹事群众采取什么政策？如果没有正确的政策，势必发生像波匈事件那样的情况。"他讲道，"现在地主阶级已经消灭，反革命已基本上肃清，帝国主义也赶走了，因此，和敌人的矛盾已经不是主要矛盾，人民内部的矛盾突出了，它是主要的了，我在1951年就强调过这一点。"他还说，"因为我们是领导者，什么事办不好，群众就怪在我们身上；群众怪我们有两条：一是我们有官僚主义，二是我们的政策有错误。"少奇要求大家最大限度地深入基层，了解真实情况。

黄　峥：1951年，少奇同志在读了邓子恢和高岗关于工会工作的两篇文章后，写了一篇读书笔记，其中就提出了"人民内部的矛盾和关系"这个概念，并且说："应该用同志的、和解的、团结的办法来处理这种矛盾和关系。"他在这篇文章中还说："矛盾大体上可以分为两类：一类是在根本上敌对的不能和解的矛盾；另一类是在根本上非敌对的可以和解的矛盾。我们在观察问题的时候，必须分清这两类矛盾的不同性质，既不可以把敌对的不能和解的矛盾看作是非敌对的可以和解的矛盾，也不可以把非敌对的可以和解的矛盾看作是敌对的不能和解的矛盾。"[1]这以后少奇同志一直在思考和关注这方面的问题。1956年4月他在向全国先进生产者代表会议的祝词中又说："在社会主义社会里，仍然有先进和落后的矛盾，但是这种矛盾不是对抗性的矛盾。社会主义社会解决这种矛盾的基本方法，就是通过劳动群众的自觉努力，通过教育和批评的方式，不断地把落后提高到先进的水平。"[2]所以，当毛主席提出人民内部矛盾问题时，理所当然地会引起少奇同志的强烈共鸣和深入研究。

王光美：是的。毛主席一提出人民内部矛盾值得好好研究，少奇同志第一个响应，亲自下去调查研究。少奇决定沿京广铁路南下调查，他觉得京广线沿线的省份在全国有代表性。

　　少奇对下基层从来十分注意，尽量不影响当地工作，坚决反对迎来送往、前呼后拥。这次，他要求调查组成员自己带生活用品，平时吃、住、

---

[1]《刘少奇选集》下卷，第九十四页。
[2]《刘少奇选集》下卷，第一百九十六页。

开会都在火车上，每到一站，火车停在不妨碍运行的岔道上或大工厂支线上。少奇嘱咐说："我们是去工作的，不是给人家找麻烦的，生活上不要向地方提出这样那样的要求。"

1957年2月18日，我们从北京出发，抵达河北省保定市。保定当时是河北省的省会。少奇将河北省委书记林铁和省市的部分领导请到火车上，一起开了会。林铁同志作了全面汇报，特别讲了河北由于去年旱涝灾害严重、今年缺粮十分严重的情况。省教育厅长汇报了学生升学中出现的问题，主要是升学比例较去年有很大的减少，学生和教员的思想极不稳定。省工会主席杜存训同志就工人的情况做了汇报。他提道：一年半的时间里，发生罢工、请愿二十四起，工人中有人说："共产党怕罢工，一闹就老实""匈牙利工人有办法""共产党好，就是吃不饱"等等。

针对河北缺粮的问题，少奇要求尽量采取措施，保证不出问题。当天深夜，就林铁同志提出急需粮食的要求，少奇在火车上给周恩来总理打电话，要国务院尽快调拨。周总理当即答应说："我马上请有关部门办理！"

为了具体了解农村缺粮等情况，少奇到河北清苑县东石桥村，和农民座谈。这个村是全县的一个重灾区。少奇在调查中详细了解了全村粮食运输、养鱼、小商贩、养猪户，甚至纳鞋底的收益情况以及救济款的分配等情况。少奇还视察了栾城贾村合作社，听取了学校教职员工和学生代表的意见。这期间，调查组的同志分头行动。邓力群同志到满城南马村、东马村，了解合作社工作和乡干部选举情况。他了解到，当地乡干部选举中有百分之六点七的候选人落选。罗毅、徐方庭同志分别去了第一、第三中学和医学院、教育厅等单位，调查教育系统的情况。

2月22日，我们抵达石家庄。少奇在这里主要了解国棉一、二、三、四厂，华兴纺织厂、大兴纱厂、动力厂、机车厂、焦油厂、发电厂、煤矿以及军工所属的修理厂、鞋厂、被服厂、汽车修理厂等企业和师范、中专等学校的情况。石家庄基本建设局的李德仁同志详细汇报了工人、学生参加的十四起闹事的情况，涉及十四个单位的五百多人。铁路专业学校也作了汇报。这天调查组同志也向少奇同志汇报了调查到的有关情况：李修仁、王录、邢坚同志汇报石家庄老工人的情况和获鹿东营村合作社的情况，徐方庭、张黎群同志汇报师范学院、技工学校以及小学生的情况。

少奇对当地领导同志讲：工人中积累很多问题，学生中的问题也很多，绝大多数关系到他们的切身利益，也有带政策性的问题，如合作化、工农生活差异、升学等等；国内矛盾集中到人民与领导身上，要让群众提意见、提批评，对群众闹事进行压制是危险的。

2月26日，火车抵达邯郸。地委书记庞均同志向少奇同志作了全面汇报。地区的刘专员，邯郸市委书记郝田役，副书记刘琦、刘英，邢台地委书记李吉平等同志分别谈了情况。27日，少奇来到峰峰煤矿，听取了矿领导王从成、李书斌同志，矿工会主席王志文、刘俊峰同志的汇报。然后，少奇同志召开了矿区工人座谈会，就工人生活、生产等问题，广泛听取了工人的意见。

2月28日，我们离开河北到达河南新乡。新乡地委书记耿其昌同志、市委书记罗毅同志分别汇报了情况。他们谈道：农村合作社存在不少问题，有百分之二十到三十的社员对合作社产生动摇，怀疑能不能办好。他们在汇报中特别谈到，这里的国营一一六厂前不久发生一百多工人闹事，甚至包围前去调解的市委书记，被定为反革命事件。这件事引起了少奇同志的注意，决定对此作深入调查。他让调查组成员去具体了解情况。他自己也亲自找有关干部、群众和参加闹事的工人，仔细询问事情的来龙去脉。

事情原来是这样的。国营一一六厂按计划招收了一批工人，开工后发现没那么多位置，便宣布将多出来的人调到一个五金生产合作社。但未向工人讲清缘由，在具体实施过程中又不一视同仁，有"走后门"现象。群众提出意见，领导又采取了压制的办法。结果引起工人群起反抗，有一百多名工人参加了罢工闹事。当地政法机关把它定为反革命事件，将带头的人抓了起来。

了解清楚以后，少奇认为这不是反革命事件，决定推翻原定的结论。

他说:"计划大是中央负责,工作还没有开始就先招人,这是没经验,没吃过人多的苦。但事情出了又不分清是非,进行压制,这种处理矛盾的办法是错误的。这不是什么反革命事件。"但他没有简单地下一个指示让当地执行,而是向有关干部讲清情况,让他们自觉地去纠正。少奇对调查组的同志说:"这件事原来是用简单的办法定了案,现在我们不能再用简单的办法结案。原来被定为反革命的一方,思想不通要求平反,现在参加定性的一方也会想不通,他们也不是坏人,只是在复杂的人民内部矛盾面前不自觉地犯了混淆两类不同性质矛盾的错误。"少奇把原来处理这件事的干部找来,耐心说服他们,打通他们的思想,让他们主动去为这些工人平反。他对干部们说:"能勇于承认错误、改正错误的干部,不但不会降低威信,还会赢得群众更大的信任;只有认真吸取教训,将来才能把工作做得更好。"终于,有关干部解除了顾虑,自己出来为这一事件平反,得到了群众的谅解和拥护,使这件所谓的反革命事件得到了圆满的解决。

后来在碰到这类事件时,少奇同志一再强调,确定一桩事件是不是反革命性质,关系至为重大,因为要涉及一批群众,会牵连很多家属;闹事的原因是复杂的,要严格区分两类矛盾。通过现场调查和处理问题,少奇同志提出:大量存在的是人民内部矛盾,在人民内部矛盾与敌我矛盾混杂在一起的时候,首先应按人民内部矛盾处理,这样比较妥当,不会伤害好人。他还说,处理人民内部矛盾的最好方式,是批评和自我批评,我们时刻不要忘记,我们的目的是团结,不要为手段而忘记目的。

少奇同志认为,当干部群众发生矛盾时,领导干部应当把复杂的情况毫不含糊地对群众讲清楚;属于我们工作上的缺点、错误,一定要向人民群众作认真的自我批评;对群众的错误思想或过高要求,要耐心说服,循循善诱;至于群众合理的要求,如果暂时不能满足,也应当把真实情况向群众讲清楚。他说:"群众是自己人,应向群众讲真话,不许骗人。共产党人是讲道理和服从真理的,也应该相信群众是讲道理和服从真理的。"

3月1日,我们到达郑州。省委书记吴芝圃同志听说少奇同志来了,从北京赶回郑州。

黄　峥：少奇同志和你们调查组从北京出来的时候，毛主席在1月份的各省市自治区党委书记会议上，只是提出要好好研究人民内部矛盾问题，还没有发表那篇著名的《关于正确处理人民内部矛盾的问题》的讲话。毛主席的那篇著名讲话是2月27日在最高国务会议第十一次（扩大）会议上作的。那时少奇同志已经离开北京了，所以他没有直接听到毛主席的这个讲话。河南省委书记吴芝圃同志在北京开会，他应该是听了毛主席的这个讲话的。

王光美：是的。吴芝圃同志回到郑州，向少奇同志汇报了毛主席的这篇讲话。少奇听后很高兴。

黄　峥：毛主席的这个讲话后来发表在6月19日的《人民日报》上，发表时经过了若干重要的补充和修改。在公开发表前的这段时间里，反右派斗争已经开始。由于当时对右派分子向共产党和社会主义制度进攻的形势作了过分严重的估计，在讲话稿的整理过程中加进了一些原来没有的内容，如强调阶级斗争很激烈、"社会主义和资本主义之间谁胜谁负的问题还没有真正解决"等。这些论述，同原讲话精神是不协调的。

王光美：是这样。不过吴芝圃同志向我们传达的时候还没有这些内容。在河南期间，少奇和调查组分别听取了河南省委，郑州、洛阳、许昌、信阳等地市领导的汇报，还找来大学校长、工厂厂长谈情况，召开了郑州回民中学，郑州五中、三中，郑州师范，许昌一中、二中，许昌师范等院校的师生座谈会，还多次下基层考察，听取意见。

　　3月7日，我们离开河南到达湖北武汉。这期间调查组的同志走访了许多工厂、农村，3月9日再次向少奇做了汇报。湖北省、武汉市的同志汇报了湖北的主要问题：工人、学生、农民和干部间的矛盾很突出，各地都有闹事。少奇在3月10日对武汉市的领导宋侃夫、杨清、黎知等同志的谈话中再次讲：对人民内部的问题要从团结出发，经过批评在新的基础上达到团结，同时也要教育工人用这样的办法对付官僚主义；即使人民用对抗性办法对付我们，我们也要先退一步，用非对抗性的办法来处理；自己有错误即要承认,要是非分明,相信群众。

3月11日,少奇在武昌特别听了省委书记王任重同志汇报的大学教授们提出的意见。省长张平化同志讲到,1956年以来湖北发生工人闹事三十三起,涉及两千余人,并主要集中在武汉市。他们俩谈得都很具体。少奇提出:"群众闹事的原因主要是领导有官僚主义。没有官僚主义,即使群众有过高的要求,一讲就通了……不要把党和人民群众分为两家、对立起来,不能天下无不是的父母、无不是的领导干部,否则群众不服。长此下去,共产党岂不脱离人民,蜕化而被推翻?党、团、工会干部要和工人三同,同吃、同住、同劳动。"他表扬了武汉第五发电厂。这个厂处理矛盾坚持说服,效果较好。

随后的几天,武汉重型工具机械厂、中南第一基建公司、武汉钢铁厂、武汉冶金建设公司、武昌县、武汉长江大桥建设局等单位的同志,先后向少奇同志做了汇报。少奇还参观了武汉长江大桥和公私合营裕华纱厂。在同厂长、党委书记的谈话中,少奇提出:"要真正信任技术人员,发挥他们的特长,使他们有职有权;对他们的工作不要随便干涉,技术上实行总工程师负责制。"16日,少奇在中共湖北省委扩大会议上,作了如何正确处理人民内部矛盾的讲话。他着重提出:"人民内部矛盾的非对抗性,具体表现在领导与群众之间,解决的办法是以团结为目的,用小民主的办法及时解决。"他特别强调,"要克服官僚主义、命令主义、尾巴主义,向群众讲真话。国家有困难,要翻底子,事前做好工作,群众就不会闹。闹起来后要注意,一要让闹,二不提倡闹,三不可草率处置,不可轻率捕人、开除。关键要分清是非。"他同时还讲了学生升学问题,并指示调查组起草一篇社论。

3月17日,少奇召集了一个教育方面的座谈会,参加的有武汉大学、武汉医学院、华中师范学院、华中医学院、华中农学院的校长、教授以及部分民主党派的负责人。少奇在会上就教育和民主党派问题谈了十七点意见,如各高校应有独立性和主动性,政协的性质,强调民主党派对共产党的监督作用等。

3月19日，我们的火车到达湖南长沙市。从这天开始到29日，少奇在湖南不断地听汇报，看材料，找各界人士谈话，亲自到基层走访。记得许多省市领导都来做过汇报，如省委书记周小舟、谭余保同志，省长黄克诚同志，还有长沙市委书记曹痴、农村工作部长万达、宣传部长唐林、文教部副部长华国锋及徐贵田、文教局黄滨、教育厅长孙景华、财经办主任章伯林、株洲市委书记马壮坤、衡阳地委书记宁生等同志。

3月22日，少奇同长沙市一些中学的学生、教师代表座谈，作了关于中小学毕业生参加农业生产劳动的讲话。3月24日，少奇在湖南省干部会议上，作了关于如何处理人民内部矛盾问题的长篇报告，谈了分配制度、上下级关系、基建的赶工怠工、宿舍问题、升学问题、城市建设、手工业的旺季淡季、勤工俭学、干部作风、等级制度等十一个问题。他提出：在社会主义制度下，生产力和生产关系的矛盾主要表现在分配问题上，经济基础和上层建筑的矛盾主要表现为领导上的主观主义、官僚主义和宗派主义错误，而这些又都是人民内部矛盾，现在人民内部矛盾已成为国内的主要矛盾。

我们一行在3月29日离开衡阳到达广州。省委书记陶铸同志连续两天就全省情况做了汇报。广东省的情况和内陆省略有不同，除普遍存在的教育问题、干部思想问题、工人闹事、农村问题外，工人失业情况严重，还有华侨、港澳和轻重工业矛盾等问题。少奇和调查组对广东的一些部门和地方作了调查。

这期间，随行调查组把少奇同志同各地中学生代表座谈时的讲话整理成一篇文章，题目叫《关于中小学毕业生参加农业生产问题》。3月31日，少奇在广州对这篇文章作了修改审定。文章定稿后，少奇给中央办公厅主任杨尚昆同志写了一封信，请他将这篇文章报中央审定后发表。信中说："各地学生和教员以及家长，为了升学问题，情绪都十分紧张。在没有听到认真的解释以前，不少学生准备在不能升学时闹起来，在听到这种解释以后，不少的人也觉得下乡种地是有前途的，不丢人的。因此，现在十分需要有这样一篇文章。"这篇文章在4月8日作为《人民日报》社论发表。

4月10日，少奇在广东省、广州市直属机关干部大会上专门作了关于处理人民内部矛盾的报告。在报告中他特别讲到这样一件事："化县的麻风病防治委员会在化县的一个地方盖麻风病院。未盖之前，与群众商量，群众不同意。县政府不管群众是否同意，就硬要在那里盖一座麻风病院。开始盖时，群众就不满意，今年3月下旬，化县县委书记、公安局长同群众谈话，群众还是不同意。他们扣留了群众三个代表，有党、团支部书记和一个转业军人。这样群众就更加不满意，有四百多人在一个合作社主任的领导下，把麻风病院的房子拆掉，并把干部的衣服也扯烂了。化县公安局的副局长带了八名警察，在现场开枪打死五个人，打伤九个人。这种解决人民内部矛盾的办法好不好？一开始群众就不同意在那里盖麻风病院，为什么一定要盖呢？别处就找不到地方？已经盖时，群众还是不同意并且派代表来交涉，为什么要把他们的代表扣留起来呢？公安局长和县委书记是根据哪一条法律？为什么可以把群众的代表、党团支部书记扣留起来？就是我们的干部感到自己有那个权力，你不听我的话，我就可以把你扣押起来。这种态度很不好，是离开我们党的尊重群众、做人民勤务员、为人民服务的作风的。因为群众开始就不同意，后来还不同意，你又扣了他们的代表，他们没办法，为什么不拆房子？群众拆房子也不能算什么犯错误，因为他们没有办法才这样做。其实，对于群众要拆房子的问题很容易解决，只要派一个人去，向群众说：'你们不愿意在这里盖麻风病院，现在就不在这里做麻风病院了，房子可以做别的用，你们不要拆了，房子留给你们住。'他们就会不拆的。群众把干部赶走，扯坏了衣服，可是没有伤人，是没有犯罪的，而我们公安局派去的警察却开枪打死打伤了群众。所以说，这件事从开头，到中间，到最后的处理，都是错误的，是不妥当的。人民内部的矛盾，本来没有那么紧张，不是对抗性的矛盾，是可以和平解决的，可以采用小民主的办法解决的。但是，我们却有意把这个矛盾弄成对抗性的，人为地、主观地把非对抗性矛盾转变为对抗性矛盾。"这是一个很典型的事例，在基层具有一定的普遍性。少奇很重视，特别作了分析。

在广州，我们遇到的另一件典型事例是内港工人闹事。原因是那里的八百多名工人因为工作时间太长，工作班次调得不好，工人太累，加上港内要求工人义务劳动盖集体宿舍，而房子盖好了，却通通分给职员、干部和家属住上了，工人很不满意，于是闹事。对于这件事，少奇讲："我看这个问题主要也是领导上的问题，是领导上的官僚主义……有些负责人常常把自己看成是管人的，而人家是被我管的，这样的看法就不好，这样处理问题他们就不会去商量，就不会实行民主，是非也就分不清楚，群众就不能服气。因此，如何处理人民内部矛盾的问题，有两条路线：一条路线是连小民主都不允许，就是靠命令行事，人民不准闹，闹了就压。不允许用小民主解决人民内部矛盾，这样的路线是错误的，其结果必然要逼成大民主。另外一种路线，就是跟群众讲道理，把自己看成跟群众一样，群众有问题跟他们讨论，说清楚。群众一时不清楚，要闹事也可以，允许他们开会、写信，允许他们告状、请愿，也允许他们游行，要罢工也可以，不过，我们是不主张罢工的……我们一定要实事求是地分清是非界限。同时，经常有小民主，也就可以避免大民主。"

4月上旬的一天，少奇同志接到中央通知，要他返回北京。原来是苏联最高苏维埃主席团主席伏罗希洛夫要来中国访问。少奇同志当时是全国人大常委会委员长，必须由他出面接待。少奇同志对人民内部矛盾问题的专题调查，也就到此结束。从北京到广州，沿途停下来调查的地方有：保定、石家庄、栾城、邯郸、新乡、郑州、许昌、武汉、长沙、株洲、衡阳、广州，时间将近两个月。一路上，少奇找省、地、县干部谈，找普通的工人、农民、学生谈，了解到大量的第一手材料，对当时人民内部矛盾的各种表现、产生原因和处理方针，有了越来越清楚的认识。

4月11日，我们的火车沿京广铁路返回，14日回到北京。第二天，伏罗希洛夫就到了。少奇和毛主席等一起到机场迎接。24日，少奇到上海陪同伏罗希洛夫参观访问。在上海期间少奇和我看望了宋庆龄。27日，少奇在上海市委召开的干部大会上作了《如何正确处理人民内部矛盾》的报告。这篇讲话后来收入《刘少奇选集》，其内容是少奇长期思考的结果，是这次五省调研的总结，是少奇对人民内部矛盾理论的贡献。

- 1957年2月，刘少奇在河北清苑县农村视察

- 1957年3月，刘少奇与湖北省领导干部座谈如何正确处理人民内部矛盾

■ 1957年3月4日，刘少奇视察郑州国棉三厂

接见北京地质勘探学院毕业生

黄　峥：1957年春少奇同志南下调查回北京不久，接见了北京地质勘探学院毕业生。请您介绍一下当时的情况。

王光美：1957年春，北京地质勘探学院的应届毕业生，给少奇同志写来一封信，说他们即将毕业走上工作岗位，希望少奇同志接见他们，给他们讲讲话。我把这封信给少奇同志看了。少奇同志欣然同意，要我把同学们请到中南海来，一起谈谈。

5月17日下午，地质勘探学院的五十多名毕业生代表，应邀来到中南海一个会客室。少奇同志同他们谈了三个多小时。他针对学生不愿到野外勘探队去工作的思想问题说："许多学生羡慕老革命，想早生几十年，在枪林弹雨里当英雄，说现在只能爬荒山，找石头，太平淡了。其实，建设也是战斗，地质勘探队就是社会主义建设的侦察兵和游击队，和解放前山上的游击队一样，生活都很苦，但干好了都能当英雄。找到一个矿就是打了个大胜仗，立下个大功。生活中越有奋斗，就越有意义。中国有几亿人，毛主席、朱总司令这些同志带头打游击，吃了几十年苦，打出了个新中国，中国人民站起来了。在今天的建设中，别人不想满山打游击，你们去，几十年以后，你们肯定能打出个发达得多的新中国。你们吃一点儿苦，使六亿人享福，高兴不高兴？"这次谈话使地质工作人员和学生受到很大鼓舞。这个谈话，已经收进了《刘少奇选集》，题目叫《地质工作者是社会主义建设的开路先锋》。

  谈话从下午一直继续到黄昏。结束的时候，学生们把实习采矿时采集到的一些矿石标本作为小礼物送给少奇同志。对同学们的一番心意，少奇表示感谢。正好，不久前苏联最高苏维埃主席团主席伏罗希洛夫来中国访问时，送给少奇同志一支猎枪。少奇决定把它转送给学生们。他说："我送你们什么礼物呢？送你们一支猎枪吧！这支枪是前几天苏联伏罗希洛夫同志送给我的，转送给你们。让你们这些'青年游击队员'为了搞好地质勘探，把老虎和狼打跑。"

- 1958年5月29日，刘少奇、王光美视察河南郑州纺织机械厂

- 1958年9月1日，刘少奇、周恩来在开滦煤矿唐家庄矿问候矿工

1958年7月11日，刘少奇在火车上与旅客亲切交谈

少奇当选国家主席

黄　峥：1959年4月，少奇同志在第二届全国人民代表大会第一次会议上，当选为中华人民共和国主席，并担任国防委员会主席。请您介绍一下有关情况。

王光美：早在党的八大召开前，毛主席就提出他不再担任下一届国家主席，并且到适当时候不当党的主席。所以八大通过的党章，里面有一个条款，说："中央委员会认为有必要的时候，可以设立中央委员会名誉主席"。毛主席后来说过，以后他就当那个名誉主席。

　　对毛主席不当下届国家主席的问题，在干部群众中进行了几年的酝酿。一开始干部群众中有顾虑，可毛主席始终坚持。这样，在1958年12月党的八届六中全会上，就专门作了一个决议，同意毛主席提出的不做下届国家主席候选人的建议。但这时，还只是决定毛主席不当下届国家主席，没有讨论谁来担任这一职务，因为中央还没有进行二届人大的人事安排工作。

　　就我所知道的，在中央酝酿二届人大人事安排时，朱德同志提议少奇同志担任国家主席。具体负责二届人大人事安排工作的是中央书记处。当时小平同志是党的总书记，朱德同志给小平同志和书记处写了封信。这封信现在已经公开了。信中说："我提议以刘少奇同志为国家主席候选人更为适当。他的威望、能力、忠诚于人民革命事业，为党内外、国内国外的革命人民所敬仰,是一致赞同的。"

少奇同志在党的会议上,多次推辞这件事,提议让别的同志担任。中央经过慎重考虑,还是决定提议少奇同志为国家主席候选人。1959年4月上旬,召开党的八届七中全会,一致通过以少奇同志作为中共中央向第二届全国人民代表大会提议的国家主席候选人。邓小平总书记在会上专门就这个问题做了说明。他说:"国家主席有好几位同志可做,如朱德同志,如党内几位老同志,都可以做,但是大家考虑的结果,以少奇同志担任这个职务,比较更为适当些。国家主席不单是一个很高的荣誉职务,而是有一些相当具体麻烦的事要做,例如出国、会谈、接待等等。所以,以少奇同志的能力和资望,以他现在在党内所负的责任,出而兼任国家主席职务,是比较好的。"少奇同志的组织观念是很强的,既然党做出了决定,他也就不再说什么了。

毛主席也专门就此讲了话。1959年4月15日,主席在最高国务会议上说:"为什么国家主席候选人提的是刘少奇同志,而不是朱德同志?朱德同志是很有威望的,刘少奇同志也是很有威望的,为什么是这个,不是那个?因为我们共产党内主持工作的,我算一个,但是我是不管日常事务的,有时候管一点儿,有时候不管。经常管的是谁呢?是少奇同志。我一离开北京,都是他代理我的工作。这已经是多年了,从延安开始就是如此,现在到北京已经是十年了。在延安,比如我到重庆去,代理我的工作的就是少奇同志。以他担任国家主席比较合适。是比较起来讲,不是讲朱德同志不适合,比较起来少奇同志更适合一点儿。同时朱德同志极力推荐少奇同志。"

这样,少奇同志就在第二届全国人民代表大会第一次会议上,当选为国家主席。

黄峥:二届人大一次会议1959年4月18日开幕,4月27日大会选举。代表们一致选举刘少奇为中华人民共和国主席,宋庆龄、董必武为副主席,朱德为全国人大常委会委员长。会议根据刘少奇主席的提名,决定周恩来为国务院总理。刘少奇还根据宪法担任国防委员会主席。选举结果公布后，全国各地举行了游行庆祝。

王光美：选举的当天，少奇同志开完会回家。那时我们家住在中南海西楼甲楼。他到家时，工作人员和家人都跑出来迎接他，同他握手，表示祝贺。但少奇只是向大家点了点头，表情严肃，脸上没有一点儿笑容，像平常一样向大家举举手，就到他的办公室去了。有的工作人员不理解，说少奇同志当了国家主席，怎么也没有显出半点儿高兴来？

我当时看见少奇那种严肃的表情，没向他祝贺，我理解他的心情。虽然，他担任了国家主席，我心里为他高兴，因为这是党和人民对他的信任。他平时说："人民信任你，你就绝不能辜负人民的信任。""人民给你多大的权力，你就要负多大的责任。"当时，农村情况不好，国民经济严重失调，人民生活已经开始发生困难，国际上反华逆流已经形成且有日益嚣张之势。他是受命于危难之中。在这样的时刻就任国家主席，肩上的担子十分沉重，他又怎么能开怀地笑呢？

刘源：吃晚饭的时候，我看见外婆站在门口，见我父亲过来，就向他拱拱手，说："恭喜，恭喜！"父亲笑笑说："谢谢，谢谢。"我父亲对外婆一向很尊重，对来自一个老人的祝贺，他笑了。

王光美：这年国庆节，《人民日报》等报纸第一次在头版刊登了毛主席、少奇同志两个人的标准像。事前在一个小范围的会上议过。少奇同志不同意登他的照片，说："我们国家是共产党领导，党领导一切，毛主席是党的主席，所以登毛主席的照片就可以了。"有关部门提出这里有个对外的问题。毛主席当时就说不登不好，一定要登。有人提议毛主席的照片大一些，少奇同志的照片小一些。毛主席马上说："为什么要小一些？一样大！"这事就这样定下来了。从此，每年国庆节刊登毛主席、少奇同志的标准像，就成了惯例，一直到"文化大革命"。

1959 年 4 月，毛泽东、刘少奇、周恩来、朱德在第二届全国人大第一次会议主席台上

1959年9月，刘少奇在第二届全国人大一次会议上当选为国家主席

1959年10月，刘少奇和掏粪工人时传祥亲切握手

1959年9月30日,毛泽东、刘少奇在第一届全国运动会上

1959年庐山会议

黄峥：光美同志，1959年夏天，中共中央在江西庐山召开政治局扩大会议，后来又接着开八届八中全会。您陪少奇同志参加了这次会议。请您介绍一下少奇同志出席会议的有关情况。

王光美：这两个会议，就是人们常说的庐山会议。关于庐山会议的情况和经验教训，近几年发表的文章和著作很多，我也从中了解到不少原来不知道的情况。

我记得，少奇同志和我是1959年6月27日乘火车从北京去武汉的，准备到武汉后再转赴庐山。铁道部派了一部专列。乘这趟专列的除了少奇同志，还有朱德同志、彭德怀同志。邓小平同志因为摔了一跤伤了腿，在家休养没有上庐山。

从北京到武昌的路上，逢大站专列停车，我们常看到站上堆放着一堆堆碎铁。夜间，有时看到铁路两旁火光冲天，原来是在大炼钢铁。人们把大树锯成段，再将树段烧成焦炭，然后用它炼铁。有次看到大路上运树段的推车排成长龙。我不懂炼铁方面的技术，但也看出这样做是胡来。专列停站时，有时候少奇和我下车散步。彭老总有时也下来散步。我们在一个车站看见堆着一大堆废铁，仔细一看，好多是铁锅砸碎后的铁片，是为大炼钢铁用的。彭总看了很生气，对这种做法很有意见。我听了不敢说话。

到了武汉，少奇和我住在武昌，离毛主席住的地方很近。毛主席也是28日到武昌的。在这之前他刚去湖南视察了一圈。

到武汉的第二天，6月29日，毛主席通知少奇同志到一艘停在长江里的船上碰头开会，开完会愿游泳的在长江游泳。主席嘱咐让我也一起去，邀请我和他一起游长江。我会游泳是1954年在北戴河向毛主席学的，所以主席有时游泳会叫上我。

我记得这天在船上参加开会的有毛主席、少奇同志、朱老总，还有李井泉、柯庆施等，好像田家英也在。这条船的船舷上安了个扶梯，是特意为主席游泳设的。在游泳前的交谈中，我对主席说了在路上看见一堆废铁的事。我还说中国的老百姓真好，听话，家里的铁锅领导叫砸了就砸了，意思是说老百姓连这样的瞎指挥都能容忍。平时我老觉得主席对领导同志严，对我们这样的小干部宽容，所以在主席面前说话比较随便。我后来有点儿后悔，不应该对主席说这样的话，使他听了不高兴。

在船上开完会，主席就下水游泳了。少奇因为正犯肩周炎，不能游。我下去游了。毛主席鼓励我说："下来，让水冲一段，就不害怕了。"

游了一会儿就上岸了。在换衣服的时候，我因为不熟悉当地部队安排的这个地方，不小心绊了一下，把脚扭了。当晚在住的地方有晚会，还有跳舞，主席也来了。我因为扭了脚，去看了一下就回来了。后来在庐山，爬山时我就拄着拐棍。有一张照片，少奇、我和一些工作人员登庐山，少奇和其他人都表现得很轻松，就我扶了根拐棍。

6月30日晚上，有关部门安排毛主席、少奇同志乘同一条船去九江。这条船上有一大一小两个包舱，主席住了大的，少奇和我住在小的那间。因为是夜航，所以一上船就睡了。一觉醒来，船已经到了九江。一问，说主席已经上岸了，我们也就抓紧时间登车上山。上山后，有关部门安排我们住在一幢小洋楼里，据说它原来是国民党江西省主席朱培德的别墅。

7月2日，中央政治局扩大会议在庐山正式开始。会议的议题是进一步总结"大跃进"和人民公社化运动的经验教训，继续解决工作中存在的问题。

黄　峥：毛主席为会议出了十九个题目：一、读书；二、形势；三、今年的任务；四、明年的任务；五、四年的任务；六、宣传任务；七、综合平衡问题；八、群众路线问题；九、建立和加强工业企业的各项管理制度和提高工业产品的质量问题；十、体制问题；十一、协作区关系问题；十二、公社食堂问题；十三、学会过日子问题；十四、"三定"政策；十五、农村初级市场的恢复问题；十六、使生产小队成为半基本核算单位；十七、农村基层党团组织的领导作用问题；十八、团结问题；十九、国际问题。会议的头一段，就是围绕这十九个问题分组讨论。

王光美：分组讨论是按六个大区。中央领导同志也分到小组参加讨论，少奇是到中南小组。开始阶段的气氛很轻松。白天开会，晚上经常有舞会或演出。多数同志都是第一次来庐山，所以大家纷纷利用开会的间隙，游览观光。

　　少奇在1927年大革命失败后，曾到庐山养病。三十多年过去了，好多地方他不认识了，所以他也想到处看看。一天少奇提出要到庐山顶上看看长江、鄱阳湖，我们就陪他上去了。我们上去的路上，碰见毛主席正从上面下来。主席远远看见我挂个拐棍，就喊了一声，好像是问我腿怎么啦？我说没什么。后来又在另一些场合几次碰见主席。当时我感觉主席情绪很好。他还说这次是开一个"神仙会"。

　　我觉得，庐山会议前半段的情况确实是不错的。不光气氛轻松，而且大家都在总结经验，纠正"左"的错误，准备形成文件贯彻下去。照这个势头，可以开成一个很好的会议。可惜中途逆转了。

　　到了7月14日，彭德怀同志给毛主席写了封信，对"大跃进"以来的工作提出了自己的意见，有些话在当时看来是讲得比较尖锐的。一开始大家不知道彭总写信的事，因为是写给毛主席一个人的嘛！7月16日，毛主席把彭总的信加了个标题："彭德怀同志的意见书"，在会议上印发。大家这才知道彭总给主席写了封信。

　　彭总的信发到少奇同志这里的时候，先是秘书吴振英、刘振德同志他们看到了。他们看了挺高兴，说彭老总的信写得好，代表了他们的想法，称赞彭总敢于提意见。刘秘书还跑来把他们议论的情况和我说了。我同少奇同志身边的工作人员相处很融洽，平时他们有什么意见都愿意同我讲。

会议开始转入讨论彭总的信。在讨论会上，少奇同志没有对彭总的信直接发表意见。他提出"成绩讲够，缺点讲透"。这个意见得到大多数人的赞同。

7月23日早晨，会务组突然通知，上午召开全体大会，毛主席讲话。原来会议没有这个安排，所以少奇头一天很晚才吃了安眠药入睡。我一听是主席召集的会议，赶紧把他叫醒。由于安眠药还在起作用，他迷迷糊糊的就走了。我让警卫员扶着他下山，进会场。

少奇开完会回来，我就感到气氛不对了。秘书吴振英同志是跟少奇同志一起去开会的。他一回来就紧张地说："毛主席发火啦！主席在会上对彭老总的信进行了严厉的批评。我们议论了半天，竟然一点儿也没看出来。"我也没想到突然起这么大的变化。我的感觉，彭总的信中用了一个"小资产阶级狂热性"，这个话把毛主席惹恼了。

散会时，胡乔木同志跟少奇同志一起到了我们的住处。乔木同志当时是中央书记处候补书记，在会上负责起草文件。当时文件已经写出了初稿，叫《庐山会议诸问题的议定记录》，基本内容是纠正一些"左"的东西。乔木对我说，他也是昨晚吃了安眠药，早晨被叫起来开会，到现在还晕头转向，就跟着少奇同志来了。我说："现在已经中午了，就在这里吃午饭吧！"

这样，就在我们住的地方的小餐厅里，少奇、乔木，还有我，我们三个人在一起吃中饭。吃饭的中间，我听他俩议论文件的事。乔木说："现在情况发生了这么大的变化，原来的那个文件还行不行？要不要继续搞下去？"少奇说："文件你们还是接着写。"

后来会议上就开始批判彭老总了，说他是右倾机会主义，反党小集团。因为黄克诚同志（当时担任中央书记处书记、解放军总参谋长）、张闻天同志（当时担任中央政治局候补委员、外交部常务副部长）、周小舟同志（当时担任中共湖南省委第一书记）支持彭总的意见，所以他们也在被批判之列，说他们是反党集团的成员。

张闻天等同志曾来找少奇同志，说：这些情况我们上山后都给毛主席谈过，毛主席还称赞我们谈得好，现在怎么又批我们呢？少奇不知说什么好，只说："你们好好听一听大家的意见吧！"事实情况是，许多发言并不是讨论他们发表的意见，而是算起历史旧账来了。

少奇同志一直惦记着原来的那个文件。他又找乔木，说，他提议，把反右倾的文件只发到省一级，不要向下传达，同时搞一个继续纠正"左"的错误的文件，发到县以下单位。少奇要乔木在起草文件时向毛主席转达他的提议。但会上批判彭总的火药味已经越来越浓了，乔木没敢向毛主席转达少奇的提议。后来在1962年的七千人大会上，少奇同志在总结经验时说到：如果当时上面反右，下面仍反"左"，情况要好多了。毛主席听说这事后批评胡乔木同志："党的副主席叫你写完，你就该写嘛，不写是不对的。"可事实上，如果真的继续写出一个纠"左"的文件，后果很难设想。

中间有一天的下午，大概是七月二十几号，毛主席的卫士给我们办公室的刘振德秘书打来电话，说毛主席邀请我到芦林水库游泳。我有点儿意外：毛主席怎么突然约我游泳？又一想，主席可能有别的事，就赶紧找出游泳衣。临出门前我觉得有点儿冷，又找了双丝袜穿上。少奇看我一眼，说："噢，还穿丝袜！"

芦林水库离毛主席住的"美庐"很近。庐山会议期间毛主席经常来这里游泳，有时就邀请一些别的同志和他一起游，随便聊一聊。听说前一天王任重同志就应邀来这里同主席一起游泳。

我到芦林水库的时候，毛主席和一些同志正在游泳。我和主席打了个招呼，就下去游了。我问主席："看我游得怎么样？"主席说："你游得及格。"后来休息的时候，主席又关切地问我："少奇同志身体怎么样？"我告诉他："少奇同志犯了肩周炎，还没有好。最近因为工作繁忙，他感到很疲劳，所以到了这里也没有参加什么活动。"毛主席听完后,认真地说:"请你转告少奇同志,不要搞得那么紧张嘛!开完会后让他找个地方休息休息。"

少奇同志这一段确实很紧张。毛主席批了彭总的信以后,少奇显得心情沉重,整天关在办公室里不出来,不是看材料就是想问题,什么娱乐活动也不参加,每天要吃很多安眠药才能入睡。有一天凌晨,少奇吃了安眠药之后,又看了一会儿文件,站起来上厕所,突然"啪"一声摔倒在地上,而且他自己没有反应,不知道爬起来。我吃了一惊,赶紧打电话叫工作人员过来。大家七手八脚把少奇抬到床上。医生迅速为他号脉,量血压,没发现不正常,大家才松了一口气。少奇还是迷迷糊糊地睡着。医生估计他是吃多了安眠药。下午少奇起床,我告诉他当时的情形,他笑了笑说:"我不知道。"

总之,会议的气氛是越来越紧张了。林彪7月29日也上了庐山。他一发言就把调子上得很高,说彭德怀同志是"野心家、阴谋家、伪君子"。毛主席又提议,要原来留在北京的一些中央和军队的干部上庐山,召开八届八中全会,通过决议。从北京新上庐山的干部不少,具体我也记不清了,只知道有薄一波、刘澜涛同志,因为我们家的孩子丁丁、涛涛、平平正好放暑假,就搭他们的飞机也来了庐山。

这期间毛主席又几次约我去游泳。有一天毛主席的秘书徐业夫同志来电话通知我去游泳,正好我去看含鄱口了,不在住地,徐业夫同志还坐了汽车来找我。

后来江青也上了庐山。她是从广州过来的,还带了几个帮助她摄影的摄影师。她上山后,整天忙着选景拍照。有一天,毛主席通知我和孩子们去芦林水库游泳。我们到了那里,见到江青,还有江西省委书记杨尚奎同志的夫人水静、安徽省委书记曾希圣同志的夫人余叔也来了。大家说说笑笑,江青还为我们照了张合影。不一会儿,不知什么人打来电话,告诉江青说天上的云彩过来了,请她快去摄影。原来她已经在庐山仙人洞选好了景,派人在那里等着,云彩一来就去照。江青立即撂下我们走了。于是我们就下水库游泳。毛主席也游了。游完泳上来已经是晌午,主席留我们吃饭。饭摆好了,江青还没有回来,催了两次,仍不见踪影。大家说:"请毛主席先用餐,好早点儿休息,我们等江青同志来了再吃。"毛主席说:"咱们一起吃吧!"大家刚坐好,江青回来了。她一见这场面很不高兴,立即沉下脸来,生气地说:"文章是自己的好,老婆是人家的好。"主席哈哈一笑,不好说什么。我没想到,江青当着这么多人还有孩子们的面,说出这样的话,很是意外,只好装没听见,忙给她让座,问她摄影的情形,才使她平静下来。后来,毛主席为江青那天拍的庐山仙人洞照片题了"暮色苍茫看劲松"的诗。

庐山会议中间发生一百八十度的转变,实在很遗憾。为什么会这样?我认为有很多因素。彭总的有些话确实说得不够妥当,例如说当年在延安召开的华北会议骂了他四十天的娘,中国的严重问题也许要苏联红军帮助解决。正好这时驻苏大使馆发来情报,汇集了苏联领导人指责我们党的材料,所用的语言同彭总的说法相像。苏联大使尤金还在北京对留守中央的陈毅同志说:"现在你可以搞政变了。"庐山会议前苏联政府又正式通知中国,停止供应我们制造原子弹的设备。联想到彭总在会前率军事代表团出访东欧几个国家,受到隆重欢迎等等情况,就认为他有国际背景,"为民请命"。

在庐山会议上,少奇同志是站在毛主席一边的,也错误地批判了彭德怀同志。虽然少奇同志认为,彭总信中所说的一些事是符合事实的,一个政治局委员向中央主席反映问题,即使有些意见说得不对,也不算犯错误,但他并不赞成彭总的做法。中央包括毛主席在内已经开始着手纠"左",彭总的做法使人感觉要追究个人责任,要大家表态站在哪一边,这不是要导致党分裂吗?少奇同志在总结党的历史经验时说过,党在幼年阶段曾遭受惨重打击,但仍能发展壮大起来,就因为保存了自己的旗帜,没有分裂。他是把党的团结看得高于一切的。

黄　峥:中共八届八中全会是8月2日至16日举行的。会上开展了对所谓"彭德怀、黄克诚、张闻天、周小舟反党集团"的斗争,通过了《为保卫党的总路线,反对右倾机会主义而斗争》《关于以彭德怀同志为首的反党集团的错误的决议》。8月17日，召开中央工作会议，决定由林彪取代彭德怀，担任中央军委第一副主席、国防部长。

王光美： 我没想到事情会发展到这么严重。会上形成一边倒的气氛。这期间多次开批判彭老总的会，紧张极了，会上的发言说什么的都有。这时有些人的发言，对"大跃进"全面肯定，连缺点也不提了。柯庆施等把办不办农村公共食堂也说成是"路线斗争"。本来我也是拥护办食堂的，因为我觉得妇女整天围着锅台转，农村妇女要磨面、做饭、煮猪食，负担太重了。后来看到食堂有点儿像过去的"吃大户"，我又动摇了。庐山上关于食堂等问题的争论火药味这么浓，使我忽然想起在北京的蔡畅大姐。因为我知道全国妇联正在开会讨论食堂问题，她们不知道会上的情况，还以为继续反"左"呢！我在征得少奇同志同意后，忙给蔡畅大姐打电话通消息："不要讨论了。"后来知道，妇联的曹冠群同志在我打电话之前，已经在会上发了言，主张解散食堂，结果被扣上了"右倾机会主义"的帽子。

庐山上批彭总的会，毛主席一般不参加。但少奇、周总理他们是在第一线工作的，不能不参加，还要主持。有时会场乱得都开不下去了，有人甚至要打彭总，被少奇同志喝住。

8月21日，我们回到北京。

林彪当国防部长后上我们家来过。当时我们感觉，他对少奇同志特别谦虚，毕恭毕敬。每次林彪那里送来报告，都像老式呈文，毛笔字写得很大，完全是国防部长向国家主席呈报的那种样子，我们都不习惯。

- 1959年夏，刘少奇、王光美与罗瑞卿夫人郝治平（右二）、谭震林夫人葛惠敏在庐山住所前合影

- 1959年夏，刘少奇、王光美在庐山

- 1959年夏，王光美在庐山
- 1959年夏，王光美与蔡畅在庐山

在海南岛读《政治经济学教科书》

黄　峥：庐山会议结束后，很快就到了中华人民共和国成立十周年大庆。少奇同志是国家主席。国庆十周年的很多活动都是他主持的。

王光美：是的。国庆十周年，来了很多外国的党和国家领导人，国内举行了一系列的庆祝活动，持续的时间比较长。这是少奇同志当选国家主席后的第一个国庆节，很多活动要他出面主持，经常是连轴转。他的肩周炎本来就没有好，经过这么一折腾，发作得更厉害了，胳膊抬不起来，有时疼得满头大汗。有一天我在春藕斋舞会上碰见毛主席，主席问起少奇同志的身体，我就告诉了他。主席说："肩周炎我知道，我在延安时得过，这是我们男子的更年期症。让少奇同志找个地方休息一下。"

　　后来，就由中央办公厅安排，让少奇同志到海南岛去休息治疗一段时间。少奇休假有个习惯，就是读书，每次都带很多书，这次当然也不例外。

　　在这之前，毛主席曾在有关会议上几次号召读书，具体建议读新出版的苏联《政治经济学教科书》（第三版）。这本书是苏联科学院经济研究所新编写的，刚刚翻译成中文。少奇同志决定利用这段休息时间好好读一读这本书。这样，11月1日，少奇同志和我们身边工作人员，带上《政治经济学教科书》和有关资料，乘飞机到了海南岛崖县，就是现在的三亚市。

我们住在崖县的鹿回头招待所。"鹿回头"是一个地名，招待所在一片椰林里。听说郭沫若同志在这里休养过。我们到的时候，大院里的椰树上都结着椰子。

读书要有收获，就得学习讨论。少奇一开始想把身边工作人员组织起来，大家一起边读书边讨论。但这些秘书、警卫、医护人员平时都是从事很具体的工作，对经济、理论懂得不多，文化程度也不高，因此，包括我，都同他讨论不起来。这样，少奇给中央办公厅主任杨尚昆同志发了个电报，请他找两位熟悉古典政治经济学和当前经济问题的同志来海南岛，辅导大家学习。北京派来了王学文、薛暮桥两位同志，于11月7日到达海南岛。王学文同志对古典经济学著作、经济理论比较熟悉，薛暮桥同志对当前的经济政策和经济发展情况比较熟悉。

这样就等于组织了一个读书小组。先是大家分头看书，然后在少奇同志主持下讨论。讨论会一共开了九次。广东省委第一书记陶铸同志、书记林李明同志，还有海南当地的一些负责同志，都曾来参加讨论。王学文、薛暮桥同志，我和其他身边工作人员每次都参加讨论。少奇同志在第一次讨论时说："我们的讨论会采取座谈方式，谁有话就讲，会上可以展开辩论；讨论会上不分上下级，大家都是学员，不要有拘束；讨论会上讲的内容，不要到外面去讲，如果要讲，只能当作自己的意见讲，错了自己负责。"

除了读书，少奇同志还到一些地方参观。我记得到过附近的渔村和农民家里，还去一个小岛上，看望了守岛部队。比较正规的是在陶铸同志陪同下视察海军榆林基地，检阅了部队。陶铸同志兼广州军区政委。

此外，就是下海游过几次泳，在椰林里散散步。

11月下旬，我们接到中央通知，要少奇到杭州，出席毛主席召集的讨论国际形势和明年国民经济计划的中央工作会议。11月24日，我们离开崖县，经过海口、广州赴杭州。

少奇同志组织读书小组学《政治经济学教科书》，很快被毛主席知道了。主席称赞这个办法好，说他也要组织这样的读书小组。

黄　峥：毛主席于1959年12月也带了一些同志，到上海阅读讨论这本《政治经济学教科书》。后来，周恩来、李富春同志也和一些国务院的部长，集中到广东从化，阅读讨论这本书。周总理还把薛暮桥同志叫去，请他传达少奇同志在海南岛读书会上的发言内容。

1959 年 11 月，刘少奇在广东海南岛

关于"吃小亏占大便宜"

黄峥：1960年，少奇同志有一个谈话，谈了关于世界观、人生观的问题。这个谈话中用了"吃小亏占大便宜"的比喻，"文化大革命"中受到歪曲攻击，流传比较广。您能否给我们介绍一下当时的情况？

王光美：好的。那次谈话是在1960年的春节。在这之前的1958年，我把我母亲接到家里来，帮助我们管理教育孩子。那时平平、源源、亭亭都还小，少奇和我工作都很忙，实在没有时间和精力花在孩子们身上。我母亲教育孩子特别有经验。我征得少奇同意，把我母亲接到了家里。我母亲来了以后，为我和少奇分担了教育孩子方面的大量事情，为我们解决了大问题。少奇对我母亲很尊重，一再称赞她教育小孩子有办法，要孩子们尊敬外婆，听外婆的话。他对其他亲戚解释说："外婆是我们请来的，不是人家要来的，她有十个子女都是高级知识分子，到哪里都可以吃饭，是我们请她来帮助管教小孩子的。"

本来，每当逢年过节，我的哥哥妹妹们总要到我母亲那里聚会。我母亲是我们兄妹凝聚的中心。自从我母亲被我接到家里来之后，因为中南海警卫森严，我的哥哥妹妹们进来很麻烦，大家失去了随时聚会的场所。他们就向我抱怨，说见不到妈妈了。光英那时在天津担任市工商联主任，

1960年春节前,他正好来北京出席中国民主建国会和全国工商联召开的会议。兄妹中间有人就提议,春节期间找个机会到母亲那里聚一聚,并且把这个想法通知了我。我当然欢迎,就开始做些准备。

那些年正是国家经济困难时期。外面人可能想象不到,其实我们家里生活也很紧张。我的几个孩子住在学校里,也是吃不饱,星期天一回家吃饭就狼吞虎咽。一些老大姐和学校老师要我们把孩子接回家,少奇不同意,说让孩子们尝尝吃不饱的滋味。

一听哥哥妹妹们还有他们的孩子要来我们家,我有些发愁,因为拿不出什么像样的东西来招待他们。我让我们家的炊事员郝苗同志到供应处看看。正好那里刚从内蒙古进了一批黄羊肉,郝苗在征求我的意见后买了一只。

1960年1月31日那天下午,我的几个哥哥妹妹和他们的一些孩子来到我家。总共来了二十余人,大部分是孩子,比大人还多。那天来的,有在国家外贸部工作的二哥光琦夫妇,在北京医学院第一附属医院工作的三哥光超夫妇,还有六哥光英夫妇和洁如托儿所所长、二妹光中。

现在招待亲戚朋友,一般都是做好多菜,要么就是下馆子。那时我们家没有这样的条件。那天吃饭,放在桌子上的就是一锅黄羊肉烩青菜粉条,一锅用大米、小米掺在一起做的"二米饭"。好在都是自己人,用不着客气,边吃边聊,倒也挺热闹。小孩子们更是自己动手,挑肉吃。我女儿平平那年十一岁,正是长身体的时候,可平时在学校里常吃不饱,显得消瘦,营养不良,那天也是直抢羊肉吃。她平时吃不到这样的肉和菜啊!好多年以后,光英说起那天平平抢羊肉吃的情景,还是感慨万千。他说,想不到作为一个国家主席的孩子,生活竟是这样的普通和艰苦!

那时我们家还在西楼。饭后,少奇和大家一起到楼下的客厅里坐下说话。这么多亲戚在家里聚会,是第一次。大家很快安静下来,望着少奇,想听他讲点儿什么。少奇点燃一支"前门"香烟,笑着问大家有什么想法,想听点儿什么?这时我的一个侄女提了个问题:现在党号召改造世界观,我们改造世界观从哪里入手呢？

于是，少奇开始从这个问题谈起。那天在场的我的侄子、侄女们，都是正在学校读书的学生。少奇首先对他们说："你们正在学习时期，学习时期即是准备时期，要准备好。你们中间有三个念大学的，还有念中专的，有个又红又专的问题，红就是世界观改造问题。如果世界观不对头，就会感到很难受，世界观问题搞通了，对头了，干劲就来了。个人利益、暂时利益是要照顾的，但在有矛盾时，就要服从整体利益、长远利益。个人、集体，部分、整体，暂时、长远，是能统一起来的。在某种时候，个人要吃点儿亏。"

这时，少奇讲到了"吃亏、占便宜"的关系。他说："办大家的事情，是占人点儿便宜好，还是吃点儿亏好？我看宁愿吃点儿亏。人家不干的，你干，这不是吃了亏了吗？要宁愿吃这个亏，这叫吃小亏，占大便宜。一心一意工作，可能人家一时不了解，但十年二十年会看清楚。相反，整天想到个人，最后是没有个人利益，占小便宜，吃大亏。"

关于"吃亏、占便宜"的关系问题，少奇这不是第一次讲，也不是最后一次讲。他曾在不同场合多次讲这个问题。早在1957年3月，他就在长沙市中学生代表座谈会上，对即将毕业的学生说："必须懂得：光想占便宜，生怕吃亏的人，是思想上、政治上不健康的人，是不值得信任的人。而为了国家和人民的利益不怕吃亏的人，才是高尚的、有道德的、脱离了低级趣味的人，才是真有理想，能够站得住脚、能够得到人民信任的人。从长远说来，前一种人在最后是要吃大亏的，而后一种人则最后将得到他所应得的待遇。必须懂得：要和群众的关系搞好，就不能占便宜，就不要怕自己吃亏。"① 同年5月，少奇在同北京地质勘探学院学生谈话时，也讲到了这个问题。

1962年1月，少奇在七千人大会上的报告中，针对当时党风方面存在

---

① 《刘少奇选集》下卷，第二百九十三页。

的不良风气，再一次讲了"吃亏、占便宜"的问题。他说："我们要正告那些不老实的人，必须迅速地彻底地改正错误，做一个真正有共产主义思想的共产党员。否则，虽然在某些时候可能占点儿小便宜，但是，在我们党内，在人民中，终究是要吃大亏的。那些说老实话、做老实事的老实人，虽然在某些时候可能吃点儿亏，但是，最后是决不会吃亏的，他们一定会取得我们党和人民群众的最大的信任。"[1]当天他在口头补充讲话中，又说："我看，不怕吃亏的老实人，最后是不会吃亏的。因为老实人吃点亏，党内同志是看到的，人民是看到的。党和人民终究是会信任这些好同志的。怕吃小亏的'聪明'人，不老实的人，最后是要吃大亏的。因为你总是说假话，长期这样搞，党和人民就不会信任你了。"[2]

　　少奇同志关于"吃亏、占便宜"的说法，一开始是针对那些爱占小便宜、怕吃亏的思想讲的，劝告有这种思想的人不要因小失大，占小便宜吃大亏。他在讲这个道理时，同时讲到不怕吃亏的人，最后是占便宜的。他讲得很清楚，这个"便宜"，不是个人名利，而是党和人民的信任。"文化大革命"中，竟将少奇的这个讲话诬蔑为"公私溶化论""市侩哲学"，真正是颠倒黑白，混淆是非。

---

[1]《刘少奇选集》下卷，第四百页。
[2]《刘少奇选集》下卷，第四百三十九页。

- 1950年代，被孙辈簇拥着的董洁如。左起：刘涛、刘平平、刘亭、刘源、刘丁

- 1960年代初，王光美参加完劳动后留影

1960年夏，刘少奇、王光美与家人在北戴河

1960 年代，刘少奇、王光美在农村调研

江中遭遇龙卷风

黄　峥：1960年4、5月份，少奇同志到一些省调查、视察，还乘船考察了长江三峡。请您谈一谈这次视察中印象深刻的事情。

王光美：1960年那次下去视察，前后共五十多天，整个过程我一直陪着少奇。我们是4月17日离开北京南下的。第一站是到河南省，先后在郑州、洛阳、三门峡的一些工厂调查访问，中间还看了一个农村的引水工程。接着到陕西、四川，也看了不少工厂。5月15日，我们乘轮船离开重庆，顺流而下去武汉。我们乘坐的这条船叫"江峡"轮，是一艘中型客轮。此外，还有一艘负责警卫的船随行。

在重庆上船的时候，少奇约了长江规划委员会的林一山同志等一些水利专家，和他一起沿江而下，一路考察研究长江的规划建设。专家们带着图纸资料。白天，少奇和他们在船上一面航行观看地形，一面商量问题。5月16日，我们的轮船到达三斗坪，少奇下船考察未来的长江三峡水电站大坝坝址。正好有一个钻井队在那里作业，少奇走了一段路，到钻井队同这些年轻人交谈，了解三斗坪的地质情况。选择大坝坝址是一件特别慎重的事。西南地区溶洞多，有溶洞的地区就不能考虑建大坝，所以地质钻井工作很重要，少奇要特地上岸看一看所选的坝址。经地质队钻探，三斗坪一带是一整块石头，建大坝是很合适的。

离开三斗坪，我们的船继续向武汉航行。船过湖北宜昌，已经是夜里了。我们在船舱里，还没有睡觉，忽然觉得颠簸起来。这时，少奇的秘书吴振英同志匆匆忙忙地进来，对我说："碰上龙卷风了，江里发现有小船上的人落水，怎么办？"

我赶紧问明具体情况。原来是这样：江上突然刮起狂风暴雨，有经验的船员断定是遭遇龙卷风了，当船上的探照灯打开时，人们看到有几条小木船处在风雨飘摇中，还看到小船上有人落水。大家议论纷纷，有人说赶快救人。多数同志认为，我们的船如果去救人，偏离航道将自身难保，而我们的任务是保证国家主席的安全。吴振英同志同我讲这些情况时，少奇同志在里面听见了。他当即说："就因为是国家主席坐的船，更应该首先抢救人民！"

吴秘书马上向工作人员传达了少奇同志的指示。船员们见少奇同志把自己的安危置之度外，立即奋不顾身投入这场抢险的搏斗。经验丰富的老舵手把稳航向，克服浪涛的推力，让船侧身擦过浅滩。水手们用链索把自己固定在船栏上，探身舷外，把落水者拉上甲板。

船舱里，少奇同志不安地站起身，走到舷窗前。外面，令人目眩的探照灯正在四下扫射，巨涛像矗立的墙壁，咆哮着滚来，重重地摔在甲板上，浪沫与箭一样射来的雨点，飞溅到窗上。江面上，一只只小木船像是飘荡的树叶。少奇同志又要我们的船横过来为小船挡风。轮船横在江心，截住木船，用缆绳牢牢系住……

清晨，风停雨过，江面上又恢复了平静，大家都松了一口气。落水的船民离开时激动地握住船长和水手们的手，流下了热泪。缆绳解开了，小船一条条散去，上面的人们望着我们的船渐渐远去，不停地招手致意……

这已经是几十年前的事了，但当时的情景至今仍清晰地印在我脑海里。那险风，那恶浪，特别是少奇当时的神情，好像就在眼前。少奇同志与其他革命老前辈一样，在危难时刻，总是挺身而出，把人民的利益放在第一位。

这件事，曾经作为"国家主席救船夫"的故事在一些地方流传。在流传中，人们有意无意地作了一些加工渲染和绘声绘色的描述，甚至逐渐蒙上了一层传奇色彩。我觉得什么事情都要实事求是，夸大了不可信，越真实越可信。我是亲身经历者。事实情况是，救小船和落水者的是负责警卫少奇同志的随船，不是少奇本人乘坐的船。实际上要我们坐的船去救也不可能，因为离得远，船上也没有救护的条件。但确实是少奇同志下了命令，要是少奇不说话，警卫船不敢动，因为他们有着明确的重要任务，谁也担不起这个责任。

后来听说，被救的船民非常感谢，离开时还给救他们的船磕了头。不过我想这些船民不会知道这是国家主席的警卫船，更不会知道这和少奇同志有关系。事后有人来跟我们说了一下，少奇没吭声。他工作很忙，这事压根儿没往心里去。因为对于他来说，这样做是再平常不过的事情。

在我和少奇同志共同生活的漫长岁月里，我感到他最宝贵的品质，就是对人民是那样满腔地热爱，同人民的血肉联系又是那样的深。我耳边常响起他在"文化大革命"初期的一句话："我们是跟人民在一起的！"的确，无论是在顺境或身处逆境，少奇同志都是与人民同在的。

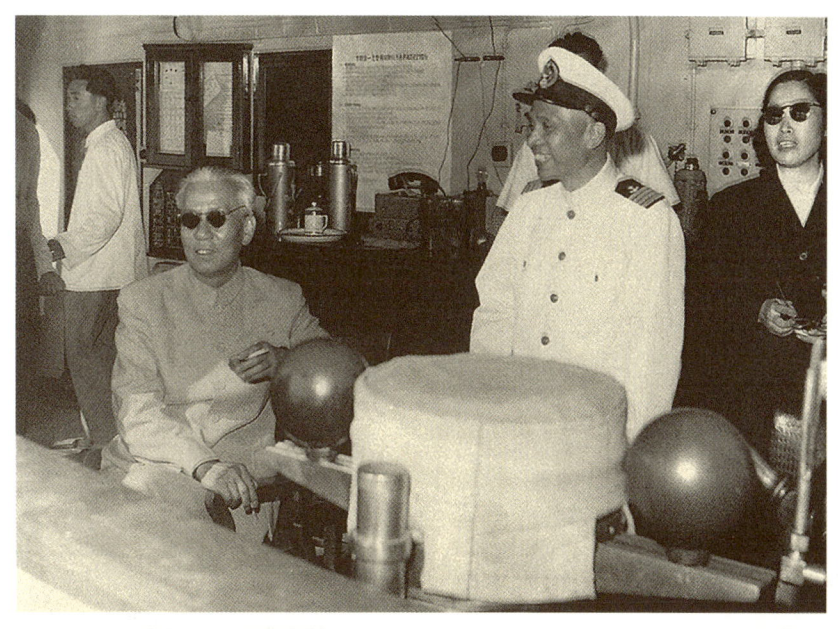

- 1960年5月，刘少奇乘"江峡"轮离开重庆赴武汉

- 1960年5月，刘少奇在三斗坪考察长江三峡水电站大坝坝址

少奇出席各国共产党工人党会议

黄　峥：1960年11月，少奇同志率中共代表团赴苏联，出席八十一国共产党工人党代表会议，后来又作为中国党政代表团团长正式访问苏联。请您介绍一下有关的情况。

王光美：少奇同志那次去苏联的时间比较长，待了一个多月。这时中苏两党分歧已经很厉害了。在八十一国共产党工人党代表会议上，苏共代表团和中共代表团激烈争论。少奇代表中共中央发表了讲话，阐明了中共的立场、观点。后来大家都做了让步。会议最后通过了一个《各国共产党和工人党代表会议声明》，简称《莫斯科声明》。越南胡志明主席也出席了会议。他总想说服中苏两党团结起来，几次到中共代表团住地找少奇，有时不事先联系就自己突然闯进来。当时我们党认为中苏争论是原则问题，不能调和。少奇当然是按中央决定办。所以胡主席要找少奇谈，少奇不见他。

　　这次代表团的成员有邓小平、彭真、陆定一、杨尚昆、廖承志、刘宁一同志。翻译有阎明复同志。少奇临走的时候，我找了阎明复同志，托他照顾一下少奇。我是考虑，中苏两党两国关系这个样子，斗争尖锐复杂，少奇年纪大了，担心他工作一紧张身体吃不消。我知道在那里开会、谈判的时候，工作人员进不去，可翻译一定会在，所以请他关照一下少奇的生活、身体，比如上台阶的时候扶一下。

八十一党会议结束后，少奇率中国党政代表团对苏联作了正式访问。因为苏联最高苏维埃主席团主席克·叶·伏罗希洛夫1957年4月访问过中国，作为国家关系我们应该有一个回访。虽然毛主席在1957年11月去过苏联，但他主要是去参加社会主义国家共产党工人党代表会议和六十四个共产党工人党代表会议，没有以国家主席身份正式访问。这以后两党两国关系越来越坏，回访一事就拖下来了。这次八十一党会议，苏共作了让步，我们党也作了让步，双方关系有所缓和。为了维护团结大局，改善两国关系，少奇在八十一党会议开完后正式访苏，作为对伏罗希洛夫访华的回访。这时少奇已经是国家主席。但苏联的情况毕竟不同一些，少奇访问时不是以国家主席的名义，而是以中国党政代表团的名义。

少奇正式访问的第一站到列宁格勒，第二站到白俄罗斯。当时中苏关系不好，群众听了很多反华宣传，少奇访问一开始，群众反应比较冷淡，只是礼节性接待。12月3日，少奇在列宁格勒参观基洛夫工厂。厂里举行群众欢迎大会，少奇发表了即席讲话。少奇说："为了寻求革命真理，我1921年第一次来到苏联，在莫斯科上学、入党，虽然那时苏联正处在革命后最困难的时期，但人们觉悟很高，热情帮助我们；从那时起，我就为发展中苏两国人民的友谊而努力。"少奇的讲话受到热烈欢迎，气氛一下子变了，群众变得热情了。这以后，少奇和代表团走到哪里都是夹道欢迎，群众反应非常热烈，不再呆呆板板了，从明斯克到莫斯科都是这样。

到白俄罗斯访问是少奇提出来的。那个地方当时相对来说比较落后，很少有外宾去参观。少奇在那儿买了块小手表带回来给我。其实那个表比我们国产的上海表还差，但我觉得有纪念意义，就用补牙的金子配了个链子，戴了一段时间。

1960年11月，刘少奇率中国党政代表团赴苏联参加八十一国共产党、工人党代表会议和十月革命四十三周年庆典

1961年湖南农村调查

黄　峥：少奇同志1961年春到湖南农村调查了四十四天。这次调查，对60年代的国民经济调整工作有很大影响。您自始至终参加了这次调查。请您介绍一下调查的过程和情况。

王光美：1961年2月，毛主席派了三个调查组到浙江、湖南、广东农村调查。去浙江的调查组由田家英同志负责，胡乔木同志是负责去湖南的那个组，负责广东调查组的是陈伯达。三个调查组向毛主席汇报了不少新问题，主要是农村生产队之间、社员之间的平均主义没有得到解决。就是说必须制订新的政策，解决这方面的问题。所以，从2月下旬起，主席在广州主持起草农村人民公社工作条例，就是后来形成的《农业六十条》。

　　3月10日起，毛主席在广州召集中南、西南、华东三个大区的负责人开会，讨论农村工作，修改这个文件。与此同时，少奇、恩来、陈云、小平同志在北京召集华北、东北、西北三个大区的负责人开会，同样讨论农业问题。3月13日，毛主席给少奇等同志写了封信，准备派陶铸同志到北京来，向"三北"会议通报"三南"会议的情况。后来毛主席又改变主意，要"三北"会议的同志都到广州，两个会议合起来开。因为事先没有这样的计划，可能安排上有点儿困难，小平同志答复："中央工作忙，是不是先把这里会上讨论的意见带去。"主席听了不高兴,说:"那就开个分裂的会吧!"大家听说主席说了这个话,决定还是去广州。3月14日,我陪少奇由北京飞广州。

两个会议合并后,改称中央工作会议。3月15日,中央工作会议正式开始,讨论《农村人民公社条例(草案)》,就是《农业六十条》。好像那时广东省委的小岛宾馆刚盖好不久,会议就是在那里开的。会前,围绕农村问题在高级干部中间已经有很多接触,经常交换意见,所以对《农业六十条》这个文件本身没有什么大的分歧,没有多展开讨论就通过了。但对整个形势的看法,困难的严重程度和造成困难的原因,还是有分歧。有人认为,经毛主席几次直接给农民写信,中央三令五申的指示和批评,"左"的错误已经得到纠正,群众生产和生活已大有好转。另一种反映则认为,退赔问题远未弄清,农村情况还很严重,最困难的时期尚未过去。不同观点的人各有各的材料、依据和数字。八字方针虽然提出来了,但还没有真正贯彻。

黄　峥:八字方针的提出过程是这样的:1960年7、8月间,中共中央在北戴河召开工作会议,提出要对国民经济进行调整。9月30日,中央批转国家计委的一个报告,其中提出:"把农业放在首位,使各项生产建设事业在发展中得到调整、巩固、充实、提高。"1961年1月,中共八届九中全会批准了八字方针。但这时党内外的思想仍然比较混乱,集中表现在对形势的看法上,一部分同志坚持把困难原因归咎于自然灾害,还有的因为庐山会议批彭老总以后心有余悸,不敢讲真话。在这种情况下,很难有切实的措施贯彻八字方针。

王光美:要制定正确的政策,必须掌握真实的情况,做出实事求是的判断。因此,在会上,党中央、毛主席特别强调要加强调查研究。中央起草和通过了《关于认真进行调查研究工作问题给各中央局、各省、市、区党委的一封信》,号召大兴调查研究之风。

少奇决定身体力行,带头下去调查研究。那时毛主席住在广州小岛宾馆的一号楼。少奇临走前去看了主席。他对主席说:"这次下去调查,想回湖南老家,住在群众家里,实行红军睡门板、铺禾草的办法,摸清农村的真实情况。"主席说:"好,过一段时间我也去。"我觉得他们在这个问题上有共同语言。红军时期,老区群众都很穷,红军来了没什么好接待,他们家里那个门是可以卸下来的,红军住到老乡家,就是把门板一卸,上面用稻草一铺,就当床睡了。这叫作下门板、铺禾草。走的时候是上门板、捆禾草,就是临走前把铺用过的稻草捆好,不拿群众一针一线的意思。这当然不是说,下去时每次都要把老乡的门板卸下来,指的是发扬红军时期的这种精神。

毛主席1930年写过一篇文章,当时题目叫《关于调查工作》,已经散失多年,前不久找到了。毛主席很高兴。中央发出那封关于调查研究的信,就附了这篇文章。这篇文章,就是讲红军时期怎样进行调查研究的,强调"没有调查没有发言权"。后来公开发表时,改题为"反对本本主义"。

广州会议一结束,少奇就动身去湖南。我觉得他这次选择去湖南老家有考虑,就是想了解真实情况。那里毕竟是他出生长大的地方,什么事情要瞒过他,不是那么容易。

其实,少奇和家乡一直有联系。从50年代初,他就特地从湖南老家找了几个农民,担任他的通讯员,要他们每年给他写一两封信,如实反映情况,一就是一,二就是二,不许隐瞒。他再三交代这些农民朋友说,只要是为大家、为集体的事,他一定回信,"如果信寄不到,可以直接到北京来,为了群众的事到北京来,路费归我负担"。他的一些亲戚也常有信来,反映当地和自己家里的情况。

不过,少奇和毛主席、周总理他们都有一个感觉,就是他们老家的家庭成分比较高,对老家的来信不可不信、不可全信。一个例子就是少奇和他七姐的通信。少奇的这个姐姐比他大两岁,小时候一直照顾他,后来在生活上也跟他关系不错。解放后这个姐姐曾来北京看过我们。她曾笑着对少奇说:"别看你当主席,我也是你姐姐,小时候我还打过你屁股呢!"

但是在政治上，这个姐姐早年也极力阻拦少奇参加革命，甚至还骂他不孝不悌。这个姐姐嫁在地主家庭，土改以后，要自食其力，颇感困难，不免有抱怨情绪。有一次，她从老家写信给少奇说："我在塘边，一边打水一边想，我弟弟在北京做大官，可是我在这里打水……"少奇给这个姐姐回了一封信，说："你家过去主要是靠收租吃饭的，是别人养活你们的，所以你应该感谢那些送租给你们、养活你们的作田人。人家说你们剥削了别人，那是对的，你们过去是剥削了别人。""我当了中央人民政府的副主席，你们在乡下种田吃饭，那就是我的光荣。如果我当了副主席，你们还在乡下收租吃饭，或者不劳而获，那才是我的耻辱……你现在自己提水做饭给别人吃，那就是给了我们以光荣。"本来，只要少奇一援手，是可以帮他姐姐很大忙的，但他不这样做。他积极支持自己的姐姐做一个自食其力的劳动者。

解放后，少奇老家的来信挺多的，但他对自己亲戚本家来信反映的情况和要求，从来都是抱着分析的态度，该教育的教育，该批评的批评。从他的内心里，是渴望听到真话，希望人们向他反映真实情况。他这次回湖南老家调查，也就是想了解到真实情况。

1961年的时候，少奇同志已经担任国家主席两三年了。报纸上老登他的活动照片，认识他的人越来越多。但那时没有电视，农村报纸也很少，真正到乡下，认识他的并不多。当时湖南省委书记是张平化同志。少奇在下去前特意把张平化同志请来，交代说："我这次是来蹲点调查，不要影响省委的正常工作；调查先秘密后公开，先个别找人谈话，后开各种小型座谈会，深入民间，深入实际，既是私访，又是公访。"他再三叮嘱说："这次去乡下，我不住招待所，采取过去老苏区的办法，直接到老乡家，睡门板，铺禾草，不扰民，又可深入群众。人要少，一切轻装简从，想住就住，想走就走，一定要以普通劳动者的身份出现。"

1961年4月1日，我们从广州到长沙。第二天，下起雨来了，少奇同志不想耽搁，就冒雨出发了。他决定第一站去他的家乡宁乡。省里派了公安厅厅长李强同志随行。我们下去是坐的吉普车，就是草绿色帆布篷的那种。少奇同志和我坐在后排，前排是李强同志和司机。少奇同志的秘书吴振英、刘振德同志等乘了另一辆吉普车。我们坐的这辆吉普车，现在保存在湖南宁乡的少奇同志纪念馆。

4月2日这天，天上下着雨，路上很泥泞，吉普车跑起来晃晃荡荡。我们跟着他，开始了为期四十四天的农村调查。

- 1961年，刘少奇、王光美在湖南农村调查

- 1961年，刘少奇、王光美同湖南乡亲们在一起

借宿王家湾猪场

王光美：少奇同志本来打算，先到宁乡县花明楼炭子冲一带，他的老家或附近，住下来调查。可是，4月2日那天走到一个叫王家湾的地方，天下起了大雨，车子不好开了。我们就都下车。少奇同志和大家一样，换上雨衣雨鞋，在村子里边走边看。走着走着，路边看到一个大院子，门楼上有几个醒目的大字："万猪场"。我们都有点儿惊奇。少奇说："哟，这里还有个万猪场？我们进去看看。"

进去一看，猪舍都是空的。后来听说，这个院子是陶峙岳将军家的旧宅。那是南方民居的那种院子，和北方的四合院不一样，不是方方正正的。可以看出这个院落原来的房子还可以，只是改成猪场以后被糟蹋得破败不堪，不像样子了。院内有一些空房子，是放饲料和饲养员住的，阴暗潮湿，乱七八糟地堆放着满是尘土的杂物，角落里到处是蜘蛛网。

少奇在猪场内转了一圈，说："我们今天就在这里住下。"自从少奇进了这个院子，看到所谓"万猪场"原来是这个样子，就一直表情严肃。大家已经看出，他是要从这个"万猪场"开始调查。

工作人员就开始收拾房子。安排给我们的还是一里一外两间。找了两张旧的方桌和几张长条凳，一盏煤油灯，算是给少奇同志办公和开会用。

还找来一张旧木床,放在里间,铺上稻草,就是卧室。隔壁一间加工饲料的大房间,就成了一起来的工作人员的住处。不过已经没有多余的床了,他们只能睡地铺。原来说下门板、铺禾草,以为在南方农村,特别是这一带本来就是鱼米之乡,稻草是最常见不过的东西。谁知在王家湾,稻草就不好找。为了铺地铺,省里的同志开车到好远的地方,才找到够用的稻草。农村经济困难的严重程度,各方面都表现出来了。

按省里的安排,是要让我们住在宁乡县城,住处也已经准备好了。但少奇同志坚持要住在王家湾,就没去宁乡县城。当地这段时间阴雨连绵,又湿又冷,使我这个住惯有暖气房子的北方人很不适应。李强同志为我们每人发了一件蓝棉大衣。我紧紧地穿在身上,仍觉得寒气逼人,不由得缩手缩脚。少奇也把大衣穿上了,似乎比我感觉好一点儿。我问他:"你不冷吗?"可能我的样子显得有点儿狼狈,他看了看我,开玩笑说:"都说媳妇第一次到婆家,要打几次哆嗦的。"

调查开始以后,我们是以省委工作队的名义出现的。工作队的队长是湖南省委书记处书记李瑞山同志,少奇同志名义上是副队长。对少奇同志的身份,除了省委、县委主要领导人知道外,对别的人没有公开。少奇要求,先不要介绍他的身份,来了人认识就认识,不认识就不认识,时间长了自然会知道,那时调查工作也有了进展了,再公开身份不迟。本来李瑞山同志要过来陪同少奇同志一起调查,少奇不让他跟,要他该干什么干什么。

这个"万猪场"是怎么回事呢?少奇专门问了东湖塘公社的一位负责人。原来,是在继续"大跃进"的1959年,公社决定把这个大院改成标准的大型养猪场,号称万头猪场。改建刚开始不久,一天县里忽然打来电话,要进行全县畜牧生产大检查,第二站便是到东湖塘万头猪场参观检查。公社领导为了应付检查,情急之下把全公社的几十头猪,都集中到王家湾的这个大院,外面挂上牌子,房子改成猪栏……所以,这个"万猪场",完全是"大跃进"中浮夸风的产物。

我们到这里的时候,这一带还有中央工作组的同志。他们已经来了一段时间了。

黄　峥：那就是胡乔木同志负责的中央调查组，对外称中央办公厅派出的工作组。广州会议结束后，毛主席要他派出的三个调查组不要回城，继续在下面调查。胡乔木同志这个组下面分两个小组，分别由杨波、胡绩伟同志负责。这个调查组调查的地点是毛主席的家乡韶山地区和少奇同志的家乡花明楼地区。

王光美：是的。王家湾所在的东湖塘大队，就有这个中央工作组的同志在调查。我们在王家湾住下后，少奇同志决定第二天先让中央工作组来谈一谈情况。张平化同志闻讯也赶来了。4月3日上午，就在我们住的那间饲料房，少奇同志听取中央工作组的同志汇报。他深有感触地对张平化等同志说："宁乡县问题那样严重，如果说天灾是主要的，恐怕说服不了人。没有调查研究，这个教训很大。看来要放下架子，才能深入下去进行调查研究。不调查研究，决定出的东西是不可能符合客观情况的。"

　　以后的几天，少奇同志又先后听取了中央工作组和湖南省委工作队关于农村情况的汇报。一般都是白天出去走访，晚上在煤油灯下开会。还先后邀请了当地的一些干部、农民来座谈。

　　在王家湾的几天里，少奇同志经常到附近走走看看。农村的严重情况，下来一看就强烈地感觉到了。生产萧条，群众生活困难，超出了我们的预料。本来南方的这个季节，应该是山清水秀，郁郁葱葱，可这会儿我们没看到什么树，都砍没了。原因是农村办公共食堂，要用大锅做饭，收成不好烧柴紧张，就只好砍树，都砍得差不多了。

　　在王家湾，有时候少奇在屋子里找人谈话或看材料，他就要我自己随便串门随便看。我走了一些地方，感到很困难，因为我是北方人，对南方农村的道路、房屋、习惯等等实在不熟悉。好在人们不认识我，我可以随便走。有一次，我走进一户人家，只有一个妇女带个小孩，正在煮什么东西。她那个煮法我没见过，就是从屋梁上吊下一根绳子，绳子的铁钩上挂着一个壶，下面用小木头柴烧。看来这位妇女是在煮稀饭。我过去看了看，壶里就是一些汤汤水水，还有点儿野菜。我就坐在小凳上看着她，简单问了问。由于办公共食堂，家里的炊具都拆掉了，她就用这个壶，在食堂不够吃的时候煮点儿野菜什么的，补充一下。我还看了别的几家，都挺困难的。

我觉得，王家湾的情况对少奇同志触动挺大，使他有了新的想法。他本来打算到他的老家宁乡县炭子冲一带调查，结果在王家湾一住，发现宁乡县的情况很严重。是不是湖南农村都这样呢？其他地方会不会好一点儿呢？少奇决定先不回宁乡老家，先找一个好的地方看一看，然后再去宁乡，以免以偏概全。经过和张平化同志商量，张平化同志向他推荐长沙县广福公社天华大队，说这是个全省著名的先进单位、红旗大队。

这时候省里的同志告诉少奇同志，毛主席最近要来长沙。少奇决定去同主席见面，谈一下调查的情况。4月8日下午，我们一行离开王家湾。算起来，我们在王家湾猪场的那个饲料房里，住了六天六夜。

1961 年，刘少奇在湖南同农民座谈

参观韶山毛泽东主席旧居

王光美：离开王家湾，少奇同志提出去毛主席的老家韶山看一看。韶山也叫韶山冲，它所在的湘潭县和少奇家乡炭子冲所在的宁乡县是紧邻，从王家湾过去不过几十里地。少奇和我都没有去过韶山，因为一直没有机会。这次离得这么近，他决定去参观一下。临行前，李强同志要通知韶山方面做些准备。少奇同志制止了，说："那里有现成的招待所，用不着特别安排。什么准备准备，无非是铺张浪费。"

我们坐的还是那辆吉普车。在去韶山的路上，汽车经过少奇的老家炭子冲。随行的同志要少奇同志下车进去看看，少奇不同意下车，只在汽车里隔着车窗望了望。从炭子冲到韶山就是过一个山头，几十里地。那时的道路不像现在这么好，下雨还有点儿泥泞。我们到韶山已经是晚上，就先住下了。那时韶山已经盖了纪念馆，听说还是陶铸同志亲自设计的，带有南方风格。

第二天，也就是4月9日的清晨，我们跟着少奇同志去参观毛主席的老家。因为事先少奇同志不让通知，那里的工作人员不知道我们去。韶山的同志毕竟见多识广，我们一进去，大家就认了出来，都惊奇地围了过来。

少奇同志看到毛主席家里的房屋、设施、用具等等，感到特别亲切、兴奋，因为同他的老家非常相像。一听这里的语言口音，也差不多。他一间一间地看，看得十分认真、仔细。我记得特别清楚的是，他带我看工具房和厨房。少奇一样一样地向我介绍：那个舂米的怎么用，那个水车怎么用。他将那个舂米的杵臼试了一下，说："这东西看起来很简单，但在这一带农村，却是穷富的一个标志。很穷的人家是没有的。有的人家有一个，有的有两个、三个。毛主席的家里有两个，说明主席家当年还比较好。"在厨房里，少奇说："这个灶跟我老家的灶一样，有一个大锅、一个小锅。大的做饭，小的烧菜。旁边还有两个小铁罐，是烧热水的。做饭做菜时，一烧火，罐里的水自然就热了，不开就能用。"他边说边表演给我看。末了他把那个大锅的锅盖揭开，仔细看了看那个又大又深的大锅，说："毛主席家当年可是个人丁兴旺的大家庭啊！"

参观完了从屋里出来，外面围了不少人。当地的同志要求少奇同志和大家一起照个相。少奇高兴地答应了。因为事先没有准备，在场的人都很随意地围在一起，合了影。

照完相，少奇转过身一抬头，看到屋檐下挂着一块牌匾，上面写着："毛泽东同志故居"。他看了看对我说："这个匾额应该改一个字。叫故居不确切，因为毛主席还健在。'故'字可以改为'旧'字，叫'旧居'更好一些，更贴近人们的心理。"我觉得他讲得有道理，马上把这个意见转告了管理的同志。

黄　峥：后来，韶山管理部门很快就遵照少奇同志的意见改了，重新做了新匾，把"毛泽东同志故居"改为"毛泽东同志旧居"，还请郭沫若同志书写了匾名。毛主席逝世后，又恢复称"毛泽东同志故居"。

王光美：有一次我见到毛主席，跟他讲了这件事。他说他已经知道。可能韶山的同志向他报告了。那天参观韶山毛主席旧居，少奇同志自始至终兴致很高，讲这讲那，好像他是讲解员。我感到他是动了感情了，这里的一切对他来说特别熟悉、特别亲切。那天我也很激动。在我们心中，对毛主席是非常崇敬的。这时我还没有去过少奇同志旧居。少奇说这里同他的老家好多地

风雨无悔
——对话王光美

方差不多，我从毛主席的旧居想象到了少奇老家的样子。

1983年的11月，我有机会又一次到韶山参观。我记得那次你是和我一起去的。

黄　峥：是的。那次您是将少奇同志的一些遗物赠送给宁乡少奇同志故居。湖南省委、省政府、省政协、省军区在长沙联合举行了隆重的接收仪式。赠送仪式结束后，您到了宁乡少奇同志故居，然后去了韶山，参观了毛主席故居。那次刘爱琴、刘源同志，还有何家栋同志和我随您一起到湖南，参加了全部活动。那天在韶山，您又一次认真地参观了毛主席故居，还去看了滴水洞。我记得那天韶山的群众见到您来了，一下子来了好多好多人。您高兴地和大家一起照了相。

王光美：对。那是我第二次参观韶山，后来一直没有机会再去。湖南省尤其是宁乡，是我的婆家。1983年那次是我第一次单独上婆家。我还去祭扫了少奇的母亲、就是我婆婆的坟墓。以后我又去过几次湖南。我每次去，群众都非常热情、非常亲切。湖南的老百姓真好，我一直十分想念他们。

黄　峥：1961年那次，少奇同志和您参观完毛主席旧居，就去长沙了吧？在长沙同毛主席见面了吗？

王光美：那是1961年4月9日，参观完毛主席旧居，我们就去了长沙。路上，有时候看见有人家，少奇就叫停车，下来看看问问。这种临时停车确实能发现真实情况。

有一次停车，我们下来，看见食堂正要开饭，老老少少都在等着。食堂里，一口大锅上面放着蒸东西的笼屉，笼屉上还安着一把锁。炊事员走过来，掏出钥匙把笼屉上的锁打开，揭开盖子。里面是各种各样大小不一的碗，碗上写着各人的名字或者标有记号。大家的眼睛紧紧盯着，寻找自己的碗。必须各人拿各人的饭碗，不能拿错，因为是根据各人定量蒸的饭，每个人配给的分量不一样，拿错了会引起纠纷。笼屉上安锁，是防止炊事员或别的人偷拿或乱拿。总之给人一种特紧张的感觉。

在湘潭的一个地方，少奇下车后，听见屋子里有人呻吟。我们进去一看，是一位妇女病了，表情很痛苦。少奇问了问情况，要随行的大夫、护士留下为这位妇女看病。那天随行的大夫是许佩民同志，护士是宋雅美同志。他们留下为这位妇女医治，我们继续上路。

4月9日晚，我们到长沙。毛主席还没有来。省里同志得到通知说，主席就是路过，不在长沙停留住宿。省里安排我们住在省委招待所九所的一号楼。这个一号楼原来是为毛主席准备的。各地凡为主席准备的房子有个特点，就是比较大，中间是客厅，两边各一套卧室。当然主席也不是老来，空的时候别人也住。这次我们就住在了一号楼的一侧，等于用了一半。

在一号楼住了一天，省里同志说毛主席的火车很快要到，住不住不一定。但不管怎样得准备主席住，我们就搬到了二号楼。

第二天一清早，张平化同志陪谭震林同志来找少奇同志谈工作。谭震林同志是湖南人，这时已经是中央政治局委员、书记处书记、国务院副总理，分管农业。可能他们知道我在，他们两位的夫人葛慧敏、唐木兰也一起来了。这段时间全党都在关注农业，他们来也是同少奇同志商量这方面的问题。谭震林同志对办农村公共食堂也有意见。

见面以后，我就带两位夫人出来到院子里散步，让他们三人在屋子里谈工作。

我们三人正在散步说话，忽然对面开来一辆吉普车。我抬头一看，见毛主席在车上，旁边汪东兴陪着。原来是毛主席从火车上下来，直接坐着吉普车来找少奇同志。我一见主席来了，少奇他们还不知道，便丢下两位夫人，赶紧跑到楼门口接主席下车。见了面我说："主席，你怎么在火车上不下来？这里已经把你的房子腾出来了。"他说："没事，我晚上还要走呢！"主席显得很高兴，问我："怎么样？生活还习惯吗？"我也笑着用刚学来的生硬的湖南话回答说："搭帮毛主席，蹭着石头打毛蹶！"毛主席哈哈大笑说："你也会说湖南话了。"

我把毛主席引进屋，在门口喊了声："毛主席来了！"少奇和谭震林、张平化同志听到喊声，赶紧出来，就在房间里迎接的主席，因为已经来不及走到门外了。接下来他们就在房间里谈话,就农村情况交换意见。算起来,这天是 4 月 11 日。

可能就是这一天,少奇同志和毛主席谈了要解散公共食堂的意见。为什么这样说?因为这天以后,少奇同志就明确表态,要解散公共食堂了。少奇组织观念很强,如果没和毛主席讲过,他不会这么做。

当天晚上,省里安排看文艺演出,好像是花鼓戏《打铜锣》《刘海砍樵》。少奇和我去得晚了。等我们赶紧穿了棉大衣进去,戏已经开演了。毛主席坐在前面。我们走过去,跟主席招了招手,就坐下看戏了。

这次毛主席真的没下火车住,当天晚上就离开长沙去了上海。

1961 年 5 月，刘少奇、王光美来到韶山毛泽东旧居

在天华大队十八天

王光美： 第二天，就是4月12日，我们按原定计划，随少奇去长沙县广福公社天华大队蹲点调查。

去之前我们听了汇报，也看了材料，知道天华大队是全省的先进单位。大队书记彭梅秀是一位女同志，很能干，是省劳动模范、全国三八红旗手，《中国妇女报》还登过她的事迹。她的丈夫在县里当干部，她带着一个女儿和母亲住在乡下。我们的汽车直接开到天华大队，是那位女书记来接我们的。她打着赤脚，一看就知道是一位精明能干的人。我们一进村，就看见路边有菜地，长着绿绿的青菜。这给我们的感觉很好，觉得这里果然不一样。在宁乡几天，我们就没见到绿色。第一天我们还去大队的食堂吃饭。少奇同志和我都去了，感觉还可以，能吃饱，当然也可能是上面先安排了。总之，一开始天华大队给我们的印象不错，确实比我们前面看过的地方强。

我们在天华大队队部所在地王家塘住了下来。安排给少奇同志住的是大队部的一间会议室，隔成两半，外面可以找人谈话。床铺是用门板和长条凳搭的。旁边一间是可以做饭的地方，等于是临时厨房，还有炊事员郝苗住的地方。对面一个大屋，都打着地铺，是其他工作人员住。在整个调查期间，真正睡地铺的是他们，确实很艰苦。不过工作组还是单独开伙，食品原料由省里供应。要工作组同农民一起吃也不可能，因为除了省里的李强同志，我们北京来的同志不少，老百姓没法招待我们。

这里我也要实事求是地说，我们对少奇同志还是照顾。在北京家里，保证他的饮食和身体健康，一直是我家庭生活安排的重点。在乡下，条件肯定和北京没法比，但我们还是要保证他的生活。他已经是六十多岁的老人，工作又那么紧张，要是真让他吃食堂，两天下来身体就得垮。乡下条件再差，我们也得保证他有稀饭，一天一个鸡蛋，具体由郝苗做。记得在天华大队的第一天，郝苗炒鸡蛋用了油，马上香喷喷的味道就出去了。当地老百姓生活困难，没有油吃啊！老百姓闻到油腥味，就猜测是什么大干部来了。后来郝苗做鸡蛋不敢用油炒了，改成蒸鸡蛋了。

在天华大队住下后，少奇同志先听彭梅秀同志的汇报。她讲得头头是道：田地多少，人口、耕牛多少，灌溉面积、粮食亩产、总产、征购任务多少，食堂、托儿所办得如何好，社员生活怎么怎么好，总之样样都说到了。但对于民情、灾情、退赔等等，她不是避而不谈，就是轻描淡写，说什么拆房子不多，已经安排好了，平调款也基本退赔完了。她还坚决主张继续办社员公共食堂。中间少奇问她一句："队里有没有得浮肿病的？"彭梅秀回答说："没有。天华没有人得这个病。"少奇本来是随便问问。我们在宁乡、韶山一带看到不少因为吃不饱、营养不良引起的浮肿病，就在天华大队我们住的王家塘，也有一户得了这个病，我们一起来的同志已经到他家看过了。现在彭梅秀竟然否认这一点，这引起了少奇同志的疑心。

后来又开了不少干部、社员的座谈会，一方面征求对《农业六十条（草案）》的意见，一方面了解真实情况。群众的反映和干部谈的不一样，和彭梅秀汇报的更不一样。许多群众都讲到一个叫段树成的人，就是原来的党支部书记，说他比较了解真实情况。这位老书记受到彭梅秀的批判，被定为右倾机会主义，撤职了。少奇同志决定找他谈谈。

少奇同志和段树成谈话的时候，我在场。段树成比彭梅秀年长十几岁，两人都是天华大队人。天华农业社成立时，段树成是党支部书记，彭梅秀是社长。成立人民公社后，上面考虑彭梅秀是劳动模范，安排她担任天华大队党支部书记，段树成任副书记。由于报纸上屡屡报道她的先进事迹，只讲好，不讲缺点，她被吹得飘飘然。加上"左"倾思潮的影响，她自以为路线觉悟高，群众的话听不进去，别人也不敢向她提意见。群众反映段树成生产有经验，能吃苦带头，也敢讲话。1959年庐山会议后，段树成因为不同意彭梅秀的一些好大喜功的做法，受到批斗，还被定为右倾机会主义，撤职。当少奇同志找他谈话时，他平静地讲他的意见。他谈了许多情况，说天华大队的粮食产量、养猪数、工分值等等都是虚报的，实际没有那么多。社员口粮一天只有七八两，不够吃。全队得浮肿病的超过一百人。他还说："这里是先进单位，对外开放参观，上面给补贴；因为办公共食堂，山上的树已经砍得差不多了；大队有一个篾席厂，是大队干部的吃喝点，干部经常晚上去吃喝，当然不得浮肿病……"少奇很重视段树成反映的情况，要他以后参加大队干部会议，有什么意见可以在会上讲出来。

彭梅秀闻讯少奇同志找段树成谈话，很不高兴。听说她站在路上骂人，称少奇同志"刘胡子"，说"刘胡子"来把天华大队搞乱了。少奇同志知道后没太当回事，觉得她一个农村基层干部，是一时的气话，但同时也看出彭梅秀是竭力掩盖真相，报喜不报忧。后来少奇同志在讲调查工作时曾几次举这个例子。他说："她骂我'刘胡子'，其实我没有胡子，她是要赶我走。我是国家主席，还有公安厅长带人保护着，想随便找人谈谈话，都要受到刁难。这说明听到真话、调查真实情况是多么不容易！"

我们了解到的情况表明，段树成同志讲得比较真实。那天同段树成谈完话，我就陪少奇外出散步，上了后面的天华山。这里的山上本来应该是绿树成荫，可我们在山上没见到什么树。大食堂做饭，要烧粗一点儿的木头，加上柴火紧张，树就砍得差不多了。

少奇同志平时说话不多，但观察事物很细。我们在天华山上走，看到路边有一堆已经风干了的人粪。少奇同志走过去，用脚搓开，低头仔细瞅了瞅，见里面有不少纤维梗子，感叹说："你们看，这里面多是粗纤维，是粮食吃得少、野菜吃得多的缘故。要是吃的是细粮，就不会是这个样子的。可见这里农民吃饭成问题。"

少奇同志后来又专门约彭梅秀同志谈话，苦口婆心地教育她，摆事实，讲道理，劝她"不要图那个虚名"。最后，她终于心服口服，诚恳地作了自我批评，说出她虚报了什么、隐瞒了什么。

我还专门到彭梅秀同志家里去过。听说她的母亲病了，我去看看老人。我去的时候彭梅秀不在家，她妈妈生病躺在床上。她家里比别人家稍好一点儿，有一个桌子，一个漆成红色的柜子。她妈妈没说什么，就说她闺女老是忙。

转眼到了4月底，就要过五一节了。根据以往的惯例，中央领导同志五一节要在公众场合露面，出席群众庆祝活动。可这时，中央主要领导同志都在外地调查研究。

黄　峥：1961年五一节前，毛泽东主席在上海，他是4月中旬从湖南过去的。周恩来总理在河北邯郸一带调查。朱老总在四川一些城乡调查。

王光美：在这种情况下，中央办公厅通知大家今年不回北京，就在当地参加五一节庆祝活动。湖南省委就安排少奇同志在长沙出席群众庆祝大会。因此，我们必须在4月底赶到长沙。

我们在天华大队一直待到4月的最后一天。4月30日上午，少奇同志召集中央工作组的同志，研究布置了下一步的工作。下午，少奇又出席省、市、县委工作队全体干部会议，作了讲话。他说："真正把情况调查清楚，每一个问题的各个方面都调查清楚，我看不是一件容易的事，要经过一个过程，甚至是一个曲折的过程，才可能对客观实际认识清楚。"晚上，少奇同志又找天华大队的部分干部谈话，包括彭梅秀、段树成同志。他希望大家吸取教训，改正错误，共同把天华大队的工作做好。

同天华大队的同志谈完话，已经快十点了。随行的同志已经收拾好行装。我们随即出发，到长沙。第二天，我们在长沙出席了庆祝五一国际劳动节群众庆祝大会。

人民日报副总编辑胡绩伟同志，是派到湖南的中央工作组的负责人之一，这时也到长沙参加五一节活动。在五一节这天，少奇同志专门约他谈话，着重讲了新闻工作者如何坚持实事求是、加强调查研究的问题。

在天华大队期间，中央工作组根据少奇同志的指示，专门调查了在1958年"共产风"中公家占用社员房屋、社员之间互相占住，造成社员住房困难的问题，写出了《关于广福公社天华大队房屋情况调查和处理意见》。五一那天在长沙，少奇同志仔细阅读了这份报告，然后给省委书记张平化同志写了封便信，说："湖南农村的房屋问题，是一个目前就需要处理、而要在二三年内才能解决的重要问题。调查组的广福公社天华大队关于房屋情况的调查和处理意见，可以作为各地处理农村房屋问题的参考，请你考虑，是否可将这个文件发给各地？"平化同志行动很快。当天，中共湖南省委就将少奇同志的信和中央调查组的报告转发全省。

天华大队的调查已经告一段落。少奇同志决定还按原来的设想，到他的老家宁乡去进一步调查。我们在长沙只待了一天，5月2日我们就出发去宁乡。

1961年5月，刘少奇走访农民家庭

少奇四十年后重回故乡

王光美：省里安排我们5月2日先到宁乡县委，听一下县委的汇报。

宁乡是少奇真正的故乡了。他是1898年11月出生于宁乡县花明楼乡炭子冲，先在炭子冲附近读私塾，1913年十五岁时进宁乡县城玉潭学校（又叫宁乡县第一高等小学）读书，在这里上了三年小学。1920年，二十二岁的少奇只身离开家乡，投身革命。从此，他除了1925年五卅运动后因回湖南养病，把他的母亲接到长沙见了一面以外，再也没有回来过。算起来，他已经离开故乡四十年了。我更是从没有来过。

古人说：富贵不归故乡，如衣锦夜行。可我们不是古人，我们是共产党员。这次回故乡，少奇和我都是一身布衣。少奇穿的是一套蓝布衣服，戴一顶蓝布帽，着一双青布鞋。

5月2日临近中午，我们到宁乡县委大院，下了吉普车，就往办公楼里走。县委书记、副书记已经接到省里的通知，都在台阶上等着。他们不知道国家主席出来什么样，以为会有个什么排场，站在那里张望。他们见一个穿蓝布衣服的老同志迎面走过来，没引起注意，打个照面错了过去。少奇上了台阶见没人理他，就继续往里走。忽然有位同志不知怎么认出了我，连忙转过身来问我："这不是光美同志吗？刘主席呢？"我笑着指了指刚过去的少奇同志，说："喏，这不是！"

当天下午，宁乡县委的同志向少奇同志汇报工作。晚上，少奇同志又召集宁乡县、社工业干部开了个座谈会。开完会已经是深夜，少奇带我上街看了看。我是人生地不熟，加上夜里看不清楚，对市容的印象不是很深。

5月3日，少奇同志又召开了政法和商业两个座谈会。这次到宁乡调查，当地的同志安排我们住在县里，或者是花明楼镇上，房子也准备好了，但少奇不愿意。他想回老家住几天。

晚饭后，我们出发去花明楼炭子冲。炭子冲是少奇出生的地方，我早就想去看一看，一直没有机会。这次不但能在炭子冲停留，而且还要住在少奇老家的屋子里面，我很兴奋。这时候，少奇家的老宅已经布置成了纪念馆，但并没有经过少奇同意，是当地自己搞起来的。

我们到达炭子冲少奇老家屋场时，已经是夜里，周围一片漆黑。我是兴致勃勃地去的，但到了那里一进去，感觉不是很好。进门第一间是堂屋，空荡荡什么也没有。走进第二间屋子，只见里面放着个白纸挽联。原来这间屋子是少奇的哥哥刘云庭住的。云庭1949年去世，少奇给他写了副挽联："你是我幼年时期学习和活动的第一个帮助者"。这副挽联就老在这间屋子里放着。在其他一些房间里，因为没有电灯，就随处放了一些白蜡烛。几张床上都架着白色的蚊帐。当时我就觉得，旧居怎么弄成这样？说明当时的纪念馆，布置很不讲究，陈列非常简单。

少奇在几个房间里看了看，到他小时候跟他妈妈住的那间屋子里停下来，说要住在这里。少奇九岁那年，他父亲去世，此后他就和母亲住在这个房间。房间很小，除了床，就一个小桌子，但他说愿意住在这里。我们在炭子冲一个星期，我就跟他挤在这个地方。

住在炭子冲旧居的日子里，少奇曾一个房间一个房间地带我看，介绍是干什么用的，顺便给我讲了他小时候和他家里的一些情况。

少奇有三个哥哥，两个姐姐。本来，还有两个弟弟，因家中条件不好，生下不久就死了。因此，他在家中最小，排行第六。如果按堂兄弟大排行，他是第九,也是最小。少奇小时候身体不好,有胃病,还得过肺病。上私塾前,他帮家里放牛、割草、砍柴,上学后在假期里也要放牛。在家里不干活的时候,他不是吹笛子,就是读书,常常忘了吃饭。这些都是他得胃病的原因。为了锻炼身体,少奇练过武术。在旧居,我看到了他当年练武时用过的一根木棍。上学以后,他踢过足球。小时候,少奇曾跟妈妈去烧香拜过佛,姐姐结婚叫他去送过亲。他还多次谈到,他家里妇女不能上桌子吃饭。这些不合理的封建习俗,使他很反感。少奇从小喜欢观察事物和思考问题。他正式读书时是八岁,由于书看得较多,知识比较丰富,得个绰号叫"刘九书柜"。在旧居的陈列品中,我见到一本少奇当年读过的《了凡纲鉴》。少奇的二哥刘云庭,也就是大排行的六哥,辛亥革命期间是湖南新军四十九标的连副。他所在的部队响应武昌起义,在援鄂途中被解散,本人也回到了家乡。云庭回家时带回来一本《辛亥革命始末记》。少奇认真读了这本书,看了不少当时的传单,受到了革命浪潮的影响,就坚决要求剪掉头上的辫子。在他的再三坚持下,他姐姐帮他剪去了辫子。

后来,少奇进了宁乡县城玉潭学校。在这里,他对数理化,对达尔文的进化论很感兴趣,具有了初步的民主思想。

1916年,少奇进入在长沙的宁乡驻省中学学习。他本来考取的不是这所学校,但很崇拜孙中山和黄兴,当听说黄兴曾在这所学校任教时,他上了宁乡中学。

1917年春,少奇考入湖南陆军讲武堂。这年秋天,讲武堂毁于南北战争,少奇不得不回到家乡。但他一直没在家里住,住在表兄成秉真家,平时和成秉真一起读书,讨论问题。

在少奇的少年时代,有四个人对他的影响很大,就是刘云庭、成秉真、陈步舟、周立三。这四个人同庚,思想都比较进步,除了成秉真一直专门从事中医以外,刘云庭等三人都参加过辛亥革命。

少奇在少年时,常常到一山之隔的首自冲周祖三家里看书。周祖三是周立三的兄弟。他们的父亲叫周瑞仙,曾在日本弘文书院留学,家里有不少新书。少奇常去看书，受到新思想的影响。周家的男子不蓄发，女子不缠足，这也使少奇颇感新奇。

从讲武堂回到家中，少奇复习了一段时间课程。为了得到一张文凭继续升学，他在1919年初考入长沙一所私立中学——育才中学。

就在这年，少奇的母亲和兄长做主，让他与邻村麻雀塘的周姓姑娘结婚。少奇这时已有了民主思想，认为婚姻应当自由，坚决不同意这桩婚事。但是，家里以母亲生病为借口，把他从学校骗回家，逼着他结婚。少奇坚决拒绝。当天晚上，他一夜没睡，坐在灯下看书，第二天凌晨就逃走了。后来，他托表兄成秉真转告周氏，要断绝婚姻关系。周氏不同意，说她不能回娘家，恳求允许她住在刘家，并希望少奇以后给她个儿子养老。周氏实际上是封建婚姻制度的受害者。少奇对这件事是处理得好的。后来，他把自己名下的三十亩地给了周氏，并托人将何葆贞烈士所生的大儿子刘允斌（小名葆华）送她抚养。

不久，五四运动爆发，少奇和同学们一起上街撒传单。那年暑假放得早，他立即赶到北京。他刚到北京时，正值五四运动的尾声，天安门广场还有学生在举行示威游行。当时有天津的学生进京请愿，营救被捕的学生领袖马骏。少奇也跟着一起参加了。

在北京，少奇投考了北京大学等好几所学校，都考上了。但有的学校生活费太贵，他上不起，有的包住宿的学校，如军需学校，他又不愿上。他找到李石曾和范静生，要求去法国勤工俭学。他与李、范二人并不认识，是硬找上门去的。他们介绍他去保定，进育德中学半工半读的留法预备班。当时，刘仙洲在育德中学教机械学，教过少奇的课。解放后，少奇和我曾专门到清华园，看望已经是清华大学副校长的刘仙洲老师。少奇对他说："我曾在育德读过书，听过刘老师的课。"但刘仙洲已经不记得少奇，他的学生太多了。

从育德毕业回到北京，少奇还是找不到门路去法国。当时正值直皖战争爆发，京汉铁路不通，少奇回不了家乡，只得住在鼓楼附近一个同学家。

少奇身上没有钱，生活非常艰苦，但这段时间他看了不少书和进步刊物，并与许多人甚至同善社的人有过来往，还接受过无政府主义的影响。

铁路通车后，少奇返回长沙，曾去船山学社看望贺民范老先生。经贺介绍，少奇加入了社会主义青年团（当时叫S.Y），不久去上海，进外国语学社学习俄文，准备去俄国留学。

在上海外国语学社教俄语的是一个白俄女人。少奇在这里学习时，适逢陈望道译的《共产党宣言》出版。他和同学们争相学习，还如饥似渴地阅读《新青年》等杂志，觉悟有了很大提高。

1921年初，少奇等同志去莫斯科。经过西伯利亚时，一个同行者的通行证被搜了出来。他们不知道搜查者是谁，以为马上就要被抓起来了，因为这个通行证是苏俄党组织发的。没想到，搜查他们的正是当地的红军，因此受到热情的照顾。当时苏联的经济十分困难，各种物资都很匮乏。少奇同志他们一路上十分艰辛，处处遇到困难，火车时常因为没有燃料而停车，要旅客们下车到森林砍了木材来烧，才能继续开。

在莫斯科的学习生活十分艰苦。在上海时，他们热衷于上街游行撒传单，没有学到多少俄文，所以到了俄国语言不通，课程很难掌握。俄国当时粮食紧缺，尽管给了中国学生较高的待遇，可少奇他们仍然吃不饱，就常用糖和俄国人换土豆吃。

在艰苦的条件下，少奇表现得很坚定。他学习了《共产党宣言》、政治经济学等基础课程，坚定了共产主义信念。这期间他还见到了列宁，听过列宁的报告。1921年冬天，少奇和罗亦农、彭述之等一起，由中国社会主义青年团团员转为中国共产党党员。

后来，有几个中国学生在艰苦条件面前坚持不下来，开始对俄国革命表示怀疑。组织上决定，把这几个人送回国去。由谁来送他们呢？必须是立场坚定又有组织能力的人。最后决定派少奇把这些人送回国。这样，少奇于1922年春天回到上海。回国后，少奇被分配在中国劳动组合书记部（中华全国总工会的前身）工作，投入中国早期工人运动和大革命的洪流中，开始了他长期的革命生涯。

　　这是少奇从炭子冲走出来投身革命的简单经历。少年时的少奇，是一个普普通通的农家孩子。如果说有什么特别的话，那就是他酷爱学习、喜欢思考。这个特点，可以说贯穿了他的整个青少年时代，乃至以后。他从小学开始，便喜欢历史，喜欢自然科学。读书时，别人过目成诵，他却要反复琢磨。做事时，他不是做起来了再想，而是想一想再做，不但多想如何开头，往往忘不了考虑如何收尾。另一个特点，就是他的坚忍不拔的毅力和顽强奋斗的精神。为了实现自己的理想，什么挫折失败都难不住他，什么困难他都能克服。

　　住在炭子冲的日子里，我置身于哺育少奇成长的环境中，对他的品格、精神的养成，有了进一步的理解。

- 1961年，刘少奇、王光美在湖南同农民座谈

- 1961年4月，刘少奇、王光美在花明楼炭子冲刘少奇旧居门前

再见家乡父老乡亲

王光美：5月3日我们在炭子冲住下后，第二天少奇同志就开始约人谈话。谈话就在旧居的堂屋里。

先是听取当地工作队的汇报。通过这么多天在湖南的调查，少奇同志对停办农村公共食堂已经非常坚定。5月4日，他在旧居堂屋里和工作队的同志座谈。少奇明确指出："食堂是勉强搞起来的，极不得人心。在这个问题上，我们犯了错误，蛮干了三年，一直不明白。这样的食堂早该垮台。"

以后几天，少奇同志接连请当地老农来谈话，了解真实情况。第一个请来的是成敬常，就是少奇的表兄成秉真的儿子。少奇对他说："这几年，听说工作搞得很不好，社员吃不饱饭，病了很多人，死了一些人，田土荒了不少。我是回来看看，回来得晚了，对社员不起。"后来，少奇又先后约了当地土生土长的老农民李桂生、欧寅春、欧凤球、欧荣华和王升萍谈话。

李桂生是少奇小时候一起放过牛的朋友，一直在家务农。少奇问他："人们说去年干旱很厉害，安湖塘的水车干了吧？"李桂生说："没有，还有半塘水。"少奇一听就明白了，因为他清楚地记得，他小时候有一年大旱，安湖塘干得底朝天，能在塘底里晒谷子，就那样还有收成，农民生活也没有那么大的困难。他断定，农村经济困难的原因是天灾的说法，是不对的。

李桂生就说了一句:"我讲真话,主要不是天灾,是人祸,是'五风'刮的!"

这几个人里面,王升萍是少奇同志的第一个农民通讯员,土改时当过贫农协会的会长。全国解放后,领导机关进了城,少奇同志就深感了解基层情况不那么容易了。50年代初,作为少奇家乡的农民,王升萍第一个给少奇同志写信,反映下面的情况。少奇很高兴,亲自回信,并希望他找几个农民,经常写信来,有一说一,有二说二,反映真实情况。王升萍找了成敬常、黄端生等几个农民,多次给少奇同志写信,反映各种情况。但过了几年,不知怎么就没有信来了。这次少奇一来,就查问王升萍。原来,王升萍后来当了大队书记,但在反右倾运动中,又被打成右倾分子,撤了职。

少奇和王升萍谈话时,才知道王升萍后来还多次写过信,但我们没有收到,可见是被什么人扣压了。少奇听了很生气,说:"谁查问你告状,你就再告他们的状。告几次不行,信被别人扣了,不见回信,你就来北京,我出路费,在北京吃、住,我出钱。"王升萍反映了食堂的不少问题,少奇要他回去把他所在的柘木冲食堂解散。

在炭子冲,我们还随便到一些农民家里察看。少奇揭开锅盖、打开碗柜看看,见油盐罐子里只有盐,没有油,锅里炒的是野菜。在公共食堂,看到的景象也很不好。

最使我难忘的是在浮肿病院里。那其实并不是医院,只是因为队里病人多,临时找了个房子,安排一些简单的护理和照顾,同时在伙食方面增加一点儿黄豆。这个病主要是饥饿引起的,加一点儿黄豆可以补充营养。我们在那里看到不但有老人,还有许多青壮年。少奇同志看了,心情十分沉重,几乎要掉下泪来。

群众的住房问题,也很令人头疼。由于"大跃进"中办公共食堂、大炼钢铁、办养猪场等,公家随便占社员的房子,社员之间也互相占。各地还拆了不少房屋。

黄　峥：我查到过一个宁乡县的材料。据统计,1958年"大跃进"前原有农民住房七十万间。"大跃进"中,因大炼钢铁需要木材拆了一批,办公共食堂、养猪场等拆了一批；还曾流行"茅屋洗澡"，就是为了积肥把茅屋上的陈年茅草泡在水里沤肥，又拆了一批。总共拆了十五万间，超过总数的五分之一。

王光美：是啊，这样一来，农民的住房当然紧张了！尤其食堂一散，农民要自己做饭，都想回到原来的家里。可有的房子已经拆掉了，让他们回哪里去呢？于是，纠纷就出来了。

有一天少奇和我去黄材水库，一路上几次看到用小车推着行李家具的农民，问他们干什么，说是搬家。"大跃进"把农民住房搅乱了，好多社员住的不是自己的房子，老要搬来搬去。

那天经过一个村子，少奇下车信步往里走。忽然听到屋子里有哭声，少奇就要进去看看是怎么回事。进去之后，我们看到一个妇女，正在很伤心地哭，身边带着两个幼小的孩子。一问，原来她是个寡妇，家里的房子在"大跃进"中被公家拆了盖养猪场，她就没地方住了。几年来她一直住别人家的房子，已经搬了八次家。最近这家房主急需用房，强催她搬走。她走投无路，急得哭了起来。后来知道，这位妇女叫颜桂英，这个村子是双凫铺公社的黑塘仑生产队。

我们听了这位妇女的情况，十分同情。少奇同志说："中国有句老话：'人搬三次穷'。鸟还要有个窝呢！群众连个安定住处也没有，这怎么行呢？我们是共产党啊！"少奇同志当即找来大队干部，要他们做工作暂时不要让这位妇女搬家，等县里下达文件，然后统一安排。

少奇同志对当地干部说："解散食堂以后，马上要解决的问题就是房子。一个屋场住那么多户，没有地方打灶。房子不确定，社员的很多事情不能定，自留地不能定，养猪喂鸡也难办，厕所也不好定，生产就不放心。有一些是公家占用的房子，如银行、供销社、学校、公社和大队的办公室、工厂、猪场等，都要挤一下，把多占用的房子退出来给社员住。"当晚，少奇同志就找县委的同志研究群众住房问题，定了几条办法。首先是公家占用的房子全部退还农民，社员之间互相挤占的也规定了调解办法。他要县委的同志立即起草文件。文件初稿写出来后，少奇连夜修改，到天亮才修改完。他要县委尽快发出这个文件，或者用电话通知各公社、大队，尽快解决群众的住房问题。

少奇同志还指示，把他家老宅的房子腾出来给群众住，旧居纪念馆停办。他说："这里搞我的旧居纪念馆，曾写信问过我，我几次写信说不要搞、不要搞，结果还是搞了。现在这个房子应该退出来，纪念馆不办了！分几户社员到这里来住，我家的亲属不要来住。桌子、凳子、仓库、锅子、灶等，都作为退赔，退给社员。这些楼板，拿去替没有门的人家做门。"开始当地干部群众有顾虑，没人愿意搬进旧居的房子里住。少奇同志当场点了几个社员的名，要他们赶快搬进来住。他对这些社员说："你们在这里至少可以住上十年二十年，等到有了比这个更好的房子，愿意搬再搬。"

少奇同志再三讲了之后，这几户社员在我们走后搬进了旧居。"文化大革命"中，曾有一批批的造反派来到炭子冲，扬言要砸烂少奇的旧居，可因为里面住着当年搬进去的贫下中农，旧居的房子才得以幸存下来。

在一系列调查的基础上，少奇同志在5月7日那天邀请炭子冲当地农民和基层干部到旧居来，开了个会。他一上来就说："田里工夫忙不忙？想耽误你们半天工夫，同你们谈谈。""我将近四十年没有回家乡了，很想回来看看。回来了，看到乡亲们的生活很苦。我们工作做得不好，对你们不起。"

少奇当场诚恳地向乡亲们承认错误，表示他要负主要责任。他说："为什么生产降低了，生活差了？有人说是天不好，去年遭了旱灾。恐怕旱有一点儿影响，但不是主要的，主要是工作中犯了错误，工作做得不好。我问过几个人，门前塘里的水是不是车干了？安湖塘里的水是不是车干了？他们说都还有半塘水。看来旱的影响不是那么重。我记得过去有两年遭受旱灾，安湖塘和门前塘里的水都车干了。所以主要是这里的工作犯了错误。这是不是完全怪大队干部呢？也不能完全由他们负责，上边要负主要责任。县有一部分责任，省有一部分责任，中央有一部分责任。当然，大队干部不是没有责任，要负一小部分责任。有的是中央提倡的，如办食堂。因此根子还在中央。""这次回来，看到这里工作搞成这个样子，中央有责任，要向你们承认错误。"他还说，"这次教训很深刻，要子子孙孙传下去，以后再也不犯这个错误。"①

  这个会我参加了，我坐在群众的后头。

黄　峥：少奇同志的这个谈话，收进了《刘少奇选集》，题目是《同炭子冲农民的谈话》。一个党和国家领导人，联系群众、调查研究能做到这么深入，确实令人敬佩。很多人读了这个谈话都深受感动。

---

① 《刘少奇选集》下卷，第三百二十八至三百二十九页。

1961年5月，刘少奇、王光美同乡亲们在一起

祭扫母亲和看望姐姐

王光美：在炭子冲的日子里，通常白天只要没有约人来谈话，少奇同志就各处随便走走看看，或者是走村串户，或者是上山看山林和田地。有一天我们跟他在山林里走，他说想找找他母亲的坟墓。结果找了一圈没有找着。母亲逝世的时候，少奇不在家，所以坟建在哪里不知道。少奇说："问问李强同志，他可能知道。"为什么？因为毛主席回韶山看望母亲的坟墓，也是李强同志陪的。他了解这里修建坟墓的特点。

果然，在李强同志带领下，我们找到了母亲的坟墓。它在一个山洼里，周围稀稀拉拉没有什么树。墓很小，就是几块石头垒了一下。有一块石头墓碑，很简单，上面刻了刘鲁氏之墓几个字，底下是子孙们的署名。署名的人当中也有少奇，用的是他小时候的名字"绍选"。可见是他的哥哥们为母亲立碑的时候代他署上了。

我们去找母亲坟墓之前事先没有准备。到了那里，李强同志临时折了一把树枝，递给我。我就明白了，又把树枝交给少奇。少奇把树枝端端正正放在坟墓上。我跟着他一起在墓前三鞠躬。当时李强同志说："是不是把墓修一修？"少奇说："不要修。这里是荒坡，将来搞绿化，在山上种树倒可以。如果今后有什么公共设施要从这里经过，去了也没关系。"少

261

奇同志是彻底的唯物主义者，对处理他母亲坟墓的问题明确表了态：不要重修，也不要影响建设。

黄　峥：1997年11月，中央文献研究室、中央电视台联合摄制大型文献纪录片《刘少奇》，在湖南宁乡举行开机仪式。为拍一些资料镜头，我和有关同志又陪您去看了鲁老太太的墓。

王光美：那次去，我看到母亲的坟墓还是重修过了，比我1961年看到的大了些。还用水泥砌了个围子，这当年是没有的。听说这是老家的一些后代子孙们修的。经过这么多年，山上的树都长起来了。

少奇一直很敬爱他的母亲。少奇九岁时，他的父亲就去世了。因为他在家中最小，全家都很疼爱他，尤其是母亲，对他格外疼爱。1920年，二十二岁的少奇离家到上海，从此投身革命。母亲舍不得他，怕以后见不着了，不让他走。少奇安慰母亲说："我离开祖国远行，离开母亲，是为了祖国，也是为了母亲啊！"1925年，他被军阀赵恒惕逮捕释放后，母亲说什么也不让他走了，跪下来哀求他："再别干这种事了，太危险了！"在当时封建礼教还占统治地位的情况下，一个孝顺的儿子要扛住母亲的下跪，需要多大的坚定性啊！少奇同志温和而坚定地对母亲说："别的事，我都可以答应你，唯独这件事，实在不行！"以后，少奇到了广州，被选为中华全国总工会副委员长，领导全国工人展开轰轰烈烈的革命运动。他曾把母亲接到城里，专门找人给她画了一张像，一直带在身边。这张像，后来我一直保留着。

1961年5月8日，就是我们祭扫母亲坟墓的第二天，少奇说想去看看他姐姐。少奇有两个姐姐，大姐绍德，二姐绍意。这两个姐姐在堂兄妹的大排行中排序第六、第七，所以少奇称她们六姐、七姐。七姐那时随她的子女去了北京，六姐还在乡下。

六姐比少奇大九岁，人很老实，住的地方叫赵家冲，丈夫姓鲁。李强同志提议，路不好走，还是把六姐接到炭子冲来见面。少奇不同意，说："咱们走着去，就十多里，权当是散步。"当年六姐出嫁时，少奇送亲到赵家冲，后来也去玩儿过，他印象中挺近的。其实那是他小时候的感觉。后来六姐家搬迁了，经过这么多年，路也不一样了，真正走去还是很累的。

我们到赵家冲，没太费事就找到了六姐家。少奇认出了他姐姐，叫她，我也跟着叫姐姐。但六姐不认识我们，反应呆呆的，弄得我很尴尬。倒是她的女儿鲁新秀又热情又活跃，把我们拉进屋里，跟我们讲这讲那。一进屋我愣了一下，因为堂屋里放着一口棺材，显得阴森森的。

从鲁新秀的口中，我们得知了这口棺材的来历和六姐家的一些情况。

土改的时候，鲁家因为代管族产，被定为富农，后来落实是小土地出租者。六姐夫有一点儿文化，能写毛笔字。1959年的时候，六姐夫给少奇写信，说六姐病了，没钱治。平时在我们家里，亲戚子女等家务事都是我处理。我管这些小事，为的是让少奇集中精力工作，考虑大事。我接到这封信后，给六姐寄了一百元钱。那年代一百元钱还管点儿事，而且我们家也不宽裕。六姐接到这笔钱后，就买了口棺材。当地的习俗，老年人有了棺材，就等于有了归宿，否则心里不安心。鲁新秀说，她妈妈每天起来都要先摸一摸这口棺材。

后来困难时期开始了，农村普遍闹饥荒。大约1960年的什么时候，六姐夫又来信，说家里粮食不够吃，很饿，他们家都是老实人，不能偷不能抢，该怎么办？我把信给少奇看了，少奇心情沉重，不说话。我说，还是再寄点儿钱吧！好像是又寄了六十元。六姐夫接到钱，就到集上买了肉和点心吃。由于平时饿得厉害，肚子里没有油水，吃了消化不了，竟一下子撑死了。六姐夫死后，鲁新秀来信告诉我们，只说是病死的。我就又寄了一些钱，寄多少记不清了，可能三十还是多少。其实那时鲁新秀的丈夫也得了严重的浮肿病。鲁新秀说："这次接到钱以后，为爸爸办了后事，剩下留给妈妈治病。"

听了鲁新秀说的情况，我心里特难受。没有想到，少奇一个亲姐姐家，竟经历了这么大的苦难！我们就想到，像六姐家那样困难的，甚至更困难的，还有很多。

少奇去六姐家没有准备，在他脑子里没有请客送礼这样的观念。还是李强同志和当地接待部门想得周到，临时为我们准备了一点儿实惠的礼物，送给六姐。我记得有七八斤大米，两斤饼干，两斤糖果，九只咸蛋，还有一瓶猪油。现在看来六姐是偏瘫和老年性痴呆。我们走后，省里把六姐接到长沙治了治病。

从六姐家出来，少奇在赵家冲又看了不少人家。李强同志看看天不早了，就对我们说："不要再走了，回去吧！"于是，我们坐他带来的车回到了炭子冲。

1961年5月8日，刘少奇、王光美看望姐姐刘绍德

风雨无悔
——对话王光美

"三分天灾，七分人祸"

王光美：第二天，就是5月9日，我们离开炭子冲到宁乡县城。在宁乡县又开了几个汇报会。少奇还给毛主席写了一封信，汇报这次下来调查的情况。5月15日，我们从长沙回北京，结束了这次农村调查。

通过这次陪同少奇同志下乡调查，我有一个体会，就是调查研究要坚持实事求是，敢于实事求是。少奇说过调查研究的目的有三个：一是了解中央实行的政策是否正确，如公社实行的粮食政策、供给制、公共食堂等等，究竟对不对；二是已实行的政策够不够，出现什么新情况，怎样根据新情况来修改政策，使它完善；三是要根据发现的新问题，提出应制订一些什么样的新政策。要做到这一点，首先就得从实际出发，弄清什么是真实情况。而了解实情，有时确实不是一件容易的事。一次次错误的过火的斗争，搞得不少人不敢讲真话，有的也不让人讲真话。常常遇到这样的单位，负责人护短，特会来事，处处迎合上级的意图。有的怕上级发现他们的缺点，搞一套封锁消息的办法，递报喜不报忧的假报告，或召集积极分子开会布置汇报口径，甚至把有意见、敢说真话的人事先调开。所以，了解真实情况不只是开个座谈会、听听汇报就能办到的，有时得经过曲折的斗争，需要有足够的勇气。

在调查中，少奇同志很善于体察群众情绪，常常不声不响地仔细观察人和事，从对方是笑脸还是苦脸，是鼓着眼睛还是眯着眼睛，是昂着头还是低着头，去探求他们的真意。在湖南农村的那些日子，通过大大小小的调查会、个别谈话，群众渐渐消除了戒备心理，主动找少奇同志谈心，连母猪不下崽、鸡婆不生蛋这类家长里短，都想一吐为快。少奇同志掌握了大量第一手材料，发表意见就能有的放矢。

湖南那两年，虽不是风调雨顺，但并没有发生严重的自然灾害。造成困难的原因，群众普遍认为是"三分天灾，七分人祸"。以宁乡县炭子冲大队为例，全大队十五个生产队（屋场），一百九十户，不到七百人，一个劳动力一年才分得五十元，欠债的将近五分之一。有四十五户的房子被拆掉，有十多户的房子被公家占用。由于办公共食堂，鸡和猪几乎绝种，山林也砍得差不多了。好多任务是上面压下来的。为了提前进入"共产主义"，有的县、社以至生产大队还搞什么"十大建筑"，废弃良田开鱼塘、修公路。干部为了完成任务，就顾不了政策，强迫命令。群众对基层干部特别有气，埋怨坏事尽是他们干的。基层干部也是一肚子火，有的收入少，回家挨老婆骂，还提心吊胆地怕上面批评打棍子。

刚到炭子冲的时候，省里担心这里社会治安不好，不敢让少奇同志同群众接触，怕社员包围、要粮食。当时普遍反映：这里偷摸成风，看禾场的偷稻谷、偷红薯，彼此心照不宣，你拿我也拿，只瞒着工作队。山上树、园中竹，你砍我也砍，只见砍不见栽。还有会道门活动和稀奇古怪的谣言。一句话，敌情严重。少奇同志却认为是庸人自扰。他说："社员随便拿东西，不要说是偷，一说偷，就把人归到坏人一边了；小拿小摸成风，一个原因是肚子有点儿饿，主要是想拿点儿吃的东西，还有一个原因是'一平二调'成了风气，公社、大队拿社员的东西，社员就拿公家的东西，也拿别人的东西。公社、大队既不尊重社员所有制，社员就会这样想：你拿得，我就拿不得？你大拿我就小拿不得？这种风气是上边造成的，不是社员造成的。"所以，少奇同志认为，要巩固集体所有制，必须保护个人所有权。

那几年还有个不好的现象，就是混淆两类不同性质的矛盾，把人民内部矛盾当成敌我矛盾，动不动就用专政手段，并且认为"左"比右好，做事宁"左"勿右。我们在天华大队的时候，碰到一个所谓饲养员破坏耕牛案件。这个大队里几年前死了一条牛，剖腹后发现牛肚子里有一根三寸长的铁丝。当地干部没有作认真调查，就说这是饲养员冯国全有意把铁丝钉进牛肚子里，将他定为破坏耕牛罪，又是批斗又是关押。少奇同志听了汇报，当即说："这不可能吧？牛皮那么厚，牛劲那么大，怎么能钉进去呢？这件事还要查，不仅要查当事人，还要问问老兽医或专门学过这种医的人。"他把陪同我们下乡的省公安厅厅长李强同志找来，要他负责复查。

省公安厅经过复查，证明这完全是冤案。原来是一个调皮的小男孩用青草裹了铁丝喂牛，牛不加咀嚼吞进肚子，刺伤了胃和肺，引起死亡。少奇同志回北京后看到了省公安厅的复查报告。他从中察觉到司法机关有些人办案马虎，对群众的政治生命不负责任，特地给公安部长谢富治写了封信，要求将此件转发至县以上公安、政法部门阅读，"各地如冯国全这样的冤案还是有的，应由各地公安政法机关进行认真的调查研究，做出合乎实际情况的结论"。

还有一个刘桂阳案件也很有典型性。刘桂阳是湖南郴州鲤鱼江电厂女工，才二十一岁。1960年7月，她在回老家探亲的时候，见到自己的父母患水肿病，还有不少乡亲因患病无法医治而死去。她在一气之下写了十二张"打倒、铲除、消灭人民公社"的标语，跑到北京，贴在中南海北门旁边，贴了还叫值勤的卫兵来看，要求中央领导同志到下面看看人民的生活情况。卫兵把她送公安部，公安部又将她送回郴州。1960年9月27日，郴州地区中级人民法院判处她有期徒刑五年。少奇看了报告，说："她还相信中央嘛，要中央领导下去看看嘛！这能说是反党反社会主义、以反革命为目的吗？"他把报告批转给湖南省委，要省里复查。不久，湖南省公安厅送来了复查报告，认为对刘桂阳可按人民内部矛盾处理，撤销原判决，仍留原单位工作，不要歧视她，但要对她进行耐心的批评教育。少奇同志同意这个处理意见，写了一段批语："我同意湖南公安厅对刘桂阳案的处理意见。将此件寄湖南省委，建议张平化同志亲自找刘桂阳谈一次，一方面适当地鼓励她认真向中央反映农村情况，另一方面适当地批评她对人民公社的认识，和她采取的方法，以便引导她走上正确的道路。"

我们在湖南调查时，少奇同志还向李强同志询问刘桂阳案的最后处理情况。李强同志告诉我们，刘桂阳反映问题基本得到解决，张平化同志找她谈了话，现在她本人也放下包袱，在原单位安心工作。少奇听了很欣慰。他说："绝不可把敌我矛盾扩大，不能用处理敌我问题的办法处理人民内部矛盾，相反，只要是没有危险的，倒是可以用处理人民内部矛盾的办法来处理敌我问题。"

黄　峥：我同这位刘桂阳同志交谈过。少奇同志为她的问题作过批示，她当年一点儿也不知道。这事她是到了"文化大革命"中，从大字报上才知道的。多年来，刘桂阳一直有一个心愿，希望有机会表示她对刘主席的感激之情。1988年为纪念少奇同志诞辰九十周年，在湖南宁乡县花明楼建了少奇同志的铜像和纪念馆。11月24日少奇同志铜像揭幕和纪念馆开馆那天，刘桂阳和丈夫坐了很长时间的汽车，早早地来到了花明楼。她没有邀请信之类的证件，什么人也不认识，但她硬是说动了纪念馆的工作人员，第一批进纪念馆，哭着看了两遍。她买了大红蜡烛、鞭炮、香和纸钱，等晚上人群散去以后，来到少奇同志铜像前，默默祭拜。刘桂阳说，她作为普通老百姓，只能用这样的方式表达她心中的感情。这时有两个干部模样的人路过这里，问她："刘主席是你什么亲戚？"刘桂阳说："不是亲戚，是我的恩人。"两人又问："是不是刘主席救了你？"刘桂阳说："对。"那两人感叹道："他不仅救了你，还救了全国老百姓。"

王光美：少奇同志十分重视正确处理人民内部矛盾问题，强调不能混淆两类不同性质的矛盾，对群众要采取保护和引导的态度。正是出于这样的责任感，他亲自过问刘桂阳这位普通女工的案件。他多次说：确定一桩事件是不是反革命性质，关系至为重大，它涉及一批群众，会牵连很多亲属，可不能随便给人扣反革命帽子。他历来主张，在人民内部，要说服不要压服，要疏导不要堵截。

少奇结束湖南农村调查回北京，主要是为出席毛主席主持的中央工作会议。会议从5月21日开到6月12日，讨论了调查研究、群众路线、退赔、平反等问题。毛主席在会议总结时，特别介绍了少奇同志在湖南农村的调查，说他要向少奇同志学习，亲自去做调查。

5月31日，少奇同志在中央工作会议上讲话，讲到了他这次去湖南调查的情况。他说："这几年发生的问题，到底主要是由于天灾呢，还是由于我们工作中间的缺点错误呢？湖南农民有一句话，他们说是'三分天灾，七分人祸'。"这是少奇同志第一次在中央会议上讲到"三分天灾，七分人祸"问题。他还说："从全国范围来讲，有些地方，天灾是主要原因，但这恐怕不是大多数；在大多数地方，工作中间的缺点错误是主要原因。有的同志讲，这还是一个指头和九个指头的问题。现在看来恐怕不止是一个指头的问题。总是九个指头、一个指头，这个比例关系不变，也不完全符合实际情况。"他还讲道："湖南宁乡县的耐火材料厂，原来有一千多人，最近还有三百多人，它附近有煤炭，每年在农闲的时候开工三四个月。这种季节性的生产，今后还可以搞，主要是搞轻工业，搞一些农民生产和生活必需的产品。一定要生产轻工业产品，才能有东西去换农民的粮食、猪肉、鸡蛋等等，没有东西换是不行的。现在农民急需锅子、急需木桶，急需好多东西。"①

黄　峥：后来，在1962年1月的七千人大会上，少奇同志在讲话中又讲到了这次去湖南农村调查的情况。他说："全国总起来讲，缺点和成绩的关系，就不能说是一个指头和九个指头的关系，恐怕是三个指头和七个指头的关系。还有些地区，缺点和错误不止是三个指头。如果说这些地方的缺点和错误只是三个指头，成绩还有七个指头，这是不符合实际情况的，是不能说服

---

① 《刘少奇选集》下卷，第三百三十七、三百三十九页。

人的。我到湖南的一个地方，农民说是'三分天灾，七分人祸'。你不承认，人家就不服。"①

王光美：所以我觉得，这次少奇同志去湖南农村调查，确实是很重要的。特别是使少奇同志对农村经济困难的真实情况，和造成困难的真正原因，有了切实的了解，对他在国民经济调整工作中领导制定正确的政策，起了重要作用。这方面的问题我们后面还要谈到。

---

① 《刘少奇选集》下卷，第四百二十一页。

1961年5月,刘少奇在湖南召开农村基层干部座谈会

东北林区调查

黄　峥：光美同志，1961年少奇同志还有一次重要的调查研究，就是到东北调查林业工作。您也自始至终参加了。请您为我们介绍一下。

王光美：少奇同志对林业工作一直很关心、很重视。他早就想专门深入林区作一番调查研究，可平时工作实在太忙，说了几次都没能实现，拖了下来。60年代初，少奇同志通过各种渠道得到的情况，感到我国林业面临的问题不可忽视，主要是乱砍滥伐相当严重。于是，他下决心去一次林区。本来少奇同志准备1961年的上半年去，并且已经同黑龙江省委书记欧阳钦同志打了招呼，但由于广州会议和湖南调查，没能成行。从湖南调查回来，少奇同志又出席中央工作会议，接着又是中国共产党成立四十周年庆祝活动，同一批来访的外宾会谈。直到7月16日，少奇同志才得以动身赴东北。

在出发之前，少奇同志找林业部的领导同志来谈了一下情况。听了他们的汇报，少奇深感我国林业形势严峻。他严肃地说："砍了多少树应该很快地栽起来，砍了栽上是我们的根本方针，而且栽起来的要比原有的多。我国森林资源很少，要使已有的资源充分利用，并且永远保持下去。老的砍了，新的要栽起来。总之，我们这一代不要把森林搞光了。搞光了，我们死后都是要受审判的。"

我们很快到了黑龙江省东北部的小兴安岭,坐森林小火车开进林区。少奇同志要求所有来参加调查的人员,吃、住、开会都在火车上,尽量不给地方添麻烦。

在去林区之前,我们好多工作人员把原始森林想象得很美好,以为那里鸟语花香,清爽凉快。真正到了里面一看,满不是那么回事。那时是夏天的7月份,山林里天气反复无常,老下雨,林间小路又崎岖又泥泞。太阳一出来,由于过分潮湿,热得像蒸笼。原始森林里还是鸟兽蚊虫的世界,到处是蚊子和小咬,追着人叮。我们还碰到过毒蛇。

在森林里考察的日子里,少奇同志和大家一样,穿着雨衣雨靴行进在林间小路上。他拿一根树枝,既当拐杖,又用来驱赶嗡嗡缠人的蚊虫。白天,他深入林场,看采伐、集材、归楞等生产操作,观察林场的更新情况,访问工人居民生活区;晚间,在火车上召开工人、干部座谈会,听取汇报并找人谈话。

有一天,少奇突然问这里是否能买得到酒。林区群众由于所处环境的关系,有喝酒的习惯。可当时国家困难,缺粮少酒,林区交通不方便,酒的供应很少。少奇了解到这个情况后很关心,说:"林区工人的工作、生活条件都很艰苦,常年处于阴寒潮湿的环境中,必须要保证让工人有足够的酒喝。"他指示有关部门,一定要为林区工人供应足够的酒,要把酒作为急需的生活物资优先运到林区。

前几年,为了创作反映少奇同志的文艺作品,有的同志来问我:"少奇同志喜欢什么花?"我想了半天没能回答出来。我觉得少奇对花的兴趣一般,也不特别喜欢某一种花,但特别喜欢树。每次我陪他外出,碰到风景区的花花草草,他一般地看一看就过去了,但如果看到树,尤其是连成片的树,他就很高兴,总要停下来看一看、摸一摸。他对树木比较懂行,有时和孩子们在树林里散步,就总是给他们讲树的知识:这种树叫什么,属于哪个科目,适宜在哪里生长等等。少奇曾经讲过,他退休以后想到学校里当教师，教林业。

少奇对我国森林覆盖面积逐渐减少一事十分忧虑。他常讲起，历史上长安、北京等地区都是林区，后来建了都城，树就全砍掉了。他说："原始森林能保存下来，就是因为没人烟，现在，有人的地方森林都没有了，来了人就剃光头，这样不行。"他指出："不能光砍树，要大力栽树，而且栽的要比砍的多，砍了就栽上是我们的根本方针。"当时我们国内还没有环境保护意识，在国际上也是刚刚把环境保护列为前期探讨问题。少奇同志这时已明确地提出了。

在兴安岭林区，少奇发现森林资源浪费很大，采育比例失调。有一天，在一片松林里，他抬头望着那参天的松树，语重心长地对陪同的林区领导同志说："百年之后，还能不能有这样的红松林啊！我们这一代人采光了，下一代人怎么办？后继有人，也要后继有林。"他动情地说："我国森林资源很少，我们这一代人不要把森林搞光了，搞光了不仅以后没得用，还要影响气候，我们死后都要受审判的！""不要享祖宗的福，给子孙造孽！"在视察中，少奇同志对我国林业的采伐与更新、木材综合利用、工人生活区建设，提出了一系列重要意见。这些意见，后来都由中央有关部门形成了政策性文件。

在将近一个月的视察中，少奇同志踏遍了大小兴安岭和牡丹江的几个林区。他虽已六十多岁，却精神饱满，不顾种种困难，有时一天要跋涉几十里山路，对那穿透衣服的蚊叮虫咬也不在乎。他换下的被汗水、雨露湿透的衣衫，上面还常常有斑斑血点。每次，我什么也不说，因为我知道这一切都是他应该做的，是人民交给他的工作。为了工作流汗出血，他心里一定是高兴的。

8月7日，少奇同志在视察了内蒙古自治区境内的大兴安岭林区之后，来到大庆油田。那时大庆油田开始建设不久，国民经济正处于困难时期，全国对油田建设是继续上马还是下马议论纷纷，有关部门举棋不定。少奇同志深入油田第一线，摸清了情况，决定不惜力量保大庆。工人们感谢他，少奇说:"应该感谢你们,是你们的干劲鼓舞了我!"

因为 8 月中旬少奇同志将要参加接待越南、锡兰、巴西、加纳等国的外宾,8 月下旬又要去庐山出席中央工作会议,所以,我们在 8 月 11 日从哈尔滨回到北京。

- 1961年7月，刘少奇、王光美在前往东北林区考察的车上
- 1961年7月，刘少奇冒雨在东北林区视察

1961年夏，刘少奇、王光美在镜泊湖边

七千人大会

黄　峥：1962年初，中共中央召开了一次很重要的工作会议，就是七千人大会。少奇同志代表党中央向大会提出了书面报告，并发表了重要讲话。请光美同志介绍一些相关的情况。

王光美：整个1961年，少奇同志工作一直十分紧张。尤其是下去调查之后，少奇深感形势严峻，责任重大，全身心投入当前工作。这中间有一件事：毛主席在《毛泽东选集》第四卷编完后再次提议，编辑出版《刘少奇选集》。中央书记处对此作了决定，并成立了由康生负责的编辑班子。康生和编辑班子几次要向少奇同志专门汇报，但少奇对这件事没有兴趣，因而一直没有汇报成。有时编辑班子把整理好的单篇文章报给他审定，他也没有看。1961年春，编辑小组拟出了《刘少奇选集》的初选目录。4月份我们在湖南调查，康生和编辑组的熊复、王力、邓力群、李鑫等专程赶到长沙，向少奇同志汇报编辑工作情况。少奇同志对康生和编辑组的同志说："还是不搞为好，不印没有害处，印了有害则不好，不要祸国殃民。现在党、国家和人民正处在困难时期，工作这么紧张，实在没有心情回过头去看多少年前的文章。"

康生把选目交给少奇，非常谦恭地说："这些文章不仅对外国同志有好处，对我们国内也有现实意义。这个选集可出五卷，一百五十万字。但要系统地反映刘主席的思想不容易，有些好文摆不上。"

少奇翻看了一下这个目录，似乎勾起了他的一些回忆，说："在白区早年写的不成熟，也不能畅所欲言。批评立三路线的，成熟一点儿，当时写好交立三、富春看过，立三要发表。后来写的，有的过于尖锐，伤人太多，因为头上顶着右倾机会主义帽子，肚子里有气。有些文章，当时争论很激烈，写给总书记洛甫的信，触怒了一些人。如果出版，要改，字斟句酌，工作量很大。要重新整理，没时间。用处也不大。"康生马上说："这是人民的呼声啊！你的文章外国都印了，我们不印不好交代啊！"

少奇同志不好再说什么。他是个组织纪律观念很强的人。他表示："既然中央作了决定，你们工作照常进行就是了。"

到了11月，由于过度劳累，少奇病倒了，不得不停下工作休息。我陪他到广东从化疗养。在休息期间，少奇仍念念不忘怎样渡过难关。他看到疗养院的院子里有橡子、木薯，就想尝试一下这些东西能不能代替粮食。他亲自拣了一些，要炊事员郝苗同志做给他吃。郝苗不知道吃橡子要经过一道特殊的泡制工序去掉毒性，而是按一般粮食代用品的做法，做成类似馒头那样的东西。谁知少奇吃了之后，直拉肚子，出现中毒症状，搞得大家好紧张。保健医生为此严厉地批评了郝苗。当然这不能怪郝苗，因为是少奇同志硬让他做的。

为了进一步统一全党思想，贯彻国民经济调整方针，中央决定开一次工作会议。少奇同志得到中央通知，于12月19日回到北京。

中央工作会议先是小规模的，从12月20日到1962年1月10日。会议讨论了国际国内形势、国民经济计划、党的工作等问题。开会的中间，中央决定工作会议进一步扩大规模，全面总结这几年来的经验教训，开展批评和自我批评，统一思想，以便团结全党和全国人民，集中力量克服当前的困难，争取国民经济早日好转。中央还决定由少奇同志主持起草一个总的报告，代表中央提交扩大的工作会议。所以在会议的后半段，少奇同志以主要精力准备这个报告。在邓小平同志的协助下，经过起草小组夜以继日地工作，报告终于在扩大会议正式开始前写出了初稿。

扩大的中央工作会议从1962年1月11日正式开始。出席会议的有中央、中央局、省、地、县的领导干部，共七千多人。

黄峥：除中共中央、中央局负责人外，全国每个县委两人，地委三人，省委四人，中央一级的部、委四人，还有大型厂矿企业和军队各大单位的负责同志，共七千一百一十八人。

王光美：所以后来通常称七千人大会。党中央开过很多中央工作会议，这是出席人数最多的一次。少奇同志提交给七千人大会的报告，本来应该先经中央政治局和毛主席通过，然后拿到会上讨论。这次毛主席建议，先不要开政治局会议讨论了，报告初稿直接发给到会同志，同时组成一个由少奇同志负责、有关领导同志参加的起草委员会，吸收会上意见修改定稿。这样，扩大会议开始后，首先讨论少奇同志的报告稿。

一段时间以来，党内外对形势和工作的看法差异很大。出席七千人大会的同志来自全国各地、各个不同的岗位，对很多问题的看法不一致。能不能在这个会上统一认识，关键是少奇同志代表中央提出的报告。少奇认为，只有实事求是才能统一全党的思想，无论是分析形势、肯定成绩、提出问题，都要坚持实事求是。在那些日子里，少奇频繁地找有关同志谈话，主持起草委员会讨论，为沟通各方面的思想反复做工作。

经过会上讨论和起草委员会修改，少奇同志的报告又改出了一稿。1月25日晚，少奇同志主持政治局扩大会议，讨论并基本通过了这个报告稿，决定正式向大会做报告。毛主席又提议，报告已经经过上上下下反复讨论，大家都熟悉了，少奇同志就不要在会上念稿子了，改为书面报告发给大家，同时请少奇同志口头敞开讲讲，对书面报告作补充和说明，加深大家的理解。

少奇同志对毛主席的意见历来是很尊重的。本来他没有准备明天在大会上讲话，既然主席说了，他就说："好，但我必须准备一下。这里的会我就先告退了。"回到家里，少奇同志连夜准备了一个口头讲话的提纲。第二天，在大会开始前，政治局常委们先到大会主席台旁边的休息室，传阅少奇同志写的讲话提纲。少奇把花了一个通宵写出来的提纲交给毛主席，主席看完一页，就交给其他常委同志，一页一页地传看。好在提纲不长，只有十几页，字又比较大，很快就传看完了。

少奇同志在大会上按提纲发挥，作了长篇讲话。讲话中的有些新提法是未见诸书面报告的。还提到不少事例，但这些都曾同毛主席和一些负责同志谈论过。当然，既然是口头讲话，总是要比书面报告随便一些。书面报告是经过反复修改推敲，经过秀才们的字斟句酌，才定稿的。我觉得，少奇同志的这篇讲话是来之不易的。它集中了党内大多数同志的正确意见，也是他深入基层调查研究的一个结晶。这个讲话正确分析了形势，根据实际情况研究了客观规律，总结了正反两方面的经验，突出讲的是实事求是与群众路线问题。

少奇同志在口头讲话里面，讲了两个"三七开"的观点。一个是说，成绩缺点三七开，就是七分成绩，三分缺点错误；另一个是说，造成这几年严重困难的原因三七开，就是"三分天灾，七分人祸"。后来听说，这个话，毛主席不太爱听，但当时我们没感觉到。

林彪长期养病，好多中央会议都不参加，七千人大会一开始也没通知他参加。后来主席让通知他来参加。林彪到会以后做了个发言。他的讲话比较特别，不讲困难情况，也不分析成绩错误怎么样。他说：之所以造成这几年经济困难"恰恰是由于我们没有照着毛主席的指示、毛主席的警告、毛主席的思想去做"。"我个人几十年来体会到，毛主席最突出的优点是实际。他总比人家实际一些，总是八九不离十的"。"当时和事后都证明，毛主席的思想总是正确的。可是我们有些同志，不能够很好体会毛主席的思想，把问题总是向'左'边拉，向右边偏"。林彪的讲话受到毛主席的表扬，说这"是一篇很好、很有分量的文章，看了很高兴"。七千人大会后，罗瑞卿同志陪毛主席南下，主席一再向他称赞林彪的讲话。

七千人大会后，为了研究和贯彻国民经济调整的政策，又开了两次重要会议：一是2月下旬在中南海西楼召开的政治局常委扩大会议，即西楼会议；二是5月上旬召开的中央工作会议。那时毛主席已经南下去了武汉，会议由少奇同志主持。经过这两次会议，全国上下迅速行动起来，调整工作全面展开。

党内外许多同志听说中央正在编辑《刘少奇选集》，都很高兴。七千人大会期间，不少同志建议，如果《选集》不能很快出版，可以先发表少奇同志有关党员修养、党性锻炼方面的文章，配合七千人大会精神的传达贯彻。首先选中的一篇就是《论共产党员的修养》。1962年夏的一天，邓力群同志拿着康生写的条子到我们家来，将这篇文稿报送少奇同志审改。《论共产党员的修养》一文是少奇同志1939年在延安马列学院的讲演，经过了二十多年，有些提法需要订正，还要适当补充一些内容。少奇同志向编辑小组谈了修改意见，口授了一些内容，还亲自动手写了一些章节。在编辑小组初步整理的基础上，他又对全文作了三次修改。少奇同志定稿后，正式将文章报送中央书记处审查。最后经书记处审定，《论共产党员的修养》于1962年8月1日在《红旗》杂志、《人民日报》同时发表。

- 1961年冬，刘少奇、王光美和女儿刘潇潇、阿姨赵淑君在广东从化

- 1961年冬，刘少奇在广东从化和女儿刘潇潇在一起

■ 1961年冬，刘少奇在广东从化树林里寻拣野生栗子、橡子，希望用野生淀粉代替工业面粉或加工食用

1962年，毛泽东、刘少奇、周恩来、朱德、陈云、邓小平在七千人大会上

陈云出任中央财经小组组长

黄　峥：七千人大会后，毛主席去南方了。少奇同志作为党中央副主席、国家主席主持党和国家的日常领导工作。姚依林同志曾回忆说，少奇同志在西楼会议上幽默地说："这时是非常时期，我是'非常时期大总统'……"[①]西楼会议后，为统一领导国民经济调整工作，中央重新成立了中央财经工作领导小组，由陈云同志任组长。请您谈一下有关情况。

王光美：陈云同志在西楼会议上做了个很重要的讲话，分析了当前困难的程度，提出了克服困难的若干办法。这些办法切实可行，少奇同志很赞成。这期间中央考虑重新成立中央财经工作领导小组，统一领导经济工作。陈云同志因为心脏不好，一直是半休息半工作，所以一开始考虑由李富春同志当组长，也有同志提议还是由陈云同志当组长。那段时间有一些经常为中央起草文件的同志，集中在钓鱼台写东西，就是田家英、邓力群、周太和、许立群等同志。有一天，邓力群同志到我们家里来，找少奇同志，说他代表秀才班子，建议由陈云同志担任中央财经小组组长。少奇说，等他提交中央研究决定。后来，在一次中央会议上，少奇同志提出了陈云同志担任中

---

① 见《姚依林百夕谈》，中国商业出版社1998年版。

央财经小组组长的问题，得到大家同意。这样，就决定由陈云同志当组长，李富春同志当副组长。但那次会陈云同志没有参加。我记得少奇还特地到陈云同志家面谈，要他出任财经小组组长。陈云同志也为此到我们家同少奇同志面谈，主要说他身体不好，希望让别的同志当。少奇说："大家都同意你当，你就当，我个人全力支持你，支持到底。"少奇把中央同志商量的意见报告了毛主席，毛主席也同意。后来，少奇同志还让邓力群同志来我们家，告诉他，中央已经决定由陈云同志担任财经小组组长。邓力群同志当场激动得流泪，说："众望所归。"

国民经济调整工作千头万绪，任务艰巨，中央财经小组组长这副担子是很重的。少奇同志深知这一点。他确实是全力支持陈云同志的工作。为了宣传陈云同志的主张，少奇同志要邓力群同志组织几个人，把陈云同志几年来关于经济工作的言论编辑整理，在一定范围内印发，让更多的人了解。不多久，邓力群同志把陈云同志关于经济工作的言论编印好了，大约四五万字，总的题目叫《陈云同志几年来对经济工作的意见》。

少奇同志给毛主席写了封信，推荐陈云同志的这些言论。这封信现在已经公开了，全文是这样的：

主席：

最近，我要邓力群同志找陈云同志几年来有关经济工作的一些意见来看，他找来了，并搞了一个摘要。我只看了这个摘要。现特送上，请主席看看。此外，陈云同志在今年三月七日财经小组会议上的讲话，也提出了一些很重要的意见，很值得一看。

以上几个文件，已要办公厅发给中央常委、书记处和中央财经小组各同志。是否还要发给其他同志？请主席阅后酌定。再征求陈云同志意见。

刘少奇
四月十六日

过了三天，4月19日，少奇同志正式签发中共中央通知，向全党公布了陈云同志任中央财经小组组长的决定。陈云同志后来还是因为身体不好，到南方休养去了，中央财经小组的工作由周总理主持。但我觉得，当时由陈云同志出任中央财经小组组长，是整个调整工作中的重要一环。陈云同志在调整初期提出的许多主张和措施，在实际工作中还是实行了，起了很重要的作用。

陈云同志关于经济工作的言论报送到毛主席那里，一直没有回音，看没看不清楚。后来，中办机要室通知将这份材料收回。

1962年1月，刘少奇、陈云、邓小平等出席扩大的中央工作会议

关于"包产到户"

黄　峥：在三年困难时期，全国农村好多地方搞了包产到户，对渡过难关起了重要作用。这个事情在"文化大革命"中被作为少奇同志的一条罪状，受到严厉批判。当时包产到户究竟是怎样搞起来的？它和少奇同志是什么关系？

王光美：包产到户是三年经济困难时期，一些地方的农民为了渡过难关，自发地搞起来的。出现包产到户比较早、比较多的是安徽，一开始实际上得到安徽省委的支持。1961年3月广州会议的时候，安徽省委书记曾希圣同志，向毛主席汇报了安徽农村包产到户的情况和做法。当时毛主席表示可以试验。

对包产到户这件事，在领导干部中认识是不一致的。有的同志是积极支持的。如邓子恢同志，当时是国务院主管农业的副总理、中共中央农村工作部部长。他在两次派人到安徽农村考察之后，充分肯定了包产到户的做法，并且在一些会议上明确地讲了他的观点。

田家英同志起先不赞成包产到户。七千人大会以后，他带了调查组到一些农村调查，其中包括毛主席的家乡湖南韶山。经过实地考察，田家英改变了看法，认为包产到户是农村渡过难关的有效办法，主张推广。听说他还征求过陈云同志、小平同志的意见，得到他们的支持。

我想少奇同志内心是赞成包产到户的。他一直有一个心情，觉得这几年由于我们工作中的失误，造成群众生活这么困难，应该想出一个办法，让困难尽快过去，包产到户可能是农村克服困难的有效办法。但由于他所处的地位，在公开场合他对包产到户的表态比较谨慎。1961年在湖南农村调查的时候，他对农民说，有些零星生产可以包产到户，如田塍、荒地；但在正式场合他没有讲这个问题。

默认也是一种支持，至少是不反对。各地农民见上面没有人来制止，包产到户便愈演愈烈，以很快的速度蔓延。有一个统计，到1962年的年中，包产到户在安徽农村迅速发展到了百分之八十，四川、甘肃、浙江等省农村达百分之七十，全国农村平均起来已经超过百分之二十。形势已经迫使领导同志必须对此做出回答了。

大约1962年的6、7月份，田家英同志从农村调查回来了。他向少奇同志汇报调查情况，其中讲到建议实行包产到户，甚至分田到户。这时毛主席在外地还没有回来，好像是在河北邯郸。少奇同志要他赶紧去向毛主席汇报，听取主席对这个问题的意见，还要田家英转告，请主席快点儿回北京。田家英同志打电话同主席联系，说要去汇报农村调查的情况，可能讲了一下包产到户的好处等意见。主席说："你不用来了，我过几天就回北京，等回北京再谈。"

田家英同志和主席通完电话，马上给少奇同志这里打电话，是我接的，说他已经向毛主席汇报过了，看来主席同意了。我忙追问他，主席是怎么同意的？怎么讲的？田家英说不清楚。我感觉到里面还有问题。我跑去向少奇同志报告田家英来电话的事，同时提醒说，我感到田家英的话可能不准，还是要先听听主席的意见。

过了几天，主席回来了，住在中南海游泳池。不多会儿，毛主席那里来电话，要少奇同志马上到游泳池去。

少奇同志接到通知，立即赶到游泳池。一见面，毛主席就严厉地批评少奇：你急什么？为什么不顶住？叫我回来，你压不住阵脚了？我死了以后怎么办？……

少奇同志这才明白，毛主席是坚决反对包产到户的。后来听说，陈云同志曾就包产到户和用重新分田的办法刺激农业生产的问题，同一些领导同志交换过意见，少奇、小平同志同意，林彪也同意，恩来同志表示还是先听取毛主席的意见。毛主席回北京的当天，陈云同志当面向毛主席陈述意见，主席不表态，实际上是反对的。毛主席和陈云同志谈完话后，即找周恩来同志谈话，接着又找少奇同志谈话。

黄　峥：据姚依林同志回忆，那段时间陈云同志集中思考如何对付台湾国民党叫嚣反攻大陆，认为农村在这种形势下，包产到户不如分田到户。陈云同志对姚依林同志说："分田到户，农民就会保卫自己的土地。现在不如分田到户，可以试试看嘛！""先搞分田到户，这更彻底一点。集体化以后再搞。"陈云同志为此先后找邓小平、周恩来、刘少奇同志阐述他的意见，都得到支持，最后在毛主席那里碰了钉子。①

王光美：在毛主席这样明确地表示了反对包产到户的意见之后，处在少奇同志的地位，他只能按毛主席的意见办，不再支持包产到户。当时，从中央机关和中央国家机关抽调了一批司局长以上干部，下放到主要产粮区帮助工作。7月18日，中央召集这批下放干部在怀仁堂开会，要少奇同志给他们做一个报告。一些有关的领导同志，如邓子恢等同志都来了，其中有不少同志是主张包产到户的。这时他们还不知道毛主席已经表了态。我记得邓子恢等同志开会前在怀仁堂后台显得很高兴，以为少奇同志会在做报告时讲一讲包产到户。后来一听，少奇同志在会上讲要巩固集体经济，调子已经变了，他们还不知道是怎么回事。

少奇同志在会上讲巩固集体经济而没有讲包产到户，但还是强调要在农村实行责任制。他说："我看实行责任制，一户包一块，或者一个组包一片，那是完全可以的。问题是如何使责任制跟产量联系起来。现在分开打场有困难，不分开打场产量就难搞准确，只能找老农估计，大家评定。如何使

---

① 见《姚依林百夕谈》，中国商业出版社1998年版。

产量跟责任制联系起来，这是要研究的。"①

没过多久，1962年的7、8月间，中央在北戴河开工作会议。毛主席在会上多次讲话，讲阶级、形势、矛盾，批评"黑暗风""单干风""翻案风"。包产到户受到严厉批评。毛主席说："现在有一部分同志把形势看成一片黑暗了，没有好多光明了，引得一些同志思想混乱，丧失前途、丧失信心了。农村集体化还要不要？是搞分田到户，还是集体化？主要就是这样一个问题。"

北戴河会议后期，气氛相当紧张，赞成包产到户的同志都受到批评。从此，包产到户被当作资本主义、修正主义的东西，受到长期批判。

---

① 《刘少奇选集》下卷，第四百六十三页。

1961年1月,毛泽东、刘少奇等在中共八届九中全会上。会议正式通过对国民经济实行"调整、巩固、充实、提高"八字方针

1962年北戴河会议

王光美：在北戴河会议期间，我们和陈云同志住得比较近。有一天陈云同志夫人于若木同志来看我。我们俩说了不少话。于若木同志有点儿紧张，说："这回我要惹娄子了。"我问她怎么回事？她说，1962年春天，她随陈云同志去上海，住在太原路招待所一幢江青住过的小楼里。房间里设施考究，绿色的双层地毯、双层窗帘，连桌子抽屉、厕所里的马桶盖、马桶圈上，都覆盖着绿丝绒，是按江青的要求布置的。除了这里，在上海还有三处这样装饰的房子，都是为江青准备的。陈云同志看了很生气，说，国家这么困难，还这样讲究！这些东西应该出口换外汇。于若木同志本来就看不惯江青，就把陈云同志的批评意见告诉了卫士长，卫士长又将这个情况向上反映了。于若木同志就担心这个情况最终传到江青那里，从而连累陈云同志。她说："这回我们可得罪江青了。"

我把于若木同志讲的情况告诉了少奇同志。少奇说："不会吧，这是两码事。主席生气是为分田到户。"后来少奇同志去看望了陈云同志。我陪他去了。到陈云同志那里，少奇进陈云同志房间，他们俩说话。我就到于若木同志房间看她。

在北戴河，江青来看过我一次。她带来一张天津的报纸，上面登有厉慧良严格教育子女的文章，送给我参阅。她对我说："这回田家英犯错误了，还有陈云呢！"说话时一副幸灾乐祸的样子。第二天，江青忽然又派人来把送我的报纸要回去了，说是主席不让谈生活方面的问题。

北戴河会议是中央工作会议。由于毛主席重提阶级斗争，会议的内容就显得重要了。于是，会上决定正式召开中央全会，以便专门讨论这个问题并作出相应决议。这就是紧接着在北京举行的中共八届十中全会。

八届十中全会分两段。第一段是预备会议，从8月26日开到9月23日，开了二十九天。第二段是正式会议，从9月24日开到27日。在全会上，大家都表示，完全同意毛主席提出的关于阶级斗争的理论观点。少奇同志在会上再次提议，关于阶级斗争的内容不要向下面传达，免得把什么问题都联系到阶级斗争上来分析，也免得把全党的力量都用于对付阶级斗争。他说："用少数人对付就够了，全党不要卷入这个斗争中，受它们干扰，妨碍工作。"这个意见他在北戴河工作会议上就提了。毛主席接受了少奇同志的意见，同意不要因为强调阶级斗争放松了经济工作，要把经济工作放在第一位。

这个精神很重要。正因为有这一条，国民经济调整工作在八届十中全会以后照常进行，一系列的调整措施继续贯彻，逐渐见效，生产一步步恢复和上升。到1963年，经济开始复苏，我国终于度过了三年困难时期。

黄　峥：1963年工农业生产开始恢复，1964年在恢复的基础上经济有所发展。1964年底第三届全国人民代表大会第一次会议正式宣布：调整国民经济的任务已经基本完成。

王光美：随着经济形势的好转，市场也日渐繁荣。人民开始高兴的时候，少奇同志也高兴了。1963年的春节，北京和平门外琉璃厂一年一度的集市——厂甸庙会，又活跃起来了。这天上午，我们家的孩子们去逛了一趟厂甸。他们回来以后，吃中饭时谈得可高兴了，什么风车、大糖葫芦呀，棉花糖、面人呀，各种土特产呀，说个没完。少奇听得很有兴趣，兴奋地说："我们也去看看！"

风雨无悔
——对话王光美

刘　源：那段时间在青年学生中流行自己组装矿石收音机，我也迷上这事了，老逛商店买零件，所以对市场情况比较熟悉。我亲眼见到农产品一天天丰富，鸡蛋从三元多一斤，降到一元多，很快又降到六毛五。回家在饭桌上我就常讲这些事，父亲听了很高兴。春节这天上午，是外婆和我们几个孩子一起去的，大家玩儿得特别开心。回家吃中饭时，我们绘声绘色地讲厂甸的热闹劲儿，把父亲打动了。

王光美：下午，少奇同志和我带上孩子们坐车去了。一过和平门，车子就停下来，步行一段路，走进了熙熙攘攘的人群。为了不引起群众注意，警卫让少奇戴了个口罩。他牵着孩子在人群中挤来挤去，看看这，摸摸那，像小孩子过年似的。孩子们买了棉花糖，少奇也要了一点儿，高兴地吃着。我们一起生活了这么多年，却很少看见他这样开心。他此时的心情，是每一个曾为人民做过一点儿好事的人，都能体会到的。看到群众欢乐的表情，少奇同志发自内心地笑了。

■ 1963年1月14日，刘少奇召集各民主党派和全国工商联负责人以及无党派民主人士座谈会

出访东南亚之前江青约我谈话

黄　峥：少奇同志1960年访苏之后，就是1963年以中华人民共和国主席身份出访东南亚四国。请您谈谈有关情况。

王光美：这次访问是少奇同志第一次以中华人民共和国主席的身份出访，好像也是中国国家元首第一次访问非社会主义国家，所以国际上比较瞩目。1957年毛主席访问苏联和1960年少奇同志访问苏联，都不是以国家主席的身份。我国外事部门对这次出访非常重视，对我们提了很多要求，要我们认真准备。

其中重要的一项是服装。外交部礼宾司正式通知，要少奇和我做出国服装。少奇说："有穿的就不要再做了，出国不一定非得穿新衣服。"可礼宾司不放心。后来周恩来总理安排，让外交部黄镇副部长的夫人朱霖同志和礼宾司俞沛文司长上我家，想看看现有的衣服到底行不行。我把少奇和我的衣服一件件拿出来给他们看。他们看过后说："这些都不行。因为这四国是热带亚热带气候，天气很热，现有的衣服不适合那里的季节，那些丝绒旗袍根本不能穿。而且这些衣服都已穿过多年，太旧，要重新做。"他们说，尤其是我的衣服不行，还不如大使夫人多。俞沛文同志强调："王光美同志作为国家主席夫人，出访更应该注意服饰。"他还专门去向少奇说明这方面的情况。少奇这才同意做一些薄的衣服。

这样，就决定到上海去做一些衣服。当时上海做衣服的料子和手工都比较好。康岱沙同志陪我去上海。这时陈叔亮同志已经是驻外大使，先是在印尼，后在柬埔寨。岱沙就是大使夫人了，所以有经验。

我在去上海之前，在春藕斋舞会上碰到毛主席，就向主席讲了要到上海做衣服的事。当时江青在上海休养，我就问主席有没有信要带。主席说"好"，就写了一封信托我带给江青。我一到上海就通知江青，说我给她带来了主席的信。江青派了一个姓洪的同志来把信取走了。姓洪的同志是上海派在她身边为她服务的。隔了一天，江青约我谈话。她叮嘱让我一个人去，不要带康岱沙一起去。我去了以后，江青先把主席写给她的信给我看，说是信里有一句话跟我有关。我一看，主席信里讲到：跟光美说一下，她称李讷为李讷同志，这不妥，因为这是子侄辈。

我称李讷为同志这个情节，是我们家里的事引起来的。少奇同志要求子女很严格，从来不宠。原先毛毛（刘允若）学习本专业不安心，要换专业，少奇不同意，对他批评教育。后来涛涛（刘涛）上了清华大学自动控制专业，她不喜欢，想换学外语专业，少奇也不支持。毛毛就给涛涛出主意，说爸爸妈妈最听毛主席的，你想办法找主席说句话，准行。结果涛涛就找李讷，让李讷跟她爸爸说。李讷跟主席一说，主席真的就写了个便信给我，说关于涛涛转学之事，她身体不好，你们又坚持，这事怎么办？是不是让孩子学习有兴趣的东西或许好些？我立即把主席的信给少奇看了。少奇没想到毛主席会这样认真地对待涛涛的事。他把涛涛叫来，耐心讲道理开导她，教育她年轻人应该经受锻炼，不能一遇困难就后退。少奇还严肃地批评涛涛："毛主席是党的领袖，要操心国内外大事，怎么能为个人小事去打扰毛主席呢？"随后我专门给主席写了汇报信，说明有关情况，当然是和少奇商量并经他看过的。我在信里解释说：我们的意思不是绝对不许涛涛转学，而是要对她严格要求，不能一时心血来潮就转学，要慎重考虑。后来主席在见面时特意对我说：你们的考虑是对的。

风雨无悔
——对话王光美

刘　源：毛主席确实很喜欢孩子，爱和孩子们逗。那时见了我们兄妹几个，就边打着手势边叫我们的名字：手掌来回移动，说这是平平；两手大拇指、食指围成一圈，说这是源源（圆圆）；两手掌斜合成屋顶状，说这是亭亭。有次妈妈带我们去舞会，我的小妹小小（潇潇），那年才一岁多，她跑到毛主席面前，直直地盯着主席看。我们都赶紧说："快叫伯伯呀！"主席却说："别打扰她，她在观察世界。"大家都笑起来。小小这才转身一溜烟跑了，跑没多远"啪"地摔了一跤。我们都叫毛主席"毛伯伯"，只有小小不知谁教的叫"毛大大"。一次主席听了说："噢，我是大大，你是小小。"

王光美：我那次在给主席的汇报信里提到这么一句："涛涛托李讷同志找您反映……"我为什么称李讷同志呢？我对主席家的人从来很尊重，我认为李讷是共青团员，应该称她同志。江青给我看了主席的信，我觉得主席讲得有道理，后来我就不再叫李讷同志了。

在上海期间江青约我谈了三次，每次几个小时，讲了很多话。她说："主席说我朋友少，要我多找人聊聊。"

在这几次谈话中，江青谈得最多的是文艺界的问题。她说文艺界的问题如何如何严重，说北京借口没有房子住，不让在北京搞文艺会演。她向主席告状，主席发脾气，说北京针插不进水泼不进，没有房子把人民大会堂腾出来，进部队招待所。特别想不到的是，江青毫不隐讳地讲周总理和邓颖超同志的坏话。她两次声色俱厉地说："夏衍是个叛徒，怎么调到北京的？要追查！"她还说："主席不好说的话，由我来说。说对了是主席的，说错了是我江青的。"当时听了江青的话我感到很紧张，文艺我也不熟悉，所以就是带耳朵听，没敢多说话。

回到北京以后，我把江青谈话的情况和内容详细向少奇报告了。少奇听后说："这件事你不要管，由我来处理。"他补充说了一句，"夏衍是经过周总理提议，中央批准调来北京工作的，不用查。"后来江青回到北京，少奇专门找她谈了一次话，对她进行了批评，是通知她到我们家来谈的。江青接到通知很紧张，因为这以前还从来没有人通知她要她本人来谈话。

少奇对她说:"中央准备开一次文艺问题座谈会,你对文艺工作有些意见,你可以今天在我这里谈,也可以到会上谈。"少奇说:"你同光美讲的那是什么呀?以后要注意。"

江青在上海也讲到出国穿戴的事。她对我说:"你在国外戴什么呀?衣服上不要戴别针,你看人家安娜·卡列尼娜,一身黑,不珠光宝气,多高雅。"江青当时是劝我不要戴别针,没说不要戴项链。"文化大革命"中批斗我,不知怎么的,造反派说江青要我别戴项链我不听,成了一条罪状。

1953年，王光美和女儿刘亭

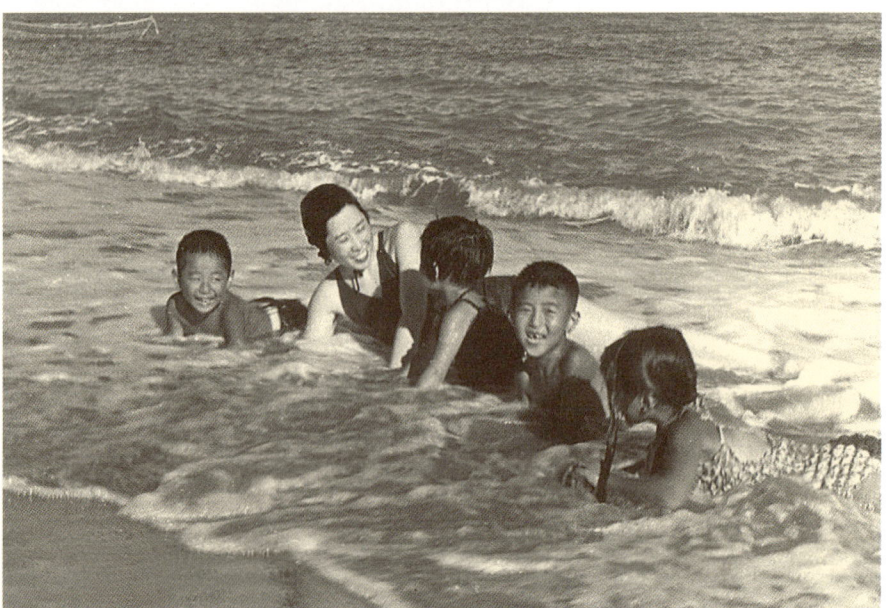

1950年代，王光美和孩子们在北戴河海滨

1960 年代，刘少奇、王光美和孩子们在海边。后左起：刘涛、刘亭，前左起：刘源、刘平、刘少奇、王光美、刘丁

宋庆龄和我们一家的友谊

王光美：这里我要特别说到宋庆龄同志对少奇同志和我的关心。我对宋庆龄同志是非常尊敬的。1963年那次我一到上海，就给宋庆龄同志写了封信，告诉她少奇和我将要出访印尼等国，请她从服装、礼仪上给我一些指教。因为我考虑宋庆龄平时接触外宾比较多，也去过印尼，这方面有经验。宋庆龄立即给我回了一封信，说让她的秘书隋学方到锦江饭店来看我。她开了一个单子，让隋秘书带着单子来跟我一条一条地说。她想得很细，说那个地方热，室内有空调，但睡觉的时候务必关上空调，有电风扇的地方不要对着吹，否则容易着凉感冒；别吃生冷的东西，以免闹肚子；礼服白天穿白的，晚上穿黑的；参观的时候可以穿便鞋，正式宴会要穿有一点儿跟的鞋。我一条一条地记下来了，很感谢她对我们的关怀。任何人对我们有帮助我总是铭记在心的。

少奇同志和宋庆龄同志一直保持着深厚的友谊。他们早就互相知道。在20年代的大革命运动中，少奇是五卅运动、省港大罢工的领导人之一，宋庆龄当时就对工人运动给予了道义上、物资上的大力支持。少奇在皖南事变后就任新四军政委，特地派军医处长沈其震去香港，当面向宋庆龄汇报新四军情况，感谢她为新四军伤病员开展的"两万条毛毯运动"。

黄　峥：建国后少奇同志和宋庆龄同志长期合作共事。中华人民共和国成立时，他们都是中央人民政府副主席。1949年10月成立中苏友好协会，少奇同志是会长，宋庆龄是第一副会长。1954年少奇同志担任全国人大常委会委员长，宋庆龄是副委员长。1959年少奇同志担任中华人民共和国主席，宋庆龄是副主席。1965年他们又都连任主席、副主席。

王光美：少奇同志和宋庆龄同志的工作关系和私人交往都十分融洽。1951年冬，我陪少奇去南方休养。我们特意到南京瞻仰了中山陵，献了花圈。后来到上海，宋庆龄邀请少奇和我到她家做客，她亲自煮咖啡招待。

1957年4月21日，为接待苏联最高苏维埃主席团主席伏罗希洛夫，我们到上海。在上海期间少奇和我特意去看望了宋庆龄。这一次少奇和她谈了很久。当时中央正在酝酿要在全党进行一次以正确处理人民内部矛盾为主题，以反对官僚主义、宗派主义和主观主义为内容的整风运动。少奇真心希望通过整风来加强执政党的建设，很自然地同宋庆龄谈到了中央的设想。少奇对她说："孙中山先生很伟大，我们都很敬仰他。孙先生的主张之所以没能完全实现，是因为没有一个好的党。我们共产党汲取了他的教训，注重建设一个好的党。我们现在号召整风，就是要把我们的党建设好。有一个好的党，才能领导全国人民富强起来。"宋庆龄听了很感动，恳切地向少奇提出，希望参加共产党。少奇当即高兴地表示："这是一件大事，我将转报党中央和毛主席。"后来宋庆龄为响应整风号召，也给中央提了意见，写成书面的，但没在报纸上发表。

他俩的这次谈话过程我都在场。为什么我在？因为少奇说话有湖南口音，宋庆龄讲的是上海地方话，但会英语，我在中间起一点儿翻译作用，有时用英语，有时用普通话。

不久，少奇将中央研究的意见转告宋庆龄："党中央认真地讨论了你的入党要求。从现在的情况看，你暂时留在党外对革命所起的作用更大些。你虽然没有入党，我们党的一切大事，都随时告诉你，你都可以参与。"宋庆龄听的时候眼睛里含着泪，有点儿失望，但表示理解。以后中央对她确实一切按照党员的待遇,党的文件、刊物都发给她,党的重要决策征求她的意见。1957年11月毛主席率代表团赴莫斯科,出席社会主义国家共产党工人党代表会议和六十四个共产党工人党代表会议,宋庆龄也是代表团成员。

少奇曾对我说:"宋庆龄是一位伟大的妇女。她坚持孙中山先生的三大政策,不畏强压,坚持革命,同全家都断绝了关系。我们应该多给她一些家庭温暖。"建国后宋庆龄定居上海,60年代搬到北京住。少奇常教育我们家的孩子热爱宋妈妈,让孩子们过年过节的时候给宋妈妈写信,送自己做的贺年片。宋庆龄也几次请孩子们到她家里,给他们好吃的东西。孩子们给她表演节目,向她学英语,她特别高兴。宋庆龄几乎每年都要给我的几个孩子写一两封信,送糖果、笔记本。有一次她在给孩子们的信中写道:"亲爱的平平、源源、亭亭、小小:你们一直是我常挂念的孩子……"

宋庆龄对少奇同样很尊重、信任。1966年底,"文化大革命"开始已经半年多,少奇已经被批判、打倒,可宋庆龄还给孩子们寄贺年卡,并给我们送来一本《宋庆龄选集》,书上写着:"敬爱的刘主席、王光美同志"。好像什么事也没有发生一样。我收到这本书,感动得流下了眼泪。现在这本《宋庆龄选集》放在湖南刘少奇纪念馆收藏、展出。

"文革"中,我被关在秦城监狱,对少奇和孩子们的情况一点儿也不知道。孩子们也不知道少奇和我的情况。1971年"九一三事件"林彪出逃摔死后,孩子们听说彭真同志、薄一波同志的子女见到了他们关押在狱中的父亲,就给中央写信,要求见爸爸妈妈。孩子们也给他们熟悉的叔叔阿姨写信,其中就有他们的宋妈妈,请求把他们的信转给党中央、毛主席。别的信不知道,宋庆龄收到信后转给了毛主席。毛主席作了批示:"父亲已死,可以见见妈妈。"

一开始专案组找我谈,说孩子们要来见我。我不同意。我想:我关在监狱里,这个样子,算什么呢?不明不白的我怎么能见我的孩子们呢?后来他们向我传达了毛主席的批示,我才同意见。也就是这一天,1972年8

月17日，我才知道我日思夜想的少奇已经在三年前去世了。第二天，我见到了离别整整五年的孩子们……

后来大学恢复招生，平平想上大学，没有别的办法，想到了宋妈妈，就给宋庆龄写信。宋庆龄很快给孩子们回了信，还送了糖果、笔记本等礼物。她在信中说：你们要努力争取上大学，但要靠自己的本事。宋妈妈的回信给了孩子们很大鼓励，尽管由于她的身份处境不可能直接让孩子们进大学。大学恢复高考后，平平、源源、亭亭、小小都凭自己的本事先后考上了大学。

1979年春节前我被释放，不久在人民大会堂见到宋庆龄，我们都非常高兴。1980年2月，党的十一届五中全会决议为少奇同志彻底平反，5月，中央安排我和孩子们去河南接少奇的骨灰。去河南之前我给宋庆龄同志写了封信，告诉她这个情况。她很快回了我一封用英文写的信，写得非常有感情。5月17日，中央在人民大会堂举行少奇同志追悼大会，宋庆龄也出席了。告别时她和我紧紧拥抱。其实她那时身体已经不大好，一直有一位小女孩扶着她。

过了一段时间，宋庆龄的身体不好了，但我当时一点儿也不知道。按惯例，党和国家领导人的身体状况是保密的，探望也是有规定的。宋庆龄的保健医生顾大夫，曾经给少奇同志当过保健医生，我认识。大约1981年的4、5月份，有一天顾大夫悄悄告诉我，宋庆龄已经病危几次了。听了这个消息，我也管不了那么多，连忙坐了车去看她。多年来，宋庆龄同志一直对我们家很关心、爱护，从大人到孩子，都感受到她的关怀、温暖，我从心里感激她、尊敬她。现在看到她病情严重，神志有时清醒有时不清醒，已经几乎不能说话，我难受极了。

这时我马上想起一件事，就是1957年在上海，宋庆龄当面向少奇提出要求加入共产党，后来少奇又通知她中央意见她暂不加入为好。这个经过我都在场，她当时眼泪汪汪的样子我记得非常清楚。能不能在她临终之前让她实现这个心愿呢？我决定试一试。

我马上驱车到中南海西门，说我要找胡耀邦同志。当时耀邦同志是中央总书记。里面说他正在中南海瀛台会客。我就先到勤政殿,把车停在那儿,等他出来。过了一会儿,耀邦同志见完客出来,把我拉到会议室。我对他说:"我刚刚看了宋庆龄出来,她已经病危。"耀邦同志说:"不是说好一点儿了吗?"我说:"不知道人家怎么向你报告的,可是我觉得很严重。我想向党报告一件事,宋庆龄同志曾经向少奇同志提出要求入党,当时中央意见她暂时不入党为好,也是少奇同志答复她的。这事经过我都在场。能不能在她现在还明白的时候同意她入党,给她一个安慰?如果中央同意,我可以去当面问她一下。"耀邦同志说:"可以问。"他还说,这些年没能让她发挥她能够发挥的影响。

有了耀邦同志这句话,我再次去看宋庆龄同志。这次她很清醒,一见面就认出了我。当时正好在美国学习的我女儿平平刚寄来一张挺漂亮的母亲卡,上面印着洋画,祝词也是英文的,还没有写我的名字。我就把这张卡带着。我知道宋庆龄爱好这样的礼物。我把母亲卡送给她,她很高兴。我就对她说:"少奇同志在世的时候,我知道当时党中央很信任你,对你评价很高。现在小平同志、耀邦同志等也都对你有很高的评价。当年你曾当面对少奇同志提出过入党要求,不知道你现在是不是还有这个要求?如果有,我立刻报告党中央。"她"嗯"了一声,点点头。当时有很多人在场,有医生、工作人员、她家的阿姨等等。

见到她还有入党要求,我赶紧跑下楼,通过她的杜秘书要通了耀邦同志的电话。我对耀邦同志说:"我刚才问了,宋庆龄同志要求入党。"耀邦同志说:"好。这件事你就办到这儿,以后的事我们办。"

做了这件事,我感到极大欣慰,心里轻松了许多。

以后就是中央按照正常手续办了。5月15日,中央政治局做出决定,接受宋庆龄为中国共产党正式党员。5月16日,全国人大常委会举行会议,决定授予宋庆龄中华人民共和国名誉主席荣誉称号。这些都派中央负责同志当面向她宣布。5月29日晚,宋庆龄同志在北京她的寓所逝世。

宋庆龄同志逝世那天,我到她的住处去了。我看到廖承志同志在。后来小平同志也来了。廖承志同志拿着一把钥匙,到宋庆龄卧室打开抽屉,想看看她有没有留下什么遗嘱。好像是中央领导同志委托他去看的,想知道她有没有政治方面的遗嘱。小平同志在楼下等着。廖承志同志打开抽屉一看,遗嘱是有的,但是经济方面的,就是说她有什么遗产,怎么处理,分给谁谁多少。小平同志听完这个就走了。过了一会儿,看廖承志等同志处理完了有关事情,我也走了。我觉得我已经做了应该做的事,对党尽了责,也对宋庆龄同志尽了心。

1957年，刘少奇、王光美与宋庆龄在上海

■ 1963年9月，刘少奇出访朝鲜，与宋庆龄握手告别

■ "文革"结束后，宋庆龄、王光美重逢

风雨无悔
——对话王光美

访问印度尼西亚

黄　峥：1963年4月至5月，少奇同志作为中华人民共和国主席，和您应邀访问东南亚四国。第一站是到印度尼西亚。请您谈谈访问过程中的情况。

王光美：应印度尼西亚总统苏加诺的邀请，少奇同志作为中华人民共和国主席，于1963年4月12日乘专机抵达印尼首都雅加达马腰兰机场，对这个国家进行正式访问。陪同访问的除我以外，还有国务院副总理兼外交部长陈毅元帅和夫人张茜、外交部副部长黄镇和夫人朱霖等。我们在机场受到苏加诺总统的热烈欢迎。苏加诺没带夫人，带了他的女儿出面接待。因为他的夫人不止一个，按伊斯兰国家的习惯可以有四个。在前往总统府的途中，街道两旁五十多万人夹道欢迎。苏加诺的这个女儿，就是后来的印尼总统梅加瓦蒂。

　　苏加诺已经多次访问过中国，少奇和我在国内几次会见过他。这次少奇去是回访性质。苏加诺那时在我们看来比较进步。他学孙中山，同共产党合作，用的一个口号叫"纳沙贡"，就是几方面的政治力量包括印尼共产党都联合在一起的意思。所以在机场欢迎的领导人中，有印尼共产党总书记艾地。但因为这次少奇是以国家主席身份访问，没和艾地多接触。

　　主人把我们安排在总统府休息。少奇和我一个套房，旁边是陈毅和张茜。总统府里很凉爽，但外面确实很热。当天参观就在总统府里，看兰花展览。苏加诺把一个最新品种的兰花以我的名字命名，并送给我一盆。这是给来访国家元首夫人的一种礼遇。我知道朱德同志喜欢养兰花，回国时就把这盆兰花带回来送给了他。朱老总很高兴，一直把它摆在花坛里。

4月13日上午，苏加诺陪同我们在马腰兰机场出席印尼航空节，观看航空表演。他们的航空节原来不是这一天，因为中国客人来，推迟到13日举行。苏加诺和少奇都讲了话，然后就坐着看表演。总的说表演水平不错，但出了一个意外事故。有一架飞机蹿上高空，忽然旋转着往下冲。一开始我们还以为是表演高难动作，想着它可能是冲下来再往上拉高，不少人还鼓掌，后来听到轰隆的声音，才明白是摔下来了。还真悬，掉的地方离观众席不远。观众中除了我们中国客人，还有各国驻印尼的使节，要真是撞到观众席中那就不得了了。苏加诺当时脸色就变了，半天没说话，很不好意思。本来是要显示他的军事力量、航空技术，结果出了意外。少奇为了缓和气氛，说了安慰他的话，说，一个国家在发展过程中，出一点儿事故不奇怪，我们也有这样的情况。我后来听说，这架飞机是苏联生产的，飞行员很年轻，刚结婚不久。他的妻子也在观众席中，当场就晕过去了。我也是第一次见到这样的场面。那天我穿了一件白色旗袍，戴了一条有点儿小花的白色围巾。事故发生时少奇一直很镇静。我觉得我也比较镇静。

晚上，苏加诺在独立宫举行国宴，招待中国贵宾。他还是带着他的女儿出面。他的另一个女儿还参加表演了节目。

在印尼的第二站是茂物。我们4月14日下午由苏加诺陪同前往。他的夫人哈蒂妮在那里迎接。茂物在雅加达南面五十多公里，是苏加诺的行宫，所以雅加达有总统府，茂物也有总统府。总统府的旁边有一处比较小巧的房子，是苏加诺的夫人哈蒂妮住的。她原来是印尼另外一个城市的长官的妻子，后来同苏加诺好上并且结婚了，但她一直没有住进总统府。

哈蒂妮1962年访问过中国。那次她来访是以我的名义邀请的，到各地参观也由我陪同。毛主席和少奇同志都会见过她。那次毛主席会见哈蒂妮，江青以主席夫人身份陪同。这是江青唯一一次以主席夫人会见外宾并登了报。她白天会见哈蒂妮时穿了一身笔挺的西装，可当晚在天安门城楼陪哈蒂妮看焰火，围的一条大头巾，正面露着一个缝上了的洞。哈蒂妮时不时地朝那个地方看，显然不明白那是什么意思。我到现在也不懂江青这样做是什么意思。

因为我和哈蒂妮在中国见过面，算是认识，所以我们在茂物访问期间，她以总统夫人身份出面全程陪同。她还邀请我们参观她的住处，带着她的孩子们在门口迎接。她住的地方小巧温馨，挂了很多油画，布置得很文雅。我们在她那里也参观了一个兰花展，就在她的院子里。

4月15日中午，我们一行由苏加诺和哈蒂妮陪同，驱车一百多公里，从茂物到世界名城万隆。万隆位于爪哇岛的西南部，南临印度洋，环境很优美，当时人口一百多万。著名的亚非会议又称万隆会议，就是在这里召开的。

中国客人在万隆受到盛大、热烈的欢迎，晚上在霍曼饭店观看了精彩的文艺表演。第二天上午，苏加诺陪我们参观了位于万隆以北约二十公里处的著名的复舟山火山。

印尼是一个多火山的国家，全国有四百多处火山。复舟山火山是一座正在喷发的活火山。为了欢迎中国客人，热情的印尼人冒着危险，在喷火口旁边用石块砌了"欢迎贵宾们"几个大字。那天去的人不少，记者很多。其中有一个摄影记者好像是法国人，在给我们照相的时候，用英文跟我说话。中间他突然问："你想上巴黎吗？"我也没多想，就答了一句："现在还不是时候。"忽然冒出这么个记者，提出这么个问题，我感到奇怪，就问他是哪里的记者？他说是《巴黎画报》的记者，接着又追问："你认为什么时候可以去巴黎？"我只好敷衍说，巴黎是一个很有名的城市，如果有合适的机会我可以去。可能就因为应付这个记者，我对火山喷发没留下印象。

回到住处以后，我觉得这个法国记者后面可能有文章。苏加诺是个政治家，他分析我国同美国的关系紧张，法国总统戴高乐在西方国家阵营中有点儿独立性，就安排了这个法国记者，试探我们的态度。我把情况和我的分析详细向少奇同志汇报了。他用心听了，但没表态。

4月16日上午看完火山，中午我们就离开万隆去日惹访问。日惹在爪哇岛中部的南端，在印尼抗战期间做过临时首都。主人安排我们住在阿贡宫。这里是苏加诺在抗战时期的总统府。

为苏加诺当翻译的是一位华侨，叫司徒梅生。多年以后司徒梅生定居澳门，他的父亲当过广东省政协副主席。当时是哈蒂妮介绍我和他认识的。在去日惹的路上，司徒梅生告诉我："日惹的领导人是印尼的少数民族，您见了他千万别问候他夫人好，因为他们是多妻制。"有了他的提醒，我们到那里就注意了。不然的话，按正常礼节，我们也许会问候他们的夫人的。

当天傍晚，主人安排我们参观日惹的手工艺品展览会。我看到有很漂亮的手绘花布，还有中国民间祭祀用的纸钱、纸人。主人送了我们一些作纪念。我们回国后都转送给了中国美术馆。

17日上午，我们参观了位于日惹市西北四百多公里的婆罗浮屠佛塔。这个佛塔据说是一千二百多年前建造的，高三十一米，很雄伟，工艺非常精美。有一个说法，婆罗浮屠佛塔同我国的万里长城、埃及金字塔、柬埔寨吴哥古迹被称为"东方四大奇迹"。少奇和我们都登上了佛塔。下面的群众很热情，一齐向中国客人欢呼。

中午，我们离开日惹去巴厘岛。苏加诺和哈蒂妮还一直陪着我们。巴厘岛风景优美，群众也很热情。18日上午，巴厘岛数万人集会游行，一方面是欢迎中国贵宾，同时也是庆祝这个岛消除文盲。少奇和苏加诺都讲了话。游行的规模很大，有很多外国游客来观光。下午，少奇和苏加诺会谈。晚上，岛上举行土著舞蹈表演，一直到夜里十二点。这就是"文革"中被康生批判为"牛鬼蛇神群魔乱舞"的那次表演。

4月19日，我们离开巴厘岛回到雅加达。中午，少奇在国家宫举行告别宴会，苏加诺等四百多人出席宴会。第二天上午，少奇和苏加诺签署两国联合声明。签字仪式结束，大约九点钟，我们全体乘专机离开雅加达，前往缅甸访问。

离开之前，印尼方面送了我们一大一小两套民族乐器，叫"安哥隆"，是用竹筒子做的，每套由好几个组成。有一次在他们的晚会上，曾用这个乐器演奏过，还发给我们一人一个当场参加演奏。我们回国后，把这两套乐器大的一套给了东方歌舞团，小的一套给了师大一附中。

1962年9月，刘少奇和夫人王光美、周恩来和夫人邓颖超、陈毅和夫人张茜，会见印度尼西亚总统苏加诺夫人哈蒂妮

- 1962年9月29日，刘少奇、王光美会见印尼总统苏加诺夫人哈蒂妮

- 1962年9月，王光美陪同印尼总统苏加诺夫人哈蒂妮参观游览时合影

1963年4月，刘少奇、王光美访问印度尼西亚

1963年，刘少奇、王光美在苏加诺总统夫妇陪同下在茂物植物园观赏兰花。左一为陈毅

访问缅甸

王光美：缅甸是我们的西南邻国，同我国有着两千多公里的边界接壤。两国山水相连，人民之间一直保持着历史悠久的传统友谊。缅甸是最早承认中华人民共和国的国家之一，1950年6月8日就同我国正式建交。1960年1月，缅甸同我国签订了《中缅友好互不侵犯条约》，是亚洲国家中的第一个和平条约。1960年10月，两国又签订了中缅边界条约。缅甸是第一个通过友好协商，公平合理地同我国解决边界问题的邻国。两国的国家关系一直比较好。这时缅甸的国家政权叫缅甸联邦革命委员会，主席是奈温将军。

其实这次我们出来，已经先到过缅甸。我们是从云南昆明出发去印尼的，但飞机一下子不能直飞那么远，中间在缅甸仰光作短暂停靠加油。停留仰光正是当地夜间十二点。本以为没有什么礼仪，停一下就走。没想到奈温非常认真，通知了各国使节和夫人，半夜在机场列队迎接，准备了茶点，接待非常热情。我们在仰光停留了两个小时才飞往印尼。

4月20日下午，我们的专机抵达仰光明加拉顿机场。奈温将军率一批军政官员和外国使节在机场迎接。他们欢迎的队伍很奇特，一看都是二三十岁的妇女，手里拿着小旗和鲜花，没有儿童和其他群众。后来才知道这些妇女都是中级军官的夫人。可见当时他们国内的局势还不稳。

风雨无悔
——对话王光美

第二天，主人安排我们参观世界著名的瑞光大金塔，由缅甸外交部长吴蒂汉出面陪同。缅甸是信佛教的国家，男孩子必须当一段时间的和尚。我们参观大金塔也是尊重他们的信仰。瑞光大金塔坐落在仰光市区北面的登哥德拉高地上，周围都是郁郁葱葱的古树林木，旁边是美丽的茵雅湖。远远看去，大金塔就像是倒扣在高地上的一口大钟。金塔高达一百米，周身镶满纯金箔，在阳光下显得金碧辉煌。据介绍它已有两千五百多年的历史，是东南亚佛教徒朝拜的圣地。

晚上，奈温主席在主席府花园举行国宴，招待中国客人。少奇和奈温都讲了话。宴会很隆重，还按他们的习惯男女宾交错坐。奈温夫人是护士出身，经常跟他出席外交场合。奈温在宴会上很活跃，利用机会表现他的权威，以显示他们国内的局势是稳定的。当他听说陈毅副总理喜欢吃一种叫榴梿的水果，就说没问题，别人不能运，我派军用飞机运。结果第二天就送来了。榴梿据说是水果之王，只产在热带地区。它有一种浓烈的怪味，一般情况下飞机不敢运，运一次怪味好久消除不了。

4月22日，奈温陪同我们访问掸邦首府东枝，游览了著名风景区茵莱湖。在那里让我们观看划船比赛。参赛者是用脚划的。比赛结束后，东道主邀请我为优胜者发奖。后来也安排我们上了船，主人请我们自己划桨。我划了一会儿。我不会用脚划，是用手划的。第二天，我们乘专机从东枝到缅甸西南海岸的海滨额不里。

黄　峥：不少人看过刘主席访问东南亚四国的纪录电影，里面有一个镜头留给人的印象比较深，就是奈温和陈毅元帅在沙滩上踢足球，看起来气氛很轻松。这好像就是在额不里海滨吧？

王光美：是的。电影里反映的只是轻松的一面，另外一面没有反映。那天奈温和陈毅副总理一起在沙滩上赤着脚踢球，踢的球是缅甸的一种民族体育项目，叫藤球，不是足球。这个场面在电影里放了，看起来气氛很轻松。实际上真正重要的场面电影里没有，就是少奇、陈毅和奈温坐在海滨的一棵椰树下会谈。

这次去额不里是有意安排的，就是为了掩人耳目，避开各国记者，应奈温的要求到海滨去谈一件要紧的事。这事现在说起来也没什么，但当时是很保密的。就是缅甸共产党的负责人那时在中国，因为身体不好，长期在中国休养。奈温这时夺取政权不久，为稳定国内局势，希望同共产党和解。这事比较敏感，奈温怕在城市里有各国记者跟踪，弄不好还有窃听。海边上一般记者来不了，搞窃听更不可能，所以特意安排到额不里来。在那棵椰树下的会谈中，奈温向少奇介绍了有关情况。他对少奇说，他是反对帝国主义、殖民主义的，为此作过长期斗争，缅共负责人曾经和他一起战斗过，他愿意和老朋友见面共同商量解决国内的问题，希望中国从中牵线搭桥。这事少奇、陈毅同志商量答应了，当然也报告了国内。后来经过我们党介绍，奈温和缅共负责人见面了，商量达成了一些共识。他们怎么谈的我们就不管了。不干涉别国的内政，是我们的一贯政策。

额不里是椰子树海滨，是一个休养胜地，但房子比我国北戴河差远了。我们在那里住了一夜。主人客人都下海游泳。我游得比较远，本来还想往外游，但看到奈温表情很紧张，他是怕出事故，我就赶紧游回来了。还有个插曲。这天我戴了一条项链。其实我自己没有项链，也不喜欢戴。这条项链是外交部礼宾司为我向外贸部门借的。他们觉得夫人在国外要戴点儿东西，不能太素。但不知怎么回事，那天戴上这条项链，在海里一活动就松了。我感觉松了赶紧用手抓住，但珠子还是散了。奈温一见就下令他的手下找，派他的卫队下水捞摸，我们怎么阻拦也拦不住，结果当然是没有捞到。奈温看到我的项链坏了，一定要送给我一条新的，说是红宝石项链。我当然是不想收，推辞了半天。奈温说："我知道你们共产党不收礼，但你这条项链上的珍珠是掉在我们缅甸的海里，我必须赔还你。而且，红宝石是我国的光荣。"我只好收下了。游泳回来，每人发了一套缅甸服装。我已经穿着一身白旗袍，就把发的裙子套在外面，也是尊重他们的意思。为了对奈温的盛意表示感谢，在当晚出席宴会时，我戴了他送的这条项链。这个在纪录电影里也放出来了。这条项链我就戴了这么一次，回国就上交外交部了，现在陈列在中国革命博物馆。"文革"中批判我不听江青的意见出国戴项链，可能就是指这回事。其实江青当时并没有劝我不要戴项链，而是说不要戴别针。

4月25日上午，我们从额不里海滨回到仰光。当天签署了两国联合公报。4月26日上午，我们离开仰光回国，抵达昆明，准备赴柬埔寨访问。

我们走的时候，缅甸也送给我们一套民族乐器作为礼物。其中有一个很大的琴，有点儿像西方的竖琴，上面描着许多金色的图案，挺漂亮。我们回国后，这套乐器全部给了东方歌舞团。

1963年4月，刘少奇同奈温在缅甸国宾馆亲切交谈

> 风雨无悔
> ——对话王光美

访问柬埔寨

黄　峥：柬埔寨是这次少奇同志东南亚四国之行的第三站。柬埔寨离缅甸不远，少奇同志和您为什么不直接从仰光到金边，而要先回国呢？

王光美：这主要是为了尊重柬埔寨。我们奉行的是大小国家一律平等的外交政策。柬埔寨是一个小国，它的领导人诺罗敦·西哈努克亲王比较注意国家之间的礼遇。我们从本国出发到他们国家访问，表示对他们的特别尊重。这和顺道访问有所不同。

　　我们是4月26日回到昆明的。结果一回国就得到报告，国民党特务要破坏这次访问，要在柬埔寨暗杀少奇。我国的情报部门确实很厉害，掌握了国民党特务的详细破坏计划，已经具体到在什么地点挖了地道，埋了炸药，怎么拉的线。总之是想利用我们从机场到金边城里这段路上，制造爆炸，谋杀少奇。而这些情况柬埔寨方面并没有掌握。

　　周恩来总理在北京直接处理这件事。他一面安排同柬方联系尽快破案，一面派人到昆明向少奇说明情况，商量到底是去还是不去。少奇说还是去。

　　怎样同柬方配合破案是很复杂的事情，因为涉及外交。如果直接告诉柬领导人，人家可能会觉得没面子。多年以后全国政协的一位澳门委员丘成章先生告诉我，当时我们有关部门的同志找了他，要他协助同柬方联系。

因为丘成章先生是侨领,认识金边市市长。丘先生找到金边市长,向他介绍了情况。开始人家还不信,说不可能。丘先生就说,无论如何你得报告你们的亲王,要么尽快起出炸药,把道路清了,要么进城的路线改道。后来柬方的安全部门调动精兵强将,我国也派去了专门小组,双方通力合作,在短时间内破了案。柬方不想改道,他们已经把进城沿路都布置得像花园似的了。结果就根据掌握的情报,在机场进城的道路下面挖。一挖,果然挖出了炸药、雷管和操纵爆炸的电线、按钮,还在特务的据点里查出了武器、作案工具。这个地点是查出来了,别的地方还有没有?那还不知道。有关同志又来请示少奇。少奇还是坚持去。他相信我们的同志能把事情办好。

这样,少奇决定按原计划访问柬埔寨。但也搞了一点儿策略。5月1日那天上午,少奇、陈毅同志在昆明参加五一国际劳动节庆祝活动,公开露面,对外公开报道。庆祝仪式一结束,我们直接驱车到机场,上了前往柬埔寨的飞机。从昆明到金边不远,中午我们就到了。随行人员有陈毅、张茜同志,黄镇、朱霖同志,乔冠华、龚澎同志,还有罗青长同志等。

柬埔寨王国位于中南半岛的南部。它的领导人诺罗敦·西哈努克亲王多次来中国,同我国的关系很好。当时,他们名义上的国家最高领导人是王后,就是西哈努克的母亲柯萨曼王后。所以我们到达金边进城时,少奇坐的汽车是柯萨曼王后陪,我坐的汽车是西哈努克亲王陪,沿途受到二十多万群众的热烈欢迎。柯萨曼王后和西哈努克亲王都到机场迎接,这是破格的礼遇,一般情况下王后是不到机场迎接的。王后出场,打着一种代表王室的华盖伞。

国民党特务的案子已经破了,炸药也挖掉了,进城一路上我没发现什么不正常。群众欢迎队伍很好看,白衬衫,花裙子,手里拿着五颜六色的花,非常漂亮。我国为柬埔寨援建了一座纺织厂,对丰富人民的穿着起了作用。我看到群众特别热情,就总想招手跟他们打招呼。可西哈努克亲王老给我介绍路两边的景致。他是希望我多看看他们的建设。

主人把我们安排在王宫里住宿。接待是最高规格的,连每天换床单的人都是王室的人。西哈努克曾长期留法，是现代派，为我们准备的被褥用具等等都非常干净，床单洁白，天天换。不像有的国家，虽然王宫富丽堂皇，锦缎被褥上绣着金线，但显然不能老洗，看起来不清洁，好像什么客人来了都用。

当天下午，少奇和我到王宫正式拜会了柯萨曼王后。王后是柬埔寨的最高领导，会见的时候她坐在中间，西哈努克作为亲王坐在旁边。

这天下午还参观了一个经济方面的展览，西哈努克亲自讲解。展览会上我看到一样东西，就是用他们国家生产的橡胶加工成的大块泡沫橡胶，可以做床垫、枕头之类。当时这种东西很少见，不像现在到处有海绵，不稀奇。我看它挺柔软，就顺手按了一下，对少奇说："这东西很好。"西哈努克很细心，注意到了。后来他送礼物的时候，就送了我们好多用泡沫橡胶做的床垫、枕头。他送的这个东西体积很大，而我们回送的景泰蓝花瓶之类，相比之下挺小，我还觉得不好意思。我回到住处跟少奇说了。他说，没关系，他们的纺织厂还是我国援建的。

泡沫橡胶拿回国以后，送了一套给毛主席，出访人员留用了一些。但毛主席习惯睡板床，没用。我们家留了一套，还真用上了。出访回国不久我就下乡搞"四清"，少奇在家睡地铺，正好用上了这个床垫、枕头。后来他又害肩周炎，白天也用橡胶枕头垫着。1965年我到第二个"四清"点去，也带了枕头。"文革"开始后，我和少奇被分开关押，孩子们也都天各一方，家里的生活用品全部丢失，基本荡然无存。直到1979年中央决定为少奇同志平反，在举行追悼会的前夕，我和孩子们到河南开封去接少奇的骨灰。在他逝世的地方，我赫然见到他生前用过的橡胶枕头，不禁百感交集……

5月2日，我们乘直升机从金边到暹粒访问。西哈努克亲王和夫人莫尼克陪同少奇和我乘一架，陈毅、张茜等同志乘另外一架。张茜上直升机时脚一滑，差点掉下去。陈老总在机上一手拼命拉住张茜，一手关上机门。事后我们还和他开玩笑，说是"英雄救美人"。

暹粒在金边西北三百公里，世界闻名的吴哥古迹就在那里。上了飞机以后，少奇问西哈努克："这是哪国的飞机？"西哈努克说："是法国的。"少奇就说："那你替我们介绍，我们买几架。"少奇是有意给了一个回音。那时我国和法国还没有建交。在万隆时，一个法国记者问我想不想去巴黎，有可能是试探，我跟少奇说了，少奇就在这里借西哈努克买飞机的事回了一下。后来在1964年，我国和法国正式建交，是少奇和戴高乐总统互换的国书。法国是西方大国中第一个和我国建交的。外交上的事确实是非常微妙、复杂的。中法建交就经过了很多的试探、接触、谈判，才实现的。

当天下午我们就去参观了位于暹粒市以北约六公里的吴哥古迹。西哈努克亲自开汽车送我们去，还是一辆敞篷汽车。因为是游览，我们穿得随便了一点儿，我穿了裙子，少奇穿了西装。那时我国领导人出访的正式服装是中山装。

柬埔寨历史上有很长一段时间，大约是公元9世纪到15世纪，吴哥这个地方是国都所在地，当时叫真腊王国。留存到现在的共有六百多座式样各异的古建筑，有古塔、石刻、浮雕等。奇特的是这些建筑都没用木头和金属，全是用石块堆垒砌成，有的石块重好几吨。据说这些建筑前后历经四百多年方才建成。最具代表性的是吴哥寺的五座石塔，造型雄伟，制作精美。现在柬埔寨国旗上的图案，就是这吴哥圣塔。

一路上，西哈努克亲王就不断向我们介绍这些古迹的来历和种种奇妙之处。到了吴哥寺圣塔，他又热情邀请我们登塔。少奇、陈老总、张茜和我都登上了塔顶。西哈努克说，少奇是第一位接受他邀请登上吴哥圣塔的外国国家元首。

当晚我们就在吴哥住了一夜，住在一座陈设很好的别墅里，屋子里摆放着很多艺术品。晚上少奇和我出来散步，走着走着，碰见了西哈努克。他就住在我们附近的一处房子里。既然碰见了，他只好请我们到屋子里坐。进去一看，里面特别简单，什么装饰的东西都没有，他很不好意思。原来他是把好房子让给我们住了，自己住差的。其实我们完全理解他，说明他热情好客，自己可高可低。我就说："你上中国的时候，我们也把最好的房子让给你，而我们自己住的地方很简单。所以我们特别理解你。"我说了这个话，他听得进去，高兴了。

5月3日，我们离开暹粒到磅湛访问。由我国援建的柬中友谊纺织厂，就在磅湛市。我们参观了这个厂，厂里组织了欢迎会。下午，全部人马都回到金边。晚上，西哈努克亲王正式举行国宴，我们都出席了。少奇和西哈努克亲王都讲了话。

中间西哈努克说起，要把一条街道命名为"刘少奇路"，我们当时没太注意这事。后来听说真的命名了。

5月4日，少奇和西哈努克亲王正式会谈。5月5日，少奇和西哈努克亲王签署两国联合声明，然后出席金边市群众欢迎集会。5月6日，我们结束了在柬埔寨的友好访问，回到昆明。

- 1963年2月,刘少奇、王光美,周恩来、邓颖超在中南海会见西哈努克夫妇

- 1963年5月,刘少奇、王光美在柬埔寨金边政府饭店举行告别仪式,招待西哈努克亲王

少奇和胡志明的友谊

黄　峥：这次刘主席出访东南亚的最后一站是越南。越南是社会主义国家，少奇同志和越南领导人胡志明主席又是老朋友，访问的气氛肯定更亲切一些。

王光美：是这样。胡志明同志多次来中国访问。他是越南的最高领导人，职务是越南劳动党中央委员会主席、越南民主共和国主席。少奇同志这次访越，也算是对他的回访。我们5月10日离开昆明，抵达越南首都河内。在机场受到胡志明主席的热烈欢迎。他和少奇是老朋友，两人一见面就热情拥抱。胡主席和我也非常熟悉，所以他也拥抱了我。那情景真像亲戚重逢一样。

胡主席在机场发表的讲话非常热情。他说："我国人民好久就盼望着刘少奇主席前来我国访问。今天能够迎接主席同志和其他同志，我们感到万分高兴。真是：'心心早相印，今日喜相逢。'我们对伟大的中国人民和中国共产党的卓越领袖，国际共产主义运动的出色战士表示热烈欢迎。"

少奇同志和胡志明同志早在20年代就认识。那是中国第一次大革命时期，少奇任中华全国总工会副委员长，在广州从事工人运动。胡志明那时也在广州，创办培训越南革命青年的"特别政治训练班"，曾邀请一些共产党领导人到这个训练班讲课。少奇去讲过工人运动。那时他们就认识了。

胡志明原名阮必成，参加革命后改名阮爱国，1942年再次到中国南方进行革命活动，又改名胡志明。越南民主共和国成立的时间比我们中华人民共和国还早。1945年胡志明同志领导越南人民进行"八月革命"，9月2日在河内巴亭广场向五十万群众宣读了《独立宣言》，就宣告了越南民主共和国的成立，胡志明任共和国主席兼总理。但越南民主共和国还没有来得及得到国际上的承认，法国殖民主义者就卷土重来，重新占领了越南。胡志明又领导越南人民进行不屈不挠的抗法救国战争。

胡志明同志得到中华人民共和国成立的消息异常兴奋，当时他们的抗法救国战争正处在最困难的时候。1950年1月，胡志明赤着脚在丛林里步行了十七天，秘密来到中国境内。除了越共领导中的个别人，他谁也没告诉，也没事先通知中国，就这样突然到了我们广西境内。我们边防部队的干部战士不认识他。他到了中国边境的接待站，自报家门说他是越南的胡志明。他也没有什么证件，说能证明他是胡志明的就是他的胡子。部队就只好层层上报，一直报到中央。当时毛主席、周总理都去了苏联，北京是少奇代理党中央主席和中央人民政府主席，主持工作。少奇接到报告，立即指示下面迅速稳妥地将胡志明同志护送北京。为了保密和安全，他在来北京的路上还化装成一位老先生模样。

我认识胡志明同志就是这次。少奇安排他住在中南海。那时我们家在中南海的万字廊。有一天他自己很随便地就上我们家来了。我正好在家，一抬头见进来一个人，脖子上围了个大围巾。我一看就猜到他是胡志明，因为少奇回家简单讲过他来中国的事。我马上请他在客厅落座，一面赶紧叫少奇。少奇出来，他们俩就在客厅里谈话。因为是老朋友见面，谈得很轻松很随便。胡志明同志喜欢小孩子，让我把我们家的孩子叫出来看看。我还对胡志明同志说："你留胡子干吗呀？还要用围巾盖住，多麻烦，干脆剃了算了。"他笑着说："这不行。越南人民就认我这胡子。"

胡志明同志中文水平很高，能说能写，还能用汉语写诗。这一次，可能因为好多年没来中国，一直在国内，他讲中国话显得生疏，咕噜咕噜的，但能用中文写东西。我亲眼见过他用中文写的关于土地改革的提纲。少奇在北京热情接待胡志明同志，尽量满足他的一切要求。胡志明同志提出，希望中国在军事、经济等方面援助越南。少奇主持开会决定，由朱德、聂荣臻、李维汉、廖承志同志组成一个委员会，专门研究解决办法。胡志明同志还希望去苏联，会见斯大林、毛泽东同志。少奇经过周密安排，于1950年2月3日把他送上了去苏联的列车。

这时共产国际虽然已经解散，但各国的共产党对苏联特别是对斯大林还是很尊敬的。胡志明同志到了苏联，见到斯大林，就主动上去拥抱。可斯大林不喜欢这个，开玩笑说："你这是干什么？我又不是女人。"有一次胡志明同志出席斯大林的一个宴会，他拿了请帖让斯大林等参加宴会的人签名留念，可临走的时候一匆忙把那签名的请帖落在那儿没带回去。斯大林又说了他。就是说胡主席这个人，是很热情、很随和的人，平时没有架子，又有点儿不拘小节。我是很尊敬他、喜欢他的。他每次来北京，我都带着几个孩子去看他。孩子们也特别喜欢他。

当时还没有成立中央对外联络部，所以援越工作在相当长一段时间里一直由少奇直接领导。1950年8月，应胡志明主席和越共中央的要求，少奇同志主持向越南派出援越顾问团，由中央军委办公厅主任罗贵波同志任团长，具体安排对越南的援助。以后，又陆续加派了陈赓、韦国清等同志，在政治、军事、土改等方面给予越南帮助。

1952年少奇去苏联参加苏共十九大，后来我也去了。胡志明同志这时也在莫斯科。他经常上少奇这里来，和我们相处很随便，有说有笑，关系很好。苏共十九大开完后，少奇、胡志明同志他们等斯大林安排会谈，时间比较空。当时少奇身体不太好，很少外出。胡志明同志就常来请我和朱仲丽同志同他一起参观，看一些莫斯科的建筑、名胜。

胡志明同志送给我一张他年轻时的照片，还没有留胡子。以后又送给我一张他在丛林里住处的照片，就是用竹子搭的那种吊脚棚。前几年越共原领导人黄文欢同志来中国，我觉得胡志明同志送的这两张照片，也许对越南同志来说有历史价值，就赠给了黄文欢同志。

　　胡志明主席是越南人民的伟大领袖，在越南人民中享有崇高威望。大家都尊称他为胡伯伯。我记得胡主席的生日是 5 月 19 日。他几乎每年这个日子都要到中国来，称之为"避寿"。如果他在国内，干部群众就要为他举行各种各样的祝寿活动。胡主席生活非常简朴，不喜欢做这些事情。

　　1961 年夏天，胡主席来中国，住在中南海。我们家那时住在西楼，还没有搬到福禄居。有一天他散步就上我们家来了。正好那天孩子们都在家。大家见胡主席来了都非常高兴，就一起照了张相。就在西楼甲楼的客厅里照的，亭亭坐在胡主席的身上，源源坐在少奇的身边，平平抱着小小。

刘　源：亭亭在美国读书的时候，宿舍里放了一张同胡主席在一起的照片。一些美国人来看见这张照片，吓了一跳。美国人经过越南战争，对胡主席非常害怕。

王光美：1966 年，胡主席在生日前又来北京，住在玉泉山。5 月 18 日，少奇、恩来、小平同志去玉泉山，同他见面谈话。第二天是他的生日，在他住处请客吃了一顿饭。朱老总去了，是代表中央。还有就是蔡畅大姐、廖承志同志和我。知道胡主席喜欢孩子，那天跟去的孩子特别多，有朱老总的几个孙子，小平同志家的邓楠、邓林、邓毛毛，我们家的平平、源源，还有陈赓同志、廖承志同志的孩子等等。廖承志同志坐在胡主席对面，紧挨着胡主席的是朱老总和蔡大姐。我挨着蔡大姐。吃饭中间胡主席对我说，今晚有芭蕾舞演出，你和孩子们一起来。吃完饭他又跟我说了一遍，我就答应了。本来我们是不能随便参加陪同看戏的，因为有朱老总在。但胡主席再三说了，我只好去了。

　　晚上演出芭蕾舞是专门为胡主席举行的加场，是上海芭蕾舞团演出《白毛女》，伴唱的是歌唱家朱逢博同志。朱老总年纪大，看了一半先回去了。我陪胡主席直到看完。中间他跟我讲了一件事，说："你知道吗？在中国西南山区有一个真的白毛女，还给我写过信。这位妇女原来一直躲在山里，解放后才跑出来。她的经历和戏里的白毛女一样。"胡主席是很注意联系群众的，可能他有时会收到中国老百姓的来信，就总是记着。

这天晚上胡主席兴致很高。演出结束后，他拉着我上台接见演员。上了台他还指挥演员、观众一起唱歌，先唱了一支《团结就是力量》，又唱了一支《东方红》。我当时想，要是全场能再唱一支越南歌就好了，赶紧问乐队会不会越南歌曲？由于事先没有准备，乐队还真不会，就没有唱成。胡主席也不计较。

有一次他散步又顺路上我们家来了。他说愿意在中南海里随便走走。我说我可以陪你，给你带带路。他说你带我上哪儿呢？我说我带你去看看蔡大姐吧！他说好。因为我知道蔡畅大姐和胡主席年轻时都在法国搞过勤工俭学，他们早就认识。蔡大姐和李富春同志那时住在怀仁堂西侧第一个门。我就带着胡主席去找蔡大姐，事先也没经过电话联系。一去，蔡大姐正好在家。见了面很高兴，就一起坐了坐，说了会儿话。从蔡大姐家出来，隔壁就是邓小平同志家。胡主席和我就进去了。小平同志也正好在。他俩就坐下说话。我想他们可能会谈一些大事，我在场不合适，就告辞先回家了。

胡主席对中国确实是特别友好。他在中国就像在家里一样。我们也不把他当外人。我陪他看戏看电影有好多次。所以1963年少奇和我到越南访问，那确实是像老友重逢，亲戚见面。

1963年5月10日，少奇和我到达越南河内，当天下午向越南的烈士墓献花圈。从第二天开始，少奇、陈毅同志和胡主席以及越共中央政治局成员会谈，每天谈一次，共谈了四次，主要是交流对国际共产主义运动的看法。5月12日，为欢迎少奇访问越南，河内举行二十万人的群众集会。少奇在会上讲了话。这天群众大会非常热烈。胡主席亲自指挥全场唱歌，又唱了中国歌《团结就是力量》。

胡主席正式的办公地点是河内的主席府。那是一座白色的建筑，一般正式的活动在这里举行。我们到访的那几天，胡主席把少奇和我安排住在主席府，自己住在主席府花园的宿舍。但他平时居住、办公不在这里，是在郊外丛林里的那个吊脚屋。有一天，少奇去那里看望了他。胡主席平时很朴素，习惯光脚不穿鞋，跟一个普通老头没多大区别，到了正式场合他才穿鞋。

5月13日休息一天，胡主席陪少奇等中国客人游览河内著名风景区西湖。晚上，少奇接见了我国驻越南大使馆工作人员和援越的中国专家。15日，少奇等参观阮爱国党校，并在党校发表演讲。阮爱国党校是越共的中央党校，以胡主席青年时的名字命名。

5月16日上午，少奇和胡主席签署《刘少奇主席同胡志明主席联合声明》。仪式结束后，大约九点多钟，我们离开河内回国。

胡志明与刘少奇、王光美一家

1963年5月，刘少奇、王光美抵达越南河内，受到胡志明主席的热烈欢迎

1963年5月，刘少奇、王光美出访四国途中回国休息，到云南石林游览

1963年5月，王光美随同刘少奇访问越南期间，同越南友人叙谈

风雨无悔
——对话王光美

从西楼搬家到福禄居

王光美：我们从越南回来，先到昆明，5月22日回到北京。回国后，少奇很快就忙上了。我记得这段时间国际国内的大事特别多，国内正在发动社会主义教育运动，国际上中苏两党论战日趋激烈。

黄　峥：是这样。1963年5月，毛主席主持制定了《关于目前农村工作中若干问题的决定（草案）》（后来称为《前十条》），决定在农村开展社会主义教育运动。同时经济调整工作也在紧张进行。国际方面，党中央正在讨论起草《关于国际共产主义运动总路线的建议》，作为全面阐述我们党的观点，批驳苏共观点的一个纲领性文件，并为此同有关兄弟党进行磋商。还准备起草一系列的重头文章，同苏共展开论战。

王光美：5月，我们一直在国外访问，少奇就没有参加《前十条》的讨论制定。出访东南亚回国后，少奇主持中央政治局讨论通过了《关于第二个五年计划后两年的调整计划和计划执行情况的报告》《关于1961年和1962年国家决算草案的报告》，准备提交全国人大常委会讨论。《关于国际共产主义运动总路线的建议》，少奇参加了修改讨论，还主持确定了参加7月份中苏两党会谈的方针和中共代表团成员名单。这段时间里还有新西兰共产党总书记维·乔·威尔科克斯、朝鲜劳动党总书记金日成、越南劳动党中央第一书记黎笋、朝鲜最高人民会议委员长崔庸健等来访。少奇参加接待，并先后同他们会谈。

这样一来，少奇因为在出访东南亚期间奔波忙碌，回国后又接着紧张了一阵，身体就有点儿吃不消了。到医院一检查，发现他的肺部不好，有结核。少奇小时候得过肺结核。他的父亲也是因肺结核去世的，因此怀疑有家族病史。旧社会把肺结核叫痨病，那个年代对这种病没有特效药，一得痨病就没治。所以少奇自己也认为这次是得了重病了。

医生要少奇停下工作休养一段时间。这样，1963年7月25日，我陪少奇到北戴河休养。从1954年起，中央差不多每年夏天到北戴河开会，但1963年夏天没有，就我们去了。

其实少奇的病是劳累引起的。这时肺结核不再是不治之症，已经有了治它的特效药。经过治疗和休息，少奇的病很快好转了。我们在北戴河住了十天，因为索马里总理来访，就提前结束休假，回了北京。

黄　峥：没过多久，1963年9月14日，少奇同志又去朝鲜访问。好像这次出访您没和少奇同志一起去。

王光美：是的。当时有一个不成文的惯例，就是出访社会主义国家不带夫人，所以朝鲜我就没去。这次少奇也是回访。朝鲜的金日成首相、崔庸健委员长都访问过中国。6月份崔庸健委员长来访，还公开发表了《刘少奇主席和崔庸健委员长联合声明》。

少奇是9月14日乘火车离北京前往朝鲜的。随同访问的有全国人大常委会副委员长林枫同志、国防委员会副主席叶剑英同志。少奇办公室的机要秘书刘振德同志也作为工作人员去了。

正好，中央办公厅安排我们家从西楼甲楼搬到福禄居。这样，少奇出访朝鲜，我就负责在家搬家。这是我们在中南海的第二次搬家。

刚解放的时候，我们家住在中南海万字廊，在中海西侧，靠着春藕斋和毛主席住的菊香书屋。通往这个地方有一条曲曲折折的卍字形的走廊，所以叫万字廊。据说这里原先是清朝光绪皇帝读书的地方。我们住的是三间老房子，一间办公，一间会客，一间是卧室。由于年久失修，墙壁和油漆脱落得很厉害，而且很潮湿，冬天生煤球炉子取暖。

因为中南海房子不够用，行政部门就在大院的西部盖了甲、乙、丙、丁四座小楼。丁楼最大，做机关办公用。甲、乙、丙楼较小，准备安排给领导同志办公和居住。这是中央进城后在中南海盖的第一批房子，1950年落成。在盖的过程中，朱老总亲自指导，把大树保留下来。甲楼本来是准备给毛主席的，盖好后主席嫌楼层矮不想搬，没有去。少奇就要朱老总搬进甲楼，我们家进乙楼。朱老总却要少奇进甲楼，说甲楼会议室大，少奇同志会议多。这样推来推去了一段时间，朱老总坚持不去甲楼，还说要是少奇不去他这次就不搬了。少奇只好同意去甲楼。这样，我们家就搬进了甲楼，朱老总家搬进了乙楼。这是我们在中南海的第一次搬家。

我们搬进甲楼以后，有一天毛主席来我们家里。我们领着他把每个房间看了看。他看到少奇的办公室西墙上有四扇门通向阳台，每扇门上面还有窗子，奇怪地问："设计这么多门窗干什么用？"少奇说："我也不知道干什么用的。"

确实，由于没有经验，西楼甲楼设计得不大合理。少奇和我的办公室都在楼上，会客室却在楼下，来了客人楼上楼下来回跑。少奇的办公室位于二楼的西南角，上午南晒，下午西晒。西墙上装了四扇门窗，使整个一面墙差不多都成了门窗，夏天太阳西晒，室内温度很高。那时也没有空调，有时少奇只穿着背心裤衩，还热得满头大汗。而到了冬天，西北风从门缝呼呼地往里钻。后来，我们给少奇同志换了一间办公室，和我的那间对调，虽然小一点儿，但朝向好些。

我们在西楼甲楼一住十来年，也习惯了，只是少奇年纪大了，每天上楼下楼有点儿不方便。到了1963年，办公厅的同志找我，要我们家搬到福禄居去。为什么呢？因为这期间西楼一带接连出了一些事：少数干部子弟在各楼乱跑乱窜，有的擅自到秘书室剪邮票，有的调皮上房竟爬到了菊香书屋的房顶上。朱老总的孙子朱援朝为了让一起玩儿的同学来找他方便，画了从中南海西门到甲楼乙楼的路线图。在当时的形势下,这些被当作不安全不保密的因素,甚至被看作阶级斗争动向。我们住的甲楼没有单独围墙,警卫部门感到不便警卫,所以要少奇搬出西楼。

福禄居在怀仁堂的后面,1963年9月少奇出访朝鲜,我就在家搬家。

福禄居分前后院。前院的一排北房是主房。我们安排西头做少奇的办公室,东头做我们的卧室。这排北房的门开在正中间,中间一小间就做了我的办公室,以便我在这里值班、照顾。前院的西厢房,改成会议室兼会客室。少奇召集的一些小型会议,包括中央政治局常委扩大会议,大多在这里举行。东西厢还有一些零散用房,做了秘书、警卫等工作人员的办公室。前院东侧有一条走廊,可以通往后院。我把孩子们都安排在后院居住。

少奇从朝鲜访问回来,搬家已经基本就绪。从此,我们就在福禄居办公和居住,一直到"文化大革命"。

1964年5月，刘少奇、王光美在中南海福禄居与曾参加过安源大罢工的老工人袁品高交谈

杨尚昆和所谓"窃听器事件"

黄　峥：光美同志,您家从西楼搬到福禄居,可能还关系到一个大背景,就是自1962年中共八届十中全会重提阶级斗争之后,阶级斗争似乎越来越严重,中南海里也不平静了。因为这期间中央办公厅发生了"窃听器事件",还牵连到杨尚昆同志。

王光美：所谓"窃听器事件",其实并不是什么窃听器,是录音机。它的起因是这样的：毛主席的一些讲话,因为现场没有录音,也不可能时时有人跟着记录,再说靠手工笔记也不准,事后想整理成文字找不到根据,传来传去很不准确,还出过一些问题。杨尚昆同志是中央办公厅主任,为这事很伤脑筋。

有一次,毛主席同外宾谈帝国主义是纸老虎、真老虎的关系,当时安排了录音,后来根据录音整理成文字,很准确。毛主席看后很赞赏,表扬了这件事。于是,就开始在中央领导同志开会,特别是毛主席讲话时,尽量安排录音。可有时候他们的谈话不是很正式,录音话筒往面前一放,就感到不舒服,有拘束。怎么办呢？有关工作人员就想了个办法,将麦克风用盆花挡着,表面上看不见,领导同志讲话就比较放开了。

这样过了一段时间,没觉得有什么问题。出事以后,才听说在毛主席的专列上也装了录音,配了录音员,麦克风放在花盆里等看不见的地方,是汪东兴安排的，事先没有同毛主席说。一个偶然的机会，毛主席发现他的专列上有录音，大发脾气。但当时只是有关人员作检讨，没怎么严重处理。随着阶级斗争越来越强调，这事也就一步步上纲上线，最后牵连到杨尚昆同志。"文革"一开始，他就和彭真、罗瑞卿、陆定一同志一起被打成"彭罗陆杨反党集团"。这到底是怎么回事，就不清楚了。

黄　峥：杨尚昆同志当时是中央书记处候补书记、中央办公厅主任。1965年11月，中央发出一个通知，宣布免去杨尚昆同志中央办公厅主任职务，调任广东省委书记。可实际上他没有到任，很快被批判和隔离反省，主要罪名就是"安装窃听器"。可所谓"窃听器"实际不是杨尚昆同志具体办的，具体经办这件事的副主任反而没事，这确实有点儿费解。

王光美：在西楼的时候，尚昆同志家和我们家住得很近。那时在西楼公共食堂小餐厅吃饭的领导同志有四家：朱德同志、彭德怀同志、杨尚昆同志家和我们家。还有一个江青的姐姐，本来也在小餐厅吃饭，她一看这里都是领导同志，不好意思，就一个人挪到食堂后面的准备间去吃了。四家各有各的厨师，各吃各的饭。我们家和朱老总家伙食比较差，因为孩子多，平时家庭经济比较紧张。有时星期日，朱老总的儿子孙子都来了，要开两桌饭，用小脸盆那么大的盆装菜。彭老总和尚昆同志家伙食比较好。彭老总没有子女，经常是一个人吃饭，浦安修同志平时不怎么来中南海吃饭。尚昆同志夫人李伯钊同志是中央戏剧学校校长，是文艺高级专业人员，工资比较高。

刘　源：尚昆同志家伙食好，可吃饭时冷清，不像我们家小孩多，星期天都回家，开饭时热闹非凡。我们家一般都是家常菜，茄子、粉条、豆角什么的。开饭时，我父亲总是用一个空盘子，一样夹一点，自己埋头吃，吃完就走，不多说话。每次一等他夹完，我们就上前抢呀！孩子们抢着吃，很热闹。尚昆同志一见我们这里热闹，我父亲又走了，就把他那里的好菜端过来，给我们小孩儿吃，他背着手站在后面笑眯眯地看，看我们抢菜吃。有时还把我们拉到他的桌子上吃。彭老总有时也叫我们孩子上他那儿吃。

尚昆同志脾气特别好，喜欢小孩，我们都叫他杨爸爸。为什么叫他杨爸爸呢？开始是叫杨叔叔的，可不知怎么的，我们从小叫李伯钊同志"李妈妈"。有一次尚昆同志说："你们叫她李妈妈，可叫我杨叔叔，这就不合情理了。"后来，我们就叫他杨爸爸了。前几年香港报纸上说，邓小平同志的孩子叫杨尚昆同志"杨爸爸"，说明他们两家的关系不一般。实际上不是那么回事，那时中南海里家庭关系比较近的这些孩子都叫他杨爸爸。

当时在中南海里，我们称呼比我父亲年龄大的人叫伯伯，称呼比我父亲年龄小的人叫叔叔，例如叫毛主席"毛伯伯"，叫周总理"周伯伯"。唯一例外的是叫朱老总"朱爹爹"，是跟着李讷叫的。

"文化大革命"中，我和尚昆同志的女儿妞妞下放在一个县相邻的两个队，常约好了在一个中间的小树林里见面说话。妞妞时不时买些罐头什么的送给我打牙祭，我到现在都很感谢她。她当时有些钱，因为她父亲打倒得早，从家里带出来的东西多些。我们是扫地出门，什么都没有带。"文革"中我们两家的孩子来往比较多。杨家小二和我姐姐涛涛都插队在承德。我去承德找涛涛，还去看了小二。党的十一届三中全会以后，我们两家都平反了。尚昆同志见到我们，非常亲切。他从领导岗位上退下来后，我专门去看望他，他特别高兴，谈了很长时间。

黄　峥： 尚昆同志和少奇同志很早就认识，在一起工作的时间很长。最早是1930年在莫斯科，少奇同志作为中国工会代表团团长，出席赤色职工国际第五次代表大会，尚昆同志是中国工会代表团的工作人员，具体帮助少奇同志工作。1931年至1932年，少奇同志任中共中央职工部部长、全国总工会党团书记，尚昆同志任全国总工会宣传部长。长征中，少奇同志曾任五军团、八军团党中央代表，后来又到三军团兼任政治部主任，尚昆同志是三军团政委。抗日战争开始后，少奇同志兼任中共北方局书记，尚昆同志是副书记。建国后，尚昆同志长期担任中央办公厅主任，少奇同志主持党中央日常工作，工作关系就更密切了。

王光美： 少奇同志平反的时候，尚昆同志还在广东省委当书记。他主动组织了一个写作班子，专门请了北京的有关同志参加，写了怀念少奇同志的文章。

1988年少奇同志诞辰九十周年的时候，在湖南少奇同志的家乡，建竖了少奇同志的铜像。尚昆同志那时是国家主席，亲自去湖南主持了少奇同志铜像的揭幕仪式。1998年少奇同志诞辰一百周年，尚昆同志又组织人写怀念少奇同志的文章。这篇题为"卓著功勋，彪炳千秋——为少奇同志一百周年诞辰而作"的文章，后来在《人民日报》发表了。

黄　峥：我和我们那里的另一位同志参与了起草工作。起草过程中，尚昆同志多次约我们到他的家里，同我们谈文章的思路和内容。文章起草的时候，尚昆同志身体还好，不久就因病住院了。他在病床上最后审定了全文，同意以他的名义发表。1998年9月14日，尚昆同志不幸患白血病逝世。《人民日报》在1998年11月24日即少奇同志的诞辰日，发表了《卓著功勋，彪炳千秋——为少奇同志一百周年诞辰而作》一文。这时尚昆同志已与世长辞。这篇怀念少奇同志的文章，成了他的绝笔。

1963年7月,刘少奇同杨尚昆（左二）、彭真（右一）在北京机场

"四清"运动开始了

黄 峥：从1963年开始，我国城乡开展了大规模的社会主义教育运动。对这场运动，人们看法不一，里面有许多问题还不大清楚。您能不能给我们谈一点儿有关的事情？

王光美：自从中共八届十中全会强调阶级斗争以后，首先在干部中间越来越多地议论这个问题。1963年2月，在北京的一次中央会议上，毛主席推荐湖南、河北等地抓阶级斗争的经验，提出"阶级斗争，一抓就灵"。根据毛主席的提议，中央决定在农村开展"四清"为内容的社会主义教育运动，在城市开展"五反"运动。当时说的"四清"，就是清理账目、清理仓库、清理财物、清理工分，是河北保定地区的做法。后来随着运动的发展，"四清"的内容演变为清政治、清经济、清组织、清思想。"五反"就是反对贪污盗窃、反对投机倒把、反对铺张浪费、反对分散主义、反对官僚主义。这次会议少奇同志出席了。他赞成毛主席的意见，同意开展这两个运动。但这次会上还只是决定要开展"四清""五反"运动，来不及准备政策性文件，因此对运动没有具体部署。

　　为了指导农村"四清"运动，1963年5月，毛主席在杭州主持制定《关于目前农村工作中若干问题的决定（草案）》。这个文件中提出：当前中国社会中出现了严重的尖锐的阶级斗争情况，"四清"是打击和粉碎资本主义势力猖狂进攻的社会主义革命斗争，要求各地训练干部，进行试点，为普遍开展社会主义教育运动作准备。9月，党中央根据试点中提出的问题，又制定《关于农村社会主义教育运动中一些具体政策的规定（草案）》，明确提出运动要以阶级斗争为纲。这两个文件都有十个条文，所以习惯称为《前十条》《后十条》，是指导"四清"运动最早的、基本的文件。

在中央制定这两个文件期间，正好少奇同志连续出访印度尼西亚、缅甸、柬埔寨、越南、朝鲜和忙于处理几件国际事务，所以《前十条》《后十条》的讨论他都没有参加。

少奇同志出访印尼、缅甸、柬埔寨、越南，我跟他去了。从越南回来以后，可能因为劳累，少奇的肺病复发了。少奇对生死问题从来是很坦然的。这次，我感觉他有所考虑，工作更抢时间。

1950年代，刘少奇、王光美在中南海劳动

沉思中的王光美

少奇要我下基层

王光美： 当时，社会主义教育运动正在全国一些地方试点。有一天，少奇对我说，他提议我下基层工作一段时间。他没有多说理由，我想是为了带头响应中央的号召。同时我感觉他还有这样一层意思：多年来我一直跟着他，担任他的政治秘书，没有独当一面工作过，将来他不在了怎么办？所以让我下去，在实际斗争中经受锻炼。其实，我自己倒没有想这么多，我是全心全意、心甘情愿地做他的助手。看到他为党为国家为人民做出了应有的贡献，我觉得尽到了自己的责任，从心里感到高兴、自豪。而且，他年纪大了，身体也不太好，多年来他的生活起居一直是我照顾，离开他，我实在不放心，也不忍心。再加上，我们的孩子都还小，平平、源源、婷婷才十来岁，小女儿小小只有三四岁，正是需要管教的年龄，我走了怎么办？所以，在开始一段时间，我对下基层这件事心里非常矛盾。

少奇同志正式提出要我下基层，我当然要尊重他的决定。再说，党中央、毛主席号召开展社会主义教育运动，我作为共产党员，应该积极响应，同时也可以补上基层锻炼这一课。于是，我把这一安排向少奇同志办公室的干部们作了转达，以便大家有所准备。但这事遭到少奇同志身边工作人员的一致反对。他们举出种种理由，认为我不该下去。不知是谁，把这件事捅给了周恩来同志。周总理也不赞成我下去。他已经知道少奇同志肺病复发,便催我们赶紧安排少奇同志到北戴河休养。

这样一来,我下基层的事只好暂时搁置。7月25日,我陪少奇到北戴河休养。一般每年夏天,中央同志都要到北戴河,或者开会,或者边工作边休息。但1963年夏天毛主席、周总理等中央同志都没去,我们在那里感到空荡荡的。少奇在那里就是休养、治疗,哪儿也没去,也没有见什么人。我记得那时萧劲光同志也在北戴河,就是他来看过少奇一次。那几年萧劲光同志喜欢收集古画,可能买了不少,在干部中有些反映。他来找少奇同志,对这事做了些解释。萧劲光同志和少奇同志很早就认识,1921年到莫斯科东方大学学习,他俩就在一起,比较熟。

经过治疗和休息,少奇的身体好些了。从北戴河回来,按原定计划,少奇同志准备出访朝鲜。朝鲜是社会主义国家,夫人可以不去,秘书中就派了刘振德同志跟去。少奇临走前,再次提出要我下基层。他听说身边工作人员都反对我下去,特意说,不要顾虑他的身体,他自己会注意,保证一定和工作人员配合好,教育孩子的事也由他来管,家务事有问题可以让工作人员随时问他。他要我把他的这些意见转告秘书、警卫等工作人员。

见少奇下这么大的决心,我很感动,也暗暗下决心,坚决照他的话去做。但当时面临一个怎么下的问题:下到哪里?下去干什么?向谁申请?具体关系怎么处理?这些问题都不是一下子就能搞清楚的。少奇同志出访朝鲜后,我在家一面安排搬家,从西楼甲楼搬往福禄居,一面关心留意下去的途径、方式。

国庆节前夕,少奇同志从朝鲜回来了。他见我还没有下去,就催促说:"如果不能一下子到基层,哪怕先下一级也好。"我说:"我不是怕下去,我已经下了决心了,现在就是不知道怎么下。"

不久,听到田家英同志在一个会上做报告,宣讲《前十条》《后十条》。他在报告中说:"我要带一个工作队,到山东搞'四清',欢迎大家跟我去。"他这个话一下子启发了我:我可以采取参加"四清"工作队的方式下去,这样可以直接下到基层,而且我以前参加过土改工作队,这方面有一定的经验。

经过考虑和联系,我选择去河北省,时间方面设想下去一年左右。当时想得很简单:我是北方人,到北方农村可能适应快一些。记得1961年我随少奇同志到湖南农村调查,那里的生活习惯和北方差别很大,话也听不懂,要是我一个人在那里肯定没法开展工作,对此我记忆犹新。再说,河北离北京相对比较近,家里有事也能尽快赶回来。当时,确实一点儿也没有要搞一个典型经验的想法。

有一天,中南海春藕斋有舞会,我去了。见到毛主席,我就向他报告了少奇同志要我下基层、我准备到河北农村参加"四清"的事。毛主席听了高兴地说:"好哇!"见主席也支持我下去,我的信心更足了。

下去的事定下来以后,我开始抓紧时间作准备。少奇同志办公室的党支部还专门开了个会,讨论相应的工作安排。少奇同志身边的工作人员一直反对我下去。我理解他们的心情。少奇已经六十五岁了,平时工作又那么忙,我在,工作上生活上的好多事情我就包了,要是我不在,他们担心照顾不过来,弄不好要出事。特别是,少奇每天晚上睡觉都离不开安眠药,第一次服药后还要坐在床上看文件两三个小时,然后再吃一次才能入睡。入睡前后他要起来上厕所,吃了安眠药脑子迷迷糊糊,就很容易摔跤,已经摔倒过好几次,有时还从床上摔下来。卫士组的同志提出,我走后必须在少奇同志卧室门口安排夜间值班。原有人手本来就紧张,就只能向警卫局申请增加人。

我把这事跟少奇同志说了。他不同意再加人,说:"大家的心意我领了。你们无非是担心我从床上摔下来,我睡地铺不就解决了吗?"这样,在我下去的前一天,我们真的就把卧室的床架子拆掉,将床垫子直接放在地上。从此,少奇睡起了地铺。

我是11月下旬正式离开中南海下去的。本来是可以早一点儿走的,为什么又拖了些时间呢?一是因为这期间正好召开全国妇女代表大会,我是全国妇联执委会委员，必须出席；二是办理这样那样的手续。我拿着中央办公厅的介绍信，找到河北省委书记刘子厚同志，请他帮助安排。刘子厚同志很欢迎我去，说："河北'四清'现在有两个点，一个在邯郸，一个在抚宁。抚宁的点是林铁同志在那里挂帅，你就去抚宁吧！"他还建议我最好改个名字。

刘子厚同志的建议很有道理。那个年代，中国绝大部分的城市没有电视，农村是完全没有，所以我们下去，一般人都不认识。但由于出国访问等情况，有时候报纸上会出现我的名字。改个化名，可以方便工作。回家以后，我就和少奇同志说改名字的事。他也说这样好。我们商量了一下，决定我化名董朴。董，是随了我母亲的姓；朴，就是艰苦朴素的意思。

刘子厚同志把我去抚宁参加"四清"的事告诉了林铁同志。林铁同志后来在到北京时上我们家来了一次，向少奇同志汇报河北的抗洪救灾工作，同时谈了谈我下去的安排。

我抓紧时间向其他秘书交代工作，并把家务事安排了一下。平时在家里，大小事包括经济开支都是我管，少奇是根本不管的。我走了怎么办呢？我把家里每个月的开支情况写了一张清单，让少奇交代给刘振德秘书掌管。我们家每月工资收入共五百多元，少奇四百多元，我一百多元。平时每月初我领到工资后，首先要支出以下几项，这是固定的：交给卫士组一百元，为少奇同志买香烟、茶叶和别的小日用品；交给厨师郝苗同志一百五十元，作为全家一个月的伙食费；交给我母亲一百三十元，由她统一安排我们五个孩子的学杂费、服装费和其他零用钱；付给我们家的老阿姨赵淑君同志工资三十元；上交少奇同志和我两人的党费二十五元；付每月的房租、水电费等四十多元。这些基本开支，每月得四百多元，这还不包括添置一些大一点的用具、衣服和接济亲友。所以，平时我们家很节俭，孩子们穿的衣服很少有不带补丁的，花钱不精打细算不行，一不小心就会透支。临走前我数了一下放钱的小铁盒，里面只有二十多元，这是我们家的全部家底了。

交代完工作和家务，我简单收拾了一下行装，也就是一个旅行包，一个铺盖卷。下去后要住在老乡家里，老乡不可能提供被褥，所以睡觉用的一套东西要自己带。我把平时睡的被褥枕头卷在一起，用绳子捆好，把日常生活用品装进旅行包，就出发了。走的时候，少奇同志从办公室出来，为我送行。他提起这两件行李，掂掂分量，笑着说："还不重。轻装上阵，这样好！"

　　我拿着行李往外走，回头看看，少奇一直站在办公室门口目送我走出大门。想到这次下去要一年时间，心里实在不放心。自从我和少奇结婚以来，我们从没有分开过这么长时间，我从没有离开家这么长时间。他年纪大了，身体也不太好，工作起来没日没夜，我不在了谁能照顾好他呀？没人提醒他及时穿衣戴帽，他是很容易受凉感冒的！夜间起来摔倒了怎么办？小孩子教育会不会耽误事？一大堆家务事谁来管？但事已至此，再牵挂也没用，我只好咬咬牙，一步三回头地走了。

- 1964年,"四清"期间,王光美在当地贫农刘玉森家

- 1964年,"四清"期间,王光美在蹲点农村摇水车浇地

1964年,"四清"期间,王光美在农家土炕上工作

我到桃园大队参加"四清"

黄　峥：这么说，您是1963年11月下旬参加"四清"工作队的。工作的地点就是河北省抚宁县桃园大队吗？

王光美：这有个过程。11月下旬，我正式到工作队报到。我参加的是河北省委组织的省、地、县"四清"工作队。这个工作队的任务，是负责一个公社的"四清"运动，具体就是到唐山专区抚宁县卢王庄公社。整个工作队有二百二十多人，其中有一半是省属各机关的干部，另一半是县属各级的干部，包括县、区和从一些公社抽调来的公社干部。还有少数地委的干部和中国青年报的同志。工作队队长是抚宁县委第一书记强华同志和省委政策研究室副主任肖风同志，上面是省委书记处书记林铁同志挂帅。

在进村之前，工作队在秦皇岛集训，学习了一个星期。我也参加了。学习完我们就下乡。我被分配到卢王庄公社桃园大队。为了便于工作，对外我是以河北省公安厅秘书的身份，在整个工作队里我是一个普通队员，在桃园大队工作组里是副组长。省公安厅派了一个副处长跟我去。除了省委主要领导同志，工作队的同志和当地的干部群众都不知道我的真实身份。这时强华、肖风两个队长都还没有下来，他们也不知道。有少数人可能知道我是从北京中央机关下来的。

桃园大队在北戴河车站西面，离休养地海滨不远。这个大队有二百多户人家，一千多口人，分四个生产队。派到桃园的工作组共二十人，其中有八个是县属干部，另外十二人，包括我，是省级各机关的干部。刚下来，工作组成员之间互相都不熟悉。进村的当天晚上，我们都分别在老乡家里住下了，工作组组长黄贤同志派了一个人来找我，要我去他那里商量工作。这时我已经吃过安眠药，准备睡了，只好对来人说："十点半了，我刚吃了安眠药，明天再谈吧！"我问他贵姓，他说姓王，我脱口而出说："噢，咱俩同姓。"这下子可能就露馅了，他们回去就猜测并留意打听我是什么人。

我在桃园大队"四清"工作组的工作就此开始了。工作组根据省委的指示，参照先期进行"四清"试点的卢王庄公社蒲蓝大队的经验，拟定了工作计划。大体分了这样几个步骤：先搞扎根串连，宣传两个《十条》文件，初步组织贫下中农的阶级队伍；然后搞"四清"，清账目、清仓库、清财物、清工分，干部"洗澡"放包袱；再搞对敌斗争；最后搞组织建设，掀起生产高潮。

在离开北京之前，我曾请示少奇同志，问他，我下去应该注意些什么，工作怎么做法？他简单讲了两句，说："不要先有框框，一切从实际出发，有什么问题就解决什么问题。要有马列主义的立场、观点和方法，要理解党中央的基本政策。除此以外，不要先有框框，一切从实际出发。"

在桃园大队，经过发动群众，确实揭露出许多问题：干部多吃多占、打骂群众、赌博成风，贪污盗窃的事也揭发出不少。按照当时的政策，工作队组织有问题的干部向群众检讨、退赔，叫作"洗澡""下楼"。春节前夕，这项工作告一段落，工作队放假回家过年。我也回北京了。

回家后，看到少奇同志和家里一切都好，我一颗悬着的心才放了下来。少奇同志给我留了一些有关"四清"运动的文件、材料，我都认真地看了。这期间，少奇同志抽时间听我详细汇报了桃园大队"四清"的情况，谈了他的看法。他说：犯严重四不清的干部，根子在哪里？我们说根子是在封建势力和资本主义势力的腐蚀和影响，如一般所说的"错在干部，根子在地富"，这是下面的根子、基本的根子。群众还提出有上面的根子，应该切实查一下。上面的根子，包括上级机关的蜕化变质分子和一般干部的不好作风的影响。下面的干部给上面的干部送礼物，请吃喝，甚至发展到相互勾结，上面就有人保护他了。少奇还提出："'四清'和'五反'以后，要制定出一些新的制度和规定。如，今后干部下去应该如何工作，遵守什么制度，以便于群众监督，保证坚持勤劳、廉洁、朴素的作风。"少奇同志的这个谈话，我当时作了记录，回河北时向省委传达了。后来，少奇同志自己还把河北省委的传达记录报送毛主席审阅。

这期间，我在中南海春藕斋舞会上见到毛主席。主席知道我下去参加"四清"，便向我了解情况，问得很细。我讲到一些干部多吃多占等严重现象，主席说："为什么他敢这样？根子在上面。"毛主席还提议说："你下次到南方搞一期，不要总在北方，我那里派两个人跟你一起去。"我说："到南方，我就怕话听不懂。"后来，我在桃园大队"四清"工作结束后，又到河北新城县高镇大队参加了一期"四清"。毛主席办公室果然派了秘书林克和卫士小张，随我一起去参加"四清"工作队。

有一次在春藕斋舞会上碰见江青。她对我说："我现在身体不好，下不去了。你身体好……"说话口气有点儿酸。我忙说："你当年在武汉不也下去过吗？我还得向你学习呢！"

1964年春节过后，我又回到了桃园大队"四清"工作组。自从毛主席重提阶级斗争，我一直努力紧跟。我自己感到比少奇跟得还紧。整个运动的指导方针是以阶级斗争为纲，各"四清"试点单位揭露出来的问题越来越严重。当时的感觉，阶级斗争形势十分严峻。在这种情况下，桃园大队揭出的事情也越来越多。我和工作组的同志把问题看得相当严重，认为这个大队的领导班子不像共产党，烂掉了。我们改组了大队党支部，处分了一些干部。后来证明有些事情是不实的，这就错伤了一些基层干部。但我们在那里没有开过斗争会斗过谁，更没有抓捕过一个人。对撤职的原支部书记，也是以人民内部矛盾对待。

桃园大队新的党支部建立起来以后，工作组就撤了，只留了少数几个人的巩固小组，处理一些遗留问题。1964年4月底，我结束在桃园大队的工作，回到北京。

- 1964年，"四清"期间，王光美化名"董朴"，与农村姐妹们在一起

- 1964年，"四清"期间，王光美劳动之余在田间地头休息

关于"桃园经验"

黄　峥：桃园大队的"四清"经验，后来影响比较大。请您给我们介绍一下当时的情况。

王光美：1964年五一节前我回到北京。在乡下五个月确实比较辛苦，自我感觉身体有点儿差，我想休整一段时间再说。要不要再去参加一期"四清"？下一期到哪里？当时都没有具体打算，也根本没有想到要总结一个"桃园经验"。之所以后来形成一个"桃园经验"，并且产生那样的影响，我认为主要是当时社会主义教育运动形势发展的需要。

　　从1964年开始，在党中央、毛主席的督促下，社会主义教育运动也就是"四清"运动，由试点转向全面铺开，成了全党全国的一项中心政治工作。各省、各中央机关都动起来了，派出了大量工作队。各级领导亲自带头，下去参加社会主义教育运动。

　　我回北京后，中央直属机关党委要我向机关干部作一个关于"四清"的报告。这样，我在中直机关党委召集的干部会上，讲了桃园大队"四清"的做法和体会。不久，又应邀在全国妇联召集的会上讲了一次。

　　少奇同志1963年一直忙于国际事务和反修斗争方面的事，对"四清"运动没太管。1964年以后，他的注意力才开始转到"四清"运动上来。

1964年5月至6月，中央开了一次全国工作会议。会上进一步强调开展社会主义教育运动。毛主席在会上说：全国基层有三分之一的领导权不在我们手里。少奇同意毛主席的意见，提出在群众没有充分发动起来以前，不能强调团结百分之九十五以上的干部。不久，中共中央书记处做出决定：成立全国"四清""五反"指挥部，由少奇同志挂帅，并主持修改《后十条》。这样，指导全国的社会主义教育运动，成为少奇同志的一项重要工作。

在6月中央工作会议快结束的时候，6月15日、16日，毛主席、少奇同志等党和国家领导人去北京郊区十三陵水库附近，观看了解放军北京、济南部队的大比武表演。毛主席兴致很高，对比武表演很赞赏。主席还说，全军要普及"尖子"经验，部队要学会游泳。当晚，主席、少奇同志还一起畅游十三陵水库。罗瑞卿总参谋长负责安排并陪着游。我和郝治平同志（罗瑞卿同志夫人）也下去了，我俩在一起游。下乡后，我的身体差了，体力不行了，游不过郝治平。

为了解面上的社会主义教育运动情况，准备修改《后十条》，少奇同志决定到一些省市巡视。正好这段时间，各地都在开三级干部会议，贯彻中央工作会议精神。1964年6月底，我陪他离开北京南下。第一站到天津。河北省委正在那里召开工作会议，主要讨论社会主义教育运动。因为抚宁县桃园大队是河北省"四清"的一个试点单位，刘子厚、林铁同志便要我在会上介绍一下经验。7月5日，我在河北省委工作会议上讲了一次。这次比在北京讲得详细，讲了两个半天。

7月6日，我们离开天津到济南。山东省委也在召开省委工作会议。省委的同志已经听说，我在河北省委工作会议上有一个报告，便要我在他们的会上也讲一讲。这样，我在山东又讲了一次。讲过之后，当时会上就反应强烈，要求印发书面材料，组织学习。与会同志说是几个没想到：没想到我这样的人能下去，能真正蹲点，能讲出这么一些经验。当时，社会主义教育运动全面铺开，但工作队下去之后，普遍面临的问题是不知道怎么开展工作。我的报告之所以引起注意，可能就是这个原因。省委的同志向少奇同志提出，要组织传达学习我的报告。这样，少奇同志就让我给河北省委打个电话，请肖风同志帮忙，将我在河北报告的录音整理出来。

离开山东，我们继续南下，先后到安徽、江苏、上海。在上海，突然接到中央电话，说毛主席让少奇同志回北京开会。我们赶紧往回走。回去途经郑州停了一下。河南省委的同志也要我讲一讲。于是，我留下做报告，少奇同志先回北京。少奇回北京后，不知怎么中央没有开会。毛主席对少奇说："大热天你们坐火车一站站跑干吗？不如坐飞机，可以多跑几个地方。"

在北京待了几天，8月5日少奇同志和我又再次南下。这回去了湖北、湖南、广东。在广州住的时间比较长，8月11日到，20日离开。离开广东以后又去了广西、云南。

这接连两次南下，少奇同志主要是和各地的领导同志研究社会主义教育运动，调阅当地这方面的会议简报、材料，并且在一些省的干部大会上作关于"四清""五反"和两种教育制度、两种劳动制度的报告。

少奇同志在广州停留，主要是为修改《后十条》。真正具体动手修改的，是田家英和广东省委第一书记赵紫阳。他们俩把初稿写出来之后，交给少奇同志。少奇又修改了一遍，加写了一些话。8月16日，少奇同志让田家英同志把《后十条》修改稿带回北京，呈报毛主席和党中央审核。

黄　峥： 这时各大区中央局的第一书记正在北京开会。田家英同志将修改稿拿到北京后，中央书记处决定先印发中央局第一书记会议，让大家讨论提意见，然后报毛泽东、周恩来、邓小平、彭真等同志审阅修改。最后形成正式文件，就是《农村社会主义教育运动中一些具体政策的规定（修正草案）》。后来习惯称这个文件为《后十条修正草案》。光美同志，"桃园经验"是不是也在这期间形成文字的？

王光美： 是的。自从我在河北、山东介绍了桃园大队"四清"运动的经验以后，南下的一路上每个地方都提出要我讲一讲。结果只有在湖北武汉没有讲。王任重同志对我说："天气太热，饶了你吧！让大家听录音。"不少地方还要求印发书面材料。陈伯达几次找来，极力主张发出这个材料，说现在下面特别需要这样的经验介绍。我说："这是口头讲话，没有文字推敲，当文件发出不行。"他说："就这样好，口语化。"

在此之前，周恩来同志看到了我在全国妇联介绍桃园大队"四清"的讲话记录。他给少奇同志写来一个条子，建议把这个讲话记录转发下去。少奇在边上批了一下，说已经有人建议发全文，这个稿子就不要发了。

少奇同志同意把桃园大队的经验转发各地参考，要我再认真修改一下。这样，在广州的那几天，我就关在房间里改这个记录稿。一天晚饭后我在外面散步，赵紫阳、田家英同志截住我，要我参加他们一起修改《后十条》。我说："不行不行，我也在忙着改稿子呢！"我把讲话稿改出来后，交给少奇同志。他拿去也改了一遍。

8月19日，少奇同志给毛主席、党中央写了一封信，说："王光美同志的这个报告，陈伯达同志极力主张发给各地党委和所有工作队的同志们。王光美在河北省委的记录稿上修改了两次，我也看了并修改一次，现代中央拟了一个批语，请中央审阅，如果中央同意，请中央发出。"

少奇同志代中央拟的批语，全文是这样的：

> 《关于一个大队的社会主义教育运动的经验总结》是王光美同志在河北省委工作会议上的报告记录，是在农村进行社会主义教育的一个比较完全、比较细致的典型经验总结。文字虽长，但是好读，各地党委，特别是农村和城市的社会主义教育工作队，急需了解这种材料和经验。现特发给你们，望你们印发给县以上各级党委和所有社会主义教育工作队的队员阅读。
>
> 　这仅仅是一个大队的经验。在许多问题上有普遍性，但在另外的许多问题上又有很大的特殊性。例如：中央"双十条"的基本精神是彻底革命的精神；必须放手发动贫下中农和其他农民群众才能解决干部的"四不清"和对敌斗争中的各种问题，把社会主义教育搞深搞透，形成新的生产高潮；在群众充分发动起来以后，要掌握群众运动的火

候,适时地提出实事求是地对待问题,强调贯彻中央各项具体政策的规定;县、区、公社、大队、生产队的许多干部以至工作队的许多成员对于放手发动群众有无穷的忧虑,不把团结百分之九十五的群众作为基础和前提条件,而片面地强调依靠基层组织和基层干部,不把贫下中农作为我们党在农村中唯一的依靠;"四不清"严重的干部和他们上面的保护人要用各种办法抵抗"四清"运动;等等。都是带有普遍性的问题,即是在许多地方都要遇到同样的问题,因此,桃园大队的经验是有普遍意义的。但是,各个地方、各个大队的情况,又是各不相同的,都有它的特殊性,所以主观上不要先有框框,一切要从实际出发,有什么问题解决什么问题。所以桃园大队的经验只能作为参考,不要把它变成框框,到处套用。到底各个地方、各个大队有些什么情况,有些什么问题,这些问题又如何解决,都要领导运动的同志在放手发动群众的过程中,进行艰苦的调查研究工作,并且认真地同贫下中农商量和讨论,才能真正了解,并且找出比较最好的解决办法。这是不能偷懒的,没有什么捷径可走或其他取巧的办法的。桃园大队的经验,只是给我们指出了进行工作的一些方法和处理某些问题的方法,并不能使我们顺利地去解决各个地方、各个大队的问题。这是各地同志阅读这个文件时必须注意的。

少奇同志将这套材料报送毛主席审批。8月27日,毛主席作了批示:"此件先印发到会各同志讨论一下,如果大家同意,再发到全国去。我是同意陈伯达和少奇同志意见的。"

根据毛主席的批示,《关于一个大队的社会主义教育运动的经验总结》及有关材料,又拿到中央局第一书记会议上讨论。大家都同意发出。1964年9月1日,中共中央文件正式转发了桃园大队的"经验总结"。关于"桃园经验"形成的前后经过,大体上就是这样。

1964年，王光美参加"四清"工作队时和当地群众在一起

制定《二十三条》前后

黄 峥：光美同志，您第二次下乡参加"四清"工作队是什么时候？是到哪里？

王光美：我参加第二期"四清"是1964年11月，到河北保定地区新城县高镇大队。我们这个工作队总的负责人是河北省委书记处书记张承先同志。当时觉得，高级干部下去还是身份不公开比较好，有利工作。所以对外讲张承先同志是河北大学教务主任，我是河北大学的教员。这回我换了一个化名，叫鲁洁，是从少奇和我的母亲的姓名上各取一个字。少奇的母亲姓鲁，我的母亲叫董洁如。这次下去我的工作方式和在桃园大队有些不一样，没有老在下面住。毛主席办公室的秘书林克和卫士小张，跟我一起到了高镇。林克同志负责离铁路不远的一个小队。

黄 峥：1964年12月15日起，中央在北京召开讨论"四清"运动的中央工作会议。您有没有参加会议或者参加讨论会议文件？

王光美：开这个会我知道，但我没有参加。会议开始后的一天，大概是12月20日，华北局通知我回北京，在会上介绍一下情况，作个发言。回来的当天，正好中南海春藕斋有舞会，我就想用这个机会见一见毛主席，以便向他请示一些问题。果然那天主席来了，我就请他跳了个舞，边跳舞边简要向他汇报我在高镇大队"四清"遇到的一些问题，主要是我们发现群众不敢向工作队反映干部的"四不清"问题。还有，当时华北局书记李雪峰同志有一个说法，要求工作队"沉下去再沉下去"。我觉得这个要求欠妥。我们已经下到了最基层，再沉下去往哪儿沉呀？我向主席说到了这个问题。主席对我说："不要搞得冷冷清清嘛，建议你们开万人大会，大张旗鼓地发动群众。就是要造舆论嘛！"主席还说："我看过几个农村和工厂的材料。现在热心搞资本主义的不少，要注意那些热心搞资本主义的领导人，摸清楚到底有多少人。"

回到家里，我感到毛主席的指示很重要，当时就向少奇同志办公室的几个秘书传达了，同时心里琢磨下乡后怎么贯彻。第二天，我应邀在人民大会堂的一个厅里，向出席中央工作会议的同志作了关于"四清"情况的发言。21日开完会我就回乡下去了。

黄　峥：从12月21日开始，举行第三届全国人民代表大会第一次会议。这是一次换届的人民代表大会，应该是很隆重、很重要的。人大会议期间，讨论"四清"的中央工作会议仍在继续。中央的本意，是趁人大开会、各省负责同志都在北京的机会，汇报讨论一下"四清"运动。所以中央工作会议的开始一段，都是由各地的负责同志汇报运动情况。人大会议开幕后，这些负责同志的精力要转移到那个会上去。两个会实际上是穿插着开。后来情况发生了变化。

王光美：这两个会都没有我什么事，所以我照常在下面参加"四清"。我做梦也没有想到，在中央工作会议讨论"四清"运动过程中，在毛主席和少奇同志之间，发生了不愉快的争论。可当时我什么也不知道。

12月21日我回到乡下后，为了贯彻毛主席的指示，我和工作队的同志在全县组织召开了好几个万人大会，大张旗鼓发动群众，大造舆论。确实，我从心里尊重毛主席，对他的指示，我是毫不犹豫地坚决紧跟、照办的。

又过了几天，毛主席让秘书徐业夫同志通知刘子厚同志和我，1965年1月3日到人民大会堂的北京厅，参加毛主席召集的会议，内容是关于社会主义教育运动。我准时去了。这是我第一次参加毛主席主持的中央会议，心里有点儿紧张。到了会场，我不声不响地坐在后排。我环顾一周，想寻找少奇同志，却没有找见。

原来，少奇同志是出席人大全体会议去了。这天是大会选举。少奇同志在会上再次当选为国家主席。人大会议一结束，他就到北京厅来了。

少奇同志一进来，马上发现了我。我注意到他愣了一下，意思说你怎么来了？可正在开会，我没法向他解释。

在这次会上，毛主席对前一段社会主义教育运动提出批评。他说："一万多人集中在一个县，集中很长时间学文件，不依靠群众，搞神秘化，扎根串连，使运动冷冷清清，是搞了烦琐哲学、人海战术。"又说，"要那么多工作队干什么？小站一个陈伯达就行了。"主席转脸对少奇同志说，"你在安源不就是一个人去的吗？"还说，"反人家右倾，结果自己右倾。"

毛主席的这些批评，看来主要是针对少奇的。我后来才知道，在这次中央工作会议讨论社会主义教育运动过程中，毛主席和少奇同志对运动的性质、目的等看法不一，以至产生严重分歧。少奇同志认为：运动的主要矛盾是"四清"与"四不清"的矛盾，性质是人民内部矛盾与敌我矛盾交织在一起。毛主席认为：运动的性质是社会主义和资本主义的矛盾，重点是整党内走资本主义道路的当权派。尤其令人不安的是，两人的分歧在会上已经表面化，不少领导同志都看出来了。毛主席说："怎么来了个'四清'与'四不清'的矛盾、敌我矛盾与人民内部矛盾的交叉？哪有那么多交叉？什么内外交叉？这是一种形式，性质是反社会主义嘛！重点是整党内走资本主义道路的当权派。"少奇同志对主席说："对这个'派'，我总是理解不了。走资本主义道路的人有，但是资产阶级都要消亡了，怎么能有什么'派'？一讲到'派'，人就太多了。不是到处都有敌我矛盾。像煤炭部、冶金部，哪个是走资本主义道路的当权派？"毛主席当即说："怎么没有？张霖之就是。"张霖之是煤炭部部长。显然主席是生气了，气氛紧张，少奇不敢再说了。

发生了这样一些情况，中央工作会议时间一再延长。原已起草好的文件推倒重来，重新由陈伯达执笔起草了《农村社会主义教育运动中目前提出的一些问题》，即《二十三条》。文件突出强调："这次运动的重点，是整党内那些走资本主义道路的当权派。"

整个三届人大一次会议期间，我一直在新城县高镇大队参加"四清"，就是中间接到通知回北京两次，一次是12月21日出席刘子厚同志召集的会议，一次是1月3日出席毛主席召集的会议。每次开完会我就回到乡下。高镇离北京很近，两三个小时就到了。三届人大一次会议是1965年1月4日闭幕的。中央工作会议则一直延续到1965年1月14日，《二十三条》正式定稿通过后才结束。

《二十三条》初稿曾发给一些工作队负责同志征求意见。我们的工作队长张承先同志，看到文件中有"在运动中，要大胆放手发动群众，不要像小脚女人，不要束手束脚"一类的提法。他要我回北京一次，问问"小脚女人"指什么？是不是批评什么人？他建议如果没有特别重要的含义，最好删去这个提法。"小脚女人"这个说法，原来是1955年农业合作化运动中，毛主席批评右倾机会主义者的用语，流传比较广。张承先同志可能觉得，现在又用这个说法会引起人们不必要的误解，所以建议删去。我回去后，给陈伯达打了电话，转告了张承先同志的意见。陈伯达当时未置可否。后来正式文件发下来，一看，"小脚女人"的提法仍保留着。

我在河北一共参加了四个地方的"四清"运动。先是抚宁县桃园大队，然后是新城县高镇大队，再后来是定兴县县直机关和定兴县周家庄。

- 1964年11月,毛泽东、刘少奇、朱德迎接从莫斯科归来的周恩来

- 1964年12月21日至1965年1月4日,第三届全国人大在北京召开。刘少奇再次当选为国家主席

1965 年 10 月 1 日，毛泽东、刘少奇和西哈努克亲王在天安门城楼上

"看来我的有生之年不多了"

王光美：1965年11月下旬的一天，我正在河北保定地区参加"四清"运动，突然接到少奇同志的卫士长李太和同志电话，说："少奇同志发高烧，周总理叫我们通知你，请你回来一下。"

我一听，脑袋顿时"嗡"的一下。我在乡下，最担心、最牵挂的就是少奇的身体。他已是年近七十的高龄老人，体质不好，工作紧张，又不知道自己照顾自己，我总感到可能要出事，现在连总理都惊动了，可见不是小毛病。接到这个电话，我真是归心似箭。

我连忙收拾东西，交代工作。这里没有公路，也没有汽车。李太和同志说派车来接我，我就焦急地等待着。可一直到傍晚，还不见车来，我实在等不下去了。正好附近有一个空军机场，我也顾不得许多了，跑到那个机场，向他们说明情况，请求帮助。机场负责同志一听，派了一辆吉普车，连夜把我送回了北京。

回到家里一看，果然少奇同志病情比较严重，躺在床上，烧还没有退。我一问，原来事情是这样的：

11月17日、18日，少奇同志主持中央政治局扩大会议，听取余秋里等几个同志的工作汇报，讨论并审议1966年国民经济计划。18日夜里散会后，从人民大会堂出来受了凉，回到家里便发高烧，打针吃药也不退。开始少奇要求大家保密，只让保健医生治。他交代身边工作人员："任何人不能对外说我病了。"可是有一天，周总理批来一个文件，安排少奇同志接见外宾。这下子瞒不住了，秘书只好将少奇同志生病的情况报告了总理。总理知道后，马上来到我们家。他进屋一看，见少奇同志躺在地铺上，惊讶地问卫士："这是怎么回事？"还问为什么不叫光美回来。卫士们把情况说了。总理忙上前问候少奇同志。总理见少奇还没有退烧，身体十分虚弱，出来交代卫士们说："请光美回来一趟，就说是我说的。"这样，李太和同志给我打了电话。

我回来的第二天，总理亲自打来电话，先问刘秘书："光美回来没有？少奇同志退烧没有？"当得知我已经回来，接着就和我通电话，问了情况，最后交代我说："少奇同志不恢复健康，你不能离开。"

我回家后，立即和医生护士联系，配合他们为少奇同志治疗，同时加强护理。少奇实际上是受凉后得了重感冒，由于他年高体弱，所以身体反应大，症状严重。经过医治，少奇终于退烧了，病情有所好转。为使他静心养病，尽快恢复，我们安排他转到玉泉山休息。

在玉泉山休息没有几天，毛主席通知让少奇同志到上海开会。

黄　峥：从时间上推算，这时在上海召开的应该是中央政治局常委扩大会议，是不是就是1965年12月处理罗瑞卿同志的那次会议？

王光美：是的。少奇抱病去了。由于身体没有完全康复，外出一劳累，就又犯了。上海会议散会后，我们回到北京，就又去了玉泉山。

在玉泉山休息了几天，少奇同志的身体开始恢复。1966年元旦后的一天，天上下着雪，少奇要我把孩子们和身边工作人员召集来，他要同大家聊一聊。平时因为工作忙，少奇和孩子们在一起的时间很少，更不用说聚会、谈心。这天一说，孩子们都兴高采烈地聚在父亲跟前。一些能来的身边工作人员也来了。像赵淑君阿姨，她1958年就到我们家，为我们照顾孩子，平时她连见少奇的机会都很少。这天她也来了，头一回那么长时间地听少奇谈话。可事后她告诉我，由于少奇的湖南口音，她当时压根儿就没听懂。

383

这天，少奇同志显得很感慨，好像是在和大家谈心。他说："看来，我的有生之年不多了，必须更抓紧时间多干些事。只要马克思再给我十年时间，我们是能够把中国建设得真正富强起来的。"他有点儿动情地讲了他关心、思考的一些想法。他讲到：如何整顿党内的官僚主义作风；如何改革教育制度，实行全日制教育和半工半读两种教育制度；如何提高生产力，发展国民经济；如何缩小工人和农民、城市和乡村、体力劳动和脑力劳动三大差别；等等。他举例说：我们在山东、河北一带发现了大油田，在那里建立工业基地，可以使荒僻的小镇发展成为新型的工业城市；要使那些地方有电、有油、有铁路和公路网，就可以同时带动附近农村现代化；我们在招工时要注意招收女工，不要使农田中只剩下女社员干活。他一口气讲了很多，最后说："到了那时候，我们就为中国的现代化打下了坚实的基础。我也完成了党和人民交给我的任务，可以瞑目了。"

刘　源：记得那天父亲还说："如果我身体、精力不行了，我会马上从领导岗位上退下来。好多美国总统卸任后去当教授、学者，我们应该向人家学习。我退下来以后，可以去大学教书，把我的经验传给青年学生，我可以教林业、教历史。"父亲说的这个话给我留下很深印象。他没有说将来去大学教政治或哲学，而是说教林业、历史。这有点儿出乎我意料。"文化大革命"开始不久，大约1966年6月底，有一天我大哥允斌、大姐爱琴从外地回家，父亲又把我们几个孩子叫来谈了一次话。父亲先谈了反修防修、半工半读、干部参加劳动、开展社会主义教育运动等方面的内容。最后他说："今天我要对你们几个大孩子说一说，我老了，干不了多少年了。我死后，党和政府会给一些抚恤，但你们不能靠党和政府的照顾，要靠自己。你们的妈妈级别、工资不高，你们几个大一点的孩子有责任帮助妈妈，把弟弟妹妹带大带好。特别是允斌，你是老大，要承担起照顾弟弟妹妹的责任。"我们第一次听父亲说这样的话。当时我很吃惊，因为我从来没有想过这样的问题。允斌大概也受到震动，当场拿出二百元钱，后来存到了小妹潇潇的存折上。

- 1965年1月，王光美陪伴身患肺病的刘少奇在颐和园荡舟

- 1965年，刘少奇患病期间，与王光美一道钓鱼

1965年7月31日，刘少奇、王光美会见由海外归来的前国民政府代总统李宗仁及夫人郭德洁

1965年12月上海会议

黄　峥：光美同志，刚才您讲到，1965年12月中央在上海召开政治局常委扩大会议，处理罗瑞卿同志。关于这次会议，有多种不同的说法，很多情况我们还不清楚。少奇同志出席了这次会议，您也去了。您能不能谈一些当时的情况。

王光美：大约1965年12月6、7日，接到毛主席的秘书徐业夫同志从上海打来电话，要少奇、恩来等同志马上到上海开会，但没说具体内容。这时毛主席已经在上海。

我们先从玉泉山回到中南海福禄居。12月8日，少奇、恩来同志乘坐同一架专机，飞往上海。我也去了。总理上机后，对少奇同志说，会议今天已经开始了。专机到达上海机场，停稳后，毛主席的秘书徐业夫同志登上飞机，手里拿着两本会议文件，一本交给少奇同志，一本交给周总理。后来看到，这份文件是李作鹏、雷英夫揭发罗瑞卿问题的材料。少奇、恩来同志下飞机时，来迎接的是上海市委书记陈丕显等同志。但开会时，没有见到陈丕显同志参加。

从机场进城后，安排我们住在兴国路一个别墅式招待所。住在这个院的还有贺龙、叶剑英同志。因为住在同一个院，互相之间都有看望、见面说话。前几年我看到罗瑞卿同志的女儿点点写的书,说少奇同志见到贺龙同志,问他这次开什么会?贺老总回答说:"奇怪,你都不知道,我怎么能知道呢?"我没有直接听到他们的这个对话,但我想是有可能的。总之,到上海开会前,少奇同志并不知道是为处理罗瑞卿同志。

我们在兴国路招待所住下后,当天下午,叶群打来电话,说林彪身体不好,指定她来向刘主席汇报。过了一会儿,叶群来了。我把她带去向少奇同志汇报,我就出来了。一般中央同志来谈话,我都不参加。可这次叶群硬拉我参加,还说,她一个女同志不方便。我听了特反感,但还是留下了。

叶群向少奇同志谈了她受林彪委托,向毛主席反映罗瑞卿问题的过程。据叶群介绍,在她从苏州到杭州向毛主席反映罗瑞卿问题之前,林彪对她说:"你敢不敢去?这是要冒生命危险的。"毛主席在杭州听了叶群的汇报,很重视,决定开这个会。

少奇同志只是听叶群谈,没怎么说话。叶群谈完后,当场用房间里的电话打到林彪住处,说"找一〇一"。林彪来接听后,叶群只说了一句:"谈得很好。"

这时到了开晚饭的时间,我留叶群一起吃饭。我同她以前打交道很少,很不了解。她似乎有意向我套近乎。在饭前上厕所的时候,她对我说:"中央就转发过两个女同志的文件,就是我们俩,碰巧咱俩还是同学。"不知怎么,我对她的这些话一点儿好感也没有。我从来没有想过这些事,她不说我还真不知道。后来我查了一下,中央是转发过叶群下部队调查的一个材料。她说和我是同学,指的是我上中学的北京师大附中,她也在那里学习过。

在上海开的是中央政治局常委扩大会议,由毛主席亲自主持。多数是小范围碰头、议论。少奇从北京出来时,病没有完全好,旅途上一累,就又发烧了。我只好给周总理写了个条子,报告少奇的身体情况。总理批示让少奇同志休息。这样,开小会少奇同志就没参加,只出席了几次全体会议。我没有参加会议,因此会上的具体情况不了解,只听少奇同志说过"死无对证"这样的话。会议到12月15日结束,开了一个星期。

1965年冬，刘少奇在北京

访问巴基斯坦

黄　峥：光美同志，1966年春，少奇同志和您出访巴基斯坦、阿富汗、缅甸三国。请您谈谈那次出访的情况。

王光美：那段时间，国际上出现一股歪风，一些大国勾结起来反对中国，想在国际社会上孤立中国。我们党和国家对这股势力进行了针锋相对的斗争。作为一系列斗争中的一环，就是安排少奇同志以国家主席身份，访问巴基斯坦、阿富汗、缅甸三国。主要陪同人员是国务院副总理兼外交部长陈毅同志。同这几个国家通过外交途径协商，访问的时间定在1966年3、4月间。

少奇同志上次出访印尼等东南亚国家，我是同他一起去的。后来他又访问朝鲜，我没去。1966年春，我还在河北省定兴县农村参加"四清"。为了不影响我工作，少奇同志提出这次我就不要陪同出访了。

1966年2月下旬，我从定兴县"四清"点上给少奇捎去一封信，谈了"四清"方面的一些问题，同时叮嘱他千万注意身体。年初少奇刚刚害了一场大病，还没有完全恢复，我很不放心。3月1日，少奇给我写来一封回信，其中讲了关于出国的事，说："3月下旬，我可能要去阿富汗、巴基斯坦访问。我想这一次你可以不必同我去了。女同志出国，比较的更麻烦一些。至今还没有同志提出要你同我出国。你不去比较好。如有同志提出你是否要去，我也可提出你可不去。此事，在你回家时还可谈一谈。"他知道我牵挂他的身体，在信的最后说："我现身体还好。你走后，没有什么变化。家中的人都好，你可放心。3月上旬或中旬，你可回家一次。望你注意自己的身体，不要弄上某种慢性病，这对你对工作都是不利的。余不多说，祝你工作顺利！"

这里我想顺便说一下，少奇同志在给我的这封信里有这样一段话："关于在'四清'中是否要有一段清政治，既有不同意见，可以按各人意见去作，看结果如何。实践的结果是真理的唯一标准。也只有实践的结果才能说服那些不同意见的人。这要在后来总结经验时去做。"1978年，全国开展关于"实践是检验真理的唯一标准"的大讨论。党的十一届三中全会对这场大讨论作了高度评价。听说在讨论中对"唯一"两个字还颇有一番争议。这使我想起了少奇同志1966年3月在给我的这封信中所说的话："实践的结果是真理的唯一标准。"

1966年3月初，少奇同志让中央办公厅正式告诉外交部：这次光美同志可以不出国。这事汇报到陈毅同志那里，陈老总坚持要我去。他的理由是，上次阿富汗国王和王后来中国访问，是我参加接待和陪同的，这次王后已经表示要亲自接待中国国家主席和夫人。陈老总说，如果我这次不去，将来要单独回访，那样更麻烦。这样，外交部正式通知我回京，准备出访。

由于回来得晚了，准备工作很匆忙。预定出国启程的日子是3月22日。3月18日至20日，少奇同志又去杭州出席毛主席召集的中央政治局常委扩大会议。我没有同他一起去，在家收拾东西。少奇从杭州回来，只隔了一天，好多东西还来不及准备，就出发了。

这次出访是少奇同志以国家主席身份的正式访问，加上当时的国际背景，在礼仪方面安排十分隆重。

黄峥：我查了当时的报纸，出访的送行仪式是高规格的。到机场送行的有：全国人大常委会委员长朱德、国务院总理周恩来，还有七位副委员长、三位副总理、四位全国政协副主席、两位国防委员会副主席，以及中央党、政、军各部门、各民主党派、各人民团体和北京市的负责人。在陪同出访的人员中，除陈毅副总理和夫人张茜外，还有四位副部长。

王光美： 是的。由于路途遥远，我们一行先到新疆乌鲁木齐作短暂停留。出访的第一站是巴基斯坦。3月26日，我们的专机抵达巴基斯坦首都拉瓦尔品第。那时巴基斯坦正准备将首都迁到伊斯兰堡，但我们去的时候政府还在拉瓦尔品第。巴基斯坦同我国有着传统友谊，主人接待很隆重，规格很高，群众也非常热情友好。许多活动都是阿尤布·汗总统亲自出面和陪同。主要陪同官员是外交部长布托。布托出身大地主家庭，但他比较开明，当家后把土地分给了农民。这个人多才多艺，会画画，还给我画了素描。

3月26日、27日，少奇同志和阿尤布·汗总统会谈了两次。其间除了正式宴会外，还有一次小型宴会值得说一说。

出席这次小型宴会的，对方就是阿尤布·汗总统和布托外长两个人，我方是少奇同志和陈毅副总理，加上我和张茜同志，翻译是过家鼎同志。宴会是在一个小房间里，没让摄影师和记者进来。双方在谈话中涉及了美国和中美关系。少奇同志说："只要我们中国对美国的政策改变，美国也就会变。"这是一句很要紧的话，因为当时正是中美关系紧张对立的时候。少奇说这个话，过家鼎不敢翻译，转过头来看我。他是怕弄错了。我说照翻，过家鼎这才翻了。政治家在外交上说的任何话，都和政治战略有关。当时中美两国一方面对立，一方面也在通过双方驻波兰大使等渠道接触。美国的两任总统肯尼迪、约翰逊，还曾通过有关渠道，向少奇同志赠送过签名的《美国年鉴》。少奇同志在出访以前去过毛主席那儿。是不是当时中央对中美关系有什么考虑，这个我不敢说。

第二天，安排我们参观历史名胜古迹和博物馆，阿尤布·汗总统亲自陪同。这天给我们乘坐的是一辆比较高级的防弹保险轿车，玻璃窗很大，向外看得很清楚。上车前，阿尤布·汗总统看似随便地对我说："这个车是特意从美国运来的，是美国驻巴基斯坦大使交给巴方接待刘主席用的。"这就又跟中美关系联系上了。当时少奇和我都没说什么。

黄　峥：后来中美友好往来的大门终于打开，正是通过巴基斯坦牵线搭桥的。1971年中美两国领导人多次通过巴基斯坦领导人互传口信。当年7月美国总统国家安全事务助理基辛格秘密访问中国，也是先到巴基斯坦，然后从那里秘密过来的。

王光美：是的，中美两国关系的正常化，确实经历了一个长期曲折的过程。

1966年3月28日，我们在阿尤布·汗总统的陪同下，参观兴建中的新首都伊斯兰堡。少奇同志在那里种了一棵友谊树。当天下午，我们在布托外长的陪同下，去西巴基斯坦首府拉合尔访问。

拉合尔是巴基斯坦的著名城市。我们在这里受到了极其热烈的欢迎。欢迎场面简直难以形容，万人空巷，热烈非凡，达到了惊心动魄的程度，令我多少年后仍印象深刻。

那天我们的飞机刚着陆，就看见大片的欢迎人群。我们一下飞机，人群就蜂拥上来，非常拥挤。西巴基斯坦省督戴着那种总督帽子，本来跟我们在一块儿，可一下子就不知被挤到什么地方去了，不见了。我们被挤在中间，接我们的汽车过不来。当地的有关人员赶紧把我们抢下来，好不容易将我们弄上了汽车。

在机场去省督府的路上，欢迎的人群像海洋一样，黑压压一片。道路两旁的建筑物上，甚至电线杆上、树上，都站着人。我们的车队从机场开出不久，两边的队伍突然失去控制，一下子乱了套。人群冲出保安人员守护的警戒线，拥到马路中央。许多群众还把手伸进汽车里面来，要同我们握手。人们高呼欢迎口号，手里举着旗帜和红红绿绿的彩带，看得出来是发自内心地欢迎中国客人。这样的场面，可能连当局也没有估计到。陪同我们的布托外长非常紧张，直怕出事。我们的汽车只能在人群的包围中爬行，走走停停。车队通过这条不到十公里的路，竟整整用了一个半小时。由于人群实在太拥挤，摄影师都没有拍成片子。

为什么这个地方特别热情？因为巴基斯坦、印度两国经常闹摩擦，拉合尔靠近印度边境，受影响比较大。在不久前的一次摩擦中，我国支持了

393

巴基斯坦。老百姓对中国客人特别有好感，欢迎群众无论是有组织的还是没组织的，热情都有点儿控制不住。

我们在拉合尔作了一些参观访问，出席了各种官方、民间的活动。整个气氛一直非常热情友好。3月30日，我们离开拉合尔到巴基斯坦的另一个城市卡拉奇访问。31日从卡拉奇回国到新疆和田。

这次出访的下一个国家是阿富汗。为什么不从巴基斯坦直接去呢？当时国际上有个讲究，正式访问要从本国出发，否则就算是顺访。我国奉行大小国家一律平等的外交政策，礼节上对这些周边小国非常注意。我们回国后再去阿富汗，是表示对他们的尊重。

4月4日，我们从新疆和田前往阿富汗，到达喀布尔。国王和王后到机场迎接。后来的参观活动也都是国王和王后亲自陪同。当时这里比较冷，幸亏我穿了件羊羔皮的衣服。阿富汗相对来说比较穷。我们住在王宫里，休息时仍有响声。访问期间，为主宾安排的饭菜比较正规，工作人员的伙食就不大好。

我们4月8日从喀布尔回国，到乌鲁木齐，11日到昆明。4月15日，我们离开昆明到东巴基斯坦访问，抵达首府达卡。阿尤布·汗总统专程从西巴基斯坦赶来迎接。当地的接待也是非常热情，尽管听说他们遭受了水灾。东巴基斯坦就是现在的孟加拉国，当时还没有独立。

我们在东巴基斯坦停留了一天，4月17日离开达卡前往缅甸访问。这次去缅甸是顺访，时间比较短，4月19日我们就回国了。

1966年3月,刘少奇、王光美抵达巴基斯坦,受到阿尤布·汗总统的热烈欢迎

- 1966年3月，刘少奇、王光美访问巴基斯坦

- 1966年3月，刘少奇、王光美访问巴基斯坦，在达卡东巴基斯坦省督举行的欢迎大会上

- 1966年3月，刘少奇、王光美访问巴基斯坦

- 1966年4月，刘少奇、王光美访问阿富汗

1966年4月，刘少奇、王光美访问缅甸

《二月提纲》和《五一六通知》

王光美：我们4月19日离开缅甸仰光回国，当天到达云南昆明。省里安排我们住在震庄宾馆，和陈老总在一个大院。听说这里原来是龙云的公馆。本来，少奇同志和陈毅同志都想在云南停留几天，休息一下，顺便对云南作些考察。云南是个边远省份，平时来一趟不容易。云南省委第一书记阎红彦同志在接我们时，曾讲到云南实行半工半读的情况。少奇同志很感兴趣，想看一看。

这时，北京有飞机来，中央办公厅送来一些文件。打开一看，里面有一份关于批评彭真同志的材料。我们出国前，没有要处理彭真同志的迹象，所以，少奇同志看了这份材料，不明白是怎么回事。

黄　峥：在少奇同志和您出访期间，国内发生了许多重要事情。1966年3月底，毛主席在上海几次同康生、江青等谈话，严厉批评彭真同志和他主持制定的《关于当前学术讨论的汇报提纲》（即《二月提纲》），批评北京市委和中央宣传部包庇坏人。4月上旬，林彪、江青合伙搞的《部队文艺工作座谈会纪要》，经主席修改，作为中共中央文件发到全党，号召"要坚决进行一场文化战线上的社会主义大革命"。4月9日至12日，陈伯达、康生在中央书记处会议上系统批判彭真同志的所谓"一系列罪行"。会上决定成立"文化革命文件起草小组"，起草《中国共产党中央委员会通知》，批判《二月

399

提纲》。少奇同志出访回国的时候，《通知》已经起草出来了，毛主席亲自对这个文件改了好几次。

王光美：这些我们当时都不知道。我们回到昆明的当天，就接到中央办公厅的电话，通知少奇同志和陈毅同志迅速到杭州，出席毛主席召集的中央政治局常委扩大会议。这样，少奇同志在云南考察和休息的计划只得放弃。4月20日，我们出国的专机飞往上海。张茜同志和其他一些同志不去杭州，直接回了北京。

我们到上海，杭州方面已经派来了火车专列。少奇、陈毅同志和我都上了专列直奔杭州。来接我们的这趟专列，看得出来是仓促调用了毛主席的专列。里面的厕所是主席习惯用的蹲坑，因为时间紧来不及搞卫生，好多地方没有清扫。

我们从缅甸带回来一些热带水果。在去杭州的火车上，我交代卫士贾兰勋同志，要他把这些水果分一分，给主席、总理等中央领导同志各送一份，并嘱咐他给彭真同志送去一份。

我们到杭州刚住下，周恩来同志还有谢富治就来了，带来一些材料，向少奇同志介绍情况。谢富治是来谈陆定一同志夫人严慰冰同志给林彪、叶群写匿名信的问题。

周总理刚来，房间里电话铃响。我一接，是彭真同志打来的，说要向少奇同志汇报。我告诉他总理正在这里谈话，少奇同志现在没空，等方便时再找他。当时还不清楚彭真同志出了什么事，总理来谈过后，才知道这次会议是毛主席亲自主持，主要就是批评《二月提纲》和彭真同志。这样一来，少奇同志就不便再让彭真同志来单独汇报了，就没给彭真同志回电话。

刘　源：其实彭真同志一直很尊重毛主席，尽力紧跟主席。20世纪60年代国民经济调整，陈云同志、邓子恢同志等支持包产到户、分田到户，彭真同志不支持，和毛主席的观点比较一致。80年代后期，当时的国务院副总理万里同志写了一篇文章，回忆60年代国民经济调整情况，其中说到刘少奇同志支持陈云同志的分田到户的主张。彭真同志看到后很有意见，专门把我找去，说："你父亲什么时候支持过分田到户？你父亲是同意责任制，不是同意分田到户。"

我大学毕业后，决定去河南农村工作。我母亲带我专门去向彭真叔叔登门讨教。彭真叔叔和我们谈了一个多小时，叮嘱我要学会解剖麻雀、注意联系群众等等。我去河南农村后，每次回北京，他见到我总要问我那里的情况。有次我从西藏回来，特意向他汇报西藏的情况，他听得津津有味，特别感兴趣，表示等身体好了要去西藏看看。

我曾经和他议论过二三十年代顺直省委的事。我说："顺直省委那段历史，我怎么总也看不明白。"他笑着说："我们这些当事人就没有讲明白，你怎么看得明白？"彭真叔叔去世前，床头上放着黄峥写的《刘少奇一生》，他让人念给他听，还在书上画了些道道。这是他去世前看的最后一本书。

黄　峥：这事我也听说了。光美同志，能不能请您顺便说一下您所知道的严慰冰同志写匿名信的情况？

王光美：严慰冰同志写匿名信这件事，我原来一点儿也不知道。叶群固然很坏，但我觉得严慰冰同志采取这种方式实在不好，有问题可以向组织上反映嘛！而且，她反对叶群，可又要把这事往别人头上栽，这不是挑拨吗？她在有的匿名信上署名"王光"，信里说"咱俩是同学，谁也知道谁"，还把发信地址故意写作"按院胡同"。按院胡同是我母亲办的洁如托儿所的地址。这不是有意让人以为写信人是王光美吗？我原先完全蒙在鼓里，好几年都不知道，一直到破案，才大吃一惊。

刘　源：还有的信署名"黄玫"。南方人黄、王的读音不分，也是有意让人往王光美身上联想。匿名信还挑拨叶群和女儿豆豆的关系，说豆豆不是叶群亲生的。这也罢了，可是在给豆豆的匿名信里竟说：你没发现你和刘家的平平长得特别像吗？弄得豆豆疑神疑鬼，常往我们家跑，看平平的长相，还抱着平平哭，闹自杀。有一年在北戴河，一天我正同老虎打乒乓球、说话，公安部罗瑞卿部长走过来，表情特严肃，对老虎说："回去告诉你爸爸妈妈，又发现两封信,还没破案。"老虎马上就回去了。老虎是林彪的儿子林立果的小名。我当时根本不知道是怎么回事。

黄　峥：这个匿名信案好多年都破不了。破案的过程很巧合。据说在1966年春天的一个下午,严慰冰、叶群都在王府井百货大楼出国人员服务部买东西。严慰冰同志眼睛近视,不小心踩了一个人的脚。那人大发脾气,口里不住地骂骂咧咧。两人吵了起来。严慰冰一看,原来那人是叶群。一气之下,严慰冰直奔军委总政治部,向总政负责同志反映叶群这种蛮横无理的态度。严慰冰是上海人,说话有口音,气头上说话又快,那位负责同志实在听不懂她的话,就要她把事情经过写一写。严慰冰就写了。事后,那位负责同志真的拿了严慰冰写的东西去向林彪反映。林彪、叶群一看,觉得这字面熟,就交给了公安部。公安部经过笔迹鉴定,确定严慰冰就是匿名信的作者。严慰冰于1966年4月被正式逮捕,1967年2月送秦城监狱关押,党的十一届三中全会以后平反。至于严慰冰同志为什么要写匿名信,陆定一同志认为她是精神有毛病。陆定一同志说:"她本来没有精神病。1952年'三反''五反'时,上面派人背着我在中宣部找'大老虎',他们企图把严慰冰和徐特立(当时任中宣部副部长)的儿媳打成'大老虎'……这样的刺激,使严慰冰害了精神病。我去了一趟苏联回来,她经常与我吵架,后来又开始写匿名信骂林彪和叶群,信寄到林彪家里,有的寄给林彪本人,有的寄给叶群,有的寄给林豆豆。林彪到哪里,她就寄到哪里,五年时间写了几十封,并且都是背着我写的,我一点儿都不知道。""严慰冰有精神病这件事,许多人不相信。因为除与我吵架和写匿名信外,其他事情上她都很正常。但她确实有精神病。为此我专门请教过北京一家医院的精神科主任,了解到确实有这么一种精神病症状:在许多事情上表现很正常,在某些事情上却不正常。严慰冰的这种病的原因,是由于受到迫害。"

王光美：这个案子少奇同志没有过问。我们出访回国,彭真、陆定一同志都出事了,少奇同志都不知道。《二月提纲》,是以彭真同志为组长的中央文化革命五人小组向中央作的汇报,是1966年2月5日向中央政治局常委汇报的。

那次常委会议是少奇同志主持，在我们家福禄居会议室开的。少奇同志年初生了一场病，刚刚恢复工作。他从玉泉山休息回来，办公桌上堆了一大堆文件，还没有来得及看。他在会上表示：我最近生病，不熟悉情况，没有什么意见，请五人小组的同志尽快去武汉向毛主席当面汇报。2月8日，彭真、陆定一同志等专程去武汉向主席汇报，得到同意后，2月12日邓小平同志以中共中央名义将《二月提纲》转发全党。少奇同志在2月5日常委会议后就没有过问《二月提纲》的事。后来我们就出国访问了。所以对这次杭州会议的内容，少奇同志事先不知道。

黄　峥：毛主席在杭州召集的这次中央政治局常委扩大会议，4月16日就开始了。后来林彪在政治局会议上说，这次会议是"集中解决彭真的问题，揭了盖子"。

王光美：少奇同志因为出访，许多情况不了解。实际上，等少奇同志到会的时候，彭真、陆定一同志已经挨批靠边站了，《中国共产党中央委员会通知》（就是《五一六通知》）已经起草好了。"文化革命文件起草小组"已经成立，由陈伯达、康生、江青、张春桥等组成，《五一六通知》是他们起草的第一个文件。这个"文化革命文件起草小组"，就是后来的"中央文革"。

4月25日，少奇、陈毅同志和我，乘原来的出国专机，从杭州回北京。外交部门还组织了正式的欢迎仪式，有关国家的使节都来了。这等于是还按出访回国的礼节，表示对这些国家的尊重。那天张茜同志也来了。

5月4日起，在北京召开中央政治局扩大会议，落实杭州会议的各项决定。由于毛主席不回北京，由少奇同志主持。会议一开始先讨论《中国共产党中央委员会通知》。这个文件对《二月提纲》作了严厉批判，并点名批判彭真同志。在会议讨论期间，少奇、恩来同志一起在人民大会堂找彭真同志谈了一次话，听取他的意见。彭真同志提出，把文件中关于"赫鲁晓夫那样的人物现正睡在我们身旁"去掉。但这段话正是毛主席加的，去掉是不可能的。5月16日，会议通过了《中国共产党中央委员会通知》。从此，这个文件被称为"五一六通知"。

风雨无悔
——对话王光美

黄　峥：据我所知,《五一六通知》在通过时一字未改。本来会上有些同志提出,文件中有的用语、标点不妥,提出改正。但陈伯达、康生等强调文件已经经过毛主席先后八次审阅修改,一个标点也不让改。

王光美：是这样。《五一六通知》通过后,林彪发表了著名的大讲政变的"五一八讲话"。周恩来、朱德、邓小平等同志也先后在大会上发言。他们的发言同林彪讲的调子完全不同,主要谈了对文化革命的认识和体会,并且都做了自我批评,对跟不上毛泽东思想作了检讨。少奇同志在5月26日作了大会发言,也是从认识和体会的角度讲,作了自我批评。他在讲到对文化革命的认识时说:"在我们这次讨论发言中,对文化革命问题讲得比较少。对这个问题,我们过去也是糊涂的,很不理解,很不认真,很不得力,包括我在内。我最近这个时期对于文化革命的材料看得很少。生了一次病,出了一次国,很多材料没有看,接不上头。""很不理解,很不认真,很不得力"这个话,是毛主席讲的,少奇同志认为是批评他的。

　　5月政治局会议期间,会内会外的形势非常紧张、复杂。北京市委书记邓拓同志,中央办公厅副主任、毛主席的秘书田家英同志,在强大的政治压力下先后自杀。北京大学聂元梓的大字报也贴出来了。出现了许多难以理解的情况。这些现在大家都已经知道了,这里就不多说了。

沉思中的刘少奇

"文化大革命"哄然而起

王光美：1966年6月1日《人民日报》发表社论《横扫一切牛鬼蛇神》，号召"横扫盘踞在思想文化阵地上的大量牛鬼蛇神"，"把所谓资产阶级的'专家'、'学者'、'权威'、'祖师爷'打得落花流水，使他们威风扫地"。当晚向全国广播了北京大学聂元梓等的大字报《宋硕、陆平、彭珮云在文化革命中究竟干些什么？》。大字报猛攻北京市委，口气很大，说："你们是些什么人，搞的什么鬼，不是很清楚吗？""打破修正主义的种种控制和一切阴谋诡计，坚决、彻底、干净、全部地消灭一切牛鬼蛇神、一切赫鲁晓夫式的反革命修正主义分子，把社会主义革命进行到底！"6月2日，《人民日报》全文发表了聂元梓等的大字报，并且用了"北京大学七同志一张大字报揭穿了一个大阴谋——'三家村'黑帮分子宋硕、陆平、彭珮云，负隅顽抗妄想坚守反动堡垒"这样一个耸人听闻的通栏大标题，还配发了评论员文章《欢呼北大的一张大字报》。突然发表这些东西，事先和事后都没有告诉当时在北京主持中央工作的政治局常委，少奇、恩来、小平同志等都不知道。

黄　峥：社论《横扫一切牛鬼蛇神》，是陈伯达5月31日率工作组进驻人民日报社以后连夜搞出来的，并且未经党中央审查直接见报。聂元梓等人的大字报，是康生私自把它传给在杭州的毛主席，主席决定向全国广播的。在《人民日报》上这样大张旗鼓地刊登，则是陈伯达、康生的安排。

王光美： 这几篇东西在报纸上一登，中央正常领导工作被打乱，各级党委开始受到冲击。陈伯达、康生等人更加神气起来。他们直接控制报纸、电台，连篇累牍地发表煽动性的社论、文章、口号。大中学校的学生被狂热地煽动起来，混乱情况到处出现。

少奇同志和中央其他领导同志对此没有思想准备。6月3日，少奇同志紧急召集中央政治局常委扩大会议，听取北京市和有关方面的汇报，研究运动中出现的问题。会议在我们家福禄居会议室举行。由于彭真、陆定一同志被撤职，中央决定调中南局第一书记陶铸同志，担任中央书记处常务书记兼中宣部长。这天陶铸同志坐火车从广州到北京，一下火车就被接到我们家，出席会议。从6月3日起，中央常委汇报会几乎天天召开，不是在福禄居就是在怀仁堂后厅，由少奇同志主持。

这时向北京大学和人民日报社派出的工作组已经进驻，是报毛主席批准的。确定由李雪峰同志兼任北京市委第一书记，也是报毛主席同意的。在这之后，各单位的党委控制不了局面，要求中央下去了解情况。那几天每天有成千上万的群众，围在北京市委大楼前，甚至到党中央、国务院所在地，要求派工作组。少奇同志对派工作组一事非常慎重。经过中央政治局常委扩大会议认真讨论，最后决定同意北京市委的意见，陆续向北京的大学、中学派出工作组。

少奇同志几次向毛主席汇报运动发展情况，并请主席回北京领导运动，均无回音。几天后运动发展更加炽烈，有的学校发生打死人的事。少奇、恩来、小平同志经过商量，决定飞到杭州，向毛主席汇报，当面恳请主席回京。毛主席仍委托少奇同志主持中央工作和领导运动。少奇、恩来、小平同志是6月9日乘一架飞机去杭州，12日回来的。周总理回来后按原定计划准备出国，6月15日启程访问罗马尼亚、阿尔巴尼亚。中央日常工作由少奇、小平同志主持。

当时报刊上发表的那些带煽动性的、影响全国的文章，完全是陈伯达等人搞的，根本没有通过在北京主持中央工作的政治局常委。如果说在这个时期，有人另搞一套的话，那就是陈伯达、康生等人背着中央另搞一套。

6月18日，北京大学发生乱打乱斗的事件。一些学生背着工作组，把四十多名学校领导干部和一些出身不好的学生，当作所谓"黑帮""反动学生""牛鬼蛇神"，拉到搭的台子上批斗，给他们戴高帽子、脸上涂墨汁，还搞了罚跪、揪头发、扭打等。工作组组长张承先同志得到消息立即赶去，才将混乱状态制止。

6月19日，清华大学出现公开鼓动赶走工作组的情况。当时我女儿平平在北师大一附中上学。她回家说，她们学校有人正在写反工作组的大字报。其他几个学校也出现反工作组的苗头，而且这些人私下串连，有可能酿成风潮。少奇同志说："这是全国大分裂的开始，不可忽视，后面可能有高级干部。"

在这种情况下，少奇同志要我去清华大学，看大字报和了解运动情况。6月19日晚，我去了清华大学。当时对怎么去还费了一番周折：坐轿车去太显眼，骑自行车吧，路太远也不安全。贺龙同志和我们家的孩子贺鹏飞、刘涛那时在清华大学读书。贺老总听说后给我搞了辆卡车，让我把自行车放在卡车上，到了清华大学附近，再下来骑自行车进学校。为什么要把自行车带去呢？我是想当天就不回家了，住在学校或学校附近，等了解情况多一点儿以后再回来。去之前我没有通知清华大学。

到了清华大学，刘涛等把我送到工作组办公室。工作组组长叶林同志已经知道我要来，是薄一波同志去清华大学看大字报时告诉他的。叶林当时就说让我当清华工作组的顾问。我到了工作组办公室，同叶林同志见了面，听他介绍各方面情况。正说着，工作组去北京大学取经的同志来汇报，说北大出事了，如何如何乱。我本来打算当天不回家，听到这些，我决定马上回去，回家后把情况向少奇同志做了汇报。

果然，第二天少奇同志就接到了北京大学工作组处理"六一八事件"的简报。少奇同志对此非常重视。6月20日，经中央几位负责同志传阅，少奇同志以中央名义将北大工作组的简报批转全国。他在为中央起草的批语中说："中央认为北大工作组处理乱斗现象的办法是正确的、及时的。各单位如果发生这种现象，都可参照北大的办法处理。"

6月21日，我正式作为清华大学工作组的顾问，去学校了解运动情况。我住在离清华大学不远的万寿庄招待所，每天骑自行车去学校。

此后，根据中央精神，各学校的工作组加强了对运动的领导。社会秩序和学校教学秩序开始好转。

1966年7月22日，刘少奇出席首都各界人民支持越南人民抗美救国大会，并发表《中华人民共和国主席刘少奇的声明》

围绕工作组的争论

王光美：7月18日晚，毛主席结束南方巡视，从武汉回到北京。少奇同志知道后立即赶到丰泽园，想向主席汇报，门口不让进，说主席需要休息。可是丰泽园门口停着好几辆汽车，估计是陈伯达等人在里面。

第二天，少奇同志在怀仁堂主持中央常委例行汇报会。这时周总理在出访欧洲几个国家后也回来了。会上，陈伯达提出撤销工作组，遭到邓小平等多数同志的反对。少奇同志同意多数同志的意见，并向到会同志宣布，主席已回到北京，这里的汇报会停止，今后直接到主席那里汇报。当晚，毛主席在怀仁堂主持召开政治局常委扩大会议，听取汇报。主席这时没有提出撤销工作组的问题。

大约在7月24日，毛主席召开了一个会，批评少奇、小平同志怕字当头，压制群众。主席还说，清华大学工作组把一个喊出"拥护党中央，反对毛主席"的学生当成反革命，是错误的。第二天，主席在一个小会上明确表示，工作组干了坏事，要全部撤出来。少奇认为，马上把工作组全部撤出会引起混乱，但表示服从主席的决定。少奇、小平同志还表示，自己没有领会毛主席的思想，但一定响应主席的号召，到群众中去看大字报，参加大辩论，接受锻炼和考验。

黄　峥：根据毛主席的指示,7月26日中央正式决定撤销工作组。7月28日,北京市委根据中央的指示,起草了撤销工作组的文件,并决定7月29日在人民大会堂召开一个"北京市大专院校、中等学校文化革命积极分子大会",宣布撤销工作组。

王光美：这次大会组织了上万人参加。中央文革小组指名要聂元梓、蒯大富等人到会,却不让工作组的同志来。

　　李雪峰同志在会上宣读了关于撤销工作组的决定。小平同志代表中央书记处先讲话,少奇、恩来同志也讲了话。少奇在讲话中说:"至于怎么样进行无产阶级文化大革命,你们不大清楚、不大知道,你们问我们怎么革,我老实回答你们,我也不晓得。"他还讲到要保护少数,并且举了毛主席说过的清华大学那个学生的例子。

　　自从毛主席对工作组问题表态以后,江青、陈伯达、康生等特别活跃,利用各种机会到学生中发表煽风点火的讲话。有些话是讲得很出格、很不正常的。我把这些情况跟少奇同志讲了。少奇听后说:"他们有很大的片面性","这种做法,主席迟早会批评他们的"。

　　决定撤销工作组以后,周恩来总理约我谈话,是要我上他家谈的。总理要我准备去清华大学工作组参加总结和检查。总理说:"你检查时不要牵连别人。"意思是不要牵连少奇同志和其他中央同志。我说:"检查可以,但现在上纲太高了。"总理听了一愣:"这跟'上钢'有什么关系?"他以为我是说上海钢铁厂呢!谈完话,总理留我在他家吃了饭。

　　根据总理的指示,我做好了去清华大学检查的准备。可后来总理又通知我:不要离开中南海。这段时间,总理为清华大学工作组的问题先后找我谈过几次。有一天,总理在人民大会堂听取清华大学工作组负责人汇报,我也参加了。正开着会,有人给总理送来一个急件,是关于西北地区造反派要将一些老干部当叛徒揪出来的情况。总理把这份急件给我传阅了。

1966年7月31日，刘少奇会见参加北京1966年暑期物理讨论会的三十三个国家和地区的科学家及其他外国朋友

少奇从第二位降到第八位

黄　峥：1966年8月1日至12日，毛主席主持召开中共八届十一中全会。全会通过了《中共中央关于无产阶级文化大革命的决定》（简称《十六条》），改选了中央领导机构。请您谈谈这次会议的有关情况。

王光美：在全会期间的8月4日，毛主席在人民大会堂福建厅开了个小会，发了脾气，严厉批评少奇、小平同志。主席说："说得轻一些，是方向性的问题，实际上是方向问题，是路线问题，是路线错误，违反马克思主义的。"还说，"新市委镇压学生群众，为什么不能反对！我是没有下去蹲点的，有人越蹲越站在资产阶级方面反对无产阶级。"当主席责问为什么怕群众时，少奇插话说："革命几十年，死都不怕，还怕群众？"主席还批评少奇在北京专政，少奇说："怎么能叫专政呢？派工作组是中央决定的。"少奇还说，"无非是下台，不怕下台，有五条不怕。"

　　8月5日，毛主席写了《炮打司令部——我的一张大字报》。他当天没有拿出来，大家都不知道。5日下午，少奇同志还按外交部的原定安排，到人民大会堂河北厅会见赞比亚工商部长率领的友好代表团。少奇会见结束回家，周恩来同志打来电话，要他最近不要再出面会见外宾。是少奇同志亲自接的电话。他什么也没问，就说："好。"

8月12日，八届十一中全会根据毛主席意见，重新选举中央政治局常委。少奇同志虽然还在常委名单中，但由第二位降到了第八位。林彪名列第二，明显作为毛主席的接班人。少奇在选举后当即表示：主席不在北京时，中央在文化大革命中所犯的路线错误，主要由我负责；我说过的话，做过的事，我都负责，决不推脱；其他同志所犯错误，我也有责任；我当遵守党起码的纪律，不搞两面派，不搞地下活动，有意见摆到桌面上来。他还请求辞去所任职务，说：中央常委、国家主席、毛著编委会主任，不适宜了，担任不了。少奇同志发言后，林彪当即说"好"，站起来主动同少奇握手。

8月18日，在天安门广场召开百万人大会，毛主席第一次接见红卫兵。在当天的新闻报道中，公开了中央政治局常委的排列名单。当时在八届十一中全会上，规定这次选举结果不传达、不公开。8月18日的公开，没有经过中央政治局或常委讨论。这时离八届十一中全会结束不过五六天。

八届十一中全会没有重新选举党中央副主席，但从此少奇、恩来、朱德、陈云同志四人的副主席职务不再提起，只说林彪一人是副主席。没有任何程序、手续，党的八大选举产生的少奇同志等四人的副主席职务，就被莫名其妙地抹掉了。林彪在1956年9月党的八大选举时还不是副主席，是后来1958年5月八届五中全会补选的，但在八届十一中全会后却成了唯一的副主席。

8月18日大会后，红卫兵运动迅速掀起。在"横扫一切牛鬼蛇神""打倒反革命黑帮""破四旧、立四新"等口号的鼓动下，红卫兵纷纷杀向社会，揪斗领导干部和知识界的名人，随意打人、抄家，毁坏文物古迹。正像林彪说的："要弄得翻天覆地，轰轰烈烈，大风大浪，大搅大闹。这半年就要闹得资产阶级睡不着觉，无产阶级也睡不着觉。"

我们家的几个孩子也参加了学校的红卫兵组织。有几次红卫兵组织抄家，有的孩子也跟去了，完了回家还兴致勃勃地讲，以为是参加了"革命行动"。有一天，平平和源源在吃饭时，又说起晚上要跟着同学们去抄家。少奇一听，当时就说："你们不要去。"

吃完饭，少奇把孩子们叫过来，拿出一本《中华人民共和国宪法》，说："你们破'四旧'，我不反对，但不能去抄家、打人。我是国家主席，必须对宪法负责。许多民主人士，跟我们党合作了几十年，是我们多年统战工作的重要成果，来之不易，不能让它毁于一旦。"他还说，"《宪法》是我主持通过的，我要对你们讲清楚，要对你们负责。"

1966年8月5日，刘少奇接见赞比亚工商部长钦巴率领的友好代表团。这是他最后一次会见外宾

■ 1966年8月，中共八届十一中全会改组了中央领导机构，林彪名列第二成为毛泽东的接班人，刘少奇从第二位降到第八位

1966年秋，刘少奇、王光美和女儿小小在中南海

风雨无悔
——对话王光美

不堪回首的岁月

黄　峥：1966年10月，召开了中央工作会议。会后，在全国开展了对所谓资产阶级反动路线的大批判。

王光美：在10月的中央工作会议上，少奇、小平同志作了检讨。毛主席在少奇同志的书面检讨上批示："基本上写得很好，很严肃，特别后半段更好。"但中央文革在下发少奇同志检讨的时候，有意去掉了主席的批示，并发动群众批判。

我记得在10月中央工作会议期间，少奇同志在会下找了毛主席，向主席提出希望好好谈一谈。当少奇同志从主席房间里出来时，发现江青、陈伯达在偷听。

有一天，陈伯达约我到钓鱼台谈了一次话。他没有讲什么重要问题，只是东拉西扯地说了一些事，还讲了一位"秀才"怎么去见情妇的逸闻。我以前在一些事情上帮助过陈伯达。他这次找我谈话，好像是因为随着运动的进展，马上要批判我了，他用这种方式答谢我一下。

这期间毛主席曾对少奇同志说过这样意思的话：我党历史上犯路线错误的人不少，改起来很难，希望少奇同志做一个犯了路线错误又能够改正过来的榜样。

少奇同志一开始是诚心诚意按主席的这个指示去做的。他的检讨，就是努力按毛主席在《炮打司令部——我的一张大字报》中的口径写的，尽管他思想上并没有想通。在10月中央工作会议前的一次小会上，除过去检讨的内容外，少奇同志对请示过毛主席并得到主席同意的事，也承担了责任。他说："有许多重要事情虽然是经过了主席才做出决定的，但是没有让毛主席充分考虑，而是例行公事或经过一下毛主席，就轻率地做了决定，或者在作出决定之后，再经过一下毛主席就发出了。因此，我并没有理解毛主席在某些重要问题上的真实意见……经过毛主席看了一下，但并没有取得毛主席赞同就做出了决定，因此发生的那些错误，我同样负主要的责任。向主席请示报告不够，同毛主席就一些重要问题反复商量、反复酝酿不够，这是我多次犯错误的最根本、最重要的原因。"

黄　峥：在10月中央工作会议上，毛主席说过："也不能完全怪刘少奇同志、邓小平同志。他们两个同志犯错误也有原因。""对刘、邓要准许革命，准许改。说我和稀泥，我就是和稀泥……对少奇同志不能一笔抹杀。"但林彪、江青一伙却以批判资产阶级反动路线为借口，大批少奇、小平同志，把问题越搞越大。

王光美：我曾问过少奇同志：你是怎样提出反动路线的？少奇回答说："我也不知道。我工作中有违反毛泽东思想的事，但我不反对毛泽东思想。"

有一次我对少奇说："你辞掉国家主席等职务，我和孩子们劳动养活你。"少奇说："已经向中央提过，总理说有个人民代表大会问题；不能再说了，不要让组织为难。"

1966年11月3日，天安门广场举行毛主席接见红卫兵大会。在天安门城楼上，毛主席主动找少奇同志谈话。我们在电视上可以看到，主席很长时间侧着脸同一个人谈话，那就是少奇。主席向少奇问候了我和孩子们的情况。少奇作了回答，并向主席表示："现在文化大革命起来了，我也要到群众中去锻炼锻炼。"主席说："你年纪大了，就不要下去了。"

这次在天安门城楼上，少奇同志见到了小平同志。他问候说："小平同志，怎么样？"小平同志说："横直没事。"少奇说："没事，学习。"这两个共产党员当时同处在委曲求全、勇担责任的处境中，他们的心境是多么坦荡！没想到这寥寥数语，竟是他们的最后一次对话。

1966年11月底的一天，平平和亭亭被勒令到学校去接受"阶级教育"。我心里难过，走进她们住的房间，翻看平平的一本日记。突然眼睛被吸引到一行字上："亲爱的爸爸妈妈呀，你们为什么要生我？我本来根本就不该到这个世界上来。"我心如刀绞，不由自主地拿着平平的日记本，走进少奇同志办公室。少奇抬起头，发现我满脸泪痕，有些吃惊，走过来从我手里接过日记本……

第二天，少奇同志把平平、源源、亭亭三个孩子叫来，对他们说："我犯了错误，可能要批判我几个月，你们要经得起考验和锻炼，要经得起委屈，要到大风大浪中去锻炼，许多革命前辈都是在大风大浪中锻炼出来的。"他还说，"我可以不当国家主席，带你们去延安或老家种地。我的职位高，对党的责任大，犯了错误影响也大，但我没有反党反毛主席，我保证一定能改正错误。"

面对形形色色毫无根据的批判，有一天少奇动情地对我和孩子们说："我过去常对你们讲，对一个人来说，最大的幸福是得到人民的信任。今天，我还得加一句话，就是对一个人来说，人民误解你，那是最大的痛苦啊！"

这段时间，少奇同志每天都在看书看报，阅读大字报和红卫兵小报，默默思考。他是真心想听取批评，改造思想，争取再为人民工作。

黄　峥：到了1966年12月，形势好像发生了大的变化。12月18日，张春桥以中央文革副组长的身份，在中南海西门召见清华大学造反派头头蒯大富，要他行动起来把刘少奇、邓小平搞臭。12月25日，蒯大富根据张春桥的授意，在全市发动了"打倒刘少奇、邓小平大行动"，并把这一口号推向全国。

王光美：12月底，江青亲自出面找刘涛谈话，拉她造反，说："刘少奇问题的性质早就定了，现在不打倒他，是怕全国人民转不过弯来，要一步一步地来。

你要与刘少奇彻底划清界线。"江青还说："这些年我是受压的,你也是受压的。"

由于江青的唆使,刘涛去找她的生母王前。经王前口授,刘涛在聂真家写了诬陷少奇的大字报。那是1967年1月3日。在这之后,黄色大字报纷纷出笼。少奇对此非常气愤,说："国民党骂了我几十年,还没有用这种语言!"

1967年1月6日,清华大学造反派搞了个所谓"智擒王光美"的事件。造反派冒充医生从北京医科大学附属第二医院打电话来,说我们的女儿平平在路上被汽车轧断了腿,要动手术,手术台都准备好了,要我作为家长去医院签字。

我实在想不到,这些人会使出这种丧失人性的手段。听了这个消息,我的脑袋顿时"嗡"的一下,话都说不出来。少奇同志一听,也焦急地站起来,说："马上要车,我到医院去!"这时我想起了周总理的指示,忙说："总理不让我出中南海呀!"少奇觉得女儿是为了他而受到牵连,坚持要去医院。他见我犹豫,对我说："你跟我的车去!"他还以为他的吉斯车外出能安全。

我们很快到了医院。我一下车,就见源源、亭亭被造反派扣在那里,没见到平平。源源一见我,朝我喊了一声："妈妈,他们就是为了要抓你!"我马上明白了一切,心想千万不能让少奇同志落在他们手里,立即快步迎面走向造反派,说："我是王光美,不是王光美的都走!"造反派没有想到少奇会亲自来,一开始愣了一下。少奇不想马上就走,还想看看是怎么回事。卫士贾兰勋反应快,一把架起少奇坐回汽车里,开回了中南海。

造反派把我绑架到清华大学。在车上我责问他们："为什么用这种手段骗我出来?"他们明确地回答说："这是江青同志支持我们搞的。"

周恩来同志得到我被造反派揪走的报告,一面给蒯大富打电话要他放人,一面派秘书孙岳同志赶到清华大学要人。在总理的干预下,造反派不得不放我回中南海。少奇见我终于回家，只说了一句："平平、亭亭哭了。"

1967年1月份，北京建工学院的造反派几次勒令少奇同志去作检查。少奇给毛主席写信请示："我是否到该院去作检查？请主席批示。"主席将这封信批示给周总理："我看还是不宜去讲。请你向学生方面做些工作。"总理很快找建工学院的造反派谈话，制止了他们的行动。

就在这期间，戚本禹却指使中南海一些人成立造反团、战斗队，几次到我们家批斗少奇和我。造反派让我们低头弯腰，叫少奇同志背语录本上的某页某段。少奇同志回答说："要我背我背不出，你们可以问我主席的文章是在什么背景下写的，主要内容是什么，起了什么作用？随便哪一篇我都能回答你们，我是毛主席著作编委会的主任。"少奇的话噎得造反派哑口无言。他们只得把少奇赶走，单斗我一个人。

1967年元旦以后，造反派几次来批斗、质问少奇。少奇同志在回答问题时，总是站在党的立场上，维护党的利益。看到许多老干部被打倒，他痛心地说："这些干部是党和国家的宝贵财富，这样搞损失太大了。"他多次表示：只要对巩固无产阶级专政有利，我可以承担全部责任，接受任何处理。

1967年1月上海夺权的"一月风暴"以后，少奇同志明显地消瘦了。不知为什么，报纸上批判经济主义，又莫名其妙地扯上少奇。少奇看后说："现在批经济主义是什么意思？我早就不过问中央工作了，为什么又同我连上？如果是为了打倒我，我可以不当国家主席，回乡种地嘛！早点儿结束文化大革命，使党和人民少受损失。"

1967年1月13日夜里，毛主席派秘书徐业夫同志来我们家，接少奇同志去人民大会堂谈话。一见面，主席客客气气，问候了我和孩子们的近况，还问平平的腿好了没有？少奇回答说："根本没这回事，是个骗局。"少奇当面向主席提出两点要求：一、这次路线错误的责任在我，由我一人承担，把广大干部解放出来，使党少受损失；二、我辞去一切职务，和妻子儿女回延安或老家种地，尽早结束文化大革命，使国家少受损失。

主席建议少奇同志读几本书，具体推荐了德国动物学家海格尔写的《机械唯物主义》和法国狄德罗写的《机械人》。对少奇同志提的要求，主席没有正面回答。谈话结束后，主席把少奇同志送到门口，叮嘱少奇"保重身体，好好学习"。

刘　源：大概就是那段时间，有一天，小平同志的女儿毛毛在路上遇见亭亭，对她说："毛主席找我爸爸谈话了，要他'为革命当黑帮'。"亭亭回家在吃饭的时候对爸爸妈妈说了，我也在。妈妈不大相信，追问亭亭到底是怎么回事？人家是那样说的吗？爸爸说了一句："她哪儿编得出来？"

王光美：这期间，少奇同志对我说："主席对我是有限度的，但是群众发动起来了，主席自己也控制不住。"他还说，"主席的伟大，不仅是在关键时刻，他比我们站得高，看得远；更重要的是有些设想暂时办不到时，不坚持己见。"少奇对毛主席的热爱是真诚的，尽管形势这么险恶，他仍相信自己同主席的友谊。我更是盼望着主席早点儿为我们说句话。

大约1月16日、17日，中南海电话局的人来到我们家里，要拆少奇同志办公室的电话。这部电话是少奇同志同周总理、党中央联系的唯一工具。少奇很生气，不让他们拆，坚持要得到总理或主席的批准才能拆。来人只好回去了。第二天，又来了两个人，不管三七二十一，将电话强行拆去。

在电话被撤的前两天的深夜，总理给我打电话，说："光美呀，要经得起考验。"我一听是总理，很感动。我不知道该说什么，只说了一句："总理，你真好。"

有一次，我看到中南海里的大字报上，污蔑朱老总和陈云、小平等同志，语言不堪入目。回家后我讲给少奇同志听，并说："我实在看不下去了。"说着拿起安眠药瓶向少奇示意。他摇了摇头说："不能自己作结论。主席说过，罗长子要不是自杀，问题还不至于那么严重。"直到这时，少奇仍是相信主席的。

刘　源：有一阵子，是我去医务室为爸爸妈妈取药，包括安眠药。爸爸妈妈每天都要吃安眠药才能入睡，而且用量比较大，但医务室不多给，总是不够。有一天妈妈开了个单子，让我到街上买药，大概有五六种，其中也有安眠药，舒乐安定之类。我去了同仁堂等几个药店，还是没有买齐，只买到三种。但安眠药倒是买来了，一共六瓶，回来交给了妈妈。那时我和郝苗叔叔住一个屋子，饭后坐在床上聊天，我就说起上街买药的事。郝苗问买什么药，我说安眠药最多，六瓶。郝苗一听大惊，责备我说："你怎么干这傻事呀？"我愣了，说："我怎么啦？"一时没醒过神来。等我明白后，吓了一跳，立时觉得浑身发麻，赶紧跑去向妈妈要药。妈妈明白了我的意思，说："爸爸妈妈不会走那条路的，你放心。"可我还是不干，坚决要求把安眠药拿回来，我说："药我拿着，你们要，我随时给。"

黄　峥：毛主席在1967年2月中旬还讲过，九大时还要选少奇同志为中央委员。可后来情况发生了变化。根据我的分析，1967年3月份以后，处理刘少奇问题的大权逐渐被江青一伙所控制。毛主席也改变了原来的态度。

王光美：1967年3月份，一份造反小报揭发少奇吹捧电影《清宫秘史》，说少奇讲过这部电影是爱国主义的。少奇同志看到后，于3月28日给毛主席写了封信，回忆当时看这部电影的经过，说明自己根本没有讲过"《清宫秘史》是爱国主义的"这样的话。4月1日，各报刊发表戚本禹的《爱国主义还是卖国主义》一文，大肆攻击污蔑少奇。少奇同志看后气愤地说："这篇文章讲了许多假话，党内斗争从来没有这么不严肃过！"

　　有一天，我们家的一个卫士不知为什么事一生气，把家里几个房间的门都锁了。平时，我们家的房门都不锁，对身边工作人员是公开的。这样一来，弄得我们进不去卧室。少奇同志给周总理写了封信，要秘书送去。信上说：我看了中南海的一些大字报，感到很不安，这里是中央所在地，很不严肃；我现在的处境很困难，已经没有说话的权利了，他们已经把我当敌人了，怎么办？第二天收到了总理的回信："少奇同志：要克制自己，好好休息。你提出的问题，我已报告了毛主席。"

　　4月6日晚，在当时的政治高压下，身边工作人员成立了"南海卫东造反队"，到少奇同志办公室，面对面地质问戚本禹文章中提出的八个为什么，要求写出书面材料。他们还要少奇同志改变作息时间、打扫卫生、自己打饭等。4月13日，他们见少奇还没有写出书面交代，再次批斗了少奇。少奇在回答问题时争辩说："我不反革命，也不反毛主席。毛泽东思想是我提出来的，我宣传毛泽东思想不比别人少。""我现在还是中华人民共和国主席。审判我，要经过全国人民代表大会撤职。"当问到所谓"六十一人叛徒集团"问题时，少奇发了脾气，说："提这个问题简直是岂有此理。六十一人出狱之事，是经过党中央批准的。在日寇就要进攻华北时，必须保护这批干部，不能让日寇把他们杀了。当时王明路线使白区党组织大部分受到破坏，这些同志是极宝贵的。中央许多同志都知道，早有定论嘛！"他们还问，这事是中央谁批准的？少奇说："是当时的总书记张闻天，毛主席也知道。"

4月8日，中央通知我，常委同意我去清华大学作检查。少奇和我预感到这是一个严重信号。由于改变作息时间，安眠药给得少，少奇同志几天没有睡好觉，再加上这件事的刺激，4月8日晚上突发神经性昏厥，面色青灰，嘴唇发黑。我赶紧通知门诊部。大夫来给了几片药。少奇几个小时后才恢复。

4月9日中午吃饭的时候，平平、源源、亭亭三个孩子说，外面空气紧张，到处传言清华大学组织了三十万人大会，明天批斗王光美。少奇听了十分气愤，大声说："错误我自己担，为什么不让我去检讨？工作组是中央派的，光美没有责任，为什么让她代我受过？"

我忙说："清华大学的运动是我直接参加了的，应该我去向群众作检查。"少奇说："你是执行者，决策的不是你嘛！""要我承担责任，可以，但错误要自己改。""有人在逼我当反革命。我过去不是反革命，现在不当反革命，永远不当反革命。""去年8月，我就不再过问中央工作，从那以后，错误仍在继续。将来，群众斗群众的情况还会更厉害，不改，后果更严重。责任不能再推到我身上。"

少奇预感到情况严重，做好了最坏的打算，郑重地对我和三个孩子作了遗嘱。他说:"将来,我死了以后,你们要把我的骨灰撒在大海里,像恩格斯一样。大海连着五大洋,我要看着全世界实现共产主义。你们要记住,这就是我给你们的遗嘱。"

尽管少奇以前曾多次向我说过"死后把骨灰撒在大海里",但这时听到这个话,面对如此严峻的形势,我还是忍不住哭了。我说:"还不知道孩子们能不能看到你的骨灰呢?"

少奇平静亲切地望着孩子们,肯定地说:"会把骨灰给你们的。你们是我的儿子、女儿嘛。这一点无论什么人还是能够做到的。你们放心,我不会自杀的,除非把我枪毙或斗死。你们,也一定要活下去,一定要在群众中活下去,要在各种锻炼中成长。你们要记住:爸爸是个无产者,你们也一定要做个无产者。爸爸是人民的儿子,你们也一定要做人民的好儿女,永远跟着党,永远为人民。"

少奇从来没有对孩子们说过这样严肃沉重的话,因为孩子们还小啊!说完这些,少奇好像做完了一件大事,从桌旁站起来,坚定地一字一句地说:"共产主义事业万岁!""马列主义、毛泽东思想万岁!""共产党万岁!"然后,在孩子们的注视下,离开饭厅,走向自己的办公室。

4月10日清晨,清华大学的造反派扣了我们的三个孩子作人质,到中南海揪我。那天我已经做好了被关起来的准备,把毛巾、牙刷等生活用品都带上了。大约早晨六点半左右,造反派把我带到清华大学主楼一间屋子里。那里早已坐满了造反派,摆开阵势要审问我。他们一上来就气势汹汹地问:"刘少奇为什么说《清宫秘史》是爱国主义的?"我针锋相对地说:"我从来没有听少奇同志讲过这个片子是爱国主义的。少奇同志肯定没有讲过。我相信毛主席,毛主席总会调查清楚的。"

没问几句,造反派要我穿上出访印尼时穿的衣服,以便拉到外面去斗。一开始我还天真,反复和他们讲道理。我认为中央只是同意我来检查,我检查可以,为什么要穿那套衣服呢?而且4月初的北京还挺冷,那些绸子衣服是夏衣,穿上太凉。哪知造反派根本不跟你讲道理,上来几个人强行给我穿上旗袍，还在我的脖子上套上一串乒乓球，说这是项链。我向他们抗议："你们这是武斗，违反毛主席指示。"可他们根本不管。

造反派又七嘴八舌地问我这样那样的问题，我尽可能据实回答。那时《红旗》杂志刚发表一篇文章，说清华大学工作组推行了"打击一大片，保护一小撮"的资产阶级反动路线。于是造反派反复逼我，要我对这篇文章表态。我说："这篇文章就是有很大的片面性。"

这下子可惹火造反派了，大吵大嚷起来，威胁说要把我的话记录在案，今后算总账。我也顾不得许多了，大声说："记就记，我说的，怕什么！'怀疑一切'肯定不是工作组搞的，更不是刘少奇搞的。我没有'怀疑一切'这个思想，刘少奇也没有这个思想。"他们没有办法，只好大骂我是反动的资产阶级分子。我顶他们说："我不是反动的资产阶级分子，我是共产党员。""如果你们摆事实讲道理，就让我把话说完。毛主席说：好话、坏话、反对的话，都要听，要让人把话讲完。你们要是不摆事实讲道理，那我就不讲了，你们斗吧！"

造反派将我拉到大操场。中央通知我是来检查，可会场上完全是批斗，自始至终不让我讲一句话。整个场面极为混乱，吵吵嚷嚷的，我什么也没听清。我在批斗会上看到，彭真、薄一波、陆定一、蒋南翔等好多老干部老同志，也被造反派押在台子上陪斗，心里难过极了。批斗会后，造反派将我押回房间里，又审问了两次。

周总理为保护我的安全，派了一位秘书与我同去，晚七时陪我一起回中南海。造反派扣下了他们从我家里抄去的衣物。

回家后，我对少奇同志讲了批斗会的情况。当少奇同志听说那么多老同志同时陪斗，忧心忡忡，心里很不好受，晚饭一点儿也没吃。

4月14日，少奇同志向"南海卫东造反队"交出一份书面答辩。他们把少奇的答辩抄成大字报，贴在中南海院里，将原件上交并写了汇报。这份大字报两个小时后就被人撕掉。几天后，传达了毛主席的话：以后不要搞面对面的斗争。此后，"南海卫东造反队"没有再当面批斗。林彪、江青一伙也借此剥夺了少奇同志发言和申辩的机会。

4月15日和20日，我抱着一线希望，先后给毛主席写了两封信。我在信中叙述了参加清华大学工作组和4月10日批斗大会的情况，对造反派的种种污蔑作了申辩。对所遭受的一切，我不服气地说："我绝不是坏人，刘少奇也绝不会是假革命或反革命。"信送上去以后，没有得到任何回音。毛主席有没有看到就不知道了。

5月8日，《人民日报》《红旗》杂志发表了长篇批判文章《〈修养〉的要害是背叛无产阶级专政》，批判少奇同志的名著《论共产党员的修养》。鉴于造谣、辱骂和黄色谣言风行一时，少奇同志看到这篇文章后，给毛主席写了一封信，说欢迎摆事实讲道理的批判文章，不管多么严厉都欢迎。

那些天，我忍不住对少奇同志抱怨："这两年你常生病，我让你休息，你老说'时间不多了，更要抓紧'，拼命工作，却弄到这个下场。"少奇说："怎么都不行。陈云同志休息几年了，还不是一样不放过。"

6月初，为少奇同志做饭的厨师郝苗同志被秘密逮捕。后来，另一名厨师也被勒令离开。这样一来，身边工作人员更不敢对我们留情。

刘　源：逮捕郝苗同志，完全是江青一手制造的。她为了把我母亲打成特务，就诬陷郝苗是国民党励志社成员，说王光美有意把他调来传递情报。他们说郝苗利用到供应站买菜的机会，通过罗荣桓同志家的工作人员小陶，把情报送出去。整个一个荒唐透顶！小陶是罗帅夫人林月琴同志的侄儿媳妇，丈夫去世后在罗帅家料理家务。郝苗和小陶都经常到供应站领东西，比较熟悉，有一些来往。这么点儿事竟被江青一伙利用上了。

还有就是平平外出串联，向郝苗要了些粮票和饭钱，被说成是支持刘少奇子女外逃。其实我们家的伙食费、粮票就是郝苗管的，外出串联要吃饭，不向他要向谁要？

江青为了陷害我母亲，还不惜枉杀无辜。中国人民大学教授杨承祚和他的夫人袁绍英，莫名其妙受到株连。杨承祚曾在原辅仁大学当教授，是从美国留学回国的，当年住在旧刑部街，每天骑自行车上班。我母亲也从旧刑部街骑自行车到辅仁大学上学，有时路上碰见，这样就认识了，和他们夫妇有一些来往。总共就这么点儿关系。可江青一伙竟大做文章。他们先是将杨承祚夫妇打成美国特务，然后要杨承祚指供王光美是特务。杨承祚当时已身患重病，很快被残酷迫害致死。

还有一个叫张重一的老同志，是河北师范学院教授，受株连的原因更是荒唐。张重一1944年在辅仁大学当过代理秘书长，但我母亲和他没有来往，连话都没有说过。就因为张重一认识杨承祚，杨承祚认识我母亲，被专案组列为重点审查对象。张重一当时已是肝癌晚期，时不时昏迷，随时可能死亡。可专案组竟对这样一个垂死的病人也不放过，对他突击审讯二十一次，最后一次连续审讯十五个小时至深夜十二点，两个小时后张重一惨死在病床上。特别法庭审讯江青的时候，法庭作为证据放了一段专案组审讯张重一的录音。他已经神志不清，一会儿说王光美是男的，一会儿说是坏人，一会儿又说是共产党员，还说袁绍英是杨承祚的小舅子，乱七八糟整个对不上茬。江青一伙为了陷害忠良真是无所不用其极。

王光美：自从少奇受到批判以后，我们的儿女甚至我们的亲戚也无故受到株连。一直和我们住在一起的我那已经年迈的母亲，最早被迫搬出中南海。我时时牵挂她，却无法见面。

刘　源：我外婆那时已经七十多岁了。大概是1966年底，中南海里贴出一张大字报，是一位中央领导人的秘书写的，说刘少奇的岳母是资产阶级分子，"强烈要求把董洁如赶出中南海"。中央警卫局有关负责同志就商量，是不是动员外婆搬出去，免得老为这事牵连到刘少奇、王光美。我父亲没表态。倒是外婆主动说："我还是搬出去吧。"于是由警卫局安排，将外婆搬到北长街供应站旁边一处很小的房子里。那时正是严冬，外婆自己生个小煤球炉子，很困难。

1967年5月的一天，我去北长街看她，却见门外面上了锁。问周围邻居，要么不说，要么不知道，总算有个老太太说看到让人带走了。后来才知道，是被拉到二姨所在的山西的大学里批斗了，据说挨了很重的打，还被从楼梯上推下去。不久又被弄回北京,关在北京市半步桥的看守所。

那时平平也被关在这里。一开始平平不知道,后来她发现,看守所里放风倒便盆时,别的监舍的人都跑得很快,唯独旁边一间的人动作特别慢,听上去步履蹒跚像个老人,但又什么也看不见。有一次她趴在地下,从门下面的缝隙里往外看,看见一双小脚,终于认出那是外婆的脚。于是,在下一次放风的时候,她等外婆倒完便盆回来,就哭着大喊:"外婆!外婆!"只听见外面"咣当"一声,一只便盆掉在了地上。

这是平平和外婆的最后一点儿联系。从此,平平再也没有听到外婆的任何动静,不知被带到什么地方去了。原来,外婆被转到秦城监狱,1971年10月摔了一跤后病重,1972年7月15日因脑血栓发作去世。在外婆被抓以前,平平曾去北长街看过她。外婆交给平平一个存折,让平平帮助去取点钱。谁知钱还没取回来,外婆就被抓走了。平平一想起这事就特别难受。

王光美: 我们的儿女受我们牵连,日子越来越不好过。我不得不时时为儿女们的遭遇和前途感到揪心。少奇也一样。特别是我们的小女儿小小,那时只有六岁。等待她的将是什么命运?在当时真的不堪设想。

小小出生时,少奇让她的哥哥姐姐为她起名字。平平说叫她小妹,于是就叫了小小妹,慢慢地就叫成了小小。平时在家里,大人小孩儿、工作人员都喜欢她,少奇也特别疼她。小小已经到了上小学的年龄,在那段日子里,少奇常常念叨说:"小小该上学了,小小该上学了。"我们都做好了被捕的准备,就是放心不下孩子,特别是小小。一天,我实在忍不住,对少奇说:"如果咱们被捕了,能不能跟他们提提,让我把小小带到监狱里去?"少奇说:"这怎么可能?"我说:"不是有许多先烈都把孩子带到国民党的监狱里去吗?"少奇说:"那是在监狱里边生的。"

带走不行,不带走吧我们又照看不了她,我一时没了主意,问少奇:"那该怎么办呢?"他沉思了一会儿说:"托给阿姨吧。"少奇想了想又叮嘱我,"要记住小小的特征,将来一定要把她找回来。"

这是一个多么痛苦的决定啊!但又有什么办法呢?我的心像刀割一

样难受，泪水夺眶而出。赵淑君阿姨是1958年经组织选调到我们家的，多年来为我们家带小孩儿，任劳任怨，帮了我们很大忙，实际上已经成为我们家的一员。也只有把小小托给她了。我含泪找出两张少奇和我的照片，到后院去找赵阿姨和小小。她们已经上床准备睡觉了。我强忍痛楚，向阿姨讲了少奇的决定。当我把照片交给她的时候，眼泪再也止不住，哗哗直流，泣不成声地说："老赵，小小就托付给您了，无论如何要把她带大。今后，你和小小在一起，可要吃大苦了……"我紧紧地抱住小小，失声痛哭……

7月中旬，造反派围攻中南海。建工学院造反派勒令少奇写出检查。少奇写完交出后，又马上要回来，在第三部分的开头加了一句："在毛主席不在北京时，是毛主席党中央委托我主持中央日常工作的。"

7月18日一早，孩子们急急慌慌跑来告诉我们，听说今天晚上要在中南海里开批斗少奇和我的大会。我预感到这次批斗非同一般，有可能是生离死别。一场大的考验又要来了。我和少奇在一起，千言万语不知从何说起。我只哽咽着说了一句"这回真要和你分别了"，便再也说不出话来……

离批斗会的时刻愈来愈近了。我们默默地做准备。少奇为我取出衣服用品，帮助我整理。自从我和少奇结婚以来，他整天忙于工作，生活上历来都是我照顾他。这一次是他唯一一次为我收拾东西，帮我做生活上的事。预定的时间就要到了，我们静静地坐着，等待来人带我们走。少奇平时不爱说笑，这回他说了一句："倒像是等着上花轿的样子。"在这样严峻的关头，他仍是坦然和乐观的。他的神情感染了我，我也不由得笑了。

不一会儿，造反派进来了，大声命令我先跟他们走。我连忙站起来，少奇同志也站起身，上来和我紧紧握手。我们四目相对，充满关切。这时少奇轻轻对我说："好在历史是人民写的。"

我走后不一会儿，少奇也被拉走了。后来知道，这次批斗是江青、陈伯达、康生乘毛主席、周总理不在北京之机，直接策划的。具体组织实施的人是戚本禹。他们组织了几批造反派，在批斗少奇和我的同时，也分别批斗了小平、卓琳同志和陶铸、曾志同志。

我被拉到西楼大厅接受批斗。批斗少奇是在西大灶食堂。那时正是盛夏季节，会场上又闷热又嘈杂。批斗会进行了两个多小时。

在批斗的同时，专案组抄了我们家。批斗会结束后，我被带到后院，少奇被带到前院。我俩被分别关押，互相见不到面，也不准子女和我们见面。前后院都有岗哨日夜监视。从此，我和少奇完全失去自由，近在咫尺却见不到面。当天分别时少奇说的"好在历史是人民写的"，就成了他对我说的最后一句话。

8月5日，天安门广场召开百万人批判"刘、邓、陶"大会，同时在中南海组织了三四百人批斗少奇和我。批斗会由戚本禹的秘书王道明主持，曹轶欧等都参加了，还拍了电影。这次批斗会是最凶狠的一次，造反派对我们拳打脚踢，人身污辱也更厉害。六十九岁的少奇被打得鼻青脸肿，行走困难。

回房后，少奇不顾疲惫，对来人抗议说："我是国家主席，谁罢免了我？我是个公民，为什么不许我说话？宪法还在，你们这样做是在侮辱国家。破坏宪法的人是要受到法律制裁的！"

这一天是将少奇和我放在一个会场上批斗的，我俩有幸见了最后一面。批斗会结束后，还和原来一样，将我俩分别关押，看管比以前更加严密。

8月7日，《北京日报》上发表《篡党篡国阴谋的大暴露》一文，说少奇同志策划和支持了所谓"畅观楼反革命事件"。少奇读后当即给毛主席写信，反驳这种莫名其妙的指责，说："关于我是否'策划'和'支持'畅观楼反革命事件，我与畅观楼反革命事件有无牵连，我请求毛主席、党中央严加审查！"他严正提出："说我的目的就是要'反党'、'反社会主义'、'反毛主席'、'反毛泽东思想'、'要在中国复辟资本主义'、'要阴谋篡党篡国'等，我是不能接受的。因为我从来没有这样想过，而我想的都是同这些相反的。""我没有在党内组织任何派别，没有在党内进行过任何非法的组织活动。"少奇在信中又一次提出辞职的要求。这封信像前几次一样，交上去后没有得到任何回音。

我和少奇被分别关押，互相见不到面。我被勒令干这干那。有一段时间老叫我背砖头。要我把砖头装在筐里，从这院背到那院，从那院背到这院。有时我实在背不动，就站着将砖筐靠在墙上，托一托力。有一次一个看守的战士小张，见我背得吃力，冲我大声说："你背不动不会少背一点儿吗！"其实他是同情我，要我少背一点儿。后来在往筐里装砖时，我就真的少放了一点儿。可没多久，就见不到这个战士了，听说因为这件事被调走了。

1967年9月12日，孩子们终于被赶出中南海。这一天的下午到晚上，在福禄居的前后院之间垒起了一堵高墙，把我和少奇完全隔开。

9月13日凌晨大约三四点钟，我住的福禄居后院突然来了几个人，宣布对我正式逮捕，出示了谢富治签发的逮捕证。当即给我上了手铐，门口增加了岗哨。

1967年11月27日，我被押送秦城监狱，监号是67130。刚进去那会儿，押我的小战士揪着我的领子往前推搡。我受不了这个，说："你别推我行不行？要我往哪儿走你说话，你让往哪儿走我就往哪儿走。"这一反抗还真有用，后来他们再也没有碰我。

我被关在二层楼的一间单人牢房，牢门是铁的，门上有监视的窗口。牢房内有一个小厕所。最令我不习惯的是厕所门上也有监视窗口。上厕所受监视，这是最让人感到受辱的事。牢门的下方还有一个小窗户，开饭时就打开这个小窗，把碗递出去，外面给装上饭菜后再拿进来吃。一般就是窝头、玉米面或小米稀饭加白菜、萝卜。可气的是给的饭菜没谱，有时很少，吃不饱；有时又特多，吃不完还不行。平时每天就是在床上干坐着，还必须脸朝门口，不准躺下，不准靠墙，规定"四不靠"，就是人的四周都不能挨着东西。有时我坐着没事，就捻头发玩儿，消磨时光。有次被哨兵从门外看见了，马上喊："你手上是什么东西？"十二年的铁窗生活，每天面对这扇铁门，使我至今不喜欢防盗门。

刚开始的半年，不放风，也不给报纸看，外面情况什么也不知道，也不知道日子。后来给放风、给报纸看了。放风是一个人一个人轮流放，放完一个人回到牢房，再让另一个人出去，互相之间不照面。报纸就是一份《人民日报》，一个房间一个房间传着看。从这个房间传到那个房间之前，监管人员都要仔细查看，检查上面写了字没有？扎眼或者做了什么记号没有？就怕犯人之间传递消息。

中间有一段让我出牢房打扫卫生。这是我最高兴的，因为可以趁机活动活动身体。

同后来相比，二楼这间牢房的条件还算是好的，比较干净，床上的被褥是白色的。那时过年过节还能吃到带肉馅的包子。估计在这里住了大约有一年半。有一天突然将我转到一楼的一间破旧牢房。各方面条件明显降低，牢房阴暗潮湿，墙壁的下半截全是大片的霉湿斑，伙食之差就不用说了。

有一阵子忽然要我洗床单，有时一天洗十几条，而且不管多冷都是用凉水洗。给我洗床单用的木盆很大，厕所的小门进不去，洗的时候只好用一个小盆在厕所里接水，一点一点地舀到大盆里，洗好了再一点一点地倒回去，来回折腾。尽管洗床单很累，我还是高兴，总比老在床上坐着好，可以利用出门晒床单的机会活动一下，等于延长了放风时间。

刘　源： 我母亲住的那间牢房，听说后来关过袁庚同志。这是 1979 年初我母亲从秦城监狱出来后住在翠明庄，袁庚同志来看望时讲的。袁庚同志原先是东江纵队的情报部长，解放后仍从事这方面的工作，有经验。"文化大革命"中他被关在秦城监狱，整天没事，就琢磨。他根据牢房里掉在地上的头发，有白的有黑的，反复推理分析，推断出这间屋子里此前关的是王光美。80 年代建立深圳特区，袁庚同志在深圳主持蛇口工业区工作。其间他邀请我母亲去参观访问，又说起这事。

王光美： 后来有一段，似乎政治空气有所松动，把我转到复兴医院检查身体。没多久忽然又被押回秦城监狱，搞不清是怎么回事。

1976 年唐山大地震的时候，监狱里把我们转移到附近的一个院子，住在简陋的防震棚里。那阵子老下雨,床底下常常积水,两脚就经常泡在水里。那时正是盛夏,天一晴,烈日暴晒,帐篷里像蒸笼。一到晚上,又到处是蚊子。我常常用报纸捂在脸上,以阻挡蚊子的袭击。

我在秦城监狱十二年,绝大部分时间枯坐牢房无所事事,漫长难熬。没事时,就老琢磨墙上不知什么人留下的字,猜想以前关在这里的是什么人,当然是不得要领。没事还老盼望提审,因为提审可以有机会说话。有时我老猜左右房间关的是什么人,有几次零星听到一点儿声音,觉得好像旁边关的是严慰冰,也不知到底是不是。

在那些日子里,我经常想起少奇同志最后留给我的话:"好在历史是人民写的。"我相信党和人民总会把问题搞清楚,相信历史总会恢复它的本来面目,决心不管遭受多大的冤屈和磨难,也要坚持活下去。

少奇和我被关押以后,迟群向警卫二中队宣布说:"你们现在的任务变了,不是保卫,而是监视。"这样一来,警卫战士、医生、护士和办公室工作人员都自身难保,生怕被说成丧失立场。他们受到的压力太大了!

即使在那样的情况下,有的同志在力所能及的范围内,还是尽量照顾了少奇同志,我很感谢!有些受蒙蔽的群众,对少奇同志有过火行动,我能谅解。他们是执行者,责任不能由他们来负。当时,他们在看管少奇问题上各自向上写报告,并且互相监视。那段时间少奇瘦得皮包骨头,吃饭、穿衣、行动都很困难,有谁敢去帮助他?少奇得了多种疾病,但很少得到治疗。有时来个大夫敷衍一下,还要先批判。

1969年10月17日,少奇在重病中被送到河南开封。11月12日,少奇在开封含冤去世。这一段的前后经过和少奇的情况,中纪委的同志已经调查清楚。你在《刘少奇一生》等书里也写了。我就不再多谈了……

实在太惨啦!少奇受到的不仅是物质生活上的折磨,更严重的是精神上的折磨。为了党的利益,"文革"开始时,少奇同志总是主动承担责任,开脱别人。后一段,他努力想使干部早点儿解放出来,使党和国家少受损失。当时,少奇同志面对的是他所热爱的群众,他不能与之对立;对他爱护的干部不能说好，对他仇恨的奸臣又不能痛骂。看到党和人民受到灾难，他无能为力。在他的一生中，最后这一段，是最严酷的考验、最艰苦的斗争。对于一个终身致力于建设一个好的党的共产党员，让他活着知道自己被永远开除出党，太残忍了！这种精神上的折磨是最难以忍受的。仅是少奇晚年这一段的表现，也足以证明，《论共产党员的修养》这本书，少奇同志自己做到了！

■ 王光美与母亲董洁如

■ 王光美与孩子们用餐

- 王光美携孩子们郊游
- 王光美与孩子们。左起：刘涛、王光美、刘平平、刘丁

1960年，王光美与家人在一起。前排：董洁如、刘小小，后排：赵淑君阿姨、刘爱琴、王光美、刘平平、刘亭、刘涛

1965年秋，刘少奇与小女儿在
北京西郊玉泉山

1967 年 4 月 19 日，清华大学造反派举行批斗王光美大会

1967年8月5日，中南海造反派批斗中华人民共和国主席刘少奇

1967年8月5日，中南海造反派批斗中华人民共和国主席刘少奇

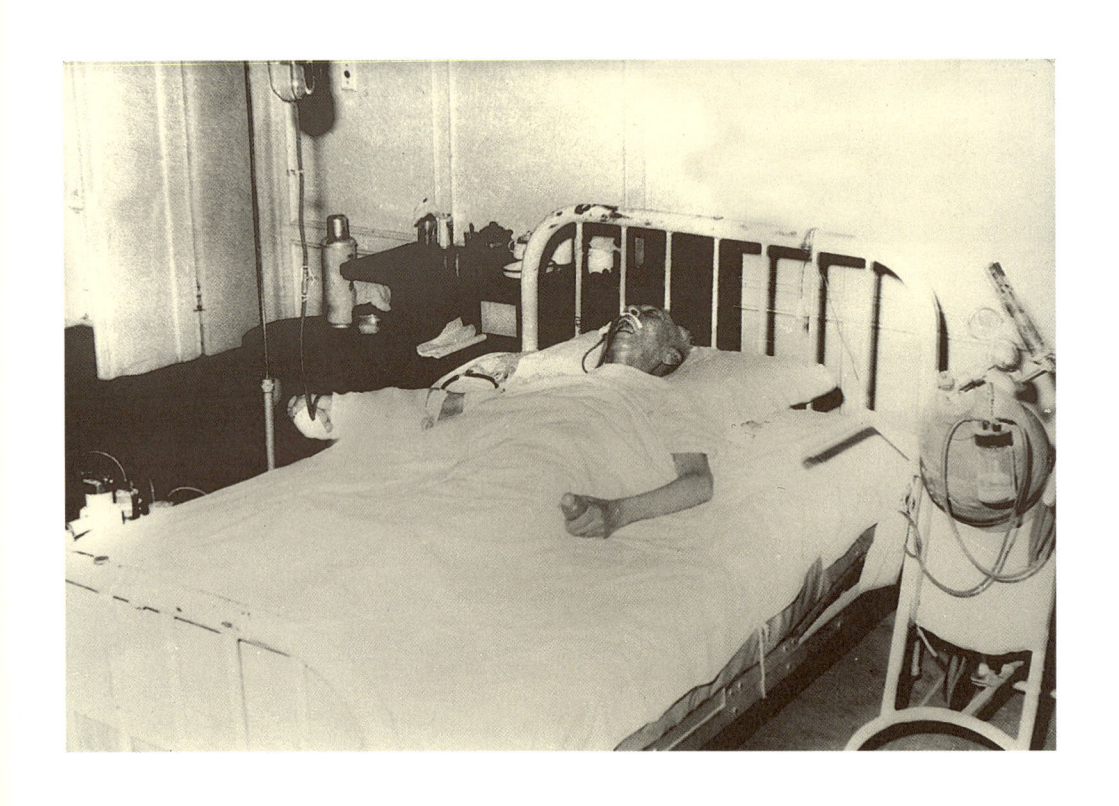

1969年，重病中的刘少奇

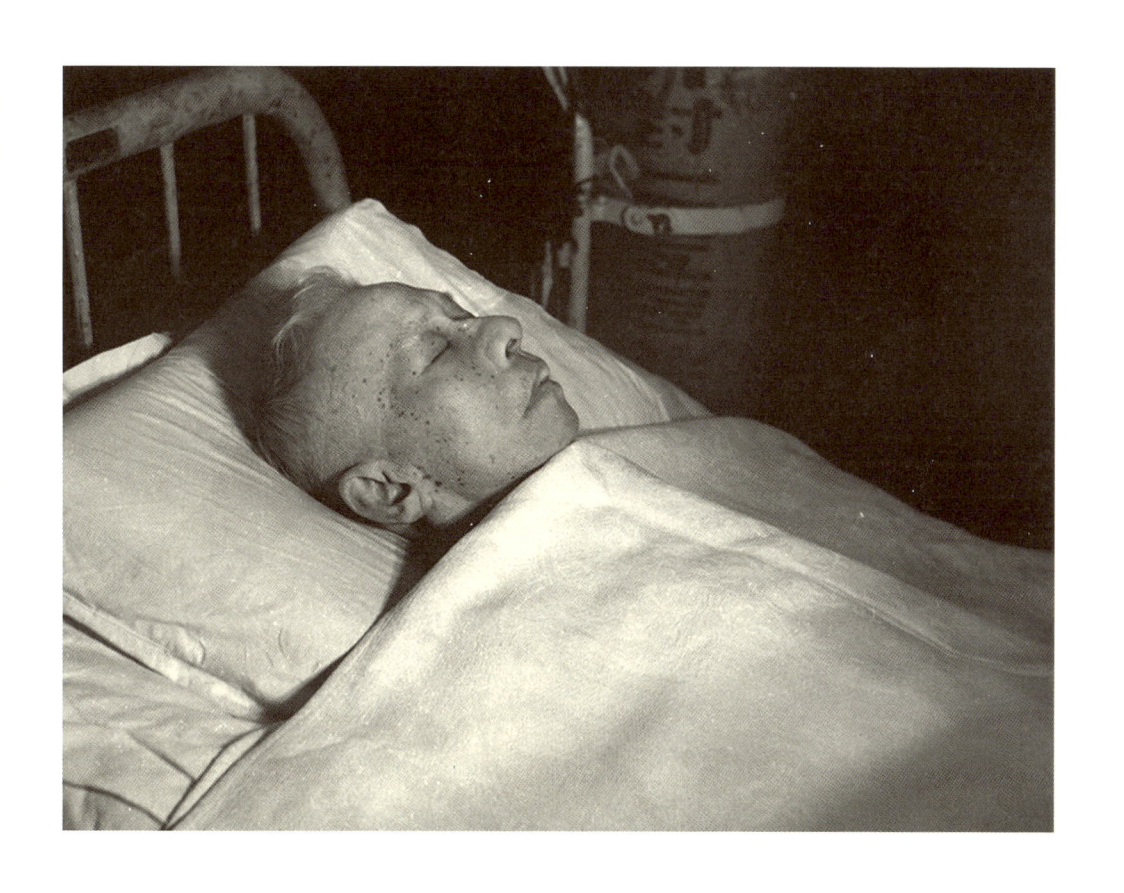

1969年11月12日，刘少奇病逝开封

"好在历史是人民写的"

黄　峥：中共十一届三中全会以后，党恢复了实事求是的思想路线，开始全面认真地纠正"文化大革命"的错误。党和人民终于彻底推倒了强加在少奇同志身上的种种罪名，为他平反昭雪，恢复名誉。

王光美：党内外的许多干部群众，早就对少奇在"文化大革命"中受到的不公正对待表示不满。在"文化大革命"进行过程中，就出现了很多为少奇同志鸣不平的人。共产党员张志新同志，就是其中的一个杰出代表。我们的孩子在"文革"中散落各地，也得到不少好人的关怀和支持。粉碎"四人帮"以后，就不断有干部群众给中央写信，要求为少奇平反。

黄　峥：我看到过一些这样的信。党的十一届三中全会以后，要求为少奇同志平反的群众来信得到了中央的重视。经邓小平、陈云等中央领导同志批示，中央决定由中央纪律检查委员会、中央组织部组成联合复查组，复查刘少奇一案。

王光美：中共十一届三中全会闭幕不久，中央组织部接收专案工作的当天，就果断地将我从秦城监狱放出来，并安排孩子们和我住在一起。我终于结束了将近十二年的囚禁生活，回到人民中间。

刘　源：妈妈刚放出来那会儿，住在厂桥的中办招待所，就是现在金台饭店的前身。

那时"四人帮"的残余势力还存在,"文革"中的"三种人"还没有得到清理。有人就来交代我妈妈说:"你现在虽然放出来了,但社会上还有很多人恨你。你不要随便外出,否则安全不保。"这样一来,弄得招待所很紧张,很难办。我们一听很生气:这算什么呀!人都放出来了怎么还限制自由?我们整天在群众中,没有这种感觉呀!党的十一届三中全会以后,完全是又一次解放的气氛嘛!

我就去找胡耀邦同志的女儿胡曼丽,请她向耀邦同志反映一下这个情况,要求给我妈妈换个地方住。胡曼丽一听也很生气,回去就跟她爸爸说了。耀邦同志听后说:"马上请光美同志搬到翠明庄去住。"翠明庄是中央组织部的招待所,耀邦同志那时兼中组部部长。这样,妈妈很快搬到了翠明庄。

有一天乔明甫同志到翠明庄来看妈妈,动感情地说:"我们很怀念少奇同志。他是我们的好领导、好老师。今天见到您,就像见到少奇同志一样……"妈妈当场感动得哭了。乔明甫同志一走,她忍不住又大哭了一场。

耀邦同志家那时在离翠明庄不远的富强胡同。我陪妈妈去过他家一次。谈话中耀邦同志说:在"文化大革命"那样的情况下,通过少奇同志审查报告的会上大家都举手了,只有陈少敏同志一个人没有举手,所以你们见到有些同志时不要有情绪。

那时陈云同志家在北长街,也离翠明庄不远。有一天我陪妈妈散步,一路到了陈云同志家门口,也没有事先通报,就对门卫说,如果陈云同志方便的话我们去看望他。陈云同志热情地接待了我们。谈话中他说:少奇同志是一定要平反的,但现在还不到时候,"四人帮"搞了那么多诬蔑不实之词,他们随意定案,但我们就不能像他们那样草率,要非常严谨。陈云同志还说:"你们家的孩子,这么多年给我写的信我都收到了,一封也没有丢,都在这个抽屉里。"

王光美:1979年的春节,我和孩子们参加了在人民大会堂举行的春节联欢会。这是十多年来我第一次在公开场合露面。人们认出了我,纷纷来同我握手、拥抱,有的同志拉着我的手失声痛哭。到后来,人群越聚越多,我被挤得东倒西歪。我从人们的脸上、眼里，看到了他们对少奇同志的怀念和尊敬。我被深深地感动了。要知道，这时少奇还没有平反啊！说明十多年的批判和丑化，并没有将少奇同志的功绩从人们心目中抹掉。我眼含泪花，向人群深深鞠躬，高兴地说："我又和同志们在一起了，是人民解放了我。"

此后不久，由中纪委和中组部联合组成的复查组，就开始抓紧工作了。

黄 峥： 我看过一些这方面的材料。复查组经过几个月的调查研究，取得了大量确凿的证据，证明林彪、江青一伙制造的所谓《关于叛徒、内奸、工贼刘少奇罪行的审查报告》，完全是凭伪证写成的。加在少奇同志身上的种种罪名，没有一项符合事实。1979年11月，复查组向中央写出了《关于刘少奇案件的复查情况报告》，邓小平、陈云、邓颖超、胡耀邦等同志审阅同意。邓小平同志并提议，将这个复查报告作为中央对少奇同志的平反决定。1980年2月初，中央政治局讨论并同意《关于为刘少奇同志平反的决议（草案）》，决定提交即将召开的中共十一届五中全会审议。2月下旬，十一届五中全会讨论通过了《关于为刘少奇同志平反的决议》，并发表了公报。

王光美： 此后，为少奇同志平反昭雪的各项工作按部就班地展开。3月19日，中共中央向全党发出了《关于认真传达好为刘少奇同志平反的决议的通知》。5月，成立了由中共中央、全国人大常委会、国务院、全国政协、中国人民解放军负责人以及各方面代表人士组成的刘少奇同志治丧委员会。

5月13日上午，中央派出专机去河南郑州迎取少奇同志的骨灰，要我和孩子们前往。治丧委员会委派了中共中央委员、全国政协副主席王首道、刘澜涛同志，中央组织部副部长李步新同志，中央办公厅副主任高登榜同志，中纪委办公厅副主任凌华春同志前往。

当天下午，我们在省里同志的陪同下，从郑州到开封。我们来到少奇同志逝世的地方。一进那小屋，我一眼就见到了少奇用的枕头，急忙跑过去，把它紧紧地抱在怀里。睹物思人，我的眼泪夺眶而出。那对枕头，是1963年我们访问柬埔寨时西哈努克亲王送的，没想到它伴着少奇度过了最后的岁月。

第二天，在郑州人民会堂隆重举行少奇同志骨灰迎送仪式。河南省委书记、省长刘杰同志，郑重地将少奇同志的骨灰交给我。我情不自禁地将脸贴在骨灰盒上，久久不想离开。在少奇同志逝世十年多以后，我和孩子们终于见到了他的骨灰，不禁百感交集……

5月17日，在北京人民大会堂隆重举行少奇同志的追悼大会。党和国家领导人以及各方面代表、首都群众一万多人出席大会。邓小平同志致悼词。追悼会进行过程中，会场上不时传来抽泣声，好多人都哭了。我看到徐帅徐向前同志胸前衣服上被泪水浸湿了一大片。散会时，小平同志过来，握着我的手说："是好事，是胜利！"

在治丧活动过程中，不少人提出，鉴于少奇同志逝世的特殊情况，应该保存他的骨灰。中国革命博物馆来人要求说：毛主席进了纪念堂，朱老总进了八宝山，周总理撒向了江河大地，少奇同志的骨灰交给我们革命博物馆保存收藏。我没有同意。

少奇同志生前不止一次地对我说，他死后遗体火化，骨灰撒在大海里。早在1956年4月，少奇同志和毛主席、周总理等一起，第一批在提倡火葬的《倡议书》上签了名。当天回家后，少奇就向我讲了这件事，并进一步提出不保留骨灰，像恩格斯那样把骨灰撒在大海里。在"文化大革命"中最艰险的时刻，他又一次向我和孩子们作了这一遗嘱。因此，我郑重地向中央和治丧委员会提出，尊重少奇同志的遗愿，把他的骨灰撒在大海里。

中央同意了这一要求，但具体采取什么方式，一时没有商定。刘伯承元帅得知这一情况，主动提出由中国人民解放军海军执行撒少奇同志骨灰的任务。中央书记处研究同意。海军司令员叶飞同志亲自向海军某部下达了命令。5月18日，海军司令部派了参谋长等几位军官来我们家，同我们具体商量了撒少奇同志骨灰的时间、地点、方式等事宜。

5月19日上午，在治丧委员会有关同志的陪同下，我们护送少奇同志的骨灰，由北京乘专机抵达青岛海军军港。一路上，我们看到了许多闻讯赶来的群众。在青岛，我们的车辆一度被人群围住。我看到车窗外的人们含着眼泪，向我们挥手，口里诉说着什么。

　　海军派出了一艘驱逐舰、四艘护卫炮舰，执行撒少奇同志骨灰的任务。中午，五艘军舰编队驶向黄海海域。午后一时许，在哀乐和二十一响礼炮声中，我们满含热泪，取出少奇同志那洁白的骨灰，撒向滔滔奔流的大海……

黄　峥：党和人民高度评价少奇同志的历史功绩。1980年5月17日，邓小平同志在刘少奇同志追悼大会上说："刘少奇同志为共产主义事业战斗了一生。他是受到全党和全国各族人民爱戴的、久经考验的、卓越的党和国家领导人。""和毛泽东同志、周恩来同志、朱德同志一样，刘少奇同志将永远活在我国各族人民的心中。"1998年11月20日，江泽民同志在刘少奇同志诞辰一百周年纪念大会上说："刘少奇同志为中国人民的解放和新中国的建设，在政治、经济、军事、外交、文化教育和党的建设等领域，都建树了卓著的功勋。他对毛泽东思想的形成和发展，做出了重要的贡献。刘少奇同志光辉战斗的一生，同我们党和国家的历史紧密相连。他受到全党、全军和全国各族人民的爱戴。他的名字永垂史册。"

王光美：历史的发展证实了少奇同志的坚定信念："好在历史是人民写的。"

■ 1979年1月，出狱后的王光美第一次参加人民大会堂的春节联欢会。左为刘源

■ 1979年，王光美与刘潇潇（左）、刘平平（右）骑车出行

1980年2月，王光美与子女在家中。后排左起：刘源、刘爱琴、刘潇潇、刘亭、刘平平

1980年2月，王光美和子女在家中喜读中共十一届五中全会公报

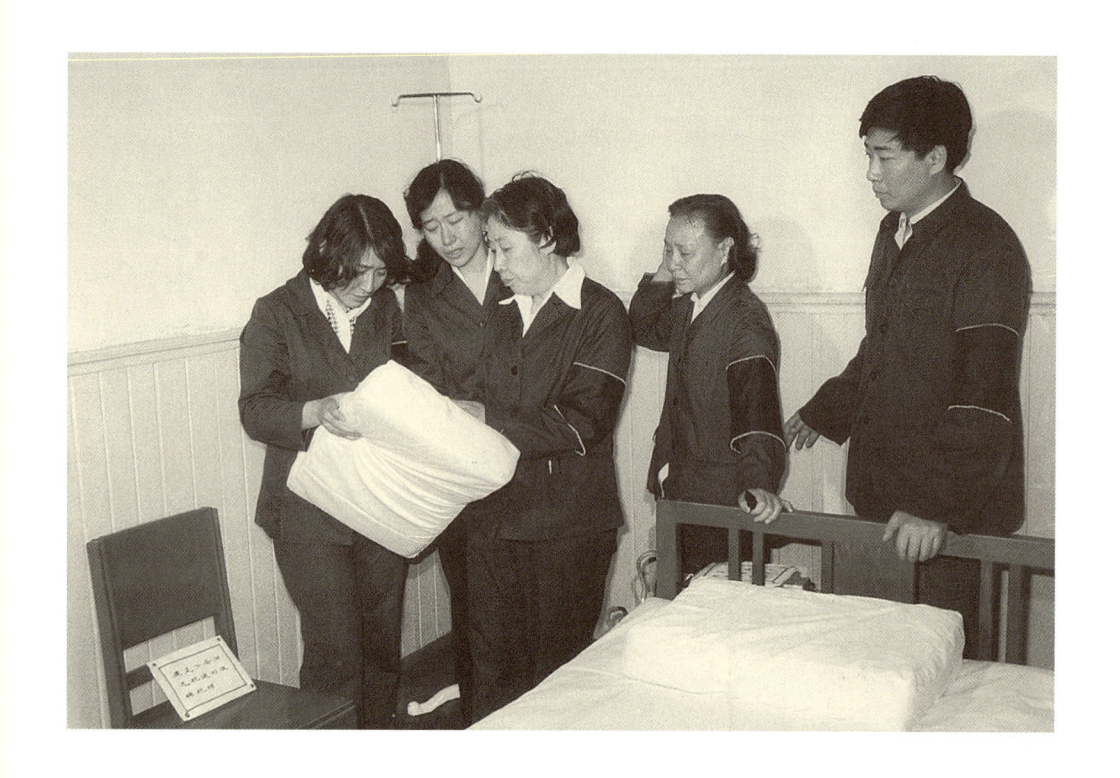

1980年5月，在刘少奇逝世处，王光美和子女怀抱刘少奇临终时用过的枕头，泣不成声

1980年5月,中共河南省委书记、省长刘杰将刘少奇骨灰郑重递交王光美

1980年5月，王光美在护送刘少奇骨灰回北京的专机上

1980年5月17日，中共中央副主席、国务院副总理邓小平在刘少奇追悼大会上致悼词

- 王光美、刘源等将刘少奇的骨灰移出人民大会堂

- 刘少奇追悼大会刚结束，王光美悲痛地细心整理刘少奇的骨灰盒

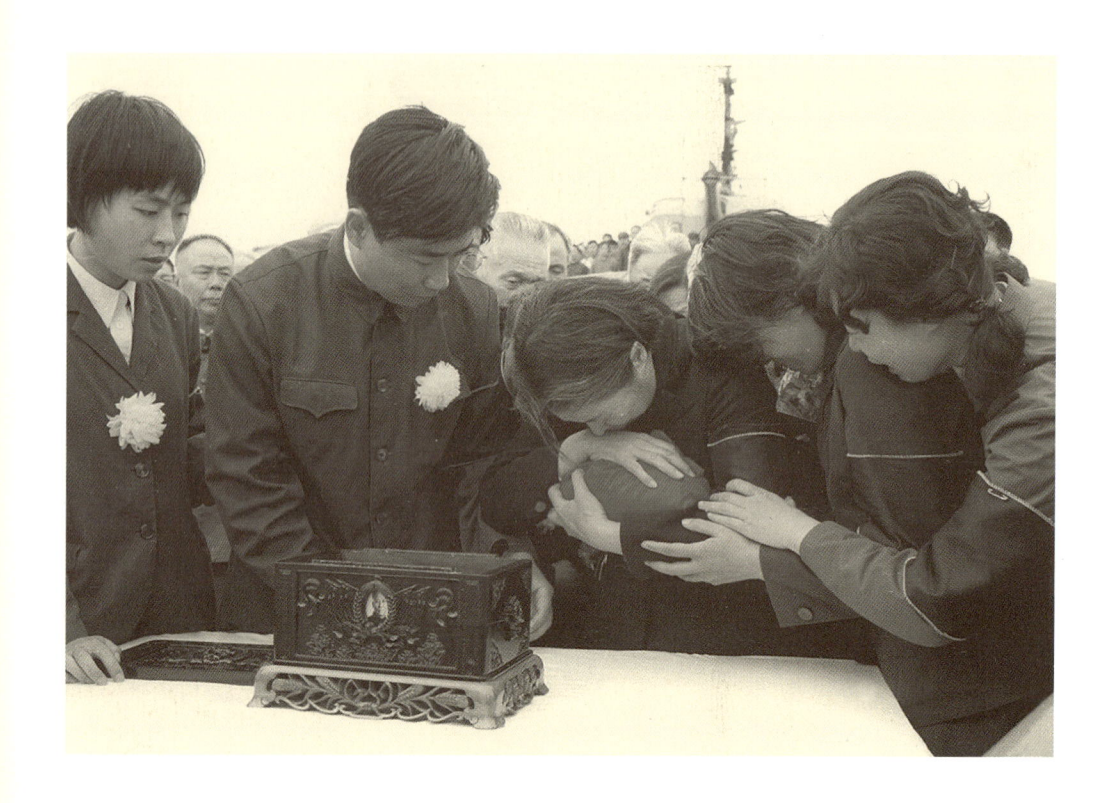

1980年5月19日，王光美和子女在青岛黄海海域军舰上准备将刘少奇的骨灰撒向大海

1980年5月19日，王光美和子女将刘少奇的骨灰撒向大海

风雨无悔
——对话王光美

得到人民信任是最大幸福

黄　峥：光美同志，您是全国政协常委。如果我没有记错的话，您连续三届担任这个职务。应该说，这是比较特殊的。此外，您还是"幸福工程"组织委员会的主任。能否请您谈谈您晚年的工作、生活情况？

王光美：我是1983年在中国人民政治协商会议第六届全国委员会第一次会议上当选为全国政协常委的。在这之前我曾在中国社会科学院当了一段时间的外事局长。那时胡乔木同志任社会科学院院长。我恢复工作后，他要我去他那里任外事局长。现在，我的组织关系在全国政协，行政关系在中央办公厅老干部局。

1998年召开全国政协九届一次会议，要举行换届选举。开会前在酝酿人选的过程中，我向组织提出我退下来，不要再将我放在名单中。因为当时我七十七岁了，而且已经担任了两届，这次应该将位置空出来留给新人。在讨论这个问题时，李瑞环同志等全国政协的领导同志认为我还是应该留任，没有同意我退下来，可能觉得我还有一定的代表性。所以，我又担任了一届全国政协常委。但是，我毕竟年纪大了，精力不如从前了，下一届我是无论如何不再留任了。"长江后浪推前浪"，现在各地方各部门都有许多年轻或比较年轻的同志在第一线担负重任，他们干得很好。我作为一个老同志，由衷地为我们党的事业兴旺发达、后继有人感到高兴。

正如你刚才说到的，我还是"幸福工程"组织委员会主任。"幸福工程"是我这几年热心从事的社会公益事业。我确实为之倾注了很大精力。改革开放以来，发起最早的是"希望工程"，救助失学儿童，多年来取得了很大成绩。"幸福工程"开展比较晚，但我们还是做了不少事情，在国内外的影响日益扩大。

什么是"幸福工程"呢？用一句话就是："救助贫困母亲行动。"在我国的贫困人口中，有一个特殊的社会群体，就是贫困母亲。她们中有不少人还生活在极度贫困的状态，口粮不足，缺乏收入来源，享受不到教育、保健等基本社会福利。她们的文化素质、健康状况很差，百分之八十以上是文盲，半数以上患有各种妇科病。我参加"幸福工程"的工作以后，曾到过不少贫困地区。我亲眼见到，在所有贫困人口中，贫困母亲的生活境遇最为艰辛。为了家庭，为了孩子，她们默默忍受着各种困苦和劳累，承受着巨大的压力。我们常常能听到，人们赞颂母爱的伟大、无私和奉献精神；可谁能想到，贫困母亲的母爱要付出多大的代价、做出多大的牺牲啊！

贫困不应该属于母亲。我们每一个人不一定都有孩子，但每一个人都有母亲，都领受过母爱的恩情滋润。救助贫困母亲，是整个社会的责任，是每一个社会成员的义务。

我有一个深爱我的母亲，我自己也是一个母亲，因此对"母亲"的含义有着刻骨铭心的体验。当我听到贫困母亲的种种境况时，我被深深地打动了，决心为她们做一点儿事情。1995年，中国人口福利基金会、中国计划生育协会和中国人口报，联合发起救助贫困母亲行动——"幸福工程"，邀请我担任"幸福工程"组织委员会主任，我欣然答应了。

黄　峥：听说为了救助贫困母亲，您将您母亲传下来的几件珍贵文物拍卖，所得资金五十六万六千元全部捐献给了"幸福工程"？

王光美："幸福工程"是社会公益事业，就是发动社会的力量来办事，没有国家资金投入，全靠海内外各界的捐赠来实施救助行动。创办之初，筹集资金是面临的最大问题。我作为"幸福工程"组委会的主任，应该带头做一点儿贡献。这使我想到了我母亲留给我的几件文物。

多年来，少奇同志和我都是靠国家发的工资生活，没有积蓄，没有家产。少奇同志是党和国家领导人，他的著作、手稿、笔记，不属于家人，是属于党和国家的，我们已全部上交。少奇同志生前用过的生活用品，经过"文化大革命"，保留下来的很少，几年来我们已陆续将它们赠送给湖南少奇同志纪念馆、河南开封少奇同志陈列馆和北京毛主席纪念堂里面的少奇同志陈列室。总之，少奇同志属于党和国家，他留下来的东西，我们都交给组织。

我母亲的这几件文物，和少奇没有关系。1958年，我们请我的母亲住到我们家，帮助照顾几个孩子。我母亲很认真，进中南海之前特意问，能不能随身带一些自己的东西？我请示少奇同志，少奇说："老人家喜欢什么就带一点儿吧！"这样，我母亲就将她随身用的一些物品带在了身边。"文革"以后，这些东西退给了我。

黄　峥：这几件文物保存下来很不容易，对您家来说是非常珍贵的。您怎么舍得将它们捐献出来呢？

王光美：应该说，这几件物品对我是有纪念意义的，因为这是我母亲用过的而且是她很喜爱的东西。特别是经历了"文化大革命"，这几件东西能幸存下来，确实不易。老实说，把它们捐献出来，我是有点儿心疼。但一想起那些无助的贫困母亲，我就感到值。我觉得，捐出这些东西符合我母亲的心愿。我母亲是一个思想进步、乐于助人的人，她早就主动把家里的房产献给了国家。进中南海以后，她对所有工作人员都特别好，能帮谁干点儿什么就尽量帮。从为人处世，到社会经验，我都非常敬佩我母亲，多少年来经常以她为榜样鞭策自己。我相信，如果我母亲在世，也会支持我这样做。我很怀念我的母亲，但我有她的照片，想念的时候可以看看照片。怀念一个人不一定要保存他的东西，精神遗产更重要。少奇同志没留下物质遗产，连骨灰都撒到了大海里。我献出这几件东西，在有生之年做点儿有益于人民的事，还有什么舍不得的呢？

这几件文物是1996年委托中商盛佳国际拍卖公司拍卖的，得拍卖款五十多万元，全部捐献给了"幸福工程"，也算尽了我一点儿绵薄之力。

黄峥：您的这一义举传出以后，人们大受感动，带动很多人慷慨解囊，为"幸福工程"引来了一大批捐款。"幸福工程"是怎样使用这些捐款的呢？现在的发展情况怎样？

王光美："幸福工程"通过卓有成效的救助行动，帮助贫困母亲治穷、治愚、治病。治穷，就是以贷款形式扶助贫困母亲发展家庭经济，提供就业机会，增加收入，提高经济地位。治愚，就是扶助村一级开办母亲学校，帮助贫困母亲扫盲，学习文化科技知识，掌握一两门致富实用技术，懂得生殖健康知识。治病，就是为贫困母亲检查身体和治疗妇科疾病，提供生育保健服务。"幸福工程"优先救助实行计划生育的贫困母亲。

"幸福工程"实施以来，取得了一定成绩。到1999年底，已经在全国二十七个省、自治区、直辖市的三百三十七个县建立了项目点，投入资金九千五百八十七万元，向项目点免费发放了价值二百八十万元的药品和医疗器械。同时，还为数万名贫困母亲做健康检查和治疗妇科病，举办各类培训班几千期，使一大批贫困母亲得到知识和技术方面的培训。据不完全统计，有六万五千贫困母亲经过"幸福工程"的救助摆脱了贫困，间接受惠人数达几十万人。这些受助母亲依靠"幸福工程"提供的小额贷款和配套服务，因地制宜发展适合本地区的种植、养殖或其他农副业生产，经过一两年的劳动，家庭人均收入都达到或超过当地平均水平。她们参加了"幸福工程"举办的培训、义诊等活动，精神面貌发生了很大变化，许多人成为当地脱贫致富的带头人，家庭被评为"文明户""科技示范户"，有的还被选为村、乡、县级干部或人民代表。

每当看到这些发生在贫困母亲身上的变化，我就特别高兴。我晚年能参加"幸福工程"，为老百姓做一点儿事，我感到很值得，很有意义。

黄峥：光美同志，感谢您给我讲了这么长时间、这么多内容。这些内容很珍贵，很有价值，我将把它们整理出来。再次谢谢您！

王光美： 少奇同志生前常说："最大的幸福，是得到人民的信任。"我作为一名共产党员，虽然尽力做了一些工作，但同党和人民对我的信任与要求相比，自知差得很远。在我的一生中，在我的工作中，得到了许许多多认识和不认识的人们的关心、支持和帮助。每每想到这一点，我都深受感动。趁此机会，我对这些同志、朋友表示深深的诚挚的谢意！

- 复出后的王光美在家中
- 1988年，王光美、王光英一起出席全国政协会议

■ 晚年王光美和孙辈在一起

■ 国庆之夜，王光美与女儿刘亭在
天安门城楼上相依留影

■ 晚年王光美

附录
王光美年表

1921 年 9 月 26 日 王光美出生于北京。出生时，其父王槐青作为中国代表团专门委员，正在美国出席华盛顿九国会议，故为她取名光美。

1927 年 4 月 李大钊等一批共产党人在北京被北洋军政府逮捕，随后被杀害。这批共产党人中，有王光美母亲董洁如的三位亲属：董季皋、安幸生、王荷生。

1928 年 9 月至 1934 年 8 月 王光美在北平师范大学第二附属小学（即现在的北京第二实验小学）读书。

1934 年 9 月至 1937 年 7 月 王光美在北平师范大学附属中学读书。

1935 年 12 月 北平爆发抗日救国的"一二·九"运动。

1937 年 7 月 卢沟桥事变爆发，全国性抗日战争开始。

1938 年春 王光美转入北平志成中学（即现在的北京丰盛中学）高中二年级读书。

1939 年 9 月 王光美考入辅仁大学数理系。

1943 年秋 王光美从辅仁大学本科毕业，考入辅仁大学理学部读研究生，同时担任助教。

1945 年 6 月　王光美同北平的中共地下党组织建立联系。

1945 年 7 月　王光美辅仁大学硕士研究生毕业，留校任助教。

1945 年 8 月　日本宣布无条件投降。中国抗日民族解放战争获得最后胜利。第二次世界大战宣告结束。

1946 年 2 月　经中共北平地下党组织介绍，王光美离开辅仁大学，到北平军事调处执行部中共代表团任英语翻译。

1946 年 6 月　下旬国民党军队大举进攻中原解放区，7 月至 9 月向各解放区发动全面进攻。全国规模的内战爆发。8 月 10 日，美国宣布"调处"失败。

1946 年 11 月 1 日　由于北平军调部准备解散，王光美乘飞机离开北平赴延安，被分配在中共中央军委外事组工作。

1947 年 3 月中旬　中共中央决定主动撤出延安。毛泽东、朱德、刘少奇、周恩来、任弼时等先后离开延安。

1947 年 3 月下旬　王光美随军委外事组人员撤离延安，4 月初到山西临县，参加晋绥解放区土地改革工作队。

1947 年 5 月　刘少奇等率领中央工作委员会到达河北省建屏县（今属平山县）西柏坡村。

1948 年 3 月　王光美结束土改工作队的工作，到达西柏坡。

1948 年 5 月　毛泽东、周恩来、任弼时率中共中央机关、中国人民解放军总部到达西柏坡。

1948 年 8 月 21 日　刘少奇、王光美在西柏坡结婚。

1949 年 3 月 23 日　毛泽东、朱德、刘少奇、周恩来、任弼时率中共中央机关和中国人民解放军总部离开西柏坡，25 日到达北平。刘少奇、王光美住在香山来青轩。

1949 年 4 月下旬至 5 月上旬　受中共中央委托，刘少奇去天津视察。王光美随行。

1949 年 10 月 1 日　中华人民共和国成立。刘少奇当选为中华人民共和国中央人民政府副主席。

1951年11月27日至1952年1月24日 刘少奇离开北京去南方视察和休养。王光美随行。

1952年9月30日 刘少奇率中共中央代表团应邀赴苏联参加苏共十九大。

1952年10月下旬 王光美赴苏联同刘少奇会合。11月下旬，刘少奇去苏联南部黑海边休养，王光美随行。

1953年1月7日 刘少奇、王光美离开莫斯科回国，11日回到北京。

1954年9月 刘少奇在第一届全国人民代表大会第一次会议上，当选为第一届全国人民代表大会常务委员会委员长。

1956年9月 刘少奇在中国共产党第八次全国代表大会上作政治报告，并在中共八届一中全会上当选为中共中央政治局常委、中共中央副主席。

1957年2月18日至4月14日 刘少奇率调查组赴河北、河南、湖北、湖南、广东等地调查人民内部矛盾问题。王光美作为调查组成员随同调查。

1959年4月 刘少奇在第二届全国人民代表大会第一次会议上，当选为中华人民共和国主席，并担任国防委员会主席。

1959年7月2日至8月16日 中共中央在江西庐山召开中央政治局扩大会议和中共八届八中全会（即庐山会议）。刘少奇出席会议。王光美随行。

1959年11月1日至26日 刘少奇去海南岛崖县（今三亚市）休假，其间以主要时间阅读讨论苏联科学院编写的《政治经济学教科书》。王光美参加读书讨论。

1960年1月31日 刘少奇、王光美邀请王光琦、王光超、王光英等人和他们的子女到家中做客。

1961年4月1日至5月15日 刘少奇到湖南省宁乡县、长沙县农村调查。王光美随同调查。

1961年7月16日至8月10日 刘少奇到黑龙江、内蒙古自治区林区考察。王光美随同考察。

1963年4月12日至5月16日 中华人民共和国主席刘少奇和夫人王光美，访问印度尼西亚、缅甸、柬埔寨、越南。

1963年5月　中共中央制定《关于目前农村工作中若干问题的决定(草案)》（后来称为《前十条》），作为指导社会主义教育运动的纲领性文件。全国的社会主义教育运动（后来也称"四清"运动）逐渐展开。

1963年9月　中共中央制定《关于农村社会主义教育运动中一些具体政策的规定（草案)》（后来称为《后十条》）。

1963年11月下旬　王光美到河北省抚宁县卢王庄公社桃园大队参加"四清"工作队，化名董朴。

1964年2月上旬　王光美从桃园大队回家过春节，刘少奇同她谈了社会主义教育运动的有关问题。

1964年4月底　王光美结束桃园大队"四清"回到北京。

1964年6月28日至7月25日　刘少奇到河北、山东、安徽、江苏、上海、河南等地巡视。王光美随行。

1964年7月5日　王光美在河北省委工作会议上，介绍桃园大队"四清"运动的经验。随后，又在山东、安徽、河南等地干部会议上作关于桃园大队"四清"运动经验的报告。

1964年8月5日　中共中央书记处决定：中央成立"四清""五反"指挥部，由刘少奇挂帅，并主持修改《后十条》。

1964年8月11日至20日　王光美在广州整理修改《关于一个大队的社会主义教育运动的经验总结》。8月19日，刘少奇就批转王光美报告一事致信毛泽东并中共中央。9月1日，经中共中央和毛泽东同意，这个报告作为中共中央文件下发。

1964年11月　王光美到河北省保定地区新城县高镇大队参加"四清"工作队，化名鲁洁。

1964年12月15日至1965年1月14日　中共中央政治局召开全国工作会议。会议后期在毛泽东主持下制定《农村社会主义教育运动中目前提出的一些问题》，简称《二十三条》。

1965年1月　刘少奇在第三届全国人民代表大会第一次会议上，再次当选为中华人民共和国主席，并担任国防委员会主席。

1965 年底至 1966 年春　王光美到河北省定兴县县直属机关和周家庄参加"四清"工作队。

1966 年 3 月 26 日至 4 月 19 日　中华人民共和国主席刘少奇和夫人王光美，访问巴基斯坦、阿富汗、缅甸。

1966 年 4 月 20 日　刘少奇赴杭州出席毛泽东主持的中共中央政治局常委扩大会议，24 日回到北京。王光美随行。

1966 年 5 月 16 日　中共中央政治局扩大会议通过毛泽东主持制定的旨在发动"文化大革命"的《中国共产党中央委员会通知》，即《五一六通知》。5 月 28 日，以陈伯达为组长、康生为顾问、江青等为副组长的中央文化革命小组正式成立。

1966 年 6 月 3 日　刘少奇主持中共中央政治局常委扩大会议决定，向北京市的一些大学、中学派出工作组。

1966 年 6 月 19 日　根据刘少奇指示，王光美参加驻清华大学工作组。

1966 年 7 月下旬　毛泽东从外地回到北京，对工作组问题提出严厉批评，并决定撤销工作组。

1966 年 8 月 1 日至 12 日　中共八届十一中全会在北京召开。8 月 5 日，毛泽东写了主要针对刘少奇的《炮打司令部——我的一张大字报》。8 月 12 日，全会根据毛泽东的提议重新选举中央政治局常委，刘少奇从第二位下降到第八位。

1966 年 12 月 18 日　"王光美专案组"成立，谢富治任组长，陈伯达任顾问。1967 年 3 月以后，这个专案组在江青、康生、谢富治等人的直接控制和指挥下，成为"刘少奇、王光美专案组"。

1967 年 4 月 10 日　清华大学造反派组三十万人大会批斗王光美，并在会前和会后三次审讯王光美。王光美据理力争。

1967 年 7 月 18 日　刘少奇、王光美被隔离看押，失去行动自由。在此前后，刘少奇、王光美通过各种方式申辩、抗争，均无结果。

1967年9月13日　王光美被正式逮捕，11月转押秦城监狱。

1968年10月　在极不正常的情况下，中共八届十二中全会批准在江青、康生、谢富治等人主持下用伪证写成的《关于叛徒、内奸、工贼刘少奇罪行的审查报告》，造成党的历史上最大的一桩冤案。

1969年11月12日　刘少奇在河南开封逝世。

1978年12月18日至22日　中共十一届三中全会在北京举行。全会开始全面、认真地纠正"文化大革命"的错误。

1978年12月22日　根据中共中央组织部的决定，王光美被释放出狱，随后彻底平反。

1979年2月　中共中央决定由中央纪律检查委员会和中央组织部对刘少奇一案进行复查。

1979年6月　王光美出席中国人民政治协商会议五届二次会议，并在会上增补为全国政协委员。

1979年11月　王光美任中国社会科学院外事局局长。

1980年1月25日　王光美应邀在中共中央纪律检查委员会第二次全会期间，向出席全会的第一、二组全体同志和其他各组部分同志，谈刘少奇在"文化大革命"中被迫害的情况。

1980年2月29日　中共十一届五中全会做出《关于为刘少奇同志平反的决议》。

1980年5月13日至14日　在全国政协副主席王首道、刘澜涛等陪同下，王光美率子女前往河南省郑州、开封，迎取刘少奇的骨灰。

1980年5月17日　中共中央在人民大会堂隆重举行刘少奇追悼大会。党和国家领导人以及首都各界群众代表出席。邓小平致悼词。

1980年5月19日　遵照刘少奇生前的遗言，王光美等将刘少奇的骨灰撒在大海里。

1981年10月25日　王光美致信中共中央组织部，表示将刘少奇平反后补发的工资和存款、刘少奇的稿费全部作为刘少奇的党费上交，说："我郑重地向党申明，少奇同志的著作连同版权，我和我们家的孩子们均不能要。我们作为普通劳动者，应完全靠我们自己的能力工作和生活。少奇同志是属于党的。"

1982年9月1日至11日　中国共产党第十二次全国代表大会在北京举行。王光美作为代表出席会议。

1983年3月　王光美在中国人民政治协商会议第六届全国委员会第一次会议上，当选为全国政协委员。

1983年11月下旬　王光美赴湖南长沙、宁乡等地，参加纪念刘少奇诞辰八十五周年有关活动，向湖南赠送刘少奇遗物，并在湖南一些地方和江西萍乡市安源煤矿参观。

1984年10月　王光美先后任北京师范大学校友总会名誉会长、辅仁大学校友会会长。

1985年4月4日　王光美为"文化大革命"中被迫害致死的辽宁省委干部张志新烈士题词："坚持真理无所畏惧"。

1988年3月　王光美在中国人民政治协商会议第七届全国委员会第一次会议上，当选为全国政协常委。

1988年11月　王光美赴湖南省长沙等地，出席刘少奇铜像揭幕仪式和纪念刘少奇诞辰九十周年有关活动。

1993年3月　王光美在中国人民政治协商会议第八届全国委员会第一次会议上，当选为全国政协常委。

1993年10月下旬　王光美赴河南省郑州，出席纪念刘少奇诞辰九十五周年学术讨论会。这次会议是由中共中央文献研究室、中共河南省委联合举办的。

1993年11月下旬　王光美赴湖南省长沙、宁乡等地，参加纪念刘少奇诞辰九十五周年有关活动，并参观考察。

1995年2月　王光美担任"幸福工程"组织委员会主任。"幸福工程"是由中国人口福利基金会、中国计划生育协会、中国人口报发起成立，以救助贫困母亲行动为宗旨的社会公益事业。

1995年4月 王光美赴浙江省舟山市，出席《舟山日报》创刊四十周年庆祝活动。

1995年10月 王光美赴陕西省大荔县等地，视察"幸福工程"开展情况，慰问当地贫困母亲。

1996年11月 王光美将其母亲董洁如留下的六件古瓷器等拍卖，所得拍卖款五十多万元捐赠"幸福工程"。

1996年10月29日至11月2日 王光美出席在安徽省滁州市召开的刘少奇研究述评学术讨论会。这次会议是由中共中央文献研究室刘少奇研究组和中共滁州市委联合召开的。

1997年11月 王光美赴湖南省，出席在宁乡县刘少奇故居举行的十二集电视文献纪录片《刘少奇》开机仪式。这部电视片是由中共中央文献研究室和中央电视台联合摄制的。

1998年3月 王光美出席中国人民政治协商会议第九届全国委员会第一次会议，当选为全国政协常委。3月7日，王光美在全国政协举行的记者招待会上，向中外记者介绍了"幸福工程"的情况。

1998年8月 王光美赴云南省昆明，参加"爱满春城幸福工程"大型义演活动，并在云南省考察"幸福工程"开展情况。

1998年10月8日 王光美出席"刘少奇光辉业绩展览"开幕式并讲话。这个展览是由中共中央文献研究室二部和中国国家图书馆联合举办的。

1998年10月23日 王光美出席"纪念刘少奇同志诞辰一百周年展览"开幕式。这个展览是由中共中央文献研究室和中国革命博物馆（现国家博物馆）联合举办的。

1998年11月8日 王光美赴河南省确山县竹沟镇，参加"河南省纪念中共中央中原局成立六十周年暨刘少奇同志诞辰一百周年大会"。

1998年11月11日 王光美出席文献纪录电影《共和国主席刘少奇》首映式。

1998年11月20日 中共中央在北京人民大会堂举行纪念刘少奇诞辰一百

周年大会。中共中央总书记江泽民作重要讲话。王光美出席大会并在主席台就座。

2000 年 11 月　王光美赴湖北省武汉市，出席在武汉大学召开的"刘少奇与中国社会主义"学术研讨会，随后去长江三峡参观。这次研讨会是由中共中央文献研究室二部、武汉大学政治与行政管理学院联合举办的。

2000 年 12 月　王光美去天津，参观摩托罗拉生产厂等合资企业。

2001 年 4 月　王光美赴上海，出席在上海召开的"刘少奇与中国共产党"学术研讨会。这次研讨会是由中共中央文献研究室二部、上海市委党史研究室、湖南刘少奇同志纪念馆联合举办的。

2002 年 5 月 18 日　王光美出席在北京钓鱼台举行的纪念何葆贞烈士诞辰一百周年座谈会并讲话。

2003 年 11 月 24 日　王光美出席在北京政协礼堂举行的纪念刘少奇诞辰 105 周年座谈会。这次座谈会是由中共中央文献研究室二部举办的。

2004 年 6 月　王光美及子女刘源、刘亭等和毛泽东的女儿李敏、李讷及亲属孔东梅等在北京京都信苑饭店聚会。

2005 年 2 月　王光美因年事已高辞去"幸福工程"组委会主任职务。

2006 年 10 月 13 日　王光美在北京医院逝世，享年八十五岁。

后记
光映日月　美留人间
——印象王光美

2006年金秋10月明媚的一天，王光美同志永远地离开了我们。我仿佛看见，她披着金色的阳光，脸上洋溢着幸福的笑容，驾鹤西去了。

早在1983年11月，我作为中共中央文献研究室的一名工作人员，随同她去湖南、江西，参加刘少奇同志诞辰八十五周年纪念活动。此后我又多次随同她外出，平时在北京也经常见面。这中间，我多次听她讲述自己的经历，回忆和少奇一起工作、生活的情景。1998年中央电视台摄制大型文献纪录片《刘少奇》，我作为总撰稿，又对她作了系统采访。当我将这些内容整理成《王光美访谈录》（即《风雨无悔——对话王光美》），于2006年初公开出版的时候，社会反响之强烈出乎我的意料。全国各地的报刊纷纷转载、报道。《新华文摘》总编辑张耀铭先生在安排转载的同时，特地给我来信，称赞《王光美访谈录》"颇为大气，内容丰富；其味之淳，其情之真，其意之深，读后有余音不绝之感"。我想，人们之所以有这样的反映，不仅因为书中披露了许多鲜为人知的史料细节，更重要的是从这本书中看到了一个有着传奇经历、感人故事的真实的王光美。

479

《王光美访谈录》刚出版的时候，光美的身体还不错。她高兴地亲笔签名将书送给一些亲友，其中特别为我签了一部分。万万没有想到，仅仅过了半年多，她娓娓而谈的亲切面容还在眼前，人却与世长辞了。每念及此，不禁黯然神伤。就在她去世十天前，我去北京医院看她。当时她已经处于昏迷状态，靠呼吸机维持生命，但脸色安详，没有痛苦表情。这使我不免存有一线希望，期待能出现化险为夷的奇迹，就像她曾经度过的许多磨难一样。然而，奇迹终究没有出现。

令人非常欣慰的是，党和人民给予光美很高的评价。胡锦涛、温家宝、贾庆林、曾庆红、李长春等中央领导同志亲自前来悼念。无论是设在医院的灵堂，还是在八宝山遗体告别现场，认识的和不认识的干部群众，从四面八方赶来，向这位可敬的老人作最后的送别。熙熙攘攘的吊唁人群，重重叠叠的花篮花圈，其情其景，令人动容。人们说，已经很久没有见到这样的场面了。浏览网络，相关的消息、议论铺天盖地，对光美赞赏有加，好评如潮。在网络舆论如虎口的今天，这样的结果实属难得。

刘少奇有一句名言："最大的幸福是得到人民的信任，最大的痛苦是被人民误解。"说来也巧，光美晚年从事的事业就叫"幸福工程"。应该说，她得到了人民的信任和尊敬，得到了人生"最大的幸福"。

当我重新翻阅《王光美访谈录》，回味她所谈的件件往事、幕幕情景，不禁思绪万千。我在想，她身后留给这个世界、留给人们的印象是什么呢？或者说，她在我心目中是一个什么样的人呢？梳理时空交错、头绪纷繁的图文信息，她的形象终于渐渐清晰起来——

她是一个信念坚定、意志顽强的人

这是光美留给我的深刻印象。众所周知，共产党是靠领导穷人闹革命打下红色江山的。革命队伍里大多数人出身贫苦，可王光美不是。她出身的家庭，可谓名门望族，既有社会地位又有钱。但她自从加入革命队伍，特别是成为共产党员之后，完全接受了共产党人的信仰，从此矢志不渝，从未动摇。

"文革"开始不久，她就被捕入狱，身陷囹圄长达十二年。她向我描述过狱中的情景：一间很小的单人牢房，牢房铁门的上方是监视的窗口，下方是递饭的窗口。平时每天就是在床沿上枯坐发呆，还必须脸朝门口，不准躺下，不准靠墙，前后左右"四不靠"。伙食一般就是窝头、玉米面加白菜、萝卜。可气的是每次给的量没准儿，要么少得不够吃，要么给得特多，又必须吃光。最让人感到受辱的，是大小便也会有眼睛监视着。这对一个从小生活在优越环境的女性来说，是多么残酷的折磨！挨过这可怕的十二年，需要多么大的毅力！

就是那样恶劣的环境和难熬的岁月，她对党和人民的信念始终坚定。面对沉重的打击、天大的委屈，她不低头，不服软。她一直记着她深爱的丈夫刘少奇对她说的最后一句话："好在历史是人民写的。"光美说："我相信党和人民总会把问题搞清楚，相信历史总会恢复它的本来面目，所以我决心不管遭受多大的冤屈和磨难，也要坚持活下去。"

就是凭着这种坚韧的信念和意志，她挺过来了。

她是一个爱情忠贞、情谊深长的人

在访谈王光美的过程中，我不时被她对刘少奇的痴情所感动。

光美说，她在遇到少奇之前，虽然不乏追求者，但从来没有谈过恋爱。自从和少奇相识、相恋到结婚，光美对丈夫可谓一往情深，忠贞不渝。为了支持少奇的工作，她放弃了自己物理、外语方面的专业，一心一意做好少奇的秘书。少奇喜欢吃什么，她也跟着吃什么；少奇习惯夜间工作，她也陪着熬夜，几十年如一日。少奇平常讲话带有很浓的湖南口音，家里人都听不大懂，只有她心领神会，所以少奇和孩子们谈话还要她翻译。

确实，在光美的观念中，少奇的事业就是她的一切，为少奇工作就是她的全部。少奇的生活起居、身体状况是她时刻牵挂心头的大事。1963年11月,刘少奇要她去基层参加"四清"工作队。光美对我谈到她当时的心情:"想到这次下去要一年时间,心里实在不放心。自从我和少奇结婚以来,我们从没有分开过这么长时间,我从没有离开家这么长时间。他年纪大了,身体也不太好,工作起来没日没夜,我不在了谁能照顾好他呀?没人提醒他及时穿衣戴帽,他是很容易受凉感冒的!夜间起来摔倒了怎么办?"可事已至此,送她出发的汽车就在门外等着,她只得含着泪,咬咬牙,一步三回头地走了。

怕什么偏来什么。一天,光美在乡下突然接到刘少奇卫士长的电话:"少奇同志发高烧,周总理叫我们通知你,请你回来一下。"

当时她接到电话,脑袋顿时"嗡"的一下:"我在乡下,最担心、最牵挂的就是少奇的身体。现在连总理都惊动了,可见不是小毛病。接到这个电话,我真是归心似箭。"可是,当地不通公路,没有汽车,她一直到傍晚也没有弄到回北京的车辆。听说附近有一个空军机场,她立刻心急火燎地跑到那里,向机场领导请求帮助。机场领导一听,派了一辆吉普车,连夜把她送回了北京。

"文革"当中,刘少奇和她受到诬陷迫害。不管社会上怎么说,她坚信丈夫是真正的共产党员,绝不会是坏人。无论是在造反派面前,还是在批斗会上,她都尽力为丈夫辩护。

1967年8月5日,是造反派批斗刘少奇夫妇最凶狠的一次。光美遭到造反派的拳打脚踢,但当她瞥见另一侧的少奇被挤打得东倒西歪时,对造反派的愤懑和对丈夫的爱怜刹那间一齐涌上心头,她猛然从造反派手中挣脱出来,不顾一切地冲到丈夫身边,紧紧抓住少奇的手,死死不放……

她对少奇的绵绵情谊,到晚年更历久弥深。在她的客厅里、卧室里,一直都挂着少奇的遗像。她对我说:"我的房间里挂着少奇的照片。有时候我仿佛感到,他还在我身边,还在不倦地工作。他的一言一行,音容笑貌,至今回想起来仍历历在目。"

她是一个胸怀宽阔、性格开朗的人

王光美确实有着令人着迷的人格魅力。我十分敬佩她的性格：实在、爽快、豁达。每次见面，她总是脸上挂着笑容。每每谈到国家发展的好形势，谈到子女们的出息，或者听到高兴的事、有趣的话，她会很开心地笑，甚至爽朗地大笑。她长期生活在高雅的上流社会，却也饱尝了多年的铁窗生涯，但她能以坦然、宽容的心态面对，从不怨天尤人。

光美的人生经历跌宕起伏，其落差之大，难得有人能和她相比。为了投身革命，她从生活在大城市的"大宅门"，飞行几小时之后骤然到了黄土高坡的窑洞土炕；"四清"运动中，她从警卫森严的中南海，一下子住进农民家里；"文革"开始，她更是从国家主席夫人，莫名其妙地沦为阶下囚。这样巨大的反差，她竟能很快调整心态，尽量适应新的环境，可以说经得起富贵，受得了贫贱。

她为什么能做到这样可高可低、荣辱不惊呢？我想，这是由于她生性乐观、坚韧，特别是在她成为共产党人之后，就把自己的生命同党和人民的事业融为一体，所以能客观看待历史，积极面对未来，而把个人的恩怨得失抛在一边。

她平反恢复工作后不久的 1983 年 11 月，我随她去湖南。在长沙参加完正式活动，她就提出要去韶山。我们都跟随她瞻仰了毛泽东故居。她还向我们回忆 1961 年陪同少奇第一次来参观时的情景，并且高兴地同故居工作人员和参观群众一起合影。随后我们又去了湖南、江西的一些地方。一路上她很注意按照党中央的精神发表意见，维护毛泽东的威望。

回到北京后，她听说毛泽东、江青的女儿李讷一个人生活比较困难，便带着一些日用品上门看望，问寒问暖。她还多方托人关心李讷的婚事。后来李讷结婚，她非常高兴，特意送了礼品。2004 年 6 月，她和儿子刘源、女儿刘亭一起，约请毛泽东的女儿李敏、李讷及其子女，在北京京都信苑饭店聚会。在光美作为两家唯一健在长辈的慈爱光环下，毛、刘两家的后代相见甚欢，亲如一家。其氛围之和谐，令人感动。

目睹中国改革开放的喜人局面，光美赞赏不已。她始终认为，中共十一届三中全会以来的路线，完全符合少奇的治国理念，是将少奇的遗愿变成了现实。因此，她不顾年迈体弱，以满腔的热情投身国家发展事业。无论是连续三届当选全国政协常委，还是连续十年担任"幸福工程"组委会主任，她都尽心竭力，以自己的声望和智慧服务社会。她以七十多岁高龄，为"幸福工程"四处奔走，呼吁全社会都来关心贫困母亲这一弱势群体，并且拿出年轻时下乡搞土改的劲头，先后到陕西大荔县、福建安溪县、河南三门峡、北京郊区门头沟等地的贫困母亲的家里，给她们送去温暖和帮助。这一切，在她做来是那么的自然、由衷。每次她向我谈到这些，都会露出醉人的笑容。

她是一个心地善良、生活简朴的人

有一个广为传颂的真实故事：1959年的一天，国家主席刘少奇紧紧握住淘粪工人时传祥的手说："你淘大粪是人民勤务员，我当国家主席也是人民勤务员，这只是分工的不同，都是革命事业中不可缺少的一部分。"少奇的这种平等观念、平民意识，深深地教育和影响了光美。她早已把自己看作劳动人民中的一员。在日常交往中，她对每一个普通老百姓都热情相迎，真诚相待。

时传祥的妻子崔秀庭是一位农村妇女，后来从山东老家随儿子迁来北京。光美和她亲如家人，前些年身体好的时候，经常去看望崔秀庭，还特意在除夕之夜登门和她一起包饺子过年。

从1958年起在刘少奇家带小孩的保姆赵淑君，也是一位农村妇女。少奇平反后，光美立即把赵淑君找了回来，让她住在自己家里，同她姐妹相称，把她当成自己家庭的一员。赵阿姨如今仍住在光美卧室斜对面的那个房间里。光美的孩子们继承母亲的传统，像以前一样关心、照顾她。赵阿姨已年过八十，身体各种毛病也多起来了。孩子们为此特意安排小保姆侍候她。

和光美接触过的人都会感觉到，在她身上看不见贵族小姐的影子，看不见国家主席夫人的架子。我在认识她以前，看过刘少奇和她访问印度尼西亚的纪录电影。电影中她的形象雍容华贵，光彩照人，其中有她穿旗袍、戴项链的镜头。我当时便以为生活中的王光美也是这个样子，想象她会有一种高高在上、盛气凌人的架势。其实大错特错。

每次和光美交谈，都非常轻松愉快。她待人谦逊随和，生活简单朴素，彻底颠覆了我原先的想象。二十多年来，我和她经常见面，从没有见过她化妆、戴首饰、穿旗袍。早几年，她的穿着几乎没有变化，总是蓝外套、白衬衣。改革开放以后她的衣服色彩稍多了一些，但也都是很一般的式样、料子，有时穿的还是女儿淘汰下来的衣服。她吃东西也很普通、随便，有什么吃什么。有几次在她家谈话正赶上吃饭的时间，她便留我一起吃。一般晚饭是稀饭、包子、烤白薯和小菜，中饭往往是一种类似"东北乱炖"的汤菜和米饭。记得吃得最好的一次，是从外面买回来一只烤鸭。

光美作为一个社会活动家，经常要去全国各地。她外出不爱游山玩水，对于那些亭台楼阁、宫殿庙宇没有什么兴趣。她喜欢去的地方，是工厂、农村、学校等等老百姓工作生活的场所。

光美说，她有个怪脾气，就是不喜欢摸钱，对钱的多少没有概念。她辅仁大学毕业后留校当助教，每次通知她去领薪水，她竟很不好意思，也不问多少，低着头拿了就回去交给家里。

她也没有攒过钱。当年，刘少奇的工资四百多元，她一百多元。每月领到工资，她做的第一件事就是先将几项固定开支付掉：交给卫士组一百元，用来为少奇买香烟、茶叶和一些小日用品；交给厨师一百五十元，作为全家一个月的伙食费；交给她母亲一百三十元，由她母亲统一安排家里五个孩子的学杂费、服装费和其他零用钱；付给赵淑君阿姨工资三十元；

上交少奇、光美两人的党费二十五元；付每月的房租、水电费等四十多元。这些基本开支就去掉四百多元。这还不包括添置一些大的用具、衣服和接济亲友。所以，在王光美当家的日子里，根本没有积蓄。有几次，报纸和出版社曾给刘少奇发来稿费，但少奇不让留，全部上交了。

光美继承丈夫的做法，前几年出版《刘少奇选集》《论共产党员的修养》等著作，所得稿费也全部上交了。不仅如此，她还总想捐钱。她担任"幸福工程"组委会主任不久，就把她母亲留下的六件古董拍卖后捐了。以后她又多次捐钱捐物，但她总感到捐得不够，常为自己没有东西捐感到遗憾。一次，女儿刘亭因银行卡挂失在家里打了个国际长途电话，她听到后说："这个电话是公家配给我的，你打长途应该交费。"女儿见她这么认真，就笑着把身上的五百美元给了她。光美隔天就把这五百美元捐给了"幸福工程"组委会。

"一滴水可以映射出太阳的光辉。"光美留给我们的，是平凡而光荣、朴实而美好的印象。作为一位世纪老人，她不愧是中国杰出的、深受人们爱戴的女性。

黄　峥

对话王光美